Editora
Charme

SELVAGEM

AUTORA BESTSELLER DO M

Mia Sheridan

1ª Impressão 2022

Capa - Mia Sheridan
Adaptação da capa e Produção Gráfica - Verônica Góes
Tradução - Laís Medeiros
Revisão - Equipe Charme

Esta obra foi negociada por Brower Literary & Management, Inc.

FICHA CATALOGRÁFICA ELABORADA POR
Bibliotecária: Priscila Gomes Cruz CRB-8/8207

Sh552s   Sheridan, Mia

Selvagem/ Mia Sheridan; Tradução: Laís Medeiros;
Revisão: Equipe Charme; Adaptação da capa e produção gráfica: Verônica Góes –
Campinas, SP: Editora Charme, 2022.
488 p. il.

Título original: Savaged

ISBN: 978-65-5933-080-5

1. Ficção norte-americana | 2. Romance Estrangeiro -
I. Sheridan, Mia. II. Medeiros, Laís. III. Equipe Charme. IV. Góes, Verônica. V. Título.

CDD - 813

Editora
Charme

www.editoracharme.com.br

Editora
Charme

SELVAGEM

Tradução - Laís Medeiros

AUTORA BESTSELLER DO *NEW YORK TIMES*

Mia Sheridan

*Para aqueles que já foram
salvos pelos livros,
tanto em maiores quanto
em menores proporções.*

PRÓLOGO

Você morrerá hoje? Talvez amanhã?

A pergunta flutuou pela mente de Jak, profunda e lenta, como se estivesse ouvindo submerso em uma piscina funda. *Você morrerá hoje?* O eco das palavras que o homem havia gritado segundos antes fez uma gota de medo escorrer por sua espinha, mas tudo estava... embaçado, como se não fosse... real. Ele não podia enxergar. Mal podia ouvir. Sua cabeça parecia estar enevoada e... estranha.

Estou sonhando?

Será que estava preso dentro de um pesadelo? *Baka*[1] iria sacudi-lo até acordá-lo a qualquer minuto, pedindo que ficasse quieto, com sua voz afiada e olhar suave? A última coisa da qual se lembrava era de adormecer em sua própria cama e, depois... *isso.*

Envolveu-se com os próprios braços, seus dentes fazendo sons de clique ao baterem.

Não, não é um sonho. Sonhos nunca são tão frios assim.

De repente, algo foi puxado de seu rosto, e ele soltou um grito breve ao perceber que isso esteve cobrindo sua cabeça. Piscou na escuridão, assimilando aos poucos o brilho das estrelas, pontos de luz em um céu azul-escuro. A lua tinha um brilho amarelo, e era grande, redonda e brilhante.

---

1   Avó, no idioma bósnio. (N.E.)

Virou a cabeça para olhar em volta, sua respiração saindo pelos lábios em formato de nuvens brancas. *Neve.* Havia neve por todo lado. Árvores. E...

Ele gritou, tropeçando para trás na beira do penhasco no qual agora percebia que estava. Seu traseiro pousou na neve, suas mãos afundando na camada congelante até quase a altura dos cotovelos.

As batidas de seu coração aceleraram, e a névoa em sua cabeça se desfazia conforme o medo percorria seu corpo.

— Levante-se.

Jak virou a cabeça e viu um homem alto logo atrás de si, com o rosto escondido nas sombras de seu casaco com capuz.

— Levante-se — repetiu, dessa vez com um rosnado baixo.

Jak ficou de pé o mais rápido que pôde, notando um movimento à sua esquerda. Agora que seus olhos podiam enxergar no escuro, percebeu que havia outros três garotos na beira do penhasco, a apenas poucos passos de distância um do outro. Dois garotos de cabelos escuros, um deles pequeno com olhos grandes demais para seu rosto, cheios de... confusão e medo, o outro alto e magro, e um garoto loiro, que estava tremendo ainda mais do que Jak.

Por quê? Quem? O que é isso? Onde está Baka?

— Você morrerá hoje? — o homem repetiu por trás deles. — Talvez amanhã? Semana que vem? Daqui a muitos anos como um guerreiro enaltecido? *Celebrado*?

Jak não conhecia todas aquelas palavras, não sabia sobre o que o homem estava falando, e quando ele começou a virar a cabeça, o homem o deteve.

— Mantenha o rosto para frente — ordenou com maldade.

Os tremores *aumentaram*. Jak estava com tanto medo, e mal conseguia ficar de pé, com seus pensamentos rolando um por cima do outro, mas lentamente, muito lentamente. Não conseguia pensar. *Por que minha cabeça está estranha?*

— Você vai morrer. Ou vai sobreviver. Mas depende de você. Dependerá da sua vontade de viver. — De repente, o homem pousou sua mão enluvada na lateral da cabeça do garoto loiro e aproximou-se dele, como uma sombra. — Você tem vontade de sobreviver? De lutar pela sua vida? Com unhas e dentes? Coração e alma?

O loiro assentiu rapidamente.

— S-sim — disse, mas lágrimas deslizavam por suas bochechas e um soluço acompanhou a palavra.

As mãos de Jak se fecharam em punhos. Sentia medo, tanto medo, mas queria *fazer* alguma coisa. Fazer isso *parar*. Observou o garoto ao seu lado, e ele estava encarando os punhos cerrados de Jak. Ele olhou para cima, encontrando Jak por um segundo antes de desviar.

O homem malvado soltou o rosto do garoto loiro que estava chorando.

— Ótimo. — Jak ouviu o barulho de neve sob os pés do homem conforme se afastava deles por trás. — Agora, em um minuto, vou dizer a vocês o que está acontecendo. Depois disso, a única regra é sobreviver. — Fez uma pausa. — Sobreviver ou morrer.

O que ele quer dizer? O que vai acontecer? Uma névoa branca preencheu o ar de repente em frente ao rosto de Jak ao soltar uma lufada de ar cheia de medo. O loiro soluçou de novo, e o garoto de cabelos escuros e olhos grandes inclinou-se para baixo, enfiando a mão no bolso do casaco. Jak desviou o olhar rapidamente, para não chamar a atenção do homem para o que quer que o garotinho à sua esquerda estivesse tentando pegar.

Ele sentiu um toque em sua mão, e o garoto deslizou algo duro e frio em sua palma. Jak recebeu, enfiando rapidamente no bolso. Seu coração estava martelando com tanta força que parecia prestes a saltar do peito, mas aquela sensação de estar debaixo d'água permanecia. Sua mente buscou algo que ajudasse a acalmar seus pensamentos.

Não consigo pensar. Não consigo pensar. Por que não consigo pensar? Sua *baka* lhe dissera que ele era "um menino astuto grande demais para calças pequenas", com a testa franzida, mas de uma maneira que o fez pensar que ela estava feliz com ele mesmo assim. Mas não se sentia astuto agora. Se sentia... mais assustado que nunca.

Jak lançou um olhar rápido para o penhasco e viu que, mesmo que não fosse uma queda livre, ficava muito distante do chão. Muito, muito distante. Ele não sabia como descrever em números, mas era inteligente o suficiente para saber que, se pulasse para fugir, morreria. *A única regra é sobreviver. Ou morrer.*

Por quê? *Porquêporquêporquê?* Isso não pode ser real. Isso não pode ser real.

Um estalido alto explodiu em volta deles, fazendo Jak gritar de choque e pavor. Mas antes que pudesse questionar de onde o barulho tinha vindo, sentiu uma rajada de vendo frio e, então, o chão começou a se mover. *Escorregar.* A neve cedeu sob seus pés, e ele deslizou junto, agarrando o ar vazio em busca de algo em que se segurar. Mas não havia nada.

Ouviu o homem malvado gritar algo, e ele gritou de volta, junto com os gritos dos outros garotos, conforme todos deslizavam pela beira do penhasco em uma explosão de pó branco.

Seus pensamentos ainda estavam lentos. *Tudo* estava lento... mas então, de repente, ele *despertou.* Podia ouvir cada batida rápida de seu coração. Podia sentir o ar gelado ferroar seu rosto, e podia sentir algo *verde* que não conseguia nomear melhor que isso.

Alguém agarrou sua mão. O garoto pequeno ao seu lado. Seus olhos se encontraram por um rápido segundo, o olhar do garoto de cabelos escuros cheios do mesmo medo que Jak também sentia. Com um grunhido de força, girou o corpo enquanto o mundo cedia sob eles, colocando sua mão em volta do pulso do outro garoto e segurando com força, para que assim eles caíssem juntos.

Eles rodopiaram e tombaram, até atingirem algo sólido — um pedaço de solo — com um gemido alto e um grito breve. O corpo de Jak explodiu em dor. Sentiu o outro garoto começar a soltá-lo, então apertou com mais força, e ambos continuaram a descer e descer rolando, ainda segurando um ao outro.

Tombando, rolando, caindo, batendo. *Dor.*

Tão *rápido.* Estavam indo tão rápido. Ele não conseguia se segurar em nada, sua mão vazia buscava, tentava agarrar, deslizava.

Colisão. Os dois gritaram ao pousarem em uma pequena elevação, sendo arremessados imediatamente e estendendo as mãos vazias para agarrar a beirada.

Você está disposto a sobreviver?

Sim!

Podemos fazer isso. Podemos fazer isso.

Eles se olharam, lágrimas descendo pelas bochechas do garoto menor, suas respirações saindo de maneira ofegante. Os outros garotos passaram rapidamente sobre eles, seus gritos ecoando pelo vazio escuro abaixo.

Os pulmões de Jak doíam a cada respiração, e seu corpo gritava de dor. O pavor o dominava. Todas as suas sensações se tornaram *reais. Ele* se sentia real, não mais debaixo d'água, não mais meio adormecido, e estar acordado era horrível e aterrorizante.

Ainda com a mão do outro garoto na sua, ergueu os dois, agarrando a beira da elevação para que ambos a segurassem com as duas mãos. Com uma rápida conferida, viu que a elevação era pequena demais para dois meninos, mas havia uma raiz estreita de árvore ao lado dela que parecia levar a um solo mais forte. Uma chance. Uma pequena chance.

Com a luz fraca da lua, Jak viu que os olhos grandes do garoto estavam começando a se fechar, sangue escorrendo de seu nariz e sua cabeça tombando de um lado para o outro como se estivesse prestes a adormecer.

SELVAGEM

Seus braços estavam tremendo, as pontas de seus dedos escurecidas de tanto se segurar. *Oh, Deus.*

Não use o nome do Senhor em vão. Onde você ouviu essa expressão? Foi aquele carteiro fedido?

A voz de sua *baka* em sua cabeça lhe deu um pequeno surto de energia, e ele segurou com mais força, sabendo que conseguiria subir na elevação se tentasse. No entanto, nela só caberia um deles. Os olhos entreabertos do garoto encontraram Jak, sua boca se abrindo um pouco, sangue escorrendo.

Ele está prestes a desistir.

Se Jak ia erguer-se para subir na elevação e arrastar-se pela raiz da árvore como uma cobra, como havia feito nos fundos da casa, onde era o rei da floresta — a área de floresta onde brincava durante a maior parte do dia porque sua *baka* acreditava que crianças não deveriam ficar *sempre incomodando* —, ele teria que fazer agora. Ou... poderia salvar o outro garoto e arriscar a própria vida ao escolher a queda.

Esses pensamentos inundaram seu cérebro tão rapidamente e de uma só vez que seu corpo recebeu uma mensagem que Jak não sabia que tinha mandado, e suas mãos se moveram para agarrar o outro garoto pela cintura no momento em que suas mãos deslizaram. Ele choramingou.

— Suba por cima de mim — grunhiu, usando o que restava de suas forças para impedir que os dois caíssem. — Agora! — ordenou.

Com um choro agudo, o garoto, muito mais leve que Jak, agarrou a elevação novamente, colocando um pé sobre o ombro de Jak, ao passo que Jak removia uma mão e a usava para empurrar o garoto para aquele pequeno pedaço de terra firme.

A outra mão de Jak deslizou.

— Viva! — Jak gritou, exigindo aquilo com o ar que restava em seus pulmões, ao descer em queda livre para o desconhecido abaixo.

CAPÍTULO UM

Dias atuais

O delegado Paul Brighton agarrou o volante de seu carro de patrulha. *Jesus*, suas mãos estavam tremendo. Ligou o limpador de para-brisa e observou a neve voar pelo vidro, criando um turbilhão branco. Estreitou os olhos, mal conseguindo enxergar a estrada à sua frente.

— Justamente do que eu precisava — murmurou, tentando acalmar seu coração acelerado.

Nunca *vira* uma cena de crime como aquela, embora tenha acontecido uma similar na cidade na semana anterior. Que tipo de psicopata saía por aí cometendo assassinatos com um arco e flecha? Ele ouvira falar sobre o primeiro — com todos os detalhes sórdidos e sangrentos —, mas o xerife havia respondido àquele chamado, e agora o Delegado Brighton sabia, depois de ter ouvido o relato sobre algo e tê-lo visto bem de perto, que haviam sido duas experiências muito diferentes. A imagem da vítima na cena do crime que havia acabado de ver surgiu em sua mente, e ele fez uma careta. A vítima havia... *porra*... havia sido presa à parede com uma flecha, pelo amor de Deus, e seu sangue escorria e se espalhava pelo chão como...

O delegado Brighton deu uma freada brusca e desviou bem em cima da hora ao ver um homem enorme surgir na estrada do nada, avançando em direção ao seu carro. Seus pneus deslizaram no asfalto coberto de gelo e, por um instante, pensou que perderia o controle do veículo. Mas conseguiu dar um jeito, corrigindo seu deslizar, e o SUV tremeu e parou

abruptamente na beira da estrada. A respiração do delegado Brighton estava ofegante. *Porra, quem era aquele?* Parecia um maldito... *homem das cavernas.* Sacudiu a cabeça, tentando organizar seus pensamentos.

Abriu a porta rapidamente, o "ding" ressoando pela rua silenciosa e cheia de neve, o único som além do vibrar baixo de seu motor. O delegado Brighton investigou a lateral do carro, tirando a arma do coldre pela primeira vez em sua carreira.

— Mostre as suas mãos! — gritou em direção ao vento frio, usando o antebraço para proteger os olhos ao continuar a averiguar pelo capô do carro. Ele viu a silhueta do homem primeiro. Enorme, musculosa. — Mostre as suas mãos! —repetiu, sua voz vacilando.

O homem deu um passo à frente, com as mãos erguidas, e os detalhes começaram a entrar em foco. Suas pernas estavam cobertas por uma calça jeans, mas o restante dele estava coberto completamente com... pele de animais, desde suas botas, até seu casaco e a touca, que estava quase cobrindo seus olhos. *Quem diabos é ele? O que diabos é ele?*

— Ajoelhe-se! — gritou.

O homem fez uma pausa, como se estivesse ponderando, mas logo obedeceu à ordem, com as mãos ainda erguidas. O delegado Brighton viu que seus olhos haviam se estreitado. Havia neve na barba em sua mandíbula, e cabelos cheios e desgrenhados roçavam em seu queixo. O homem o observava, esperando, seu olhar alternando entre sua arma e seu rosto. *É um selvagem.* O pensamento passou pela mente do delegado Brighton, e a arma tremeu em sua mão conforme deu um passo à frente. Ao avançar, percebeu o detalhe final no homem.

Ele tinha um arco e flecha pendurado no ombro.

CAPÍTULO DOIS

— Harper, aí está você. — Keri Simpkins colocou um lápis atrás da orelha ao se levantar de sua mesa, indo rapidamente até Harper, que estava pendurando seu casaco em um cabide ao lado da porta. — Ficou sabendo da notícia?

— Notícia? — Harper esfregou as mãos uma na outra, tentando aquecê-las, enquanto Keri olhava rapidamente em direção aos fundos da delegacia do pequeno condado. Ela assentiu.

— Uhum. Aquele assassinato sobre o qual a cidade inteira está falando? Parece que houve outro. E... — Baixou a voz. — Eles têm um suspeito.

O coração de Harper se contraiu.

— *Outro* assassinato? — Franziu a testa, sentindo a surpresa da notícia pinicar sua pele. *Aqui? Em Helena Springs?* E um suspeito?

— Uhum. E, escuta essa, o suspeito é tipo um homem selvagem.

— Homem selvagem? Como assim, *homem selvagem*? — E por que raios ela havia sido convocada à delegacia?

Keri deu uma rápida olhada para trás novamente e, ao falar, sua voz saiu apressada.

— Como se o cara nunca tivesse vivido na civilização. Tipo um... homem das cavernas. Espere só até ver...

As palavras de Keri foram cortadas abruptamente pelo som de passos se aproximando e, um segundo depois, Dwayne Walbeck, xerife de Helena

SELVAGEM

Springs, surgiu no ambiente, acenando com o queixo ao avistar Harper.

— Harper. Obrigado por vir.

— Sem problemas, Dwayne. — Harper lançou um olhar rápido para Keri, mas ela já havia retornado à sua mesa. *Homem selvagem?* Harper virou sua atenção de volta para Dwayne. — O que está acontecendo?

Dwayne olhou para Keri, que estava sentada à sua mesa da recepção, com a cabeça inclinada de uma maneira que indicava que estava atenta a cada palavra. Apesar de estar confusa — e haver uma gota de pavor descendo por sua espinha por saber que algo terrível havia acontecido a alguém em sua pequena cidade —, um sorriso surgiu nos lábios de Harper. Keri era tão doce quanto intrometida, e qualquer um em um raio de trinta quilômetros sabia exatamente a quem recorrer se quisesse descobrir qual era a fofoca da vez. Era um milagre Dwayne mantê-la ali. No entanto, normalmente, sua boca grande não era um problema muito grave — em geral, a coisa mais digna de fofoca que saía da delegacia era algum bêbado arruaceiro.

— Keri, pode segurar minhas ligações, por favor? — Dwayne pediu por cima do ombro.

— Sem problemas, Dwayne — ela cantarolou.

Dwayne pousou a mão no ombro de Harper e a conduziu até os fundos do recinto onde ficava seu escritório, junto com duas celas e uma pequena sala de interrogatório que, na maior parte do tempo, servia como uma área de descanso para Dwayne, Keri e dois delegados, Paul Brighton e Roger Green.

— Dwayne, o que raios está acontecendo? — Harper perguntou assim que entraram na sala de interrogatório, e ele fechou a porta.

Dwayne pegou um controle remoto e ligou um monitor pendurado na parede à esquerda de Harper. Ela virou-se para a tela, que exibia uma das duas celas, e um homem estava sentado no banco preso à parede, encarando o nada fixamente.

Harper inclinou a cabeça, aproximando-se, olhando atentamente o homem. Ele estava usando calça jeans azul normal, esticada sobre coxas musculosas, mas seu casaco era qualquer coisa, menos normal. Era feito de... pele de animais? Remendado de uma maneira que parecia ter sido... costurado à mão. Harper não conseguiu compreender todos os detalhes da construção específica do casaco a partir da imagem na tela, então nem ao menos sabia se aquela era a palavra correta. De qualquer maneira, suas botas — seu *calçado* — eram feitas da mesma pele animal e iam até a metade de suas panturrilhas. O homem olhou para cima de repente, seus olhos movendo-se em direção à tela como se soubesse que ela estava ali — ou ao menos soubesse que havia uma câmera o observando, e Harper deu um passo para trás, como se ele realmente pudesse vê-la e devesse se envergonhar por encará-lo como estava fazendo.

— Você o reconhece?

Sacudiu a cabeça, assimilando aquele rosto, que ainda estava mirando diretamente nela. Era emoldurado por cabelos castanhos lisos, cortados de maneira que a fez pensar que ele o havia cortado com algum instrumento cortante incomum. Sua mandíbula estava coberta por uma barba que podia ser descrita como curta ou por fazer há semanas, e apesar de sua aparência incomum, de maneira geral, ela podia ver que ele era bonito, embora de um jeito que a fazia se perguntar se aquele homem tomava banho.

E se tomava, onde? Em um riacho gelado? A imagem que sua mente criou não era desagradável, e envergonhada de si mesma, dispensou o pensamento.

— Tem certeza de que nunca se deparou com esse cara em alguma visita turística ou quando estava sozinha pela floresta?

Não, eu me lembraria dele. Harper sacudiu a cabeça novamente.

— Talvez ele estivesse usando algo menos notável. Especialmente no verão.

Tipo o quê? Uma tanga? Por algum motivo, ela não achou que isso seria menos notável.

— Tenho certeza. Quem é ele, Dwayne?

Dwayne soltou uma lufada de ar, desligando o monitor. Harper sentiu uma pontada momentânea de perda que foi totalmente bizarra. Mas, sinceramente, ela queria estudá-lo. Queria ficar sozinha naquela sala e assisti-lo na câmera por um tempinho para ver o que ele faria. *Como se fosse algum tipo de alienígena e não um ser humano? O que há de errado com você, Harper?*

— Ele disse que se chama Lucas. Só isso. Sem sobrenome. Somente Lucas.

Harper franziu o cenho.

— Não entendo.

Dwayne esfregou o olho, e Harper percebeu de repente o quanto ele parecia estar cansado.

— Nem eu. Não ainda. — Apoiou-se contra a beirada da mesa. — Suponho que Keri mencionou que houve outro assassinato, certo?

Harper assentiu.

— Sim. Você pode me dizer de quem?

O estômago de Harper se contraiu. Ela estava evitando fazer aquela pergunta, porque sabia que, quem quer que fosse, provavelmente o conheceria ou, pior ainda, o conheceria *bem*. Com uma população de duas mil pessoas, Helena Springs era pequena demais para que esse não fosse o caso.

Dwayne assentiu.

— Um homem que atende pelo nome Isaac Driscoll, que morava em uma cabana a cerca de trinta quilômetros de distância da cidade na direção sul.

Sul?

Harper piscou, surpresa. Não havia *nada* ao sul além de planícies, montanhas, rios e vales, quilômetros e quilômetros de regiões selvagens. Nada particularmente habitável... ou, pelo menos, era o que achava.

— De alguma forma, a vítima conseguiu um celular e ligou para a emergência — Dwayne continuou. — Ele não falou nada, mas uma torre de celular ajudou a identificar com precisão a localização e ele morreu antes que Paul conseguisse chegar lá. A torre antiga costumava demorar mais a fazer essa identificação, mas o novo sistema faz mais rápido. Tecnologia da boa. Enfim, Paul pensou que provavelmente se tratava de algo costumeiro, um andarilho perdido ou algo assim. — As linhas em volta de seus olhos apertaram por um momento. Ele ficou preocupado com a possibilidade daquelas palavras a atingirem em um nível pessoal, e estava certo.

Mas Harper livrou-se da sensação e focou na situação presente. *Um andarilho?* Qualquer pessoa que estivesse fazendo trilha naquela direção nessa época do ano devia estar com os parafusos soltos. Ou... estar muito perdida. A lembrança surgiu novamente com ainda mais força, mas a colocou de lado enquanto Dwayne continuava a lhe contar.

— Quando Paul chegou à área remota apontada pelo sistema de localização, avistou uma cabana à distância.

Harper assentiu, surpresa por haver estradas com acesso, ou mesmo solo firme por onde era possível dirigir.

Dwayne suspirou.

— Por sorte, o tempo colaborou para que Paul pudesse chegar lá, porque a neve começou a cair com força antes mesmo que ele conseguisse deixar a cena do crime. — Dwayne abriu uma pasta que estava sobre a mesa e tirou de lá o que parecia ser uma foto impressa da internet. Entregou-a para Harper. — Esta é a vítima. Já o viu em algum dos seus passeios?

Harper o analisou. Era um homem mais velho impossível de identificar. Devia estar na casa dos sessenta anos. Cabelos ralos e grisalhos,

SELVAGEM

usava óculos. Barba curta. Um pescoço largo, levando-a a acreditar que era robusto. Harper entregou a foto de volta para Dwayne.

— Não que eu me lembre.

Dwayne colocou a foto de volta na pasta, e Harper lançou um olhar para a tela desligada.

— O que ele tem a ver com tudo isso?

Dwayne suspirou novamente.

— Suponho que você ouviu falar sobre a arma usada para assassinar a mulher que estava hospedada na pousada Larkspur.

Uma afirmação, não uma pergunta, mas Harper assentiu.

— Sim, ouvi.

Não precisou explicar, nem mencionar que Keri havia confidenciado a ela — e à metade da cidade — que a mulher havia sido atingida com uma flecha no único estabelecimento da cidade disponível para hóspedes de fora da cidade.

Harper franziu o rosto internamente diante da imagem que ainda se formava em sua mente sempre que pensava na mulher desconhecida sobre a qual ouvira falar uma semana antes, uma flecha atirada com tanto poder que havia saído pelo outro lado de seu corpo, e ainda teve força suficiente para ficar presa na parede de madeira atrás dela.

— A arma usada naquele crime foi o mesmo tipo de arma usada no assassinato de Isaac Driscoll.

— Oh — ela suspirou.

— É. Incomum, para dizer o mínimo. Não são muitas pessoas que utilizam isso em geral, e especialmente não para cometer um assassinato. Muito menos dois. — Dwayne lançou um rápido olhar para a tela desligada, do mesmo jeito que Harper fizera. — Paul tinha acabado de sair da cena do crime e quase atropelou um rapaz no caminho de volta. Ele agiu como se nunca tivesse visto uma caminhonete antes, o que talvez seja até verdade.

Enfim, Paul já estava abalado depois de descobrir uma cena de crime tão macabra, e então esse cara surgiu cruzando seu caminho carregando um arco e flecha nas costas.

Harper arregalou os olhos.

— Carregando... você acha que ele é o assassino?

— Ele disse que não é, e ainda não há evidências para afirmar que é, exceto pelo arco e as flechas. No entanto, as flechas que carregava têm a aparência diferente das que foram usadas nos dois crimes. E há espaços designados para cada flecha no compartimento que ele carrega e não havia nenhuma faltando. Apreendemos para análise. Mas também há o fato de que Lucas sabe como usar uma e de que mora próximo a Isaac Driscoll, então é ao menos um suspeito.

Harper encarou o xerife.

— Os *dois* moram por lá?

— Parece que sim. Lucas disse que mora a dez mil trezentos e setenta e três passos de distância de Driscoll, na direção dos três picos de montanha.

— Hã?

— Eu sei. Foi assim que descreveu a distância entre as residências. Estranho.

Para dizer o mínimo. Sacudiu a cabeça, incrédula. Harper conduzia visitas turísticas por aquela área selvagem — amantes da natureza, campistas, caçadores. Mas não conseguia imaginar alguém vivendo ali permanentemente — em qualquer estação. Seria... praticamente impossível sobreviver, se a pessoa não tivesse muitos e muitos equipamentos e agasalhos.

— Eles se conheciam?

— Lucas disse que ele fazia algumas trocas com Driscoll, que costumava vir à cidade. Trocava os peixes que pescava por peças de roupa,

SELVAGEM

e essas coisas. Ele disse que, fora isso, não tinham um relacionamento. Lucas nem ao menos considerava o homem como um amigo. Somente alguém com quem fazia negócios.

Negócios.

— Trocava os peixes que pescava? Então... aquele homem *nunca* esteve na cidade?

— É o que diz.

— Então, não pode ter matado a mulher na pousada.

Dwayne deu de ombros.

— Vamos acreditar na palavra dele porque é tudo o que temos. Vai levar um tempo até recebermos o resultado da investigação forense, mas, até agora, nada o incrimina. Não temos motivo para mantê-lo preso.

Harper pressionou os lábios, repassando as palavras de Dwayne. *Nunca esteve na cidade? Nunca saiu daquela floresta?* Como isso é possível? Suas dúvidas eram infinitas. Mas não foi por isso que Dwayne a havia chamado ali. Ele queria que Harper lhe fornecesse informações, não o contrário.

— Não costumo conduzir as visitas turísticas para o sul, e o lado leste do rio é melhor para os caçadores. Mas, de qualquer jeito, nunca me deparei com nenhum deles, pelo que me lembro. Nem com nenhum tipo de residência por ali. Estou tão surpresa quanto você.

Trinta quilômetros faziam uma grande diferença em termos de terreno, mas não era tão longe a ponto de alguém não poder viver uma vida mais confortável em uma cidade populosa e ainda aproveitar a vida selvagem que aquela área oferecia. Harper ainda não conseguia entender.

Dwayne levantou-se da mesa, gesticulando para um pequeno refrigerador perto da porta, que ela presumiu que guardava bebidas. Recusou com a cabeça, e ele pegou uma garrafa de água, retirou a tampa e tomou um longo gole antes de falar.

— Convocamos o laboratório criminal de Missoula para processar a cena, mas tivemos que chamar o Departamento de Justiça de Montana para investigar. Nós não somos equipados o suficiente para lidar com um crime desses. O agente que eles enviaram está na primeira cena do crime na Larkspur agora, mas deve voltar logo para fazer mais algumas perguntas para Lucas. E... — Fez uma pausa, franzindo as sobrancelhas como se estivesse preocupado com qual seria a reação dela diante de suas palavras a seguir. — Espero que não tenha problema eu ter oferecido os seus serviços. Precisamos da sua ajuda.

CAPÍTULO TRÊS

O agente Mark Gallagher ficou parado, assimilando o ambiente como um todo, memorizando os formatos, esperando que qualquer coisa que imediatamente parecesse fora de contexto chamasse sua atenção. Mas isso não aconteceu, exceto pela grande mancha escura no tapete. Mas já esperava isso. A mulher que havia morrido ali não teve uma experiência de morte pacífica.

Não, houve medo e sofrimento, e finalmente a morte, embora tenha sido silenciosa, já que a flecha havia atravessado sua garganta, privando-a de ar e do grito que ele tinha certeza de que havia ficado preso ali dentro. Vira as fotos da cena do crime. A mulher não estava usando nada além de uma camiseta e uma calcinha branca de algodão — aquilo era presumivelmente o que usava para dormir — e seus olhos estavam abertos em horror. Julgando pelo modo como as cobertas estavam jogadas, a vítima estava a meio caminho entre a cama e a janela — tinha tentado fugir, mas não conseguiu ir muito longe.

Ela não teve muita chance, é claro. Matar com um arco e flecha não requeria uma proximidade. Esse era o objetivo, não era? O assassino não teve que ir muito além da porta, pela qual entrou ao quebrar a fechadura frágil enquanto a mulher dormia.

Mark abriu uma gaveta da cômoda. Nada. Ali havia uma mochila cheia de itens de vestuário, e havia pasta de dentes sobre a pia, mas, aparentemente, ela não planejara uma longa estadia. Isso, ou a mulher não tinha muitas posses.

Havia uma pilha de livros sobre a mesa de cabeceira, e Mark pegou o que estava no topo. *O Doador.* Ele o colocou de lado e olhou para os três seguintes: *O Jogo do Exterminador, Correr ou Morrer* e *O Ladrão de Raios.* Mark franziu as sobrancelhas. Ele não sabia nada sobre a vítima, mas os títulos pareciam escolhas estranhas para uma mulher adulta cujo exame do legista estimou ter entre trinta e cinco e quarenta anos. Mark os reconheceu como livros direcionados ao público jovem adulto.

Mark avistou algo na lombada do livro *O Doador* e, ao inspecioná-lo mais atentamente, viu que parecia que um adesivo amarelo havia sido arrancado dali recentemente. O pouco de cola restante ainda estava grudento. Uma etiqueta de preço? Se bem que... aqueles livros estavam bem usados. Talvez tivessem sido comprados em um sebo. Ele inspecionou os outros livros e também encontrou traços visíveis da cola neles, e pequenos pedaços de adesivo amarelo nas lombadas. *Hum.* Então, eles provavelmente tinham sido comprados no mesmo lugar. Em algum lugar da cidade onde alguém talvez se lembre dessa mulher? Abriu as capas dos livros uma por uma e viu que a primeira página havia sido arrancada de todos eles. *Estranho.* Podiam muito bem serem livros que a mulher tinha há anos, antigos favoritos que ela havia trazido consigo para reler. Ainda assim... pareciam estranhos ali, e isso o estava incomodando. Mark tirou algumas fotos da pilha de livros sobre a mesa de cabeceira.

— Senhor? Agente Gallagher?

A mulher que apareceu no vão da porta torcendo um pano de prato nas mãos era pequena e magra, devia ter quase setenta anos e seus cabelos loiros eram curtos, na altura da mandíbula. Estava usando um avental, e havia uma mancha na cor vermelho-vivo na saia. No meio de uma cena criminal sangrenta, a visão era bem perturbadora.

Ele sorriu.

— Sra. Wilcox?

A mulher que ele sabia que era a proprietária da Pousada e Restaurante Larkspur assentiu, olhando em volta nervosa e dando um passo para trás. Mark a seguiu até o corredor e fechou a porta atrás de si.

— O que aconteceu aqui foi terrível.

Ela balançou a cabeça de maneira afirmativa, engolindo em seco, suas mãos ainda torcendo o pano de prato.

— Oh, eu nem consigo dormir direito pensando nisso. Bem debaixo do meu teto. — Fez uma careta. — Já descobriram alguma coisa sobre a pobre mulher?

— Ainda não. A senhora poderia me contar alguma coisa sobre ela que possa ter chamado sua atenção?

Olhou para o lado e franziu a testa, concentrando-se.

— O que mais me chamou atenção foi o fato dela se hospedar aqui. Não recebemos muitos hóspedes no inverno. Só temos três quartos. O restaurante é o nosso negócio principal durante todas as estações, mas especialmente as mais frias. Recebemos ocasionalmente alguma pessoa de passagem pela cidade e que precisa de um lugar para passar a noite, ou alguém que está visitando parentes e quer um espaço somente para si, mas é raro. Então, fiquei surpresa quando ela tocou a campainha na quarta-feira passada e disse que queria alugar um quarto por uma semana.

Anotou aquilo no caderno que carregava no bolso de seu casaco. *Uma semana.*

— Ela não mencionou se estava visitando alguém?

— Não, e eu perguntei "O que a traz a Helena Springs?". Ela tinha um olhar distante, e respondeu que estava aqui para consertar um erro. Bem, eu não soube exatamente como reagir a isso, mas, de qualquer forma, mudou logo de assunto, perguntando sobre os horários do restaurante.

Estava aqui para consertar um erro. Mark também anotou aquilo, batendo a caneta no caderninho por um segundo antes de perguntar:

— Ela pagou em dinheiro?

— Sim. Eu pedi para ver um documento de identificação, é claro,

por protocolo, mas a mulher me disse que sua carteira havia sido roubada recentemente, então não tinha documentos consigo. Não ter um documento de identidade me fez hesitar em deixá-la ficar com o quarto, mas estava pagando tudo à vista e adiantado, e estava tão frio lá fora. Não seria cristão da minha parte mandá-la embora com o tempo daquele jeito e sem nenhum outro lugar na cidade onde pudesse ficar.

— Claro. Compreendo. — Mark abriu um sorriso simpático para a Sra. Wilcox, que retribuiu, deixando os ombros caírem como se estivesse preocupada com a possibilidade de ele desaprovar o fato de que não seguiu um protocolo. — A senhora por acaso viu se alguém a deixou aqui?

Não havia veículo algum no estacionamento, o que significava que ou a mulher havia caminhado até ali, ou havia sido deixada por alguém.

A Sra. Wilcox sacudiu a cabeça.

— Eu nem ao menos a ouvi chegar. Estava assistindo a um programa quando ouvi a campainha da recepção. Me pegou de surpresa.

— O que pode me contar sobre aquela noite?

A Sra. Wilcox havia parado de torcer o pano de prato, mas, diante da menção *àquela noite*, começou a fazer isso novamente. Mark se perguntou se a senhora o rasgaria ao meio.

— Ouvi gritos — sussurrou, olhando para o corredor por trás do ombro de Mark, como se alguém pudesse aparecer de repente e ouvi-la dizer algo que não deveria. — Não pude ouvir tudo, mas eu o ouvi gritar "Como você pôde? Como você pôde? Você arruinou tudo".

— E a senhora tem certeza de que era a voz de um homem?

— Oh, sim. Disso, não tenho dúvidas. Eu pensei em vir até aqui. Os hóspedes não têm permissão para receber outras pessoas em seus quartos sem pagar o dobro pela ocupação, entende? E aí, ouvi a briga... foi preocupante. Mas então, a gritaria parou, e decidi ir ver o que aconteceu somente pela manhã. — Franziu a testa, balançando a cabeça. — Eu fiz a coisa errada, não foi?

— Não, senhora. É compreensível. Não tinha como saber se era algo além de uma briga de casal.

— Nunca aconteceu algo assim em Helena Springs. — Suas mãos pararam de estrangular o pano de prato, e aproximou-se mais um pouco dele. — Já aconteceram acidentes onde pessoas perderam a vida. Penso logo na família Ward, é claro. — Apertou os lábios e sacudiu a cabeça. — Aquela pobre garota, Harper, ter perdido os pais daquela maneira. Bem... — Endireitou os ombros e deteve-se ao perceber que estava falando coisas sobre as quais não havia sido questionada.

Contudo, Mark estava acostumado com aquilo. As pessoas costumavam fazer isso — procuravam preencher o silêncio, então ele sempre lhes dava bastante espaço. Porque, frequentemente, a falação desinibida continha informações úteis. Durante seus quase trinta anos de trabalho, ele aprendeu a esperar, escutar e reunir informações, só para garantir.

Entregou seu cartão para a Sra. Wilcox.

— Se a senhora se lembrar de alguma outra coisa, qualquer outra coisa, pode me ligar. Nenhum detalhe é pequeno demais.

Recebeu o cartão, guardou-o no bolso de seu avental e assentiu.

— Ligarei sim, pode deixar. — Começou a virar-se para sair dali. — É melhor eu voltar para as minhas tortas. Costumo fazer isso quando estou nervosa. Me ajuda a... — Fez um gesto vago com a mão. — Enfim, Agente Gallagher, ligarei para o senhor caso me lembre de mais alguma coisa.

Ele acenou com a cabeça.

— Obrigado, senhora.

Abriu um sorriso nervoso e lhe deu as costas, seguindo novamente em direção às escadas para a cozinha, de onde Mark podia sentir vindo o cheiro doce e ácido de torta de cereja assando.

Laurie costumava fazer torta de cereja — a crosta ficava entrelaçada como uma cesta, para que assim os pequenos espaços no meio borbulhassem vermelho e viscoso quando a torta estava quente. O cheiro o fez sentir saudades, fez os espaços vazios dentro dele pulsarem com as lembranças de como as coisas um dia foram. Empurrou as sensações de lado, concentrando-se nas coisas que anotou em seu caderno, voltando a atenção para as duas pessoas assassinadas que mereciam justiça.

Precisava ir à segunda cena de crime. Queria analisá-la o quanto antes fosse possível após terminar de examinar a primeira — ver se existia algo similar entre elas, de um jeito que talvez Mark não conseguisse captar se demorasse muito. A manhã seguinte não seria suficiente. Ele dissera a Laurie que estaria em casa para o jantar, mas ela compreenderia que, com um novo trabalho, tinha que dar tudo de si. Não que Mark faria diferente, independente disso. Não fazia parte de sua natureza fazer as coisas pela metade, nunca havia sido assim. Entretanto, se perguntou vagamente se estava fazendo tudo o que podia em relação ao seu casamento. Mas colocou aqueles pensamentos de lado por enquanto. Aquilo levaria tempo. *Ele esperava. Deus, como esperava.*

Mark sentia que já estava esperando há muito tempo. Tempo demais, talvez.

Ao caminhar de volta para sua caminhonete, estava nevando novamente, e o ar gelado queimava sua pele. O céu estava acinzentado e denso, como se a qualquer momento pudesse cair e esmagar todos sob ele. Aquilo o fez sentir depressivo e claustrofóbico. Jesus, como essas pessoas sobreviviam meses em um clima como esse? Descobriria em breve, mas já sentia falta do céu azul da Califórnia.

O xerife tinha dito que sabia de uma garota que conhecia bem a área florestal. Que bom, porque Mark precisava dela. O conhecimento que tinha sobre aquela *floresta* poderia encher um copinho de *shot*. E ficar perambulando sozinho na neve parecia uma ideia extremamente desagradável e sem sentido.

Após entrar em seu SUV, ligar a ignição e colocar o aquecedor no máximo, Mark checou o nome que havia anotado no caderno. Harper Ward. *Bem como pensei.* Era a mesma garota que a Sra. Wilcox havia mencionado. *Aquela pobre garota, Harper Ward, ter perdido os pais daquela maneira.* O xerife lhe contara que o pai dela fora o xerife anterior de Helena Springs, e, no momento, ele não tinha informações suficientes para compreender a pontada de culpa que viu na expressão do homem. Mark ficou se perguntando o que aquilo significava e deduziu que poderia descobrir facilmente se quisesse — sempre havia uma pessoa ou vinte dispostas a falar sobre os vizinhos em uma cidade pequena. Mas preferia manter seu foco no que era mais importante e solucionar aqueles *crimes* antes que mais alguém naquela pequena cidade aparecesse machucado.

Ou assassinado.

SELVAGEM

CAPÍTULO QUATRO

Os dentes de Jak batiam com tanta força que ele achou que fossem quebrar. Ele puxou as pernas para mais perto do peito e as envolveu com os braços, tentando extrair cada pedacinho de calor que seu corpo estava produzindo.

Sabia que tinha que se mover. *Precisava* se secar. Precisava... lágrimas preencheram seus olhos e desceram por suas bochechas, congelando em sua pele gélida. Ele as limpou, obrigando-se a se sentar. *Viva!*, dissera ao garoto de cabelos escuros ao impulsioná-lo para cima da pequena elevação. Havia *exigido* aquilo, porque somente um deles poderia subir naquela elevação — ter aquela *chance* —, e se o garoto para o qual ele a havia cedido tivesse morrido mesmo assim, aquilo teria sido em vão.

Eu deveria tê-la pegado para mim.

Mas mesmo que o pensamento tenha passado por sua mente, não parecia verdadeiro. De alguma maneira, havia sobrevivido à queda ao agarrar outro galho proeminente na ladeira do penhasco. Não havia uma inclinação ou qualquer outra coisa onde pudesse subir, então logo perdeu as forças e o soltou. Mas aquele galho ficava mais próximo ao chão e, quando pousou em um monte denso de neve, não foi com muita velocidade, embora o pouso ainda o tenha feito ficar sem fôlego e lutar para sair do buraco gelado que sua queda havia formado.

Um dos outros garotos estava deitado ali perto, com as duas pernas torcidas em direções diferentes, e Jak correu até ele, tremendo e ofegando ao virar o corpo do garoto. Mas pôde ver imediatamente que estava morto.

Seu rosto estava ensanguentado e machucado, seu olhar fixo nas estrelas no céu. Jak gritou, saltou para trás e correu dali o mais rápido possível para fugir. Para bem longe.

Porque não sabia quanto tempo tinha até que alguém viesse atrás dele.

Conseguiu chegar a um grupo de árvores não muito longe, sem fôlego, ensopado, com o ombro doendo muito, e estava com muito medo de que aquele homem do topo do penhasco, quem quer que fosse, estivesse a caminho para *encontrá-lo.*

O homem sabia que Jak havia sobrevivido? Que talvez o garoto de cabelos escuros também tivesse sobrevivido? E o que aconteceu ao garoto loiro? Jak não viu nenhum rastro dele no fim daquele penhasco, mas devia estar morto também. Enterrado sob a neve, com os membros retorcidos de uma maneira grotesca como os do outro garoto morto.

Alguém me ajude. Alguém. Por favor, suplicou mentalmente. Mas ninguém estava ouvindo, exceto a lua silenciosa no céu noturno.

Jak cambaleou pela floresta, seus tremores *aumentando*, seus olhos começando a ficar embaçados. A força que sentiu antes havia sido drenada de seu corpo, causando a sensação de que seus músculos estavam ficando moles e cheios de água. Ele saiu correndo, tropeçando, e continuou até não conseguir mais sentir as pernas. Calor preencheu seus ossos, subindo, enviando chamas até seu peito. De repente, estava quente, pegando fogo. Quente *demais*. E com sede. Curvou-se e juntou as mãos em conchas para pegar um pouco de neve, trazendo-a para a boca e comendo-a enquanto continuava a se mover entre as profundezas da escuridão.

Quente. Tão quente. O mundo começou a ficar torto. Tirou o casaco, jogando-o na neve e seguindo em frente. Tropeçou em algo que estava sob a neve e não podia enxergar, fazendo-o cair. *Eu não vou morrer. Eu não vou morrer.* Mas seus pensamentos começaram a ficar lentos novamente, assim como acontecera quando estava no topo do penhasco. Ao pensar naquela queda aterrorizante — o homem com aquela voz alta e profunda —, forçou-se a continuar, sentindo suas forças indo embora. *Tão quente, quentequentequente*. Com sua última gota de força, Jak tirou a calça jeans e o suéter, deixando-os na neve.

Sua cabeça cambaleou, e ele tropeçou, caindo no chão, atingindo a neve e chorando de dor, sentindo como se agulhas afiadas perfurassem cada parte de sua pele nua. Estendeu uma mão para frente e não sentiu nada. Tropeçou, rolou e caiu em algum lugar pequeno, escuro e macio, onde o frio e o vento não o encontrariam.

Você morrerá hoje?

Não, tentou gritar. *Viva!* Mas as palavras morreram em seus lábios, conforme o mundo ao seu redor desaparecia.

SELVAGEM

CAPÍTULO CINCO

Ofereceu seus serviços? Que serviços, exatamente?

— Dwayne, o que eu tenho a oferecer na investigação de um assassinato?

— Ninguém está pedindo que você seja uma policial. Embora eu tenha certeza de que você tem um pouco disso no seu sangue. — Deu um sorriso afetuoso. — O que realmente precisamos é de alguém que conheça a área florestal muito bem e tenha um veículo 4x4. E esse alguém é você. Você conhecerá o agente que nos enviaram. Parece ser um cara legal. É novo no departamento, e adivinhe só: nascido e criado na Califórnia. O cara apareceu usando tantos agasalhos de inverno que andava feito o boneco Michelin, e me perguntou como descongelar o para-brisa. — Dwayne deu risada, e Harper sorriu, imaginando o agente desconhecido. — Ele está na Larkspur agora, mas voltará logo e dirá a você do que precisa.

Uma batida na porta os interrompeu e, sem esperar por uma resposta, Keri colocou a cabeça para dentro.

— Dwayne, ligação na linha um para você. Bob Elders, de Missoula.

Os lábios de Dwayne formaram uma linha fina.

— Obrigado, Keri. — Olhou para Harper. — Tenho que atender. Você se importa de esperar aqui pelo agente? O nome dele é Mark Gallagher.

Harper assentiu distraidamente, e Dwayne saiu da sala. Ela ainda não havia decidido se ajudaria nesse caso. Alguma coisa nele parecia... arriscada, de uma maneira pessoal. Tinha certeza de que isso tinha a ver com o fato de que seu pai havia trabalhado naquela mesma delegacia por

SELVAGEM

tantos anos... podia praticamente *senti-lo* ali, sentir o cheiro da loção pós-barba que ele usava, ouvir sua risada...

Sentindo-se exausta de repente, sentou-se em uma das cadeiras à mesa, olhando para a tela escura. Sua atenção foi tomada pela imagem mental do homem sentado sozinho na cela, e ela ficou grata pela mudança de foco. O som suave de seus dedos tamborilando sobre a mesa preencheu o ambiente, enquanto imaginava o que ele estaria fazendo naquele momento. Ainda estava sentado ali? *O que mais Lucas estaria fazendo, Harper?* Dwayne estava certo quando disse que o homem nunca tinha visto um carro antes? A curiosidade a alfinetou, e o fato de que ele podia ser um assassino — um que tinha propensão a prender suas vítimas em paredes com flechas afiadas — não estava sendo suficiente para reprimir aquela sensação em particular. *Aparentemente.*

Tamborilou os dedos na mesa por mais alguns minutos, depois ficou remexendo as mãos uma na outra, mordeu o lábio, olhou para a porta e hesitou por apenas mais um momento antes de se levantar rapidamente e ir até o monitor. A tela ligou em um clique, e a visão da pequena cela onde o homem ainda estava sentado piscou ao ganhar vida. Ele estava na mesma posição de antes. Na verdade, parecia que não havia movido um músculo sequer.

Durante um minuto inteiro, Harper ficou simplesmente o observando, sentado no banco na outra sala, quieto e sem se mexer. Através do anonimato da tela, ela permitiu que seus olhos o percorressem livremente — desde seus cabelos desgrenhados até seus calçados estranhos. Era esguio, mas musculoso. Firme. Devia mesmo ter força suficiente para atirar uma flecha que atravessasse um corpo. Era grande. E forte. E com uma aparência selvagem.

De fato, um homem das cavernas.

Harper podia visualizar esse homem lutando com animais selvagens. E ganhando.

Quem é você?

Seus olhos migraram para as mãos dele, pousadas nas coxas. Eram grandes, e mesmo através da tela, podia ver que tinham várias cicatrizes. Ele tinha mãos de um... guerreiro, cheias de marcas e supremamente masculinas, e Harper queria estudá-las, como se fossem uma obra de arte. Eram... brutalmente belas de uma maneira que nunca vira antes. E não pôde deixar de se perguntar o que Lucas havia feito com aquelas mãos para causar tantos machucados.

Um tremor a percorreu, e não era originado apenas de medo. Mas arfou, surpresa, quando ele virou o rosto de repente para a câmera como havia feito antes, e seus olhos pareciam analisar os dela. Sentiu seu rosto ruborizar ao desviar o olhar e, então, quase riu de si mesma. Não podia vê-la. Não podia ver *ninguém* — ele estava simplesmente olhando em direção à câmera. Se aproximou mais um pouco, estudando sua expressão. Havia algo nos olhos dele... amargura, se não estivesse enganada. Mas... por quê? Se Lucas não sabia o que era um veículo, como esse homem saberia que a luzinha vermelha piscante que estava vendo permitia que outra pessoa o observasse? E mesmo que soubesse, por que causava aquela intensidade feroz em seu rosto? Inclinou a cabeça para o lado, estudando-o atentamente. Ele a encarou de volta, como se pudesse senti-la do outro lado da câmera. Bobagem, é claro. Harper sabia disso e, ainda assim, a sensação persistia. Os olhos dele eram perfurantes ao encarar o pequeno equipamento no alto da parede da cela que ocupava, e... a inteligência afiada em seu olhar era inconfundível. Homem das cavernas, talvez. Mas nada de Neandertal ignorante.

Pensamentos zumbiam por seu cérebro. Harper podia *ver*. *Perplexidade. Confusão. Raiva.* Tantas emoções.

Ele desviou o rosto, voltando a olhar para frente — sua expressão ficando vazia de repente —, como se tivesse ouvido o pensamento dela e se recusasse a aceitar que Harper podia enxergar o que escondia. Ou tentava esconder. No entanto, aquilo não a deteve. Ela aproximou-se ainda mais.

SELVAGEM

Por aquele ângulo, podia ver uma cicatriz arqueada logo abaixo da maçã direita de seu rosto. Era discreta e quase apagada, mas chamava atenção para as linhas esculpidas de sua estrutura óssea. E... sim, a expressão dele estava vazia agora, mas havia uma guerra sendo travada por trás de seu olhar. O reconheceu como alguém que havia aperfeiçoado a arte do estoicismo. *Não reaja. Não deixe que eles vejam o seu medo. Não deixe que saibam que você se importa.*

Harper sentiu uma pontada surpresa de empatia, mas repreendeu-se internamente. Estava criando uma narrativa sobre o homem baseada em sua *própria* experiência, não na dele. Ela não sabia absolutamente nada sobre o homem. Entretanto... se era somente um "suspeito", como Dwayne havia dito, era ético mantê-lo ali sentado naquela cela? Se tudo que tinha feito foi surgir na frente de um veículo policial no momento errado e eles não o estavam acusando de nada, ele tinha o direito de ir embora. Será que Lucas sabia disso? Será que tinham ao menos dito isso a ele?

A porta se abriu, sobressaltando-a e despertando-a de seu *voyerismo* e das perguntas girando desenfreadas por sua mente. Ruborizou novamente, mas não antes de Dwayne e o homem mais velho que entraram na sala virem o que ela estava fazendo.

O homem que devia ser o agente estendeu a mão, e Harper a aceitou, enquanto Dwayne se aproximava e ficava ao lado deles.

— Mark Gallagher, esta é Harper Ward. Mark, Harper sabe por que você está aqui. Harper é a nossa guia florestal local, além de psicóloga.

Harper soltou a mão de Mark Gallagher e lançou um olhar exasperado para Dwayne.

— A primeira informação é verdadeira. Mas, Dwayne, eu não sou psicóloga, e você sabe disso. — Lançou mais um olhar severo para eles, mas ele não esboçou nem um pouco de culpa. Harper suspirou e abriu um sorriso pequeno e constrangido para Mark. — Eu trabalho meio período em um orfanato.

— E você está fazendo aulas em Missoula, não está? — Dwayne perguntou.

— Ainda não me inscrevi — Harper disse, sentindo-se uma completa perdedora. As conquistas que Dwayne havia obviamente listado estavam decaindo a cada minuto.

Dwayne piscou.

— Bom, mas chegamos perto. E o que Mark precisa é principalmente do seu conhecimento sobre a área da floresta. E da sua caminhonete. Agora, tenho que fazer algumas ligações, mas você e Mark podem conversar para que decida se está disponível para ajudá-lo.

— Ok.

O xerife saiu da sala, e Mark Gallagher acenou com a cabeça para a mesa, onde os dois sentaram-se de frente um para o outro.

O agente pegou um caderno e uma caneta do bolso de seu casaco e começou a passar as páginas enquanto Harper aproveitava aquele momento para examiná-lo. Ele era mais velho, devia ter pouco mais de cinquenta anos, mas ainda estava em forma e era um homem muito atraente, com cabelos grisalhos cheios e bem-cortados, e exalando certa... capacidade. Uma competência que poucos homens apresentavam. Era o tipo de homem que sempre tomava o controle durante uma emergência, que se mantinha calmo ao fazer isso. Era o tipo de homem para quem você naturalmente recorreria quando tivesse um problema. Parecia ser... como seu pai havia sido. Reconheceu aquela qualidade nele porque havia vivenciado o mesmo com seu pai. E, por aquele motivo, seu nível de conforto aumentou imediatamente.

— Dwayne me disse que o seu pai foi xerife antes dele.

Por um instante, Harper simplesmente o encarou, sentindo-se surpresa diante da pergunta depois de ter literalmente acabado de pensar em seu pai. Sacudiu a cabeça internamente e limpou a garganta.

— Sim. Ele... ele foi. Por pouco tempo.

SELVAGEM

Mark Gallagher fez uma breve pausa antes de assentir.

— Sinto muito por sua perda.

Harper desviou o olhar. Não estava acostumada a falar sobre seus pais, especialmente com estranhos.

— Obrigada. Foi há muito tempo.

— Tempo pode ser relativo.

Harper assentiu e desviou o rosto. Quando voltou a olhá-lo, ele levou sua atenção para o caderno, batendo a caneta contra a capa.

— Dwayne também me disse que você cresceu aqui, e que conhece cada canto e recanto da floresta selvagem que rodeia a cidade.

Harper soltou uma lufada de ar pela boca. Aparentemente, Dwayne havia dito bastante coisa.

— Sim, eu cresci aqui. Mudei-me para Missoula quando tinha sete anos, mas passava os verões aqui durante o ensino médio, e depois me mudei de volta para cá há quatro anos. Desde então, passo praticamente todos os dias na floresta, durante nove meses por ano. Conheço muito bem a área. Mas é impossível uma pessoa conhecer cada pedacinho da floresta que rodeia Helena Springs. É muito vasta, e extremamente severa durante o inverno, até mortal, eu diria... — Inesperadamente, sua respiração ficou presa. *Até mortal, eu diria.* Sim, ela deveria saber mesmo disso. Harper havia perdido os pais naquele terreno impiedoso. Livrou-se do sentimento, surpresa por ter sido pega tão de repente. *Tempo pode ser relativo.* Sim, e quem sabia daquilo melhor que ela? Harper ainda sofria com a perda deles mais de uma década depois. Mas raramente perdia o controle de suas emoções, principalmente na frente de um completo estranho. Limpou a garganta, irritada consigo mesma. — Mas conheço bem uma boa parte dela, dependendo do que você estiver procurando e onde estiver procurando.

Mark Gallagher recostou-se em sua cadeira.

— Talvez essa seja a parte difícil. Ainda não temos certeza do que estamos procurando, além de alguém adepto a usar arco e flecha. No entanto, algumas coisas incomuns foram descobertas na segunda cena criminal que podem ser úteis. Presumo que Dwayne te contou um pouco sobre os dois crimes, certo?

Harper assentiu.

— Sim. Sei o básico sobre cada um.

O Agente Gallagher inclinou-se para frente, juntando as mãos.

— Ótimo. Basicamente, preciso de alguém que possa me levar até lá, e você parece ser exatamente essa pessoa. — Antes que ela pudesse responder, continuou: — Você seria paga como uma consultora no caso. E reembolsada pela distância percorrida com o seu carro e quaisquer outros gastos.

Harper mordeu o lábio. Ela precisava do dinheiro. *Sempre* precisava de dinheiro. Ainda assim, nunca imaginou que poderia ser uma consultora para alguém, muito menos alguém que estava tentando solucionar dois crimes terríveis.

— Por quanto tempo você estará aqui?

Harper não fazia ideia de como funcionava o processo de se solucionar crimes, apesar do fato de que seu pai ganhava a vida nesse ramo. Mas era tão nova quando ele morreu. E, mesmo assim, tanto naquele tempo quanto atualmente, não aconteciam crimes em Helena Springs. Na verdade, a última vez que se lembrava de um crime remotamente similar a esses foi quando Lyle Fredericks bateu na esposa até quase matá-la e, depois, usou sua arma para tirar a própria vida. Sua esposa, Samantha, sobreviveu, mas deixou a cidade para morar com a prima — e para fugir do lugar onde passou a ser apenas "a mulher cujo marido quase matou a pancadas antes de cometer suicídio". Era difícil fugir de rótulos em uma cidade pequena.

É claro que o que acontecera com seus pais, o que acontecera com *ela*, foi um acidente, não um crime. Ainda assim, ouvia cochichos por aí, sabia os rótulos que carregava.

Coitadinha.

Órfã.

— Depende. Pode ser três dias, pode ser três meses. Não tenho como saber, nessa fase da investigação. Estou aqui para fazer o melhor possível para encontrar justiça para as duas vítimas. Ou, pelo menos, respostas. — Fez uma pausa, analisando-a de uma maneira que a fez se sentir levemente desconfortável. — Se você concordar em ajudar, vai precisar manter as informações confidenciais. Como eu disse, vou precisar da sua ajuda para explorar um pouco a área, e talvez eu tenha uma pergunta ou duas pertinentes ao caso, então você terá acesso a informações que prefiro que não sejam discutidas abertamente.

Harper assentiu.

— Claro. Eu compreendo. Minha boca é um túmulo.

O Agente Gallagher riu.

— Ok, ótimo. Então, o que me diz?

O que me diz? Por que Harper estava com essa sensação de que se envolver — mesmo como uma motorista especial — seria importante de uma maneira que ainda não podia entender? A imagem do homem com olhos ferozes sentado a um cômodo de distância surgiu em sua mente, assim como as terras por onde ela levaria o estranho diante dela. Um homem que parecia capaz, sim, mas estava acostumado com céus ensolarados e praias, não com desfiladeiros frios e rios congelados.

Harper não ia muito por lá durante o inverno. Primeiro, quase não recebia clientes dispostos a se aventurar pela natureza selvagem passando um frio congelante, e segundo, seria tolo prosseguir com sua busca pessoal durante os meses em que nevava, quando o que ela estava procurando podia estar escondido sob um monte de gelo branco. Fez mais uma breve pausa, chegando a uma decisão.

— Eu aceito.

Os lábios do Agente Gallagher se ergueram.

— Ótimo. Pode começar agora? Preciso ir à segunda cena de crime, Harper. Posso chamá-la de Harper?

— Sim, claro.

— Preciso de alguns minutos para fazer algumas perguntas para o homem que está na cela ao lado, primeiro. Serei rápido. Imagino que ele esteja pronto para ir para casa.

Assentiu, e o agente Gallagher saiu da sala, indo em direção ao "homem selvagem". *Não, Lucas. O nome dele é Lucas. E a* casa *dele fica no meio do nada.*

CAPÍTULO SEIS

Cheiros infelizes. Suor velho, lágrimas, medo. O fedor de urina humana. E, sobre tudo isso, algo penetrante e forte que Lucas não conseguia nomear. Não natural.

Não estava prestando atenção suficiente, seus pensamentos voando como os flocos de neve à sua volta. E então, surgiu uma caminhonete onde nunca houvera uma caminhonete antes. A grande máquina rugia, retumbava e deixava marcas profundas na neve. Mas ele não fugiu. Não lutou. Porque *queria* ver o homem que a estava dirigindo. Bem de perto. Queria saber se seria um amigo ou um inimigo.

Ainda existiam inimigos? Ou *Driscoll* fora o único inimigo? Ainda não sabia. Estava tentando descobrir.

O homem na caminhonete deslizou para fora da estrada quando viu Lucas e, então, sacou sua arma. Sua mão estava tremendo, e Lucas podia sentir o cheiro de seu medo, sabia que podia vencer o homem, tomar sua arma se quisesse, mas não fez isso. O homem pediu que ele viesse à cidade para responder perguntas. Lucas não queria responder nenhuma de suas perguntas. Podia ter desviado e fugido como uma raposa. Rápido demais para ser pego. Mas precisava *saber* mais sobre o que existia *ali*.

Então, deixou o homem levá-lo à cidade, e o homem o colocou *ali*, na cela onde pessoas infelizes haviam sentado antes dele. Suando. Chorando. *Fazendo xixi no chão? Por quê?* Não conseguia entender. Até mesmo animais faziam xixi longe do local onde dormiam.

Driscoll havia falado sobre uma cela. Com grades. Uma jaula. Era

SELVAGEM

disso que devia estar falando. Mas os homens que o mandaram sentar ali também disseram que ele podia ir embora depois que lhe fizessem algumas perguntas. Mas talvez estivessem mentindo.

Olhou para a câmera no canto. Sabia o que era uma câmera. A mulher ruiva dissera pelo que procurar, e *lembrou-se*. Lembrou-se do mundo de muito tempo atrás, no qual ele viveu. *Antes*. A vida em que existiam câmeras e carros, e comida em latas, caixas, e até mesmo garrafas de bebidas doces da cor laranja com bolhinhas que estouravam em sua língua.

De algumas coisas conseguia lembrar o nome, e outras não. No entanto, os sabores... os sabores já haviam deixado sua memória.

Olhou para cima, e uma luz vermelha na câmera piscou. Acesa. Apagada. Acesa. Apagada. Como o piscar lento de uma coruja de olhos vermelhos. Eles o estavam observando. Tirando fotos. *Por quê?*

Se não tivessem armas, poderia lutar contra todos eles. Era maior, mais forte do que os dois homens, o que o havia levado até ali na caminhonete e o outro que lhe fez perguntas e o colocou preso na cela.

Aquele homem estava no cômodo ao lado, podia sentir seu cheiro, que era tão estranho quanto familiar. Como pinheiros, só que... exagerado. Tudo era... *demais*. O cheiro fez Lucas imaginar pinheiros tão altos quanto o céu e tão amplos quanto uma montanha. Com folhas verdes e brilhantes e pinhas enormes como pedras. Lucas não tinha certeza do que pensar sobre isso. O cheiro do homem era simplesmente *muito*.

Mas, de repente, debaixo de tudo aquilo, havia algo a mais... Inclinou a cabeça para trás, fechando os olhos e tentando identificar o cheiro que havia por baixo de todos os outros. Era fraco, muito fraco, mas conseguiu senti-lo e concentrou-se nele. Um campo distante de flores silvestres após uma tempestade. Limpo. Terra molhada.

Uma mulher.

O cheiro dela... o acalmou.

E o confundiu.

O cheiro dela fez os sussurros se agitarem por dentro. Não eram sussurros, não era a palavra correta, mas a única que sabia usar. As coisas que ele passou a sentir quando todo o resto desapareceu, exceto por seus instintos. Eles se mantinham sempre quietos, mas às vezes os compreendia, e às vezes não.

Inspirou mais uma vez. O aroma dela era novo e antigo, algo que era desconhecido e já fazia parte dele. Lá no fundo. Bem lá no fundo. Algo ganhou vida como uma faísca, tornando-se chama na ponta do fósforo, um canto em seu sangue que imitava o vento que surgia em uma manhã fria de inverno anunciando à floresta que a primavera estava se aproximando.

Sobressaltado, abriu os olhos, assimilando a sensação, até sua respiração voltar ao ritmo normal.

Agora havia outro homem no cômodo ao lado da cela onde Lucas estava. Lucas podia sentir seu cheiro através da coisa que soprava ar lá no alto da parede. Quente. Frio, pensou. As duas coisas. Qual era o nome daquela coisa? Ele não conseguia se lembrar. Mas os cheiros dos homens eram mais fortes do que o aroma mais leve da mulher, e ele acabou perdendo-o do olfato. Ela desapareceu.

Após um tempo, sentiu o cheiro do homem se aproximando e não ficou surpreso quando ele apareceu, usando uma chave na porta com grades e a abrindo, entrando na cela com um sorriso.

— Obrigado por esperar por mim — disse. Ele tinha cabelos da cor das rochas grandes sobre as quais ele costumava sentar-se à beira do rio: cinza-claro e prateado-escuro, salpicados entre as mechas. — Se puder vir comigo, poderemos conversar.

Lucas seguiu o homem, virando a cabeça para ver a mulher. Mas a porta da sala onde ela se encontrava estava fechada. O homem levou Lucas para outra sala com uma mesa e duas cadeiras.

— Sente-se, por favor — o homem orientou, e quando Lucas o fez, ele sentou-se também. — Meu nome é Mark Gallagher. Sou um agente do Departamento de Justiça de Montana. — Sorriu novamente. *Os olhos dele são gentis,* Lucas pensou. Mas não confiava em seu julgamento do que era gentileza. Ou maldade. Lucas sabia bem que as pessoas mentiam e fingiam. — Eu sei que já o informaram sobre os seus direitos e que o xerife já te fez algumas perguntas, mas tenho mais algumas para fazer, se não se importar.

Lucas assentiu lentamente, sem vontade de responder perguntas, mas compreendendo que eles não estavam perguntando, estavam informando.

— Ótimo. Pode me dizer novamente como conhecia a vítima, Isaac Driscoll?

— Ele fazia trocas comigo. Coisas de que eu precisava, mas não podia arranjar.

— Ok. E por que você não podia arranjar as coisas de que precisava?

Não disse ao homem o motivo. Não tinha certeza se deveria. Não sabia em quem confiar, e em quem não confiar. Não ainda.

— Eu não queria sair da floresta. Queria ficar lá. E eu... não tinha carro.

— Entendi. Ok. — Mas ele podia ver no rosto do homem que não tinha entendido. Sabia que Lucas estava mentindo? — Tem mais alguma coisa que você possa me contar sobre a relação entre vocês dois? Alguma coisa que sabia sobre ele que deveríamos saber?

— Não. — Tentou não pensar no sangue ao responder, a poça que havia se formado e se espalhado pelo chão.

— Ok. E você mora em uma casa na propriedade de Isaac?

— Sim.

— E você fazia trocas com ele por aluguel?

Aluguel? Lucas não sabia bem o que aquilo significava, mas sabia que o homem — o agente — esperava que aquilo fosse verdade, então respondeu:

— Sim.

— Então, essencialmente, você dependia de Isaac Driscoll para obter coisas que não estavam disponíveis para você?

Havia muitas palavras naquela frase que não entendia, mas assentiu mesmo assim.

— Sim.

— Você gostava de Isaac Driscoll?

— Não sei. Eu só trocava coisas com ele.

O agente esperou um segundo antes de falar.

— Ok. Você viu alguma pessoa incomum pela, err, pela área da floresta da qual você fala, recentemente?

Não conte a ninguém sobre mim.

— Não.

— Ok. — Lançou um olhar longo para Lucas, que o encarou de volta. — Já esteve na cidade antes, Lucas?

— Não.

Aquilo era quase verdade. Havia ido à cidade uma vez, mas deu apenas alguns passos adentro. Não queria contar ao agente sobre isso. Seus músculos ainda doíam e se contraíam quando pensava naquilo.

— Como você acabou indo morar na floresta?

— Eu... meus... pais não puderam cuidar de mim. Driscoll me deixou ficar nas terras dele.

O agente o fitou, mas seu rosto não entregava nada.

— Então, há quanto tempo você mora lá?

— Quinze invernos. — *Tantos invernos. Tanto frio. Tanta fome. Tanta solidão.*

O agente o olhou de um jeito esquisito. Lucas não sabia o que ele estava pensando.

— Sozinho? Durante todos eles?

— Sim.

O agente ficou quieto por um minuto. Fez um aceno com a cabeça.

— Muito bem, Lucas, obrigado pelo seu tempo. Iremos até você se tivermos mais perguntas. E, é claro, para devolver a sua propriedade assim que terminar de ser investigada.

Lucas não fazia ideia *do* que eles estavam investigando, mas assentiu. *Eu quero ir para casa.* Mas até mesmo ao pensar nisso, seu coração afundou. Porque a floresta não era mais o lugar que fazia sentido. Tudo estava diferente agora.

CAPÍTULO SETE

O Agente Gallagher abriu a porta e sorriu.

— Estou pronto.

Harper assentiu, levantando-se da cadeira onde esteve sentada enquanto resistia à vontade de ligar o monitor novamente, e seguiu o agente para fora da sala. Parou de repente quando viu o homem — Lucas — sendo conduzido para fora da cela por Dwayne.

— Desculpe pela espera — Dwayne estava dizendo. — Obrigado por responder às nossas perguntas. Você está livre para ir.

Dwayne virou, e Lucas o seguiu, pegando uma revista de um suporte na parede que ficava ao lado da porta do banheiro e deslizando-a rapidamente debaixo do casaco. Harper piscou. Ele havia acabado de *roubar* uma revista bem ali atrás do xerife?

Dwayne deu um passo para o lado, e Lucas encontrou o olhar de Harper. Por um segundo, seus olhares se prenderam, e Harper sentiu-se presa sob a mira dele. Enfeitiçada. Quis sacudir a cabeça, maravilhada por vê-lo em carne e osso. Como se pudesse ter existido somente dentro daquela tela na sala da qual ela havia acabado de sair, e a realidade de sua presença tridimensional diante dela fosse quase... chocante.

E, Deus, o jeito que ele olhava para *Harper* — a animosidade que viu quando Lucas olhou para a câmera havia sumido, substituída somente por... curiosidade profunda e a mesma inteligência inconfundível. Nunca havia se sentido tão completamente capturada pelo olhar de alguém. Engoliu em seco. Ele era *grande*. Maior do que parecia ser naquela

pequena tela. Pelo menos um metro e noventa e três de altura e musculoso. Completamente arrebatador.

— Harper vai me dar uma carona até a casa de Driscoll — o Agente Gallagher disse quando Dwayne se aproximou deles, com Lucas logo atrás. As palavras do agente, felizmente, a arrancaram de seu transe antes que os dois percebessem.

Dwayne pareceu satisfeito, lançando um sorriso para Harper.

— Excelente. Que bom que vocês se entenderam.

Lucas parou alguns passos atrás de Dwayne, sem desviar o olhar de Harper. A encarava, seus olhos se movendo sobre ela como se estivesse tentando compreender alguma coisa. Harper o encarou de volta, e após um instante, Lucas desviou, redirecionando seu olhar para o ambiente à sua volta, parando rapidamente em uma coisa aqui e outra ali. Estava analisando tudo como se tivesse acabado de pousar em um planeta alienígena. Ou saído de uma máquina do tempo. *Talvez tivesse mesmo.* Talvez tivesse vindo do período cretáceo e estava vivenciando a civilização pela primeira vez. No entanto, a calça jeans *Levi's* que ele estava usando meio que descartava a teoria.

— Vou para casa agora — Lucas murmurou, e mesmo naquele tom baixo, sua voz era surpreendentemente suave e, como esperado, profunda. Olhou para Harper de novo, e ela viu que seus olhos eram azuis com um tom dourado rodeando as íris. *Olhos de pôr do sol*, pensou. Eram especialmente extraordinários em meio aos traços ásperos de seu rosto.

Lucas virou-se em direção à porta, e o agente Gallagher deu um passo à frente, interrompendo-o.

— O delegado Brighton vai te dar uma carona. É uma longa caminhada, e já te incomodamos ao te trazer até aqui.

Lucas olhou pela janela, onde grandes flocos de neve deslizavam pelo vidro, o sol já baixo no céu. Pausou por um segundo e, então, falou de maneira vazia:

— Obrigado. — Olhou novamente para Harper, e ela ficou mudando o peso do corpo de uma perna para outra.

Por um instante, imaginou se eles pediriam que ela também levasse Lucas para casa, já que o homem morava perto de Driscoll. Talvez estivessem sendo cautelosos em relação à sua segurança, ou talvez tivessem outra razão relacionada ao protocolo que pedia que Paul o transportasse. *Seja lá qual tenha sido* o motivo, se sentiu um pouco aliviada e um pouco... decepcionada.

— Harper Ward — disse, estendendo a mão.

— Harper Ward — Lucas repetiu, com o olhar firme no rosto dela. Sua atenção desceu para a mão da mulher estendida por um momento antes de erguer sua própria mão e a envolver na dela. A mão dele era grande, quente e calejada, e a sensação fez com que Harper perdesse um pouco o fôlego, tanto de empolgação quanto de medo. Era todo homem, cada pequena parte dele, e nunca em sua vida ela sentira a presença de outra pessoa de maneira tão vigorosa. Nunca fora encarada com tanta *intensidade*. Aquilo a perturbou. E a intrigou.

Mais a perturbou do que a intrigou.

Talvez.

O delegado Brighton apareceu na frente do escritório, olhando para Lucas.

— Tudo pronto? — perguntou. Mas parecia que era ele que estava incerto.

Lucas assentiu, e saíram juntos, um golpe de neve os atingindo diretamente no rosto, fazendo o agente Gallagher se afastar e puxar seu capuz para cima.

— Caramba, que frio.

— Bem-vindo ao inverno em Montana.

O agente Gallagher abriu um sorriso pesaroso para Harper,

SELVAGEM

estreitando os olhos diante da rajada de neve.

— Isso foi um desejo de boas-vindas ou um alerta?

Apesar de estar completamente ciente de Lucas passando bem ao seu lado, conseguiu dar uma risada.

— Talvez um pouco dos dois.

Harper olhou para Lucas e viu que ele estava olhando em volta, seu olhar se movendo da loja de jardinagem do outro lado da rua — fechada durante a estação — para além, onde algumas casas podiam ser vistas entre árvores sem folhagem, com fumaça saindo preguiçosamente das chaminés. Lucas olhou para Harper e, por um momento efêmero, jurou ter visto luto no rosto dele. *Mas por quê?* Livrou-se do pensamento, focando em suas botas pisando na neve pelo estacionamento. Precisava parar de tentar ler aquele homem. Ele fazia sua mente girar.

E podia ser perigoso.

Até mesmo o delegado Brighton estava olhando para Lucas de maneira suspeita, como se tivesse sido encarregado de transportar um animal selvagem. Mas ele queria o quê? Que Lucas caminhasse por mais de trinta quilômetros para chegar em casa em uma tempestade de neve só porque teve a má sorte de surgir diante do veículo de um xerife e conhecia a vítima do assassinato? Tudo bem, também havia o arco e flecha — mas eles eram *diferentes*, e já que uma pessoa caçava daquela maneira, outras também o faziam, não é?

Harper não fazia ideia por que estava tentando justificar alguma coisa em nome dele.

Eles chegaram à caminhonete dela que estava ao lado do SUV do delegado Brighton, com as palavras *Departamento do Xerife de Helena Springs* gravadas na lateral, e Harper virou-se no mesmo instante que Lucas.

Assim como alguns minutos antes, no recinto, os olhos de Lucas prenderam-se aos de Harper.

— Adeus.

O casaco de Lucas havia aberto levemente com o vento, e Harper notou uma camisa escura por baixo da peça, que parecia ser de algodão normal. Uma camiseta? Algo que Driscoll havia dado a ele por alguns peixes, ou frutas, ou sabe-se lá o que mais? O que ele havia oferecido em troca de ficar na propriedade de Driscoll? Um arrepio percorreu sua espinha.

— Adeus — ela murmurou.

Assim que Lucas se virou para ir embora, algo em volta do pescoço de Lucas caiu para frente, sobre o tecido escuro da camiseta, chamando a atenção de Harper. Um medalhão arredondado e prateado em uma corrente de couro. Uma joia estranha para um homem. Havia algo nela... algo nela... Harper percebeu que estava prendendo a respiração ao inclinar-se para frente, sua mão começando a estender inconscientemente para pegar aquele medalhão, para poder olhá-lo melhor...

Lucas virou-se e abriu a porta de trás do veículo do delegado, fechando-a entre eles. Seus olhares se encontraram uma última vez através do vidro da janela e, então, o SUV saiu dali, desaparecendo pela neve que caía.

SELVAGEM

CAPÍTULO OITO

Uma explosão de luz. Jak encolheu-se, buscando a escuridão novamente. Flutuou por um minuto, dois, mas o frio pinicava sua pele. Machucava. Sim, ele estava com dor, com frio... mas não com tanto frio quanto sentiu... antes. Sentiu o cheiro de solo... terra, folhas e algo que não conseguia nomear. O cheiro parecia ser de urina, e se perguntou se havia se molhado.

Seus pensamentos estavam desordenados, sua mente tentava agarrar alguma lembrança...

Algo se moveu contra seu pé, e ele puxou o joelho para o peito, choramingando. Sentiu outro movimento perto de seu ombro, e seus olhos se abriram de uma vez. Lembranças do homem e do penhasco e... e... não conseguia se lembrar de mais coisas além daquilo, mas foi o que o fez se mover, arrastando-se até o círculo de luz abaixo de si. Saiu do buraco onde estava, rolando pelo chão congelante, um choro de medo e confusão irrompendo por seus lábios ressecados e rachados.

Colocou o braço sobre os olhos, esperando-os parar de piscar, e foi abaixando o membro lentamente. Floresta. E neve. *Luz do sol.* O som de água pingando em volta dele. A princípio, pensou que fosse chuva, mas não, era neve derretendo. Fechou os olhos e abriu a boca, sentindo o sabor da água refrescante pingando dos galhos de árvore acima dele capturado por sua língua. *Alívio. Alívio.*

Ao olhar para baixo, viu que seu corpo estava coberto com manchas roxas de hematomas, e usava apenas sua cueca. Em algum lugar no

fundo de sua mente, lembrou-se de ter retirado suas roupas molhadas porque estava com calor. Queimando de calor e, então... ele caiu. Olhou rapidamente para trás e viu que o lugar de onde havia se arrastado era uma toca. Havia coisas se movendo em volta dele, *sobre* ele, choramingando e *quente*. Rapidamente, Jak caiu de joelhos e espiou dentro do local onde seu corpo quase nu esteve deitado durante a noite escura e profunda. Havia seis filhotes de lobo, quatro dormindo, dois o encarando. Piscou, e eles piscaram também.

Viu o formato de onde seu corpo esteve acomodado perto dos filhotes. Ele havia caído em sua toca e eles os mantiveram quente, quando teria morrido congelado.

— Oi — resfolegou, sentindo lágrimas encherem seus olhos. Estava com medo, machucado e com frio. Tremendo. Usando somente sua cueca, com os pés descalços sobre a neve, de repente, não se sentiu mais tão sozinho, e a emoção fez um bolo se formar em sua garganta de gratidão.

Os dois filhotes que estavam acordados ainda o encaravam, e quando estendeu a mão lentamente e com cuidado para acariciar um deles, encolheu-se novamente de medo. Jak viu que as costelas deles estavam visíveis, e seu coração apertou.

Eles estavam famintos. Haviam sido abandonados pela mãe.

Assim como eu.

Mas eles não tinham uma *Baka* para cuidar deles.

Aproximou-se ainda mais da toca, tocando com delicadeza a cabeça de um dos filhotes e o acariciando ao sussurrar as palavras que sua *baka* costumava lhe dizer quando ele tinha dificuldades para dormir.

— Tudo bem. Você vai ficar bem. Vai sobreviver. *Você é garoto forte.*

Quando estendeu a mão para afagar a barriguinha de um dos filhotes que estavam dormindo, puxou-a de volta rapidamente. O animal estava frio sob seu toque. Os outros quatro filhotes não estavam dormindo. Eles haviam morrido. Para ter certeza, Jak tocou um por um, sentido que todos estavam frios, mas não gelados. Não ainda. Não como o gato que ele encontrara morto no beco ao lado do prédio onde ficava o apartamento de sua *baka* antes de gritar para que o ajudasse.

Ela correra até Jak, mas não havia mais jeito para o gato. Já tinha ido para o céu dos gatos, dissera, e não tinha mais volta. Assim como aqueles filhotes de lobo. Mas aqueles filhotes eram diferentes. Eles haviam salvado a vida dele antes de perderem as próprias.

— Obrigado — resfolegou, tocando as cabeças de cada lobinho.

Seus pés estavam começando a formigar de frio, e ele se levantou, tirando neve de si e virando sua atenção para a floresta onde a luz do sol iluminava os espaços entre as árvores verdes altas. Avistou um pedaço de tecido cinza e caminhou até lá, sentindo seus membros queimarem de dor, principalmente seus braços. Mas, fora isso, ele parecia estar bem. Sem ossos quebrados. Andou pelo solo de pedras e grama onde um pouco de neve havia derretido até chegar ao pedaço de tecido.

Seu suéter. Estava na grama em um círculo de luz solar, então estava apenas úmido. Tremendo, pegou a calça jeans e o casaco, que também estavam ali perto, seu casaco pendurado sobre uma rocha, como se tivesse sido colocado ali para secar. Ele vestiu o casaco rapidamente, suspirando com o calor que o abraçou. Sua calça jeans também estava um pouco úmida, mas a vestiu mesmo assim e enfiou uma parte do suéter no bolso. Iria procurar um lugar com luz do sol para colocar o suéter e a calça até estarem completamente secos. Demorou mais alguns minutos procurando as botas, mas finalmente também as encontrou, ainda molhadas, mas teria que usá-las assim por enquanto.

Jak havia ido para a cama usando seu pijama azul. Se perguntou quem o havia vestido naquelas roupas. Quem sabia que ele acabaria indo parar na neve e no frio?

Ficou sob o feixe de luz por alguns minutos, com o rosto erguido em direção ao sol, sentindo-o aquecer sua pele. Pensou nos lobos, dois deles ainda vivos em sua toca esperando pela mãe, que devia ter morrido.

SELVAGEM

Permaneceu imóvel. Não sabia nada sobre lobos, mas havia lido um livro sobre cachorros uma vez, embora não pudesse contar isso a ninguém. Sua *baka* o fizera prometer que ele nunca falaria sobre a leitura nem sobre os livros, nem sobre os números, nem nada daquilo. Precisava ser um segredo, ela dissera. Jak nunca deveria contar a ninguém, ou coisas muito ruins aconteceriam.

Não podia deixar os dois pequenos lobos vivos sozinhos ali. Sua *baka* logo mandaria alguém atrás dele. Será que ela ao menos saberia por onde começar a procurá-lo? Ele não sabia como havia ido parar naquele lugar desconhecido. Assim como não sabia quem era o homem mau que disse que aquela poderia ser a noite em que Jak morreria. O homem que era a motivo pelo qual aqueles outros garotos caíram da beira do penhasco. Sim, o gelo havia quebrado e feito a neve deslizar, mas eles não estariam ali se não tivesse sido pelo homem. Mas Jak não queria pensar sobre isso agora porque lhe dava vontade de chorar, e sabia que aquela não era hora de chorar. Tinha que ser corajoso. Por si mesmo e, agora, pelos dois lobinhos que estavam completamente sozinhos.

Voltou para a cova e pegou os dois filhotes, conferindo e certificando-se de que os outros estavam mesmo mortos. Eles estavam ainda mais frios, e seus corpos estavam meio rígidos. Sabia que eles haviam ido para o céu dos lobos.

Recolheu os dois lobos vivos, sentindo as costelas deles afiadas em suas mãos, e os carregou pela floresta até a luz brilhante de um campo aberto.

— Está tudo bem. Vocês são garotos fortes — sussurrou para os dois, embora não fizesse ideia se eram garotos ou garotas. Quando se sentou em uma rocha sob os raios de sol para aquecê-los, percebeu que um dos lobinhos havia morrido como seus irmãos e soltou um suspiro trêmulo, reprimindo um soluço e pousando o corpo do lobo sobre a grama ao lado de onde ele estava sentado.

Todos estavam morrendo. O garoto com o corpo retorcido havia morrido. O garoto que havia subido na elevação provavelmente estava morto, assim como o garoto loiro, que devia estar enterrado pela neve. Morto. Agora, cinco filhotes de lobo haviam morrido e o último deles provavelmente morreria em breve, ficando com o corpo gelado e rígido. E então, Jak morreria.

O pequeno lobo magrinho olhou para ele, com os olhos cansados e tristes, como se pudesse ouvir os pensamentos de Jak.

— Acho que não tem mais jeito — sussurrou para o lobo.

O lobo o encarou de volta, colocando a pequena língua rosada para fora para lamber a mão de Jak. Estava com fome, assim como Jak. Os dois precisavam comer, o lobo mais que Jak, ele podia ver. *Mas como posso mantê-lo vivo? O que posso te dar para comer?*

Jak curvou-se e juntou as mãos em concha para pegar um pouco de água de uma poça no chão onde um pouco de neve havia derretido. Ele segurou aquela porção perto da boca do lobo, que colocou a língua para fora, lambendo a água como se nunca tivesse bebido nada, sem deixar de olhar para o rosto de Jak.

— Assim está melhor, não é? — Jak perguntou. Continuou a dar água para o lobo, até parecer que havia bebido suficiente.

Os dois ficaram ali por um longo tempo, as roupas de Jak secando, seus membros doloridos melhorando, e a pelagem do lobo ficando mais quente sob o sol fraco do inverno. Havia uma teia de aranha estendida entre duas plantas mortas no meio da neve. Brilhava, movendo-se lentamente com a brisa fria. Aquilo o lembrou das roupas de renda de sua *baka*. Seu peito doeu.

Ele acariciou o lobinho.

— Vou te chamar de Pup — Jak sussurrou, com medo de estender a mão para tocá-lo e encontrá-lo gelado também. Rígido. Com medo de que tivesse ido para o céu, um lugar de onde ninguém podia voltar, nem mesmo se quisesse.

Porque aí Jak ficaria sozinho novamente. Perdido e sozinho.

De repente, ao longe, um helicóptero surgiu voando pelo céu. Jak inspirou com força, ficando de pé de uma vez e balançando os braços.

— Aqui! — gritou. — Estou aqui!

Pulou e pulou, gritando, correndo de um lado para o outro, até perder a voz e seus músculos gritarem de dor novamente. O helicóptero circulou e circulou, mas estava muito longe para vê-lo. Depois do que pareceram horas, virou-se e sumiu de vista.

Jak pegou uma pedra e atirou no céu vazio, chorando, sua voz apenas um som arfante desesperado. Retornou até a rocha onde estava sentado quando avistou o helicóptero e sentou-se nela. Pup olhou para ele, sonolento, e depois tornou a baixar a cabeça, fechando os olhos. O helicóptero estava procurando por Jak? Sua *baka* o havia enviado para procurar por ele no meio da floresta selvagem? Então, eles voltariam. Eles *tinham* que voltar.

O céu ficou laranja, depois com alguns tons arroxeados e, então, o sol escondeu-se atrás de uma montanha. Jak estava tão cansado. Sua fome crescia e crescia, e não sabia o que fazer. A noite ficou mais fria, e Jak começou a tremer. Percebeu que precisava encontrar um lugar para Pup e ele dormirem, onde pudessem aquecer um ao outro.

E se ninguém o encontrasse pela manhã, se os helicópteros *não* retornassem, teria que tentar encontrar algo para comer. Pup emitiu um pequeno ganido e aconchegou-se contra a coxa de Jak, como se concordasse com o pensamento.

— Eu não vou te deixar na mão, Pup — Jak disse, e aquilo o fez se sentir bem. Mas era ruim não fazer ideia de como começar ou o que fazer. Jak enfiou as mãos nos bolsos, baixando a cabeça contra o ar frio da noite iminente, e sobressaltou-se ao encontrar algo sólido e liso em seu bolso.

A coisa que o garoto de cabelos escuros havia entregado a ele antes da queda.

Ele a puxou do bolso e olhou. Passou o polegar sobre o objeto brilhante.

Um canivete.

O coração de Jak saltou. *Viva!*, dissera ao outro garoto, e talvez... talvez aquela tivesse sido a maneira do outro garoto dizer a Jak que fizesse o mesmo.

SELVAGEM

CAPÍTULO NOVE

A cabana era pequena, turva e um tanto esfarrapada, com piso sujo de tábuas de madeira e alguns móveis gastos que não combinavam. Definitivamente não era o local rústico que Mark havia imaginado quando soube que Isaac Driscoll havia se aposentado cedo e se mudado para lá imediatamente. Mark acendeu a luz no interruptor e, ainda no vão da porta, deu uma olhada geral no ambiente antes de entrar, com Harper fazendo o mesmo logo atrás dele.

Ela apertou o casaco em volta de si e posicionou-se à direita da porta, enfiando as mãos nos bolsos.

— Tudo bem eu estar aqui? — perguntou, com sua respiração soprando um vapor esbranquiçado no cômodo frio. — Eu posso esperar na caminhonete...

— Tudo bem. Os técnicos da cena do crime já terminaram o trabalho deles. E talvez eu tenha uma dúvida ou outra. — Ele sorriu. — Isso não é exatamente com o que estou acostumado, em termos de localidade. Você pode ver algo que eu não veja. Se algum item ou alguma outra coisa pareça estranha ou fora de lugar, não hesite em mencionar.

Ele caminhou até a mesa próxima à área da cozinha — que era, na verdade, somente uma bancada e uma pia com uma chapa elétrica de duas bocas e um frigobar. Assim como na primeira cena de crime, havia rastros de impressões digitais por toda parte.

— Soube que você é da Califórnia.

— Nascido e criado — Mark respondeu.

— O que te trouxe a Montana?

— Apenas para mudar as coisas um pouco. A irmã da minha esposa mora em Butte e, quando vi a vaga no Departamento de Justiça de Montana, me candidatei.

Mark a olhou e viu que Harper o estava observando com um pouco de ceticismo, que entregava que ela sabia que Mark estava deixando de contar alguma coisa. Quase sorriu diante da maneira como era tão óbvio que as engrenagens na mente dela estavam girando. Só a conhecia há uma hora, mas já sabia que ela questionava bastante e não sabia bem se era instinto ou seu cérebro imaginando mil cenários. Ele se identificava. Aquela curiosidade acabou se tornando uma boa qualidade no trabalho que fazia. Esperava que ela também descobrisse onde aplicar aquela habilidade, em vez de não ter controle sobre isso. Harper era jovem. Muito jovem. Tinha tempo.

Contudo, sua filha também era jovem, e não havia nem ao menos chegado perto de ter tempo suficiente. Nem ao menos chegado perto. Abafou os pensamentos, pegou um caderno do topo de uma pequena pilha de cores variadas sobre a mesa e o folheou. Parecia ser um tipo de diário, com algumas observações sobre gambás e... ele virou a página... cervos... lobos. As seções diferentes estavam marcadas em forma de início de capítulos, como se Isaac estivesse fazendo o roteiro de um livro. Mark passou as páginas restantes do caderno rapidamente e, depois, deu uma rápida checada no conteúdo dos outros. Por que Isaac Driscoll tinha um interesse especial somente naqueles três animais em específico?

Olhou em volta da cabana mais uma vez. *Aquele* era o motivo pelo qual o homem tinha escolhido morar ali? Para escrever um livro sobre a natureza?

— Harper, já que você é como uma *expert* em alguns assuntos sobre a vida selvagem... — disse, e ela abriu a boca para discordar da afirmação, mas Mark continuou antes que Harper pudesse fazer isso. — Se fosse observar animais e, digamos, escrever um livro sobre seus comportamentos, iria querer viver no meio deles?

Harper franziu as sobrancelhas.

— Bom... sim, talvez. Mas não consigo pensar em algum animal que já não tenha sido altamente observado em seu habitat natural, especialmente por essas bandas... há centenas de livros escritos e tal. Não seria um material novo.

— Era o que eu estava pensando — murmurou, colocando os cadernos em um saco de evidências que tirou do bolso. Os técnicos não haviam visto importância neles, mas algo dizia a Mark que era bom analisá-los mais tarde.

— A menos que... — continuou, entrando no cômodo. — O animal ou animais estivessem sendo observados sob circunstâncias muito específicas que eram diferentes, de alguma maneira. — Mordeu o lábio inferior, pensando por um momento. — Tipo, se os dados recolhidos se referissem a como um animal reagiria a algo que ele não tenha sido exposto antes. Como fazem em laboratórios.

— Sim. Só que Isaac Driscoll era pesquisador com doutorado no Laboratório Rayform. Ele se aposentou há dezesseis anos e mudou-se para cá. Trocou o laboratório pela floresta selvagem. — Se bem que não era o tipo de laboratório que estudava animais, pelas informações que Mark tinha.

Harper sacudiu a cabeça.

— Não sei o que pensar disso. A menos que estivesse observando animais por interesse próprio.

Podia ser. A verdadeira pergunta era: por que morar sozinho no meio da floresta observando gambás faria alguém ser assassinado? E de uma maneira tão violenta. Ele precisava ver o local onde Driscoll havia sido executado.

— Volto já — disse para Harper, e ela assentiu, observando-o caminhar em direção ao cômodo onde o assassinato havia ocorrido.

Os técnicos haviam recolhido um pouco do sangue de Isaac Driscoll para análise, mas a maior parte ainda estava espalhada pela parede e pelo chão — uma poça grande, escura e congelada.

Se perguntou se a vítima tinha algum parente próximo — ainda estava esperando essa informação — e, se tinha, se iriam ao menos querer essa cabana suja no meio do nada onde seu parente havia sido morto. Eles iriam querer a propriedade? E, em caso positivo, o que aconteceria com Lucas sem sobrenome? Suspirou, encarando a mancha grande e escurecida. O que diabos havia acontecido ali?

Tinha sido uma morte rápida — a flecha havia sido atirada com força suficiente para prender a vítima à parede e de modo que ficasse impotente. O sangue fora drenado de seu corpo. Assim como acontecera com a desconhecida na cidade, mas, nesse caso, a flecha havia atingido a vítima no peito, e Isaac havia permanecido consciente por tempo suficiente para alcançar o celular e ligar para a emergência. Talvez o aparelho estivesse em seu bolso? Acessível o suficiente para que pudesse alcançá-lo mesmo em meio à agonia da morte.

Havia malícia nos dois casos — ódio, até. Nenhum havia sido um crime aleatório, embora as flechas encontradas em cada corpo tivessem as aparências levemente diferentes. Se aquilo significava que havia dois assassinos ou se somente um assassino havia simplesmente usado flechas diferentes, ele não sabia. Contudo, os crimes eram muito similares para não estarem relacionados. Mas como? Por quê? Era isso que mais importava compreender. Descobrir o *porquê* e, assim, descobrir *quem*.

E quem quer que tenha atirado nas vítimas certamente sabia usar bem um arco e flecha. Iria conferir mais uma vez com uma autoridade na arma, mas, pelo que sabia, os dois lances haviam sido com intenção de matar, executados de maneira rápida e precisa. *Poderosa*. O quão forte uma pessoa teria que ser para atirar uma flecha que atravessasse um corpo humano? Teria que pesquisar sobre isso. O que sabia era que nenhuma das vítimas havia sido atingida por um principiante.

Mark olhou uma última vez em volta do cômodo mal mobiliado: uma cama, agora sem cobertores, e uma cômoda. Pendurada acima da cômoda havia a única peça de arte que Mark viu pela casa. Aproximou-se, estudando-a. Era a representação de uma batalha à moda antiga. Homens com escudos e flechas estavam de frente para outro grupo usando as mesmas artilharias, do outro lado de uma divisória enorme. Não era muito aficionado por história e não reconhecia os uniformes, se era assim que eram chamados. Muitos dos soldados estavam com os peitos expostos e usando o que pareciam ser saias curtas. Era uma batalha romana histórica? Mark tirou uma foto do quadro com seu celular para analisá-lo depois.

Abriu a primeira gaveta da cômoda e a encontrou cheia de caixas de fósforos, alinhadas em duas filas. O restante das gavetas guardava algumas peças de roupa aleatórias, dobradas sem cuidado algum. Mark fechou as gavetas, saiu do quarto e voltou para o local onde Harper esperava por ele.

As informações restantes das quais precisava viriam do laboratório criminal. Esperava que houvesse algo em que pudesse trabalhar — algum tipo de pista. E sabia que o departamento o havia colocado nesse caso porque ninguém mais estaria disposto a perambular pela floresta selvagem fria no meio do inverno. Mark também não estava, mas daria tudo de si para trabalhar bem nesse caso. Para estabelecer-se nesse emprego e nessa nova vida que ele e Laurie estavam tentando aceitar. *Separados, na maior parte do tempo.*

Harper estava de pé perto da porta de entrada, com as mãos enfiadas nos bolsos como se estivesse pronta para ir embora o mais rápido possível. Não a culpava. Havia algo... depressivo nesse lugar. E não somente pelo fato de um assassinato ter sido cometido ali — embora isso aumentasse o fator sombrio em qualquer lugar. Não, o lugar como um todo parecia opressivo e obscuro. Dava vontade de abrir a porta e fugir para o lado de fora, o que dizia muita coisa, já que *o lado de fora* era praticamente uma caixa de gelo.

SELVAGEM

— Pronto? — ela perguntou.

— Sim. Quero te perguntar sobre algo que foi encontrado aqui, mas posso fazer isso na caminhonete. O laboratório criminal ia me enviar por e-mail depois que fosse analisado, então tenho que conferir se já recebi.

Harper pareceu ainda mais ansiosa para sair da cabana sombria, dando dois passos rápidos até a porta e a abrindo com mais força que o necessário. Ela bateu contra a lateral da varanda, e Harper olhou para trás com uma expressão acanhada no rosto, mas não desacelerou sua fuga pelos degraus frágeis. Mark fechou a porta atrás de si e respirou fundo. O ar gelado preencheu seus pulmões, e ele gostou da sensação. Purificante. *Vital.*

Ao caminharem de volta para a caminhonete, Harper olhou para os três picos de montanha ao sul e, depois, de volta para o agente.

— Agente Gallagher, o que acha do Lucas? Morando aqui sozinho na propriedade de Driscoll? Fazendo trocas com ele? É estranho, não é?

Mark assentiu em concordância. Pretendia falar com Lucas se alguma evidência que surgisse o envolvesse, e mesmo que isso não acontecesse, fez uma nota mental para se lembrar de devolver seu arco e flechas e estudá-lo melhor.

— Vou procurar saber melhor sobre a situação dele. Também estou confuso quanto a isso.

Não havia sido muito direto na delegacia, e se foi porque ele estava escondendo algo ou porque simplesmente não tinha respostas às tantas perguntas que ele e Dwayne fizeram, Mark não sabia. Lucas nem parecia saber ao certo quantos anos tinha ou quando havia chegado à propriedade de Driscoll. Quinze invernos, ele dissera, com o olhar tão desolado que Mark encolheu-se por dentro. E fazia muito tempo desde que alguém dissera algo que o fizera encolher-se. Mark diria que o homem tinha mais ou menos a mesma idade de Harper — jovem, pouco mais de vinte anos, muito reservado, mas também obviamente muito valente. Mark encarou o horizonte congelado, o terreno montanhoso bloqueando o que restava do sol que se punha. *Deve ter muita coragem para morar por lá.* E talvez "corajoso" nem ao menos fosse suficiente para descrever.

Perguntou-se como Lucas se encaixava em toda essa situação — ou se ao menos realmente tinha alguma coisa a ver com ele. Lucas fez parecer que seu relacionamento com Driscoll era extremamente limitado, e que o via apenas algumas vezes por ano, no máximo. O homem quieto e observador era difícil de ser interpretado, mas Mark tinha a sensação de que ele estava escondendo alguma coisa.

Harper parecia perturbada ao dar partida na caminhonete e ligar o aquecedor no máximo. A neve havia parado de cair, mas o frio ainda estava abaixo de zero, de acordo com o medidor de temperatura pendurado na casa ao lado da de Isaac Driscoll. Por que diabos alguém iria querer morar ali? Aquele frio era miserável. Perfurante e doloroso.

Mark desbloqueou a tela de seu celular, aliviado por ver que tinha sinal. Abriu seu e-mail e ficou feliz por ver que a mensagem que esperava estava na caixa de entrada. Clicou no arquivo PDF em anexo e uma imagem do "mapa" que havia sobre a mesa de cabeceira de Isaac Driscoll preencheu a pequena tela. Entregou o celular para Harper, e ela o encarou por um minuto antes de lançar um olhar questionador para Mark.

— Isso é um mapa?

— Parece que sim. Mas não sei de quê. E o que isso aqui... — Ele usou o dedo indicador para apontar para dois quadrados vermelhos contendo duas letras X e um quadrado preto vazio. — ... possa indicar, se é que indica alguma coisa.

Harper virou o celular, segurando-o na horizontal, aumentando a imagem e dando zoom nos X por um instante. Analisou a imagem inteira por mais alguns minutos, com o cenho franzido em concentração.

— Essa linha ondulada pode indicar água? Há um rio naquela direção. — Apontou para a área atrás da cabana de Driscoll. — Ou talvez seja uma

SELVAGEM

trilha? — Deu de ombros. — Mas há centenas de trilhas nessa floresta. Não há nada nesse mapa que indique algo marcante que eu reconheça.

— Imaginei. E se considerar quando a neve derrete?

Ela pensou um pouco.

— Se usássemos a casa dele como ponto de partida, poderíamos fazer uma trilha em volta da área, procurar por algo que possa fornecer alguma informação sobre o que ele estava marcando. — Indicou com a cabeça o celular. — Mas parece ser antigo com todas essas marcas e a tinta desbotada do jeito que está. Talvez Isaac estivesse marcando a localização de onde havia água ou algo que achava ser necessário quando se mudou para cá? Talvez um local onde observasse os animais que você mencionou. — Olhou novamente para o celular. — Obediência? — ela leu a única palavra impressa em um canto do pedaço de papel. — O que isso significa?

— Ainda não sei.

Harper olhou por mais um instante e, então, devolveu o celular para ele.

Mark colocou o aparelho em seu bolso, e Harper deu ré com a caminhonete, dirigindo-se para a estrada coberta de neve que eles percorreram para chegar à cabana. Ela tinha razão, é claro. O "mapa" provavelmente estava relacionado à observação de sabia-se lá quais animais ele estava fazendo ali na floresta. Mas seu instinto dizia que precisava localizar aqueles locais marcados com X e descobrir exatamente por que Isaac Driscoll os havia considerado importantes. Diante do quanto o pedaço de papel era antigo, parecia que o havia mantido ao lado de sua cama por muitos anos. *Mas por quê?*

CAPÍTULO DEZ

As patas de Pup fizeram um barulho suave contra a neve quando o animal correu em direção a Jak e colocou o graveto aos seus pés. Jak ajoelhou-se e pegou o graveto, passando a mão na pelagem densa de Pup, quentinha dos poucos raios de sol do inverno iminente.

— Bom garoto — elogiou. — Mas não temos tempo para brincar hoje. — Olhou para o céu acinzentado, estreitando os olhos diante da claridade por um minuto antes de olhar de volta para Pup. — Precisamos nos preparar para o inverno. — Seu peito doeu diante da ideia do que estava prestes a chegar.

Frio.

Fome.

Miséria.

A chegada da neve havia sido inesperada para Jak. Ele tentara acompanhar o tempo conforme os meses passaram, tentara se lembrar da ordem em que chegavam e quantos dias cada um tinha desde que os helicópteros desapareceram, mas não sabia se havia contado certo. Foi isso, ou a neve havia chegado mais cedo naquele ano. Deslocou-se para o lugar onde achou que os helicópteros haviam passado, mas levara quase oito dias para chegar lá pela neve, e assim que estava no local por onde acreditava que eles haviam sobrevoado — era difícil dizer —, não havia sinal algum deles. Sentia como se os tivesse imaginado. Encontrara, então, um local coberto e ficou naquele vale com Pup por um tempo, mas era rochoso e frio, a cobertura era fraca e não ficava perto o suficiente de

SELVAGEM

comida. Então, finalmente, deslocou-se de volta para o lugar onde havia começado — o lugar onde havia árvores e cavernas, e coelhos que saíam de suas tocas para saltitar pela neve.

Ficou feliz por ter feito isso, porque os helicópteros nunca mais voltaram.

O medo vibrou dentro dele com a lembrança de dois invernos atrás, de como teve certeza de que iria morrer tantas vezes. Mas ele e Pup haviam encontrado uma maneira de manter um ao outro aquecidos o suficiente para sobreviverem, e o canivete dera aos dois uma maneira de conseguir comer. Coelhos e ratos do campo principalmente, às vezes, esquilos, a carne ainda quente e ensanguentada. Foi ficando cada vez mais fácil e natural desde a primeira vez que ele matou um animal para comer, que o fizera vomitar na neve e lágrimas quentes correrem por seu rosto enquanto engasgava. Mas então, descobrira que, quando lavava a carne no rio, o sangue atraía os peixes, e ele podia pegá-los diretamente com as mãos.

Jak gostava mais de peixe do que de ratos. Pup gostava dos dois na mesma proporção.

Pup os caçava sozinho durante a maior parte do tempo agora que estava grande e forte e podia sentir o cheiro de coisas que Jak não podia. Às vezes, Pup conseguia pegar até mesmo um cervo, e uma vez pegou uma outra coisa grande que Jak não sabia o nome, com chifres duas vezes maiores do que o comprimento que de seus braços abertos. Aquela carne havia durado por um tempo, mas vermes e insetos começaram a invadi-la, então Jak deixou o restante para eles. Ele se perguntou se os outros três garotos que haviam caído do penhasco com ele já haviam sido comidos por vermes e insetos também, mas forçou-se a pensar em algo diferente.

Jak observou quais frutas silvestres os pássaros gostavam e colheu algumas para si, e comia os mesmos cogumelos que os coelhos e esquilos comiam. Deduziu que, se os animais comiam aquilo, também seria seguro ele comer. Quando a água estava fria, pegava ovos de peixes laranja do rio, que tinham um sabor rico e salgado.

Queria tentar escapar da floresta e voltar para casa, mas cada dia era preenchido por momentos em que enchia sua barriga faminta e se certificava de que teria um lugar seguro para dormir. E tinha medo de que se fosse para algum lugar muito longe de onde estava, sua *baka* nunca conseguiria encontrá-lo.

Mas, durante os últimos dias, ele e Pup se locomoveram para mais longe, passando por várias montanhas pequenas e atravessando um rio profundo que quase levou Pup antes que Jak conseguisse agarrá-lo pela pele atrás do pescoço e puxasse os dois para a terra firme. Havia mais um penhasco diante deles, e ele queria se aproximar do topo e ver se conseguiria avistar qualquer coisa além de mais árvores, vales, serras e rios selvagens cheios de espuma branca. Talvez avistasse outras pessoas, uma cidade, e saberia em que direção seguir.

Alguns flocos de neve grandes pousaram em seu rosto, e Jak se levantou, olhando para sua calça curta demais. Suas roupas mal lhe serviam mais, e seus dedos dos pés estavam encolhidos de maneira desconfortável contra a extremidade de suas botas danificadas. Perguntou-se o que faria se não encontrasse uma saída dali, ou se sua *baka* não o localizasse até suas roupas não lhe servirem mais de jeito nenhum. Pensar em sua *baka* lhe causava tristeza, mas, quando tentava se lembrar exatamente de como ela era, seu rosto estava desaparecendo. E Jak não conseguia mais ouvir a voz dela em sua cabeça como no começo, quando podia jurar que o estava repreendendo por pensar em desistir, ou quando precisava fazer algo que não queria, como escalpelar um coelho ou comer sua carne crua e quente. "Faça mesmo assim", teria dito. "*Você é um garoto forte.*"

Jak não se lembrava da última vez que havia chorado. Chorar não ajudava em nada, não facilitava a sobrevivência. As lágrimas congelavam em seu rosto, deixando-o com ainda mais frio, com sono e inútil.

Pup parou ao lado dele, baixando a cabeça e rosnando suavemente, como fazia quando havia outro animal por perto. Jak parou, tentando

SELVAGEM

ouvir o barulho de pequenas patas contra o solo ou o bater de asas, mas não ouviu nada.

— Não há nada aqui, Pup.

Mas um arrepio desceu pela espinha de Jak, e ele pensou em voltar por todo o caminho que percorreram para chegarem até ali. Conhecia as terras que haviam ficado para trás, conhecia cada pé de fruta silvestre e cada caverna rochosa, cada poça de água, cada campina. Mas esse... esse era um lugar estranho, novo e diferente, e até mesmo Pup parecia pensar que eles estavam cometendo um erro.

Algo se moveu na grama à direita de Jak, e ele sobressaltou-se, mas Pup saiu correndo atrás do que quer que aquilo fosse, e Jak suspirou de alívio. *Traga algo bom para almoçarmos, Pup*, pensou, cheio de esperança, com o estômago roncando. Já havia comido a porção de frutas que havia trazido no bolso e seu corpo estava lhe dizendo — bem alto — que queria mais.

Sempre queria mais.

Havia uma linha estreita de árvores diante dele, com luz vindo do outro lado, e torceu para que ali tivesse um espaço bem aberto com sol suficiente para que pudesse se aquecer enquanto esperava por Pup.

Mas quando atravessou o arbusto, parou de repente, ficando boquiaberto.

Uma casa? Uma casa!

E havia fumaça saindo da chaminé. Jak correu até lá, quase escorregando com a pressa de alcançá-la. Estava a salvo! Queria gritar de alegria, seu peito parecendo repentinamente cheio demais para respirar. Uma pessoa! Alguém para ajudá-lo!

Bateu com força na porta, deixando escapar um pequeno choramingo de alívio. *Resgatado. Eu vou ser resgatado.* Seus pensamentos já estavam se atropelando — um riacho de felicidade correndo rapidamente por rochas desniveladas, quicando, esparrinhando — sobre todas as histórias que ele contaria sobre como havia sobrevivido, sobre como...

A porta se abriu e um homem surgiu, olhando-o. Abriu um sorriso estranho para Jak, que estava aliviado demais para se importar com isso.

— Você encontrou. Então, é sua. Você mereceu.

Jak sacudiu a cabeça. Não sabia o que aquele homem queria dizer. Tinha que fazê-lo entender, para que assim ligasse para sua *baka*, e Jak pudesse ir para casa.

— Oi, senhor. Eu estou perdido. — Engoliu em seco, tentando falar devagar, para pensar nas palavras certas para usar. *Algo ruim aconteceu comigo. Alguém tentou me matar.*

— Entre — o homem disse, dando um passo para trás e segurando a porta aberta. — Você está com frio, e está quente aqui dentro.

Jak atravessou a porta e entrou na sala quente, sentindo mais um soluço de alívio subir por sua garganta. Ele o engoliu, fazendo o melhor que podia para permanecer calmo e assim conseguir explicar ao homem o que acontecera. Com os outros três garotos que deviam ser apenas esqueletos sob a neve agora. As famílias deles precisavam saber. Jak podia contar a eles.

— Qual é o seu nome? — o homem perguntou.

— Jak. Eu preciso...

— Ela te chamou de Jak? Tudo bem, então.

Tudo bem, então? E... ela? Jak ficou confuso de repente, assustado. Deu um passo para trás.

— Você conhece a minha *baka*?

O homem fez uma pausa.

— Não. Quando eu disse *ela*, me referi à sua mãe. Desculpe por minha suposição.

Jak franziu a testa, analisando melhor o homem. Ele sentiu medo

novamente. E se... e se tivesse entrado na casa do homem que havia tentado matá-lo? Deu mais um passo para trás. Mas... não. Esse homem não lhe parecia familiar, e era muito mais baixo do que aquele outro homem. *E a voz dele não parecia ser a mesma de jeito nenhum. Você morrerá hoje?* Outro arrepio percorreu Jak. Não, nunca esqueceria aquela voz, até o dia de sua morte. Era profunda e obscura, a voz do monstro que assombrava os pesadelos de Jak.

— Eu quero ir para casa. Você pode me ajudar? — Jak pediu, com a voz trêmula, a coleção de lágrimas que ele não derramava há tanto tempo preenchendo sua garganta de repente.

O homem passou a mão pela barba castanha e grisalha por alguns segundos.

— Está havendo uma guerra. Estão matando as crianças.

A surpresa fez o queixo de Jak cair. Ele engoliu e assentiu.

— Sim. Sim. Tentaram *me* matar. — Não sabia quem eram *eles*, mas o homem tinha que estar falando das mesmas pessoas. *Você morrerá hoje?* As palavras ecoaram em sua mente, a lembrança vívida como se tivessem acabado de ser proferidas.

O homem assentiu.

— Então, você tem sorte. Você deve ser muito forte para ter sobrevivido a algo daquele tipo.

— Eu... — Jak não sabia o que dizer. *Uma guerra? Pessoas matando crianças?* Sua mente ansiava por compreensão. — Quem são eles?

— O inimigo. Está muito perigoso fora dessa floresta. Apenas tente sobreviver o melhor que puder até a guerra acabar. — O homem passou por Jak, dirigindo-se à porta.

Jak girou.

— Espere. Senhor. Pode me ajudar?

O homem virou-se.

— Essa casa é sua. Fica bem escondida da estrada. Você pode morar aqui.

— Mas... mas quem... a quem essa casa pertence?

— Fica na minha propriedade. — Olhou em volta do cômodo, para as camas vazias contra a parede. — Ia ser um acampamento para crianças, mas a fundação que o estava construindo perdeu o financiamento, então veio com as terras.

Jak olhou em volta, desesperado. *Fundação? Financiamento?* Jak não sabia o que aquelas palavras significavam. Estava feliz por ter um abrigo, um forno de madeira que aquecia o ambiente, mas o homem diante dele havia acabado de fazer seu mundo desmoronar pela segunda vez em sua curta vida.

— Quando a guerra vai acabar? Preciso ir para casa, para minha *baka*.

O homem apertou os lábios e sacudiu a cabeça.

— Todos os lugares foram evacuados. A sua *baka* se foi. Você deve sobreviver por conta própria agora.

Se foi? Não. Seu estômago afundou, e ele engoliu em seco.

— Eu vi helicópteros uma vez — disse, tentando manter a esperança. — Acho que eles tinham vindo me resgatar.

O homem estreitou os olhos e inclinou a cabeça para o lado.

— Helicópteros do inimigo. Estavam procurando por você, mas não para resgatá-lo. Se você vir um avião ou um helicóptero novamente, ou ouvir um veículo, fique fora de vista, entendeu? A polícia também está do lado do inimigo. Não confie em ninguém. Se precisar de alguma coisa, minha casa fica por ali. — O homem apontou para a extremidade da cabana. — Eu conheço uma pessoa e tenho um veículo. Tenho meios de ir à cidade algumas vezes e conseguir suprimentos. É muito, muito perigoso, mas com a ajuda do meu amigo, é possível.

— A cidade fica longe? — Jak perguntou. *O inimigo fica longe? Onde estou?*

— Muito longe. Você estará seguro se ficar aqui na floresta. Tenho que ir agora.

Com isso, o homem virou e saiu da cabana, fechando a porta atrás de si.

Jak ficou no meio da sala, seu cérebro enevoado de confusão e choque, suas pernas recusando-se a funcionar. Quando finalmente conseguiu sair da neblina em que se encontrava, correu até a porta, abrindo-a e olhando para a neve que caía rapidamente.

O homem tinha sumido.

Jak ouviu um latido e viu Pup correndo em sua direção, segurando o corpo mole de um coelho na boca. Abriu mais a porta para que Pup pudesse entrar. Ele jogou o coelho morto no chão de madeira, e Jak fechou a porta, recostando-se contra ela enquanto olhava em volta de seu novo lar. Podia dormir ali e não ter que procurar uma caverna fria. Era quente e seco e, ainda assim... seu coração parecia vazio.

Lembrou-se da TV que sua *baka* sempre deixava ligada. *Noticiário*, ela chamava. Sobre guerra e incêndios. Às vezes, aquilo fazia os olhos de *baka* ficarem marejados e sua boca curvar-se para baixo. Ela dissera que era longe deles, aquela guerra, mas devia ter se aproximado. E chegado em sua *baka*. E nele.

A sua baka *se foi. Você deve sobreviver por conta própria.*

Sobreviver.

Por conta própria.

De novo.

CAPÍTULO ONZE

Harper sentou-se abruptamente, um grito escapando por seus lábios, as cobertas emaranhadas em suas pernas. *O sonho. É o sonho novamente.* Estava no carro com os pais. Eles estavam conversando nos bancos da frente. Ela observava a floresta passando, seus olhos começando a fechar, e então, de repente, estava caindo, caindo, seu estômago afundando até os pés e vômito subindo à sua boca. *Frio. Tão miseravelmente frio. Água escorrendo por seu rosto. Ou era sangue?* Passou uma mão por seus cabelos ensopados de suor e, por um momento, foi como se o sonho a tivesse seguido de seu sono até seu estado desperto. Mas não, era somente medo em forma pegajosa. Jogou as mechas para trás, engolindo o soluço que ameaçava surgir em sua garganta.

De alguma maneira, Harper sabia que teria esse sonho quando foi para a cama na noite anterior. Eles sempre ocorriam quando estava mentalmente exausta ou emocionalmente angustiada, e ter presenciado a cena do crime de Driscoll dois dias antes e trabalhado no orfanato no dia anterior, no turno da noite, havia sido obviamente o catalisador.

Respirou fundo várias vezes, tentando se acalmar ao olhar para o relógio. 16:13. Havia conseguido dormir por seis horas, pelo menos.

O piso de madeira estava frio sob seus pés conforme seguiu para o banheiro, escovando os dentes e lavando o rosto com água fria, secando-o com a toalha pendurada no gancho perto da pia. Tirou alguns segundos para se olhar no espelho, seu peito ainda subindo e descendo rápido demais com a frequência cardíaca acelerada.

SELVAGEM

Seus cabelos castanhos estavam bagunçados em torno do rosto com nós suados, o lar dos sonhos de qualquer rato, e havia manchas escuras sob seus olhos castanhos, que já eram grandes demais em seu rosto, fazendo-a parecer uma coruja cansada. *Adorável*. Nenhuma quantidade de corretivo seria suficiente para disfarçá-las hoje.

O café a chamava. O banho — e fatias de pepino nos olhos? — podia esperar. De pé diante da pia da cozinha, com o aroma delicioso de café começando a preencher o ambiente e clarear seu cérebro enevoado, ela olhava pela janela, repassando mentalmente tudo que havia acontecido há dois dias. Ainda não acreditava que havia sido chamada para ajudar em uma investigação criminal. Ou, mais especificamente, que lhe pediram para levar um investigador de carro até a cena do crime e guiá-lo por algumas áreas da floresta selvagem. Mas Mark pedira sua opinião em alguns aspectos do caso sem necessariamente precisar fazer isso, e ele ouvira o que Harper dissera e ficara grato por sua contribuição, e aquilo a fizera sentir... útil. *Bem.*

Se perguntou se ele compartilharia as coisas que acabaria descobrindo sobre Lucas, se é que tinha algo para ser descoberto. Mas devia ter. *Não é?* A imagem de Lucas na cela, e a maneira como os olhos dele encontraram os dela logo antes de ele entrar no SUV do delegado Brighton passaram por sua mente.

A cafeteira apitou, e ela serviu-se com uma xícara de café, adicionou um pouco de leite e tomou um gole, agradecida, enquanto sua mente viajava novamente para o homem estranho, embora intrigante. E aquele medalhão em seu pescoço. *Já* o havia visto antes?

Suas lembranças sobre seus pais eram nubladas. Era tão nova quando eles morreram — apenas sete anos de idade. Mas ali, de pé em sua cozinha, com a luz do sol da tarde entrando pela janela enquanto tomava a bebida que lhe dava vida, o maldito colar começou a incomodar sua mente novamente. Ou, pelo menos, algo muito parecido com ele. Sua mãe tivera algo que parecia com... corações, talvez? Três corações... as palavras estavam provocando sua mente. Algo... entrelaçado. Soltou uma lufada de ar, massageando a têmpora direita. Estava ali, mas longe demais para alcançar, escorregando de sua memória, provocando-a.

E se... colocou sua caneca vazia na pia e voltou para seu quarto, tirando uma caixa da prateleira alta do closet e sentando-se na cama para abri-la. Os pertences de seus pais — itens de mobília e de uso doméstico — foram colocados em um depósito, que acabou sendo invadido por delinquentes graças a um "advogado" irresponsável que cuidava de casos demais, e subsequentemente foram colocados em leilão. Mas Harper guardava alguns álbuns de fotos e recordações que tivera permissão para recolher antes de ser alocada em seu primeiro lar adotivo. Dentro da caixa havia não somente fotos, mas alguns cartões, lembranças que não revisitava há muito tempo. Ela colocou os cartões de lado, sem ousar dar uma olhada dentro deles. Hoje, ver a letra de seus pais seria demais, e não conseguiria fazer isso, não depois do sonho que a havia feito ficar tão sensível. Como a letra de alguém conseguia trazê-la de volta à vida com uma única olhada? Uma bênção. E uma maldição.

Passou as páginas dos dois álbuns de fotos, sendo um do casamento de seus pais e o outro dela quando bebê e durante os primeiros anos de vida. Não encontrou nada em nenhum deles, então os deixou de lado, pegando as fotos soltas da caixa e juntando-as em uma pilha. Começou a olhar uma por uma, interessada somente nas que tinham apenas sua mãe. Não eram muitas. A maioria das fotos que seus pais tinham estava presumivelmente em formato digital em algum lugar que não tinha como acessar.

Não se demorou em seus rostos sorridentes, não hoje, tentando manter suas emoções o mais objetivas possível. Queria apenas sossegar seus pensamentos e, então, deixaria para lá. Abriria mão de suas perguntas. Abriria mão *dele*. Dele... e do jeito que ele a fazia sentir, sentimentos que não ousava analisar demais. Lucas e suas roupas selvagens e olhos assombrados, o homem que vivia sozinho na floresta e tinha olhado em volta da cidade como se nunca tivesse visto a civilização antes.

SELVAGEM

Não, isso era impossível. Quanto mais pensava naquilo, mais louco parecia ser. Aquele homem não tinha nada a ver com ela ou seus pais. Estava recorrendo a meios improváveis. Sua memória estava falha, cheia de buracos e...

Três corações entrelaçados...

Respirou fundo e deixou todas as fotos caírem, exceto por uma, trazendo-a para mais perto do rosto para ver o medalhão pendurado na base do pescoço de sua mãe.

Três corações entrelaçados no meio.

Era igual ao que vira Lucas usando.

O crepúsculo já estava presente quando Harper conseguiu se recompor, tomou banho e vestiu uma roupa. Descartou os pepinos e o corretivo, já que havia assuntos mais urgentes do que seus olhos cansados.

Colocou seus acessórios de inverno, incluindo botas de neve à prova d'água. Talvez fosse precisar caminhar um pouco pela neve, e queria estar preparada. Flocos grandes caíam sem parar no momento em que pegou a estrada em direção à cabana vazia de Isaac Driscoll. A cabana vazia e *manchada de sangue* de Isaac Driscoll, Harper lembrou-se. Um arrepio a percorreu e, pela primeira vez desde que ela avistou o colar na foto de sua falecida mãe, questionou sua decisão de ir até lá e confrontar Lucas.

Olhou para a espingarda no banco de trás, a arma que carregava quando levava caçadores para a floresta selvagem e o que colocara em sua caminhonete antes de sair de casa. Ao invés de lhe trazer conforto, trouxe somente ainda mais incerteza.

Isso é loucura. Insanidade temporária.

Harper sabia caçar e tinha uma boa mira para atirar, mas nunca foi do

tipo que realmente gostava de fazê-lo. Aquilo sempre a fazia sentir meio...
triste. Seu coração sempre doía quando via o animal que matara com o
olhar vazio em direção aos seus olhos grandes e assustados. Nunca disse
aquilo a ninguém — isso não era exatamente algo que convencia as pessoas
que procuravam uma guia competente para levá-las em expedições pela
floresta, mas... podia admitir para si mesma.

As terras ao sul da cabana de Driscoll eram razoavelmente planas,
e ela virou a caminhonete em direção às três montanhas pontiagudas,
sentindo seu veículo facilitar o trajeto pelo chão coberto de neve. Dirigiu
por entre árvores, seus pneus colidindo com pedras e passando por
pequenos montes em meio ao caminho nivelado.

A que distância ele dissera que vivia de Driscoll? Dez mil e quantos
passos? Tirou o celular do bolso, mas estava sem sinal. *Droga*. Mas o
Agente Gallagher havia conseguido abrir um e-mail, e Dwayne havia
mencionado que Driscoll ligara para a emergência. Era provável que o
sinal tivesse sido comprometido, como frequentemente era no meio da
floresta. Tinha quase certeza de que havia uma estrada de terra sem saída
em algum lugar na direção em que estava seguindo. A área aberta onde as
árvores haviam sido retiradas talvez fornecesse ao menos um sinal fraco.
Mas, por enquanto, o Google não ajudaria em nada.

Lembrou que uma pessoa comum levava por volta de quinze minutos
para percorrer um quilômetro e meio. Quantos passos seriam dados em
quinze minutos? Cerca de... dois mil? Talvez? Se sim, significava que...
Lucas morava a aproximadamente sete quilômetros e meio de distância
de Driscoll.

Isso se suas contas estivessem corretas, o que ela duvidava muito.
Além disso, estava indo da casa de Driscoll em direção às montanhas
pontiagudas que Lucas mencionara para Dwayne, mas não dava para
saber se sua casa seria facilmente vista de primeira ou se, em algum
ponto, ele virava em uma direção diferente. Ela podia muito bem ir parar
dentro de um lago com caminhonete e tudo.

SELVAGEM

Eu deveria voltar.

Isso era completamente idiota, de qualquer forma. *Irracional*, na verdade. A verdade era que... a verdade era que havia passado tantos anos solitários procurando por seus pais. Foi à floresta várias e várias vezes, dia após diz, desde o nascer do sol até o cair da noite, e sempre voltou de mãos abanando. E então, deparou-se com aquele colar. Ela *tinha* que saber. E logo.

Não posso esperar nem mais um segundo.

Sua respiração ficou presa ao avistar fumaça subindo pelo céu noturno escuro, e seu coração saltou com força. Pisou no acelerador, e a caminhonete tomou impulso para frente, neve sendo atirada pelos dois lados do veículo. *É a casa dele*, pensou, com os nervos zunindo. *Tem que ser*.

A expectativa atropelou sua cautela, e ela pisou ainda mais fundo no acelerador, dirigindo por entre o pequeno bosque de árvores em frente do que agora podia ver que era uma estrutura feita de madeira, não muito grande, mas maior que a casa de Driscoll. *Hum.* Se Driscoll tinha duas casas em sua propriedade, por que escolheria a menor delas?

Parou em frente ao imóvel, pegou sua espingarda e desceu da caminhonete. Antes que pudesse convencer-se a desistir, subiu os três pequenos degraus até a porta da frente de Lucas e deu duas batidas, com a respiração ofegante mesmo que não tivesse feito muito esforço na curta caminhada.

A porta abriu-se de uma vez e lá estava ele, maior e mais imponente do que ela se lembrava, usando calça jeans e uma camiseta de mangas compridas. Harper deu um passo para trás, e ele também. Ela encontrou os olhos dele, vendo claramente o choque em seu rosto.

Harper limpou a garganta, apoiando a espingarda na pequena varanda. Os olhos dele seguiram seu movimento e, então, tornaram a mirar nela.

— Onde você conseguiu o medalhão? — perguntou de uma vez.

Ele a encarou por um longo momento e, então, inclinou a cabeça para um lado, as sobrancelhas escuras franzindo.

— Me diga.

Olhou para detrás dela, onde sua caminhonete estava estacionada, trazendo o olhar de volta para ela lentamente, como se estivesse tentando entender a situação. Virou a cabeça em direção ao pequeno grupo de árvores e murmurou algo baixinho antes de dar um passo à frente, em direção a ela.

Harper inspirou fundo, sentindo um pequeno som de medo e surpresa subir por sua garganta quando ele a segurou pelos ombros, movendo-a para o lado com facilidade, e passou por Harper. Virou-se para vê-lo descer os degraus e seguir em direção às árvores.

O que...

O observou por um instante, imóvel de surpresa. Ele abaixou-se e começou a afastar neve com o braço, falando palavras que Harper estava muito longe para conseguir ouvir.

Desceu os degraus devagar, caminhando em direção a ele, incerta e completamente perplexa.

Conforme o barulho de seus passos soava contra a neve, Lucas olhou para trás por cima do ombro rapidamente e voltou sua atenção para o que quer que estivesse fazendo, continuando a limpar alguma coisa. Ela inclinou-se para frente e sobressaltou-se quando viu quatro pares de olhos a espiando de volta, brilhando na luz fraca, mas não tão fraca a ponto de impedir que ela visse do que se tratava. Raposas. Filhotes. Ela percebeu as marcas dos pneus de sua caminhonete bem ao lado da toca onde os animais estavam e fechou os olhos com força por um momento. Havia passado com o carro por cima de uma toca de filhotes de raposa.

— Eu não sabia que elas estavam aí.

Lucas ficou de pé, virando-se em direção a ela. Harper não conseguia interpretar a expressão dele, e os dois ficaram olhando um para o outro durante um momento constrangedor.

Ela sacudiu a cabeça.

— Deus, eu sou tão burra. Eu *trabalho* trazendo as pessoas para a floresta e deveria ter prestado mais atenção.

Ele a encarou novamente, estreitando os olhos de maneira quase imperceptível. Mas não a contradisse.

— Você está descalço — ela declarou finalmente. E foi algo estúpido a se fazer. — Seus pés devem estar congelando — acrescentou. Continuando com sua burrice. *O que, a essa altura, deveria ser meu nome do meio*, pensou com uma careta interna. Ela pressionou os lábios, envergonhada e inquieta.

Lucas simplesmente continuou a encará-la por mais alguns instantes e, então, virou-se em direção a sua casa.

Harper olhou para a toca de raposas e, sem neve por cima, pôde ver que eram somente os quatro filhotes, sem a mãe. Ela devia estar caçando por aí. Ainda estavam cobertas de neve devido ao seu descuido de passar dirigindo por ali e deviam estar com frio. Um tremor de culpa a percorreu. Preocupação pelos pobres bebês desamparados.

Lucas também se importava com eles. Ele fora correndo até lá para se certificar de que não fossem sufocados até a morte.

— Eles vão ficar bem? — gritou, sabendo que era melhor não tocá-los, sabendo que correria o risco da mãe sentir o cheiro de um predador e abandonar a toca. Ainda assim... deixá-los daquela maneira, com frio, molhados e sozinhos...

Ele desacelerou o passo e virou um pouco a cabeça na direção dela.

— Eles vão ficar, ou não. É melhor deixar a mãe deles cuidar disso agora. Se ainda estiver viva.

Se. Harper sabia que ele tinha razão, mas, ainda assim, hesitou, observando-o subir os poucos degraus da varanda. Ele ia voltar para dentro de casa.

— Espere — chamou.

Levou apenas alguns segundos para voltar correndo para a casa dele e subir as escadas para a varanda, onde ele havia se virado e a estava observando, com os lábios pressionados em uma linha fina. Lucas parecia mais... normal agora, sem a camada de peles de animais. Apenas um homem musculoso e robusto com várias cicatrizes visíveis, cabelos um pouco compridos e uma barba curta. Não parecia mais um homem das cavernas... não... estava mais para um homem das montanhas, ou... alguém que vivia da terra há vários meses.

Um homem da montanha extremamente bonito que exalava testosterona e perigo. E já que estava tão perturbada, por que estava notando a primeira característica? *Porque não pode ser ignorada, só por isso*, disse a si mesma. A intensidade da beleza dele a *assustou*. Não faria com que tomasse menos cuidado em relação a ele. Talvez o homem fosse como aqueles gatos selvagens que ela viu algumas vezes. Lindo e brilhoso aos olhos, mas selvagem e perigoso. Brutal, até.

No entanto, Lucas não parecia brutal. Só desconfiado... e curioso. Inteligente e incerto.

Respirou fundo, e o cano da espingarda fez um barulho de impacto ao cair no piso de madeira da varanda. Ele olhou para a arma — casualmente, dessa vez — e depois de volta para Harper.

— Me desculpe. Fui descuidada e grosseira. Eu... eu pensei que tinha reconhecido o medalhão no seu pescoço. Parece familiar, e eu... eu queria saber se posso vê-lo, só por um instante. Vou te devolver depois. Só... posso dar uma olhada nele? Hã, Lucas. Oh, e caso você não se lembre do meu nome, é Harper.

Tropeçou nas palavras e sentiu-se sem fôlego, um bolo subindo por

SELVAGEM

seu peito por razões que não sabia se era capaz de explicar. Mal podia acreditar que estava ali, na neve com aquele homem. Não podia acreditar que havia agido tão precipitadamente. Talvez até tolamente. Mas não conseguia se arrepender, ou desejar ter pensado com mais cautela.

— Por favor — Harper sussurrou.

Os olhos claros dele pareceram suavizar aos poucos, embora ainda a estivesse olhando-a como se ela fosse uma anomalia que ele não conseguia compreender.

Seus olhares se mantiveram um no outro conforme Lucas puxou o cordão de couro pela gola da camiseta, e a atenção dela desviou-se para sua mão grande e marcada, observando-a puxar o cordão até o medalhão aparecer. Harper prendeu a respiração e deu um passo à frente, estendendo os dedos trêmulos para pegar a pequena peça prateada e arredondada, hesitando no meio do caminho, sentindo o medo dentro de si crescer. *E se... e se...*

Estava na beira do precipício. Os segundos seguintes poderiam mudar *tudo*. Expirando com força, estendeu o braço e pegou o medalhão, sua mão tocando a dele ao dar mais um passo em direção a Lucas. Os dedos dos pés dos dois se tocavam. Ela ergueu o queixo, olhando para ele, e Lucas a encarou de volta, suas respirações se misturando, os dois sentindo como se o peso do momento estivesse finalmente recaindo sobre eles. Harper viu as narinas dele inflarem e sabia que ele havia acabado de inspirar profundamente. Estava inspirando o cheiro dela? A cabeça dele baixou minimamente, tão minimamente que Harper não teria percebido se não estivesse tão perto, e então Lucas puxou o ar pelo nariz novamente. Sim, estava sentindo o cheiro dela. E algo na expressão oscilante no rosto dele disse que ele gostou da experiência. Aquilo fez seu estômago se contrair de um jeito estranho, e estava tão sobrecarregada de medo, emoções e confusão que pensou que poderia desmaiar.

Harper não *conhecia* essa versão de si mesma. Sempre mantinha a compostura. Sempre. E, ainda assim, tudo que queria fazer era se jogar no peito dele e pedir que a abraçasse por um momento enquanto reunia coragem para olhar para o medalhão.

Gato selvagem, Harper, lembrou a si mesma, dando um pequeno passo para trás.

O tempo pareceu desacelerar e, com esforço, ela desviou o olhar do dele e o direcionou para o medalhão, que continha três corações entrelaçados gravados na superfície.

Sempre juntos, nunca separados.

Soltou um pequeno soluço ao erguer a outra mão e usar a unha do polegar para abrir o pequeno disco, suas mãos tremendo tanto que o objeto quase caiu. Mas não caiu. Ele abriu e revelou a miniatura de uma foto de três pessoas, seus braços envolvendo umas às outras, uma alegria clara em seus rostos.

Se lembrava daquela alegria, podia sentir aquela emoção a inundar como um raio quente de sol de verão.

A foto era de seu pai.

Sua mãe.

E ela.

SELVAGEM

CAPÍTULO DOZE

— Agente Gallagher? — O homem alto de sessenta e poucos anos usando calça cáqui e camisa azul de botões estendeu a mão, oferecendo um sorriso simpático para Mark ao cumprimentá-lo. — Sou o Dr. Swift. O que posso fazer por você?

Eles estavam na área da recepção, com corredores dos dois lados, onde um pequeno grupo de pessoas conversava.

— Tenho algumas perguntas sobre uma pessoa que trabalhou aqui. Isaac Driscoll. Tem algum lugar onde possamos conversar em particular?

Mark estava ansioso para falar com esse homem e sentar em algum lugar, onde pudesse registrar melhor suas reações — o homem que já trabalhou bem próximo a Isaac Driscoll.

— Isaac? Hã... não ouço esse nome há anos. — Dr. Swift pareceu agitado por um breve momento. — Mas sim, claro. Venha comigo, por favor.

O Dr. Swift o conduziu até uma sala no fim do corredor com um quadro branco em uma parede e um espelho enorme em outra. Parecia ser algum tipo de sala de entrevistas e, quando Mark questionou, o Dr. Swift disse:

— Sim. Os pesquisadores utilizam essa sala para observar voluntários respondendo perguntas ou se relacionando uns com os outros, reagindo a certas coisas, dentre outros, dependendo do estudo.

— Ah — Mark disse. Ele tivera aulas de ciências sociais quando

estava na faculdade, há *muito* tempo, mas estava interessado em ouvir exatamente o que estava envolvido no que dizia respeito ao estudo.

Havia uma mesa grande no centro da sala com uma pilha de pequenos cadernos brancos em um dos cantos.

— Assim está bom? — o Dr. Swift perguntou, puxando uma cadeira da mesa e indicando a que ficava de frente para ele.

— Está ótimo, obrigado — Mark respondeu, sentando-se diante do homem.

O Dr. Swift olhou com expectativa, entrelaçando os dedos sobre a mesa. Era um homem robusto, e sua camisa estava esticada e apertada em volta dos ombros largos, um dos botões sobre seu abdômen parecendo perigosamente prestes a se abrir.

— Isaac Driscoll se aposentou... vejamos... — Olhou para cima, fazendo as contas de cabeça. — Em 2002, ou 2003?

Mark assentiu.

— Sim, eu sei que faz um tempo.

— Sobre o que se trata, agente? Isaac está envolvido em algum problema?

— Sim. Sinto muito por trazer más notícias, mas Isaac Driscoll foi encontrado morto há dois dias.

O Dr. Swift o encarou por alguns instantes, parecendo paralisado de surpresa. Por fim, soltou uma longa lufada de ar.

— *Encontrado* morto... como?

— Assassinado.

O doutor arregalou os olhos.

— Assassinado? Isaac? Como? Por quê?

— Ainda estamos investigando o crime. Não tenho muitas respostas. Espero que você possa nos ajudar com algumas informações.

O homem expirou novamente, passando a mão pelos cabelos pretos e grisalhos.

— Posso tentar. Faz muito tempo desde que ao menos falei com ele.

— O que exatamente ele fazia aqui na Rayform? O título do cargo dele está listado como pesquisador social.

O Dr. Swift assentiu.

— O trabalho dele consistia em coletar, analisar e interpretar dados. O governo estava, e ainda está, particularmente interessado em achados que talvez possam ajudar a mudar políticas sociais ou afetar as atuais. As inscrições dependem do propósito do estudo.

— E a maioria dos estudos foram conduzidos aqui, financiados pelo governo?

— A maioria, sim, embora alguns sejam financiados por bolsas de pesquisas ou especializações.

— Pode me dar um exemplo de um estudo específico no qual Isaac trabalhou? Estou tentando compreender melhor quem ele era e por que alguém desejaria machucá-lo.

O Dr. Swift olhou para o lado, pensando por um momento antes de responder.

— Acho que o estudo que ele completou logo antes de se aposentar era sobre pobreza e comportamento criminoso, alguma coisa desse tipo. Não me lembro das especificidades, mas eu poderia procurar e enviar para você por e-mail.

— Isso seria ótimo. Obrigado. — Mark deslizou um cartão de visitas pela mesa, e o Dr. Swift o pegou, guardando-o no bolso de sua camisa. — O que você pode me dizer sobre o Dr. Driscoll em um nível pessoal?

O Dr. Swift deu de ombros.

— No geral, era um cara bacana. Podia ser intenso. Um pouco... estranho, às vezes, talvez. — Sorriu. — O que posso dizer? Ele era um

SELVAGEM

pesquisador. Não somos conhecidos por nossas personalidades animadas. — Sacudiu a cabeça, franzindo a testa. — Meu Deus, não consigo... não consigo acreditar que ele está morto. Assassinado. — Olhou para Mark. — Você não acha que sua morte tem algo a ver com o trabalho dele aqui, acha?

— É pouco provável, já que se aposentou há tanto tempo, mas ainda estou tentando ver o panorama geral. O Dr. Driscoll comprou uma área gigantesca de terras a cerca de trinta e dois quilômetros de distância da área habitada mais próxima. Você tem alguma ideia do motivo pelo qual ele se aposentaria e se mudaria para o meio do nada?

O Dr. Swift pareceu surpreso por um momento e, então, ficou pensativo. Ele suspirou.

— Pelo que me lembro, Isaac foi ficando cada vez mais pessimista em relação às pessoas em geral... a sociedade como um todo. — Pressionou os lábios por um instante. — Lembro-me dele dizendo várias vezes que não queria mais saber de pessoas, que animais se comportavam mais racionalmente e de uma maneira que preservaria suas espécies como um todo, ao invés de destruí-las. — O Dr. Swift deu risada, embora tenha sido sem humor. — Pensei que estava brincando, ou só... desabafando. Entretanto, tenho que dizer, eu não discordava completamente desse sentimento. É fácil se tornar cético depois de estudar as ruínas sociais ano após ano. Às vezes, parece que as coisas nunca mudam.

Mark ofereceu-lhe um sorriso forçado. Também não discordava completamente do sentimento. Já vira coisas em seu trabalho que fazia a ideia de abandonar de vez as pessoas e ir viver com animais selvagens soar atraente. As pessoas eram odiosas e cruéis, perversas e dissimuladas. Mas... mas também eram capazes de serem altruístas e fazerem atos de amor e bondade profunda. Mark tinha que lembrar-se daquilo com frequência. E o fato era que as pessoas precisavam de outras pessoas para conseguirem manter suas próprias humanidades. Não precisava ser um cientista social para saber disso.

— Então, você acha que Isaac Driscoll pode ter comprado terras longe da sociedade porque o trabalho que desempenhava fez com que passasse a desprezar as pessoas em geral?

O Dr. Swift soltou um longo suspiro e esfregou o olho com um dedo.

— Não sei exatamente os motivos dele. Como eu disse, faz muito tempo que falei com ele pela última vez. Mas... isso não me soa improvável.

Mark assentiu, colocando a mão no bolso e tirando de lá seu pequeno caderno. Dentro, havia colocado uma imagem impressa de Lucas de quando ele estava na cela. Ele desdobrou a foto e a entregou para o Dr. Swift.

— Você reconhece este homem?

O Dr. Swift analisou a foto por um bom tempo antes de sacudir a cabeça.

— Não. Quem é ele?

— Um homem que atualmente mora na propriedade de Driscoll. Ele disse que Driscoll o deixou viver lá depois que seus pais o abandonaram.

Suspirou novamente.

— Parece mesmo coisa do Isaac.

— Como assim?

— Isaac fazia muitos trabalhos voluntários para programas de serviço social. Fizemos muitos estudos sobre o sistema de adoção, ainda fazemos, na verdade, e essa era uma das áreas de pesquisa que particularmente incomodavam Isaac.

Mark assentiu.

— Compreensível.

Os piores casos nos quais ele trabalhara envolviam crianças. Ele nunca se dessensibilizaria da ideia de uma criança sofrendo de qualquer maneira. E Mark sabia que, se algum dia isso acontecesse, aquele seria o momento em que entregaria seu distintivo.

SELVAGEM

— O interessante foi ter permitido que esse homem — apontou para a foto de Lucas, que ainda estava sobre a mesa — ficasse em sua propriedade quando ele era apenas uma criança, mas nunca ter alertado nenhuma autoridade de que havia sido abandonado.

O Dr. Swift olhou para a foto de Lucas por um momento antes de encontrar o olhar de Mark.

— Talvez, para Isaac, o sistema de adoção fosse um destino pior do que viver sozinho na floresta selvagem.

— Você acha que era possível ele estar tão desacreditado assim?

O Dr. Swift deu de ombros.

— Estou apenas especulando.

Mark assentiu, tirando outra foto de seu caderno.

— E essa mulher? Você já a viu antes?

O Dr. Swift olhou para a foto da mulher que havia sido encontrada morta na pousada, e seu cenho franziu. Por fim, sacudiu a cabeça.

— Não que eu me lembre.

Mark recolheu as imagens impressas, dobrando-as novamente e guardando-as de volta em seu caderno antes de estender a mão por cima da mesa para apertar a do outro homem.

— Obrigado pelo seu tempo. Por favor, se lembrar qualquer outra coisa que possa esclarecer algo sobre esse crime, me ligue. E o meu endereço de e-mail está no cartão, se puder fazer a gentileza de me encaminhar os resultados do último estudo no qual Driscoll trabalhou.

— Pode deixar.

Mark virou-se para sair quando avistou um quadro na parede à esquerda da porta. Aproximou-se, analisando-o.

— A Batalha das Termópilas — o Dr. Swift disse, aproximando-se por trás dele e olhando para a imagem.

Mark olhou para ele.

— Há um quadro igual a este pendurado na casa de Isaac Driscoll.

O Dr. Swift olhou para ele, com um pequeno sorriso nos lábios.

— De fato, foi Isaac que pendurou esse aqui há muitos anos. — Seu sorriso cresceu. — O governo raramente investia em decoração. — Olhou novamente para a imagem, enquanto Mark pegava seu caderno e anotava o nome da batalha que o doutor havia acabado de nomear, escrevendo-o da maneira mais correta que podia. Ele pesquisaria no Google mais tarde. — Isso que é um estudo de coragem contra possibilidades opressivas. *E* trabalho em equipe. Os espartanos levaram a melhor.

— Era isso que Driscoll gostava tanto neles? — Devia admirar aquilo para pendurar a mesma foto em seu local de trabalho e em sua casa. Uma representação do que ele desejava que a sociedade *fosse*, diante do que considerava provas diárias de que não era? Que valia a pena lutar, mesmo que as possibilidades estivessem conspirando contra você?

— Provavelmente. Era uma cultura fascinante.

Mark deu uma última olhada na imagem.

— Obrigado mais uma vez, doutor.

— Disponha — o Dr. Swift disse, ainda olhando para a batalha diante dele.

Ele não desviou o olhar quando Mark virou-se e saiu da sala.

SELVAGEM

CAPÍTULO TREZE

Harper soltou o medalhão, e ele caiu dentro da camiseta de Lucas. Seu coração estava acelerado. Sua pele parecia pinicar, e ela estava tendo dificuldades para engolir, sentindo ondas de choque a percorrerem.

— Como? — murmurou. — Onde? — Sacudiu a cabeça, tentando livrar-se do zumbido em seu ouvido que começou desde o momento em que viu a foto dentro do objeto. *Era* o medalhão de sua mãe, o que ela estava usando quando morreu.

Sentiu uma tontura, e seus dentes começaram a bater. Lucas virou-se e abriu a porta de sua casa, entrando antes de lançar um olhar inquisitivo para Harper. Ela notou que os pés dele ainda estavam descalços e, apesar de seu estado de choque, Harper fez uma careta. *Eles devem estar congelando.* O seguiu para dentro e fechou a porta, mas não entrou por completo na sala. Apoiou o rifle contra a parede, ao lado de onde ficou parada.

— Por favor, me diga — pediu, e, dessa vez, sua voz soou mais firme, embora seu coração estivesse batendo a toda velocidade.

— Encontrei esse colar em um carro na base de um desfiladeiro. Tinha uma corrente diferente, mas estava quebrada. — Os olhos dela percorreram o rosto dele, que estava com a expressão tão intensamente séria que Harper não conseguia desviar o olhar. Lucas olhou para baixo, onde o medalhão pousava em seu peito. — Você... conhece essas pessoas? — Parecia estar prendendo a respiração enquanto a encarava, seus dedos encontrando o medalhão e o acariciando, como se já tivesse feito aquele

SELVAGEM

movimento centenas de vezes antes e agora o fizesse por hábito.

— Sim. É a minha família — sussurrou. — O bebê sou eu.

Lucas franziu o cenho e abriu a boca, fechou, e então, disse finalmente:

— Você.

A encarou novamente, desviando o olhar para o medalhão que ele agarrava antes de olhar para Harper mais uma vez, como se tentasse relacionar a foto minúscula do bebê dentro dele com a mulher adulta diante de si.

— Sofremos um acidente de carro quando eu era muito nova. De algum jeito, fui atirada para fora do veículo durante a batida e fui encontrada, mas eles nunca foram.

Os olhos dele vaguearam pelo rosto dela por um momento, e algo estava fazendo sua expressão suavizar. Compreensão.

— Posso levar você até eles, se quiser.

Harper estendeu a mão para trás, a fim de apoiar-se contra o batente da porta para não cair. Meu Deus, não conseguia acreditar. *O carro. O carro. Ele encontrou o carro.* O local de descanso final de seus pais, o que ela vinha procurando incansavelmente desde que tinha idade suficiente para andar por essa floresta sozinha. Assentiu, com lágrimas queimando em seus olhos. Mas se recusou a deixá-las cair, não queria compartilhar seu luto com esse homem, esse estranho. Verdade seja dita, não queria compartilhar seu luto com ninguém. Ela se perguntava se ao menos sabia como.

— Quando? — ela perguntou. — Há quanto tempo você o encontrou?

— Cinco invernos atrás. — Encolheu-se muito sutilmente e limpou a garganta. — Cinco anos atrás — reformulou, como se tivesse percebido que havia respondido incorretamente no segundo em que as palavras rolaram por sua língua.

Só que... *Deus, se eu morasse por aqui, provavelmente também calcularia o tempo a partir de quantos invernos sobrevivi.* Mas ela não podia pensar sobre isso naquele momento, não depois de saber que o carro de seus pais estava tão perto e aquele homem podia levá-la até lá. Até *eles.*

— Pode me levar até lá agora?

Lucas olhou pela janela.

— Não, está muito tarde. Posso levar você pela manhã. Está escuro e cheio de gelo agora, e vamos ter que descer.

Descer?

Harper começou a argumentar, a implorar que reconsiderasse, mas sabia que ele tinha razão. A noite havia chegado, a temperatura havia caído, e sair pela floresta agora seria estupidez quando simplesmente esperar até o amanhecer diminuiria significativamente qualquer risco. Esperaria. Ela podia esperar mais uma noite.

— Posso te perguntar por que você o usa?

Lucas olhou para o colar sobre sua camiseta escura e o tirou do pescoço, caminhando até ela, parando quando estava a vários passos de distância. Estendeu a mão, ofereceu o medalhão para Harper, que recebeu, apertando-o em seu punho.

— É seu — ele disse.

Lucas não havia respondido à pergunta, mas agora um bolo estava alojado em sua garganta, então, ao invés de repeti-la, simplesmente assentiu e o amarrou em volta do pescoço. Com o olhar demorando-se no objeto, havia uma tristeza inconfundível nos olhos dele. Ele havia acabado de renunciar a algo que lhe era de grande valor, percebeu. Entregar para Harper teve um custo. Não um custo monetário, mas algo mais importante para ele. *Conexão emocional?* Qualquer que fosse a resposta para aquela dúvida, ele havia dado o colar mesmo assim.

— Obrigada — sussurrou, colocando a mão sobre o medalhão. O pequeno pedaço de metal ainda carregava o calor do corpo dele. — Como você o encontrou? O que estava fazendo?

Algo passou por sua expressão, mas ele controlou rapidamente.

— Só vi, um dia. O sol brilhou no metal e chamou a minha atenção.

Ele pareceu um pouco confuso, como se talvez não tivesse dito o que queria dizer. No entanto, Harper o compreendeu. O metal cintilante havia chamado sua atenção.

— Entendi — respondeu, para reassegurá-lo, e suspirou. — Bem, fico feliz por isso. Quer dizer, é muita sorte eu ter te conhecido e... bem...

Ele passara os últimos cinco anos usando uma foto dela em volta do pescoço. Aquilo a fazia sentir... não sabia o que aquilo a fazia sentir, mas o sentimento não era negativo. Era como se estivesse protegendo sua família por ela. *Sempre juntos, nunca separados.*

Ele a fitou por mais um instante e depois virou-se, caminhando em direção ao fogão a lenha e o abastecendo. Foi aí que ela finalmente assimilou o ambiente. Havia quatro camas de metal alinhadas na parede à direita, mas três delas não tinham colchões ou cobertas. A quarta cama era obviamente onde Lucas dormia, com uma coberta de lã cinza-escura sobre o colchão e um único travesseiro. Elas lembraram Harper de camas que ela vira em prisões nos filmes, e ela franziu a testa.

— Há outras pessoas morando aqui? — perguntou, acenando com a cabeça para as camas.

Ele olhou para as camas vazias de onde estava, agachado diante do fogo, cutucando as lenhas com um graveto comprido.

— Isso ia ser uma cabana de acampamento de verão, mas... alguém ficou sem dinheiro. Ou algo assim. Estava vazia quando Driscoll veio para essas terras. — Fez uma pausa. — Foi o que ele me disse, pelo menos. É tudo que sei.

Harper inclinou a cabeça para o lado. A colocação dele havia sido estranha.

— Você acha que ele estava mentindo?

Lucas ficou de pé, fechando a porta do fogão a lenha com um clique lento.

— Eu não sei.

Harper abriu a boca para perguntar mais alguma coisa, mas não tinha certeza de quê. Era só que... o jeito como Lucas havia dito *foi o que ele me disse, pelo menos*, e o tom em sua voz, fez com que ela pensasse que tinha dúvidas quanto à veracidade de Driscoll em geral. E a deixou curiosa. *Você não é uma investigadora, Harper. Pare de agir como uma.*

— Ok, bem, eu... — Ela abriu a porta, sentindo o ar ártico arrepiá-la imediatamente. — Voltarei pela manhã. A que horas?

— Primeiro raio de sol.

Primeiro raio de sol.

— Ok. — Pegou sua espingarda e virou-se mais uma vez antes de fechar a porta após sair. — Vou trazer café.

Ele baixou as sobrancelhas, e ela se sentiu repentinamente estúpida.

— Você toma café?

— Claro.

Harper fez uma pausa.

— Muito bem.

Saiu para a varanda e fechou a porta, cerrando os olhos por um momento, sentindo-se uma idiota. Mas Lucas ia levá-la para o lugar onde seus pais ainda descansavam, o local da batida de anos atrás que roubara a vida que deveria ter vivido. Nervos formigaram por sua pele, e ela inspirou uma grande quantidade de ar gelado ao entrar em sua caminhonete e ligar a ignição. *Nada.* Tentou novamente, e nada ainda.

— Merda — grunhiu, erguendo o olhar e percebendo que, com sua pressa de ir confrontar Lucas, não somente quase havia matado uma ninhada de raposas, mas também devia ter deixado a porta da caminhonete entreaberta e, portanto, a luz interior havia ficado acesa.

SELVAGEM

Sua bateria era antiga e precisava ser substituída, mas vinha adiando isso porque não podia pagar uma nova. E, agora, estava descarregada. *Bom trabalho, Harper.*

Merda. Merda. Merda.

Ficou ali sentada por um minuto, considerando suas opções. Precisava que alguém empurrasse seu veículo para que ela conseguisse fazê-lo pegar. Mas estava muito tarde e o tempo estava muito frio para chamar alguém. Estava planejando voltar para a casa de Lucas ao nascer do sol, então... dormiria em sua caminhonete. Estava acostumada a "se virar". Aquilo estava praticamente em sua descrição de cargo.

No entanto, precisaria de um cobertor, algo além de somente seu casaco para protegê-la do frio noturno. Suspirou, conformando-se em ir bater à porta de Lucas novamente.

Caminhou pela neve e subiu os degraus para a varanda, e antes que pudesse bater, ele estava abrindo a porta, tendo obviamente visto-a se aproximar pela janela.

— Oi. — Tentou abrir um sorriso, mas sabia que havia falhado. Gesticulou em direção à caminhonete. — Minha bateria descarregou. Não é nada de mais, mas você tem um cobertor extra que possa me emprestar?

Ele olhou para a caminhonete e, depois, para Harper.

— Você vai dormir lá?

— Sim, na caminhonete. Vou ficar bem. Estou acostumada a dormir sentada, de qualquer jeito... — Suas palavras sumiram aos poucos; não quis dizer aquilo. Limpou a garganta. Lucas a fitou novamente por um instante daquela maneira que a fazia sentir totalmente distinta, quando, na verdade, ele que era o estranho.

Não era?

Lucas virou e caminhou lentamente até a cama que continha um colchão, pegando a coberta que obviamente usava e carregando-a de volta até onde ela estava. Ele a estendeu para Harper.

— Oh, não... não posso levar o seu único cobertor.

Ele franziu o cenho e a encarou.

— Por quê?

— Por quê? Hã, bem... você vai ficar com frio.

— Estou bem. Eu tenho fogo.

Ela ainda se sentiu um pouco culpada, mas não culpada o suficiente para se dispor a congelar até a morte em sua caminhonete no meio da floresta.

— Certo. Ok, então. Obrigada. Te vejo ao amanhecer.

Desceu os degraus e correu devagar de volta para a caminhonete, onde envolveu os ombros e o corpo com o cobertor. Tinha o cheiro dele. Cheiro de — ela baixou um pouco a cabeça e inalou o material grosso e rugoso — ar da montanha e pele masculina? Não, aquilo soava como um comercial ruim de desodorante. Ela inspirou novamente, mais profundamente dessa vez. Era... *gostoso*, e aquilo fez seu estômago dar pequenas piruetas. Não tinha cheiro de sabonete, de pinho ou qualquer uma dessas descrições que ela usava para explicar o cheiro de um homem. *Era* limpo, e ela ficou contente por isso, porque havia questionado a higiene dele, a princípio — o que, pensando melhor agora, devia ter sido grosseiro de sua parte, mesmo que tivesse permanecido apenas em sua mente —, mas o cheiro dele era limpo de uma maneira natural. Como se ele tomasse banho em um riacho, secasse seu corpo no sol e...

Ai, meu Deus, cale a boca, Harper. Tirou o cobertor de perto do nariz e apoiou a cabeça no encosto do assento. *Não me admira eu não conseguir dormir. Meu maldito cérebro não desliga.*

Além disso, ela estava congelando. Apertou o cobertor em volta de si, seus dentes começando a bater. A ponta de seu nariz parecia um cubo de gelo. Sua mente voltou-se novamente para os pequenos bebês raposa na toca sobre a qual ela havia passado com o carro, e seu coração palpitou quando pensou no frio que deviam estar sentindo, seus corpinhos

SELVAGEM

desamparados cobertos de neve, gelo cobrindo suas pelagens. Será que a mãe deles havia retornado?

Harper saiu da caminhonete e marchou em direção à toca na base de um pinheiro enorme. Acendeu a lanterna de seu celular e a angulou de maneira que não iluminasse diretamente a toca, mas o suficiente para que pudesse ver as pequenas criaturas que estavam ali.

Um rosnado baixinho ressoou dali, e Harper deu um passo para trás, mas inclinou a cabeça para frente ainda mais. Dentro da toca, a mãe estava deitada amamentando os filhotes, rosnando suavemente, um alerta para não se aproximar.

— Não vou chegar perto — sussurrou. — Vocês estão seguros. — Ficou olhando para os animais por mais um momento, secos e aconchegados, e desligou a lanterna, distanciando-se dali.

Harper não conseguiu evitar as lágrimas que começaram a descer por seu rosto. Não sabia bem por que havia sido acometida por emoção tão rapidamente, e agora estava ali, chorando baixinho na neve, a noite escura a engolindo.

Se sentiu tão intensamente... *sozinha*.

— Você pode dormir lá dentro, se quiser.

Ela virou em direção à voz, acendendo sua lanterna novamente. Ele estreitou os olhos, então ela abaixou o celular, limpando as lágrimas das bochechas, envergonhada por ter sido pega chorando por causa de uma toca de raposas. Envergonhada por ter sido pega chorando, ponto final. Como Lucas havia se aproximado dela tão sorrateiramente, afinal?

— Ela voltou — Harper disse baixinho e acenou com a cabeça em direção à toca. — A mãe.

Lucas pausou por um momento.

— Que bom.

Ela estremeceu novamente, e ele apontou para a caminhonete com a cabeça.

— Traga a sua arma e durma lá dentro.

E, com isso, virou de volta para sua casa, deixando a porta aberta. Parecia quentinho lá dentro — quentinho e iluminado por luz de velas.

Harper pegou o cobertor da caminhonete, pressionando os lábios enquanto pensava sobre a espingarda. Parecia grosseiro levá-la para dentro quando ele estava oferecendo-lhe um lugar quente para dormir, mesmo que não tivesse que fazer isso. Mas... bem, ele ainda *era* um estranho, *e* um gato selvagem *e* um suspeito na investigação de um crime. Sem contar que muitas coisas ruins aconteciam a garotas nesse mundo porque elas não queriam parecer grosseiras. Harper pegou a arma e seguiu para os degraus, subindo-os e entrando, fechando a porta atrás de si.

— Obrigada. Eu, hã... você nem vai saber que estou aqui.

Ele pareceu confuso.

— Eu vou saber que você está aqui.

— Só quis dizer que não vou incomodar. — Considerou as três camas vazias, mas nenhuma delas tinha colchão, e dormir sobre uma superfície de metal não parecia nem um pouco confortável, então sentou-se no chão, apoiando-se na parede e colocando sua arma no chão ao seu lado. Envolveu-se com o cobertor novamente e fingiu soltar um bocejo para que ele soubesse que já estava bem aconchegada. — É muita gentileza sua — declarou. — Se eu puder retribuir de alguma forma, me avise.

Ela podia jurar que viu os lábios dele se curvarem levemente, mas ele logo desviou, deitando em sua cama de costas para Harper.

— Seria bom se você pudesse não atirar em mim enquanto durmo — falou sem virar, e ela podia jurar que ouviu um sorriso em sua voz. *Estava brincando com ela?* A ideia a chocou, mas também lhe causou uma onda de contentamento.

— Prometo que não vou — disse, e pôde ouvir o sorriso em sua própria voz antes de perceber que, de fato, havia um em seus lábios.

O ombro dele se moveu discretamente, mas ele não respondeu, e após alguns instantes, Harper fechou os olhos, deleitando-se no calor que a envolvia, sem mais estremecer de frio.

Estava confortável, mas sabia que não conseguiria dormir. Harper tinha dificuldades para dormir, geralmente, ainda mais sentada contra a parede de um estranho, com o dito cujo dormindo a seis metros de distância dela. Ainda assim, apesar da cabana e sua falta de requinte, se sentiu confortável. Era o fogo? O homem? O silêncio profundo e envolvente da floresta que os rodeava? Ou era o fato de que agora sentia paz? *Sempre juntos, nunca separados.*

Não, ela não conseguiria dormir, mas graças a Deus estava aquecida. Contente. E faltavam poucas horas para o amanhecer.

CAPÍTULO CATORZE

Flocos de neve como mantos. Rajadas de vento. Os dois atravessando o campo congelado. Jak passou por eles, movendo-se em volta das rochas enterradas e dos buracos escondidos que conhecia de cor.

A casa de Driscoll surgiu em seu campo de visão, com fumaça saindo pela chaminé, e Jak acelerou os passos, movendo-se rapidamente sob a neve que caía. Não gostava de visitar Driscoll. Fazia isso o mínimo de vezes possível, mas não queria ficar sem algumas coisas, agora que o inverno havia chegado.

Principalmente fósforos.

Sabia cozinhar, mas escolhia não fazer isso. Quando o fazia, não podia mais sentir o sabor de vida na comida. Ele se lembrava do que sua *baka* falava sobre vitaminas e minerais, e talvez aquilo fosse a mesma coisa. Agora que dificilmente proferia palavras, Jak aprendera que imagens em sua mente explicavam melhor as coisas. Ele via vitaminas e minerais como pequenos grãos de vida que flutuavam pelo ser vivo e, quando você os consumia, podia sentir todas as coisas que aquele animal havia vivenciado. A vida dele fluía pelo seu organismo e, dessa forma, nunca deixava realmente de viver. A vida continuava. Nunca parava.

Mas não queria voltar a passar um inverno sem o calor do fogo, embora agora tivesse um teto, um cobertor e o calor do corpo de Pup. Valia a pena fazer aquela caminhada pelo calor — e alguns minutos de interação com Driscoll. Contudo, Jak não gostava dele. Sempre que estava perto dele, era acometido por uma sensação de suor frio. Ele odiava o jeito como os olhos

SELVAGEM

de Driscoll o lembravam os de um esquilo e a maneira como observava cada movimento de Jak. Havia aprendido a identificar a proximidade de um predador, não somente a partir do barulho de gravetos quebrando sob seus passos, ou o fedor de sua pelagem ao se aproximar. Ele sabia pela sensação sussurrante por dentro e a maneira como os cabelos curtos de sua nuca ficavam de pé quando algo perigoso o estava perseguindo.

Sentia aquilo quando estava perto de Driscoll.

O homem nunca fizera nada além de trocar suprimentos, e ainda assim... aquela sensação permanecia. Jak deduzia que seja lá o que Driscoll fizesse na cidade para conseguir suprimentos, era provavelmente sorrateiro e cheio de mentiras.

Mas Jak não ia pensar demais naquilo. Sua *baka* explicou uma vez que as pessoas faziam o que precisavam para sobreviver durante as guerras. E ele precisava de fósforos. Só isso.

Jak havia deixado Pup sair de casa assim que o sol nasceu, e o lobo ainda não havia voltado quando Jak saiu, então estava sozinho nessa viagem. No entanto, queria que fosse daquele jeito, e sempre ia sozinho para a casa de Driscoll. Pup era leal e fiel, e Jak não tinha nem um pouco de medo do animal, mas não fazia ideia do que faria se visse um estranho. Especialmente um que cheirava a predador como Driscoll.

Nas poucas vezes que Jak ouviu um carro na estrada ou passando próximo dali, ou o que podia ser pessoas caminhando pela floresta em sua volta, ele mudava de direção e se afastava, quieto como um lobo. Quieto como Pup. Deduziu que aquilo havia ensinado Pup a temer outros humanos além de Jak. E, além disso, não sabia como Driscoll agiria se visse um lobo gigante se aproximando dele, parecendo manso ou não.

Driscoll abriu a porta antes mesmo que Jak batesse, como se o estivesse observando e esperando que aparecesse ali, o que fez os cabelos minúsculos da nuca de Jak se arrepiarem.

— Jak. Como você está? Entre. Aqueça-se.

Jak entrou na pequena sala, pensando, como sempre, no quanto queria logo ir embora, desde o instante em que chegava.

Enfiou a mão dentro da bolsa que fizera costurando duas peles de coelho com pedaços compridos de grama densa. Não era muito resistente e não conseguia segurar nada pesado demais, mas atendia às suas necessidades, e fazê-la o mantivera ocupado por três dias inteiros. Jak tirou de dentro dela o peixe coberto de neve e envolvido por pele de coelho. Havia pescado pela manhã abrindo um buraco na neve com a ajuda de uma pedra e pendurando pequenos pedaços de carne de coelho pela abertura. Tinha demorado a manhã inteira, mas conseguira pegar quatro. Dois para trocar, um para si e um para Pup.

Quando ergueu o olhar, os olhos de esquilo de Driscoll estavam alternando entre fitar o peixe e a bolsa, com um pequeno sorriso curvando seus lábios cheios para cima.

— Você tem se esforçado muito, descobrindo como sobreviver com o que está disponível para você.

— Que outra escolha temos? — perguntou. — Até a guerra acabar.

— Sim. O que você quer em troca dos peixes?

— Fósforos.

— Ah. — Suspirou. — Fósforos são uma mercadoria preciosa.

Mercadoria preciosa. A mente de Jak zuniu, trabalhando rapidamente para compreender o significado daquelas palavras. Se lembrava de preciosa. *Importante.* Fósforos eram uma *coisa* importante? Uma mercadoria era uma coisa. *Uma coisa importante.*

Sim, sim, eram. Jak sabia daquilo melhor do que qualquer um. O que era mais precioso do que algo que fornecia calor para sobreviver?

— Eu posso te trazer mais peixes. Quantos?

Driscoll correu os dedos dos cantos de sua boca até a barba, olhando para Jak de um jeito que fazia seus músculos tensionarem.

SELVAGEM

— Traga-me um par de botas. Essas que estou usando estão velhas e gastas, e eu gostaria de algo mais quente e de pele.

Botas? Ele olhou para baixo, para as botas que fizera para si mesmo usando pedaços de seus sapatos antigos, pele e pelos de animais, costurados com folhas compridas de grama. Elas serviam para manter seus pés aquecidos, mas não eram algo que valesse a pena trocar. Ele olhou para as botas de Driscoll. Elas não pareciam ruins. Jak queria poder ter botas como aquelas em vez das que ele fizera usando tudo que podia encontrar pela frente — botas que se abriam com tanta frequência que ele estava sempre consertando algo nelas, ou deixando uma para trás e pisando descalço em pilhas profundas de neve.

— Se você me trouxer um par de botas que eu aprovar, te darei duas caixas de fósforos.

O coração de Jak acelerou. *Duas caixas.* Aquilo duraria o inverno e a primavera. Ele inventaria uma maneira melhor de fazer botas. Sua mente começou a apitar como sons de grilos, pensando em todos os itens que podiam funcionar melhor do que os que ele estava usando. Tinha o canivete que usava para fazer pequenos buracos, mas usar grama como linha não era a melhor opção. Ela ficava seca e quebrava. Ele sempre tinha que consertar pedaços que arrebentavam.

— Ok — concordou, antes que pudesse se convencer do contrário. O pior que poderia acontecer seria Driscoll não gostar de seu trabalho e não lhe dar fósforos.

Driscoll pareceu contente.

— Bom garoto. Venha comigo e te darei cinco fósforos pelos peixes.

Jak hesitou antes de seguir Driscoll até o cômodo ao lado do principal, que deduziu ser o local onde dormia. Ele ficou no vão da porta enquanto Driscoll foi até uma cômoda, abriu a primeira gaveta e contou cinco fósforos. Ele tentou bloquear a visão da gaveta com o corpo, mas, quando se moveu apenas um pouquinho, Jak pôde ver que havia duas fileiras de caixas de fósforos grandes dentro dela. Tinha fósforos suficientes para dez invernos. Jak tentou não ficar com raiva. Aqueles fósforos eram de Driscoll, e Jak tinha sorte por lhe dar cinco em troca do peixe.

Desviou o olhar da gaveta para a imagem sobre a cômoda. Era um desenho de homens lutando, e Jak o encarou por um minuto. Ele brincara de guerra com seus soldados de brinquedo quando morou com *Baka*, mas os homens na imagem estavam usando roupas estranhas, nada parecidas com os uniformes militares que seus bonecos usavam.

— A Batalha Das Termópilas — Driscoll revelou, parando ao lado dele no vão da porta e olhando para a imagem. — Umas das batalhas mais famosas de todos os tempos. Os espartanos defenderam Termópilas contra os invasores, fazendo uma barreira de extrema importância estratégica por três dias com meros trezentos homens.

Driscoll havia acabado de dizer várias palavras que Jak não conhecia. Ele gostaria de repassá-las — *coletá-las* —, mas também queria ir embora.

— Os espartanos? — Jak lançou um olhar para Driscoll, que estava com os olhos brilhando como se estivesse prestes a chorar. Mas lágrimas de felicidade. Talvez ele gostasse de lutas. Talvez gostasse de *guerra*. Talvez *gostasse* de viver dessa maneira. Talvez fosse por isso que Jak se sentia tão estranho perto dele o tempo todo. Jak recuou dois passos, colocando mais espaço entre eles.

Driscoll não pareceu notar isso ao balançar a cabeça para cima e para baixo, para cima e para baixo.

— Os maiores guerreiros de todos os tempos — disse. — Eles foram *criados* para batalhas. Testados para saber se eram homens que *nunca* desistiriam, apesar das piores possibilidades. Diziam que a única vez que um soldado espartano dava um tempo em seu treinamento era durante a guerra. — Driscoll deu risada, e Jak abriu um sorriso pequeno e apertado, embora não tenha entendido a piada.

— Mas, veja, *sobrevivência* é o maior treinamento de todos —

continuou. — É aquele algo inexplicável que faz um homem *continuar seguindo*, apesar dos obstáculos diante dele, apesar de condições miseráveis ou façanhas impossíveis. *É isso* que molda o mais temido de todos os guerreiros. Qualquer homem forte e habilidoso pode aprender a manejar uma arma, mas somente um soldado extraordinário nunca desiste. *Nunca*.

Jak recuou mais alguns passos, voltando para a sala principal, e Driscoll o seguiu, com os olhos ainda brilhando.

— Devemos estudar história para moldar o futuro. Pessoas de antigamente compreendiam a guerra muito melhor do que compreendemos hoje. Elas... elas... — Gesticulou por todos os lados por alguns segundos, como se estivesse tentando agarrar as palavras certas no ar. Seu olhar encontrou o de Jak. — Elas compreendiam que sacrifícios devem sempre ser feitos para o bem comum da sociedade. Sabiam que, sem sacrifício, a humanidade se tornaria egoísta, gananciosa e seria arruinada. Um nunca é tão importante quanto todos. Foi isso que nos trouxe a esse ponto, você entende?

Não, Jak não entendia. Nem um pouco. Mas assentiu para que parecesse que havia entendido o que Driscoll estava falando. Pensou que devia ser sobre a guerra. Driscoll sabia muito mais sobre o que estava acontecendo na cidade, nos EUA, no... Isso era tudo que Jak sabia sobre o mundo, além de que ele era redondo e as pessoas falavam em idiomas diferentes se você viajasse para longe o suficiente para encontrá-las.

— As pessoas são tão *más*, Jak. Tão más, egoístas e imorais. Elas não *aprendem*. Nunca aprendem, e todos nós pagamos pelos seus erros.

Jak o encarou. Aquilo era verdade? As pessoas eram ruins? Algumas eram, ele sabia disso. Pessoas haviam matado sua *baka*. Tentaram matá-lo. Fizeram aquilo para que ele tivesse que morar nos confins da floresta sozinho. Mas algumas eram boas, não eram? Sua *baka* havia sido boa. Ela tentava fingir que não gostava dele o tempo todo, mas ele podia ver que gostava mesmo assim. Havia cuidado dele e lhe ensinado coisas, e parecia ficar orgulhosa quando se saía bem ao fazer uma coisa ou outra. Havia lhe dado livros, palavras, números e bebidas de cor laranja com bolhinhas efervescentes. Mas agora estava confuso e queria *ir embora*.

— Ok. Voltarei depois com as botas.

Driscoll piscou, e então seus olhos percorreram a cabeça de Jak, seu cenho franzindo.

— O quê? — Sacudiu a cabeça. — Sim. Botas. Certo. Sim, me traga um par de botas. E te darei uma caixa de fósforos.

— Duas caixas — Jak corrigiu. — Você disse que me daria duas caixas.

Driscoll fez um gesto vago com a mão, como se não houvesse diferença entre uma coisa e outra. Mas aquilo não se aplicava *àquela* situação. A diferença entre muitos fósforos e poucos fósforos era vida... ou morte.

— Duas caixas. Sim, certo.

Jak assentiu, já virando-se em direção à porta.

— Tchau — disse, saindo para a neve.

Virou o rosto, sentindo pequenos pedaços de granizo atingirem suas bochechas. Uma ventania soprava forte. Deveria perguntar a Driscoll se podia ficar ali por um tempo ao invés de seguir para casa. Seu rosto já estava doendo e suas botas estavam afrouxando, ele podia sentir a cada passo. No entanto, não queria que Driscoll soubesse daquilo ou podia desistir da troca. E, de qualquer jeito, mesmo que a ideia de ficar ali tivesse passado por sua mente, as sensações sussurrantes lhe diziam que fosse embora, então se afastou da casa. Para longe de Driscoll e seus olhos selvagens. Para longe do homem que o fazia sentir como uma presa, mesmo que não soubesse por quê.

CAPÍTULO QUINZE

A garota que se chamava Harper estava roncando. Alto.

Lucas a observava, sentada no chão com a cabeça inclinada para frente e a boca aberta. Aproveitou o momento para encará-la sem que ela soubesse, permitindo que seus olhos a percorressem livremente.

É *você*, pensou. Sentia como se uma abelha estivesse presa em seu peito.

Ela era o bebê na foto que vinha usando em seu pescoço há tanto tempo. Era por isso que os sussurros se agitavam sempre que Harper estava por perto? Era por isso que sentia como se a *conhecesse*? Estendeu a mão e pegou o medalhão por hábito, deixando a mão cair em seguida. Vazio. Ainda encarando. *Ela* era a pequena garota sorridente com um laço rosa em seus cachos castanhos.

Como era possível? Aquilo o chocou. No entanto, tantas coisas o chocavam. Por que não chocaria? Uma pontada de infelicidade o atingiu, mas a abafou. *Por enquanto.* Enquanto Harper ainda estava ali. A garota o deixava agitado. Ou… não, agitado não. Era o oposto. *Qual era o oposto de agitado?* Ela o deixava *quieto*. Como se ele quisesse ficar parado, esperando e observando até poder compreendê-la.

Quieto também não era a palavra certa, e ele pensou naquilo por um minuto enquanto vestia seu casaco, tentando fazer barulho para que ela acordasse. Harper emitiu mais um ronco, que *quase* o fez sorrir, mas ele estava muito tenso para conseguir sorrir.

Lucas desviou a atenção por um minuto, mas não pôde evitar tornar

SELVAGEM

a observá-la. Ele queria olhá-la. *Ela é linda*. Mas será que ele podia confiar nela? Esfregou a cabeça. A mulher com cabelos ruivos, que havia tirado as roupas para ele e beijado sua boca, também era linda. Não tão linda quando a garota babando durante o sono no chão, mas ainda era linda. Mas, de qualquer jeito, eram diferentes, não eram? Lucas conhecia essa mulher. Não conhecia? Meio que sentia que a conhecia.

Uma mecha de seus cabelos escuros caiu no rosto. A cor de castanhas na luz do sol. Um marrom profundo e brilhante. Sua mão coçou para afastar o cabelo do rosto dela, para correr os dedos pelos fios e descobrir se era tão sedoso quanto parecia. Tocar. Sentir o cheiro. Os olhos dela estavam fechados, mas podia imaginá-los se abrindo e o encarando como se Harper não soubesse o que ele faria em seguida.

O que ela pensava? O que via quando olhava para ele? Um animal ou um homem? Algo a se temer? Sim, sabia qual era a resposta, ou Harper não teria trazido uma arma consigo.

Silenciosamente, se aproximou. Silencioso como um lobo. Tentando sentir o cheiro dela de onde estava. E ali estava. Fechou os olhos, inspirando, segurando. Estava mais terroso naquela manhã, como se tivesse colhido uma flor, esmagado em suas mãos e levado ao nariz, com todas as partes se misturando. Doce e não doce. Não tinha as palavras para descrever o aroma dela, somente imagens. Sensações. Sussurros baixinhos. Mas aquilo mexeu com ele. Fez seu corpo reagir, o fez querê-la.

Olhou-a com mais atenção, estudando-a. Aprendendo. A boca dela era grande, o lábio superior, mais fino que o inferior, e quando se separavam — como estavam naquele momento —, Lucas podia ver seus dois dentes da frente superiores. Perolados, suaves.

Quando a viu pela primeira vez, achou que ela parecia um filhote de cervo — pura e jovem, com seus grandes olhos castanhos piscando com curiosidade. Nunca vira nada mais bonito. Nem mesmo o cair da noite, quando as cores do sol se pondo preenchiam o céu e surgiam para beijar a terra.

Ela se mexeu em seu sono, e Lucas deu um passo rápido e silencioso para trás, mas Harper continuou dormindo. Mal havia dormido a noite inteira, tão ciente da presença dela sob seu teto que não conseguia aquietar a mente. Talvez ela não tivesse tanto medo dele como ele pensava, já que conseguiu dormir daquele jeito. Harper soltou mais um ronco e deixou a cabeça cair para frente mais uma vez. Os lábios de Lucas curvaram-se para cima, transformando-se em um sorriso que parecia estranho em sua boca. Ergueu a mão para senti-lo, passando os dedos pelo formato curvado de seus lábios.

Lucas não quis que ela ficasse ali. Quis que ela fosse embora para que ele pudesse parar de questionar tudo, de sentir coisas sobre as quais não sabia o que fazer. Precisava de tempo para pensar, para descobrir o que ia fazer agora que Driscoll estava morto e seu laço com o mundo fora da floresta não existia mais. Precisava descobrir o que ia fazer em relação a muitas coisas, e não fazia ideia de por onde começar.

Lembrou-se da noite anterior, quando olhou pela janela e a viu chorando perto da toca de filhotes de raposa. A princípio, pensou que era porque a mãe deles não havia retornado, mas, quando entendeu que era porque a mãe deles estava *lá*, mantendo-os aquecidos, secos e alimentados, sentiu algo retorcer em seu peito que nunca sentira antes.

Ela também havia perdido a mãe. Agora Lucas sabia disso.

É *você*, pensou novamente. *Você.*

Observou-a por mais um minuto, tentando pensar na melhor maneira de acordá-la, já que fazer barulho não estava funcionando. Será que deveria sacudi-la? Ou ela atiraria com aquela espingarda? Harper podia tentar. Mas ele conseguiria subjugá-la em um segundo — com ou sem arma —, e se ela não sabia disso, deveria. Diante da imagem que se formou em sua mente — seu corpo ficando sobre o dela enquanto o encarava com seus olhos castanhos e arredondados de cervo —, sua pele esquentou, e Lucas se sentiu tonto.

Fique parado.

Espere.

Confundia-o do jeito que todas as pessoas faziam, mas ainda... mais. Ele não entendia o jeito que Harper falava ou as expressões que mudavam de um momento para outro sem aviso prévio. Não sabia como ela podia rir tão facilmente em um minuto e, no seguinte, seus olhos se encherem de lágrimas. Não conseguia acompanhar o que Harper dizia durante metade do tempo, porque ela pulava de um tópico para outro muito rapidamente e sem um motivo compreensível.

Lucas a *conhecia*... mais ou menos, mas... ela era um mistério.

As outras mulheres também agiam assim? Ou era somente aquela? Ele não sabia. Mas de uma coisa sabia: gostava da aparência dela.

Gostava do rosto e do corpo dela. Dos cabelos. Gostava da maneira como ela se movia e do cheiro dela — especialmente disso. Intenso, acentuado e doce. Algo em que ele queria enterrar o nariz e sentir bem de perto, deixando dominar seu cérebro. O cheiro dela o chamava.

Lucas queria saber que sabor ela teria, e aquilo fez com que seus músculos ficassem tão tensos que o deixou desconfortável e confortável ao mesmo tempo. Vira outras mulheres quando foi à cidade — e vira muitas partes da mulher de cabelos ruivos —, mas, no instante em que colocou os olhos em Harper, sentiu-se *diferente*. Como se uma chama se acendesse dentro dele, com a parte azul do fogo lambendo seus ossos e fazendo-os derreterem.

A sensação era tão forte que, se as regras da natureza fossem as regras humanas, ele a teria reivindicado naquele mesmo instante e travado uma batalha contra os outros machos por aquela mulher. E vencido. Faria o que precisasse para poder chamá-la de sua. *É a minha escolhida*, queria dizer para todos os outros machos. *Ela*. Mas Lucas sabia que não era assim. No entanto, seus instintos — os que haviam sido afiados de maneira que se sentia mais um animal do que um homem — eram fortes e exigentes. Porque seus instintos haviam garantido sua sobrevivência. E colocá-los de lado lhe dava uma sensação de desistência com a qual não estava acostumado e para a qual não estava preparado.

Não fazia ideia de quais eram as regras da vida na cidade, não fazia ideia de como vivê-las, ou se ao menos queria. Isso que era melhor na natureza — tinha... padrões. Se perguntou se pessoas também tinham padrões e pensou que provavelmente não tinham.

Pelo menos, a garota não parecia ter. *Harper*.

Se perguntou o que as outras pessoas diriam se soubessem o que estava pensando em relação a ela. Que queria acasalar com ela. Não somente uma vez, mas repetidamente até estar saciado e satisfeito, como nos dias em que roubou uma colmeia das abelhas e se esbaldou com mel, deixando seus lábios doces e seus dedos grudentos.

Será que o chamariam de fera selvagem?

Ou os outros homens sentiam as mesmas coisas? Os *outros* homens, os que viviam na *civilização*, se imaginavam acasalando com a mulher que queriam reivindicar? Imagens vívidas preenchiam suas mentes e contraíam seus corpos? Aquilo era *normal*?

Lucas não conseguia se importar.

Aqueles sentimentos faziam parte dos sussurros baixinhos lá no fundo. Os cheiros que se deslocavam dela para ele e repetiam o percurso. E seus pensamentos eram somente seus. Pertenciam a ele. Eram a única coisa que não lhe havia sido roubada.

Tossiu alto, e os grandes olhos dela se abriram lentamente. Harper piscou por um momento e, então, endireitou as costas, afastando os cabelos do rosto e limpando o rastro de baba em seu lábio inferior.

— Oh, eu devo... ter... cochilado por um segundo.

Desviou o olhar, como se soubesse que estava mentindo. Aquela necessidade de sorrir surgiu novamente e, quando ela começou a se levantar, Lucas desviou o rosto, pegando sua bolsa.

— Tem algum, hã, lugar onde eu possa me limpar? — perguntou.

SELVAGEM

Ele virou novamente para Harper, alternando o peso do corpo de uma perna para a outra.

— Tem um chuveiro lá nos fundos. E qualquer outra coisa que possa precisar.

— Lá nos fundos? — Lançou um olhar para a janela e depois encontrou o olhar dele novamente, dizendo com sua expressão que ele não estava dando o que ela "pudesse precisar".

Sentiu-se envergonhado. Um calor subiu por seu pescoço, mas assentiu.

— Tem um balde pendurado na bomba de água.

Sabia que ela estava acostumada com banheiros que ficavam do lado de dentro. Ele também se acostumara com aquilo, certo tempo. Há muito tempo. Agora, mal conseguia se lembrar da sensação de água quente. Queria poder oferecer água quente para ela.

Arregalou os olhos, mas endireitou os ombros.

— Então, eu vou... me refrescar... lá fora. — As bochechas dela ficaram rosadas, e aquilo fez os músculos do estômago dele saltarem. Lançou um último olhar e virou-se, pegando sua arma e seguindo com pressa para a porta da frente.

Lucas a observou fechar a porta atrás de si, pegou a pequena bolsa na qual havia colocado algumas coisas para levar, e saiu de casa também.

Harper veio dos fundos alguns minutos depois, com os cabelos presos no topo da cabeça. Era bonita à luz da manhã, amassada e renovada ao mesmo tempo, e o seu sangue começou a fazer coisas estranhas em suas veias novamente, correndo rápido e, depois, desacelerando, fazendo seu cérebro ficar sonolento. Ficou de costas para ela e começou a caminhar. Harper podia segui-lo, ou não. Ouviu a porta da caminhonete dela abrir e fechar e, então, seus passos rápidos.

Harper olhou para a faca pendurada em seu quadril.

— Prevendo encrenca?

— Não — respondeu baixinho. — Prevendo jantar. Já que vou sair hoje, quero trazer algo para comer.

— Oh. Certo. Sim, claro — ela respondeu. — Então, você vai usar isso para... — Fez uma longa pausa antes de finalmente dizer: — Conseguir o seu jantar.

Estreitou os olhos antes de olhar para ela. Sua expressão fazia parecer como se Harper tivesse uma pequena pedra no sapato, e aquilo o fez sentir o mesmo. Ela não gostava dele, achava que era diferente... estranho. Lucas não gostava daquilo. Mas não era culpa dela. Lucas *era* diferente e estranho, e a solidão se abriu em seu coração, alargando-se como um buraco negro.

Sim, era diferente, mas aquela não era a pior parte.

Eles saíram do meio das árvores na extremidade lateral da casa e o campo aberto surgiu, com o céu brilhando em tons prateados e dourados. A visão do céu das primeiras horas da manhã o acalmou, e pôde desviar a mente do vazio que sempre faria parte de quem ele era. Podia odiar aquilo se quisesse — e odiava —, mas não podia fazer nada para mudar.

— A propósito, obrigada. Tenho certeza de que você poderia estar fazendo outras coisas. Principalmente nesse tempo. Fico muito grata mesmo.

As palavras de Harper arrancaram Lucas de seus pensamentos, e ele assentiu. Não tinha muitas outras coisas para fazer. Tinha um estoque de comida para o inverno que poderia usar, se precisasse. Havia aprendido o quanto aquilo era importante para a sobrevivência muitos invernos atrás, e agora sabia o que fazer muito antes do primeiro floco de neve cair. Agora, tudo o que tinha para fazer era esperar e se preocupar com seu futuro. No entanto, seus fósforos logo acabariam, e não havia decidido como lidaria com isso.

Do jeito que você se virava antes de tê-los.

Poderia ir à casa de Driscoll e roubar fósforos, se quisesse. Mas não queria. Nunca mais queria entrar naquela cabana novamente, nem mesmo por uma caixa de fósforos.

— Quanto tempo falta para chegarmos ao carro? — ela perguntou, aproximando-se por trás dele.

De repente, notou que ela não estava com a arma — que devia ter sido o que estava guardando quando Lucas ouviu a porta da caminhonete abrir e fechar —, e se perguntou o que a havia feito decidir deixá-la para trás. Harper decidiu que não tinha mais medo dele? Ou que seria muito difícil fazer um trajeto longo a pé carregando uma arma grande? Não importava, disse a si mesmo. Não pensaria na ideia de ela confiar nele — a garota cuja foto usara em volta do pescoço por anos, a garota que estivera *com* ele durante tantos momentos de luta, dor e solidão, que o fazia sentir... bem.

Percebeu que ela o estava olhando e lembrou-se de que havia feito uma pergunta. *Quanto tempo até o local?* Hesitou novamente. Não sabia como descrever *perto* e *longe* e sabia, pela expressão que o xerife fizera no dia anterior, que havia errado ao dizer quantos passos ficavam entre a cabana dele e a de Driscoll.

— Não falta muito — finalmente revelou.

Eles subiram uma pequena colina e um vale surgiu diante deles. Durante o verão, ficava coberto de flores — vermelhas, roxas e amarelas, todas misturadas juntinhas e preenchendo a brisa com a doçura de seus aromas.

Caminharam em silêncio por um tempo, deixando apenas os sons de seus passos preencherem o ar em volta deles. Estava frio, mas não tão frio como no dia anterior, e o sol já havia saído de detrás das nuvens, então as costas de Lucas estavam aquecidas. Harper recolheu um graveto comprido e parou para quebrar um pedaço, aproximando-se por trás novamente e usando-o para marcar os locais seguros para pisar e os que não eram. Lucas fizera aquilo uma vez, antes de memorizar cada buraco e cada rocha nas terras à sua volta.

— Eu conheço cada pedaço desse chão — disse a ela. — Apenas me siga.

Hesitou, mas logo deixou o graveto de lado. Mais confiança. Ele acelerou os passos, e Harper também, conseguindo acompanhá-lo mesmo que as pernas dele fossem bem mais compridas.

— Você traz pessoas aqui por... trabalho?

Queria saber mais sobre Harper — não podia evitar — e também queria saber mais sobre o mundo, sobre como as pessoas viviam, as coisas que faziam. Queria saber se algum aspecto ainda lhe era familiar ou se agora era muito diferente para viver entre os demais.

Ele queria saber se ao menos *queria* isso.

— Oh. Você se lembra disso. Sim. Mais durante a primavera, verão e outono. Levo as pessoas para caçar, acampar, ou apenas fazer trilha por um dia. A clientela diminui durante os meses frios, mas ainda trago alguns pescadores, pessoas que querem esquiar, coisas desse tipo. Mas economizo meu dinheiro para ficar tranquila ao trabalhar menos no inverno. Pretendo fazer aulas, em algum momento. Mas... oh, você não perguntou sobre isso. Então, sim, eu trabalho trazendo as pessoas aqui. Para, hã, aproveitarem a beleza da natureza que preenche a alma — finalizou, arqueando um pouco os lábios. Existia uma palavra para aquele movimento com os lábios... qual era? Um tipo de sorriso que... ela meio que estava tentando ser engraçada? Era isso?

Falava muito e passava de um assunto para outro rapidamente. Acompanhá-la era difícil. Ele teve que repassar mentalmente o que Harper havia acabado de dizer para poder entender como responder.

— Você não acredita que a beleza da natureza preenche a alma de uma pessoa? — finalmente perguntou.

Lançou um olhar surpreso para Lucas.

— Oh. Não. Quer dizer, sim, eu acho. Só me pareceu algo brega de se dizer. Mas... estar na natureza selvagem me trouxe paz em ocasiões que precisei. — Lançou um olhar rápido antes de tropeçar em uma pedra e desenterrá-la da neve. — E você? A beleza da natureza preenche a sua alma? — Sorriu para ele, tão linda, e todos os pensamentos foram embora de sua mente. Lucas desviou o olhar para poder pensar novamente.

Pensou sobre as coisas que mais amava na natureza, em sua *casa*... os longos dias de verão com a barriga cheia de peixe fresco e frutas silvestres doces e com a pele aquecida. A maneira como vagalumes iluminavam o céu azul-escuro ao cair da noite, a maneira como os lobos entoavam canções de amor para suas parceiras, suas vozes altas e claras para a lua cheia amarela, tão bonito que toda a floresta parava para ouvir. A maneira como esquilos abriam sorrisos enormes ao causarem encrencas e fazerem brincadeiras uns com os outros, e como os pássaros saudavam a luz da manhã, felizes e gratos por mais um dia.

Mas também pensou no frio que apunhalava seus ossos, a solidão que parecia um poço escuro de tristeza bocejando, os porcos selvagens com seus olhos insanos e gritos arrepiantes, e a dor terrível de estar doente de fome.

— Preenche? — finalmente disse, com a voz baixa e suave. — Não. Mas ela me salvou. E... me puniu. Se existem coisas que possam preencher a minha alma, ainda não as encontrei.

Ainda. Uma palavra esperançosa, pensou. E se surpreendeu por saber que ainda tinha esperança. Mesmo que fosse pouca.

Harper ficou em silêncio por um longo tempo e, quando ele a olhou, estava encarando-o com uma expressão muito estranha. Uma nova e diferente, que ele não conseguia encontrar a palavra para descrever. Lucas havia falado demais... de uma maneira que os outros não faziam. Talvez. Mas Harper não parecia chateada, apenas... surpresa e... algo a mais que Lucas também não sabia qual era a palavra para descrever. Ele desviou o olhar, fingindo pensar em qual direção seguir, mesmo que soubesse exatamente por onde ir.

— Bem, eu... espero que você encontre. As coisas que preenchem a sua alma.

Ou talvez a maior parte da minha alma esteja morta. Entretanto, não disse isso. Era o que se perguntava sobre o seu íntimo mais profundo. A coisa da qual tinha medo. Outra parte que lhe havia sido roubada, e nunca mais conseguiria recuperar.

— Enfim — ela continuou, depois do silêncio. — Você tem razão. A natureza pode ser linda, mas cruel. Também sei disso.

Lucas achava que talvez ela soubesse mesmo.

— Você procura pelo carro, então? É por isso que vem aqui? É por isso que esse é o seu trabalho?

Eu faria isso, pensou. *Se a minha família estivesse em algum lugar dessa floresta — viva ou morta —, eu também procuraria.*

Ela parou, e Lucas também, virando-se para Harper. Os olhos dela estavam arregalados, e sua boca, retorcida em um formato estranho. Olhou para o lado e, então, de volta para ele.

— Na maioria das vezes — confessou, muito suavemente, com uma rápida pausa no meio de sua sentença que soou como se tivesse algo preso na garganta. Lucas pensou ter visto lágrimas nos olhos dela, e a velocidade das batidas de seu coração aumentou. *Não chore. Não fique triste.* — Eu nunca... acho que nunca realmente admiti isso para mim mesma, mas... *sim.* Tenho procurado pelo local do acidente desde que tinha idade suficiente para vir à floresta sozinha. O trabalho é só... um meio de ganhar dinheiro ao mesmo tempo, para que eu ainda consiga comer. — Fez uma pausa. — Eu preciso seguir em frente, descobrir o que fazer da vida, mas estou... empacada. — Riu suavemente, mas não soou como uma risada comum. Soou mais triste que qualquer outra coisa.

Lucas observou seu rosto lindo e expirou lentamente. De repente, conseguia compreender essa mulher de certa forma, e aquilo o fez sentir... humano. Como um homem.

SELVAGEM

— Eu sei como é se sentir perdido — falou. Era o que o diferenciava de todos os animais. O motivo pelo qual esse lugar nunca seria seu lar da maneira que era para eles.

Encontrou o olhar dele, que sentiu como se a luz do sol preenchesse o espaço entre eles. Invisível, mas brilhante, quente e real. Os sussurros aumentaram, de modo que estavam quase... cantando dentro dele. Nunca sentira aquilo antes. Não sabia o que pensar, mas gostava da sensação. Lucas gostava *dela*.

Folhas craquelaram em volta deles e um falcão avistou um rato, anunciando seu ataque com um grito antes de voar baixo e, depois, alçar voo em direção ao céu novamente. O falcão gritou mais uma vez, com um tom diferente, dessa vez. Raiva. Seu almoço havia escapado.

— Quantos anos você tinha quando veio morar aqui sozinho, Lucas?

Encarou-a, seu instinto pedindo que ignorasse a pergunta, talvez até mentir. Proteger-se. Lucas sabia que era porque havia sido ensinado a fazer isso, usar medo e mentiras. *Importava* se lhe desse uma resposta? Antes que pudesse pensar mais, disse:

— Quase oito, eu acho.

Ficou boquiaberta.

— Quase oito? — Sacudiu a cabeça. — Isso não é possível. Lucas, isso é... isso é ilegal. É abandono. Alguém precisa pagar por isso.

— É tarde demais agora. Não vai mudar nada. — *Eu também sou culpado.*

Pareceu pensar um pouco sobre aquilo e, então, negou com a cabeça.

— Acho que não vai mesmo, mas parece tão... errado não fazer absolutamente nada a respeito. Mesmo que não vá envolver a lei... você deveria...

— O quê? O que eu deveria fazer? O que você faria?

Olhou para ele, mordendo o lábio. Por fim, suspirou.

— Bom, você poderia amaldiçoar Deus, eu acho. Geralmente, essa é a minha melhor solução. Fazer isso bem alto, com muita fúria. — Abriu um sorriso rápido, que também pareceu triste, de alguma forma.

Repassou as palavras dela na cabeça, destacando as que não conhecia, sua mente trabalhando rapidamente.

Muita fúria. *Furioso. Raiva.* Com muita raiva.

Estreitou o olhar em direção ao local onde a terra e o céu se encontravam.

— Funciona?

— Não muito. Só me faz sentir muito pequena e inútil.

— Uma formiga que amaldiçoa Deus do alto de uma folha de grama — citou, as palavras rolando por sua língua antes que pudesse impedi-las. Ele a mordeu, fazendo uma careta ao arrancar um pouco de sangue.

Abriu um sorriso surpreso que se transformou em uma risada.

— Basicamente. — Harper ficou em silêncio por um momento. — O que você vai fazer, agora que Driscoll morreu? Você costumava fazer trocas com ele, pelo que entendi.

— Sim. Mas não muito durante os últimos... anos. Não preciso de Driscoll para sobreviver. — Pausou por um instante. — Vou sentir falta das coisas que ele conseguia para mim, mas sobrevivi invernos... anos sem ele. Posso fazer isso de novo, se precisar.

Harper não disse nada e, quando ele lançou um rápido olhar, viu que suas sobrancelhas estavam juntas e franzidas, e Harper estava mordendo o lábio novamente, do jeito que fez antes de começar a fazer várias perguntas seguidas.

— O que aconteceu com os seus pais? — ele perguntou, tentando desviar seus pensamentos para outra direção. — Como o acidente aconteceu?

O peito dela subiu e desceu ao respirar fundo.

SELVAGEM

— Eu também era uma criança, como você, quando meu mundo inteiro acabou. — Abriu um sorriso, que logo desapareceu. — Ou, pelo menos, foi assim que me senti.

Mais uma vez, Lucas sentiu compreensão. O jeito como dissera que seu *mundo inteiro acabou*; era exatamente o que achava que acontecera com ele uma vez, duas vezes. O mundo inteiro havia acabado.

Está havendo uma guerra.

— Estávamos voltando do jantar em Missoula. Eu adormeci. — Sacudiu a cabeça. — Não *sei* o que aconteceu. Essa é uma das piores partes nisso tudo. Lembro-me do impacto, eu acho, muito vagamente. Lembro-me de cair. De estar molhada e congelando. Era inverno. Mas o que me lembro depois disso é de acordar no hospital. Já tentei encaixar tudo para entender, mas tenho somente... alguns flashes borrados que não consigo colocar em contexto.

Não consigo colocar em contexto... contexto. Compreender? Não consigo... não consigo fazer caber? Encaixar. Isso. Como um quebra-cabeças. Era isso que Harper queria dizer. *Contexto.* Guardou aquela palavra. Uma palavra nova entre tantas outras que aprendeu nos últimos dias.

— Como encontraram você, mas não o carro?

— Alguns andarilhos perdidos me encontraram.

— Por aqui? — Nunca vira ninguém. Pensou ter ouvido pessoas algumas vezes. Mas aquilo significava perigo, então se escondera até ter certeza de que estava seguro.

Estão matando as crianças.

Harper lançou um olhar para ele.

— Sim. Estavam fazendo trilha pela neve, procurando por cavernas sobre as quais alguns amigos deles tinha falado. Dois rapazes universitários. Deduziram que eles devem ter se perdido porque haviam fumado uma quantidade generosa de maconha. Aparentemente, o cheiro estava emanando deles, mas ninguém se importou muito com isso, considerando as circunstâncias. Foi uma surpresa eles terem conseguido voltar para a cidade comigo.

Eram muitas palavras que ele não conhecia. Entendia somente metade do idioma, percebeu. Talvez menos. Sua cabeça doeu.

— Enfim, prestaram depoimento, mas não souberam dizer onde tinham me encontrado ou qualquer outro detalhe. As autoridades da região formaram grupos de busca, baseados nas estradas onde meu pai provavelmente havia passado, mas, sem pista alguma, eles não sabiam especificamente por onde ir. Eu fiquei no hospital por muito tempo e, quando acordei, mal conseguia me lembrar de nada.

— Você teve sorte — foi tudo que disse em resposta às muitas palavras que ela proferiu.

Harper estreitou os olhos adiante por um momento.

— Acho que tive.

Lucas parou, e Harper fez o mesmo. Ele enfiou a mão na bolsa, tirando de lá um pedaço de peixe envolvido em um papel e entregando para ela.

— Está com fome?

Ela o recebeu, mas parecia incerta.

— Faminta. O que é isso?

— Peixe de garganta vermelha defumado.

Só comia peixe defumado durante o inverno, porque descobrira que assim durava mais tempo e podia ser estocado. Gostava mais de peixe cru e fresco, mas havia levado consigo o defumado porque achou que talvez Harper gostasse mais assim.

Ela lançou um olhar estranho, mas desembrulhou o peixe e arrancou um pedaço, colocando na boca e mastigando. Seus olhos se arregalaram, e Harper mastigou mais um pedaço, falando de boca cheia:

— Isso é bom.

SELVAGEM

Sorriu, sentindo seu peito se encher de orgulho. Gostou de vê-la comendo o que ele havia pescado, limpado e defumado. Gostou da expressão de prazer nos olhos dela e do jeito que o óleo da comida deixava seus lábios brilhantes. Pensou em lamber os lábios dela, sentir o sabor salgado e oleoso em sua pele.

Pensou em caçar e pescar para ela, e mantê-la aquecida e segura. Pensou nela confiando nele para fazer essas coisas. Gostou da imagem em sua mente, mas aquilo o confundiu. Harper não podia morar ali.

— Pronta? — ele perguntou, colocando o restante da comida enrolada no papel dentro de sua bolsa e ficando de costas, afastando-se. Harper disse algo com a boca cheia novamente, e Lucas ouviu os passos dela atrás de si.

Enquanto caminhavam, Lucas pegou um pedaço de peixe e comeu rapidamente, observando o céu mudar de um tom cinza solitário para azul, o sol ardente surgindo através das nuvens da manhã, a névoa nos topos das árvores se esvaindo. Os sons de gotas batendo no chão os envolvia, a neve se transformando em água, que congelaria novamente à noite, formando uma nevasca prateada de todos os tamanhos e formas e pingentes de gelo compridos e afiados.

— Truta — ela disse.

— O quê?

— O peixe com uma faixa vermelha na garganta. Se chama truta.

— Truta — falou e então repetiu, para poder se lembrar. Quando olhou para Harper, seus olhos estavam suaves como o céu. — Obrigado.

Harper assentiu, com uma expressão que Lucas não sabia nomear.

Eles andaram por mais um tempo, Harper ficando para trás conforme o solo ficava mais irregular.

— É ali — indicou ao avistar o desfiladeiro.

Harper juntou-se, olhando para baixo, para o desfiladeiro coberto de neve.

— Como diabos vamos chegar lá?

Lucas olhou-a.

— Descer escalando. Se quiser, vai ter que me seguir.

Harper fez uma breve pausa antes de concordar com a cabeça.

Lucas colocou sua bolsa no chão e caminhou até o local onde havia uma árvore na lateral do penhasco, com a raiz enterrada profundamente dentro da rocha. Ele a agarrou e pendurou-se nela facilmente, um movimento que fizera inúmeras vezes, em todas as estações. Pousou sobre a rocha inclinada, encontrando lugares onde seus pés podiam ficar alinhados e deixando espaço para Harper o seguir. Quando ergueu a cabeça para olhar para Harper, viu que parecia nervosa, mas hesitou por apenas um piscar de olhos antes de segui-lo, fazendo a mesma coisa que Lucas havia acabado de fazer.

Se movia lentamente, muito mais lentamente do que faria se estivesse sozinho, mas... achou que Harper estava se saindo muito bem. Como um filhote de guaxinim seguindo o exemplo da mãe para escalar uma árvore pela primeira vez. Devagar. Com cuidado. Mas natural.

A cada movimento, a respiração dela ficava mais acelerada, como se estivesse com dificuldade para manter o fôlego. Mas Harper não havia ficado sem fôlego nem uma vez durante a caminhada, e Lucas pensou um pouco sobre aquilo, contudo, não perguntou. Os pais dela estavam lá embaixo, e achou que provavelmente essa era a razão pela qual estava com dificuldades para respirar.

Os pés dele tocaram o chão primeiro, atravessando a camada gelada de neve e encontrando o solo por baixo. Estava mais frio ali — mais escuro —, escondido do sol, e a respiração de Harper formava pequenas nuvens conforme descia para encontrá-lo. O mundo em volta deles ficou quieto.

Seus olhares se encontraram, e Harper parecia diferente... assustada, ou mais *pesada*, ou... alguma coisa, enquanto seus olhos percorriam toda a área atrás dele. Lucas seguiu em direção ao local onde sabia que o veículo

SELVAGEM

estava. Afastou um pouco de neve, exibindo galhos sem folhas que cobriam o azul do carro somente nas outras estações, quando continham folhas.

Um pedaço da tinta azul estava à mostra, e o metal brilhou com a luz que bateu nele. Harper tirou uma de suas luvas e estendeu a mão devagar, tocando-o, como se não acreditasse que era real. Ela afastou a mão, e Lucas tirou mais alguns galhos do caminho, usando o braço para empurrar a neve do carro sujo e destruído.

Os esqueletos ainda estavam do mesmo jeito que da primeira vez que ele os encontrara — um virado em direção ao banco de trás e o outro curvado para frente. Seu coração ficou pesado. Aquelas pessoas pertenciam a Harper.

Tudo ficou em silêncio em volta deles, até mesmo os pássaros interromperam seus cantos matinais. Mas, de repente, Harper curvou-se para frente e seu choro copioso estilhaçou o ar. Apoiou-se nele, e Lucas a segurou. Ele se sobressaltou, mas logo se equilibrou, segurando-a em seus braços e puxando-a contra seu peito enquanto Harper chorava, sua tristeza chacoalhando os arredores do desfiladeiro e desaparecendo pela floresta acima.

CAPÍTULO DEZESSEIS

Harper esfregou os olhos, ainda inchados e coçando dias depois de encontrar seus pais. Mas é claro, havia chorado até dormir na noite anterior, com a visão dos esqueletos deles ainda preenchendo sua mente e perfurando seu coração. Agora, se sentia tão exausta. A porta se abriu, e o agente Gallagher entrou na sala e pousou um copo de papelão diante dela, enfiando a mão no bolso e tirando de lá vários pacotinhos de leite e açúcar. Ele os colocou sobre a mesa também, junto com uma colherzinha de plástico ao lado do copo.

— Pensei que seria bom para você.

Harper envolveu o copo com as duas mãos, sentindo o prazer do calor relaxar seus ombros ao menos um pouco.

— Obrigada. Fico muito grata mesmo.

A extração havia levado alguns dias, mas o carro, que comprovadamente pertencia aos pais de Harper, havia sido resgatado da base do desfiladeiro horas antes e transportado para Missoula. Um time de investigadores tentaria determinar se o veículo havia falhado de alguma maneira e se essa teria sido a causa do acidente.

Os restos mortais de seus pais haviam sido transferidos para o instituto médico legal de Missoula, embora Harper não achasse — com base no que vira — que havia algo a ser examinado além de ossos.

Apreciava o esforço que estava sendo feito, e o cuidado com que sabia que os restos de seus pais seriam tratados. Claro, seu pai havia sido um xerife bem respeitado e um membro da comunidade, e ela

SELVAGEM

sabia que a cidade como um todo iria querer que seu pai descansasse apropriadamente.

Quanto a Harper, ainda não sabia bem como se sentia. Esperava sentir alívio, e sentiu, mas também esperava conseguir um ponto final, a sensação de que podia finalmente começar sua vida. Não sentia nenhuma dessas coisas, mas só haviam se passado quarenta e oito horas. Somente quarenta e oito horas desde que Lucas a havia abraçado naquele desfiladeiro frio e sombrio. Somente quarenta e oito horas desde que eles trilharam o caminho silencioso de volta para a casa de Driscoll, onde ela ligara para o agente Gallagher. Levaria tempo, deduziu. Uma semana... talvez duas, até ser capaz de deixar aquela tragédia para trás e aceitar que eles nunca mais voltariam.

Estou sozinha neste mundo.

Não que sonhasse ou esperasse que eles fossem voltar. Não havia se convencido a acreditar que eles não estavam realmente mortos. Era só que... não ter a prova de suas mortes — ou o fato de que não havia simplesmente *imaginado* o acidente, o frio, a queda que os havia levado embora — a impedia de ser capaz de seguir em frente emocionalmente.

Dizer as palavras para Lucas alguns dias antes, admitir que estava *estagnada*, foi uma revelação importante. A caça pelo local do acidente de seus pais a impedia de seguir em frente. Durante todos aqueles anos, havia ficado presa de certa maneira — emocionalmente imóvel. Ao olhar nos olhos dele e responder à sua pergunta de forma honesta, fez com que isso ficasse claro de repente. No entanto, agora, havia *encontrado* sua família. Não precisava mais permanecer perdida no tempo. Agora... agora podia ir em busca de descobrir o que queria fazer pelo resto da vida. *Queria* fazer isso, disso tinha certeza. Só... não naquele dia.

— Queria que você tivesse falado comigo antes de ir à casa de Lucas. Eu teria ido com você.

Harper despertou de volta para o presente, ponderando o que o agente Gallagher havia dito ao sentar-se de frente para ela.

— Me desculpe. Pensei em ligar, mas... pensei que eu estava sendo louca. Aquele medalhão... eu não o via há tanto tempo. Pensei que talvez eu estivesse imaginando coisas.

O agente Gallagher a encarou por um momento.

— Então, Lucas encontrou o carro dos seus pais em algum momento e pegou o colar de lá?

Harper assentiu.

— Ele disse que o encontrou anos atrás.

— Lucas disse por que o usava?

Harper deu de ombros.

— Não perguntei. Deduzi que era porque se tratava de algo interessante. Não sei.

Talvez ele tivesse gostado da foto de família dentro do medalhão. Algo que ele não tinha. Pensou na maneira como ele a abraçou enquanto Harper chorava, com delicadeza, mas com o corpo todo rígido, como se não soubesse exatamente como abraçar outra pessoa. Se perguntou se alguém já o abraçara antes, e seu coração doeu quando pensou que a resposta provavelmente era não. Ou, pelo menos... fazia muito tempo desde a última vez.

— O carro foi encontrado a cerca de catorze quilômetros da casa de Lucas. E não estava nem um pouco perto da rodovia que fica entre Missoula e Helena Springs. Você faz alguma ideia do motivo pelo qual seus pais possam ter desviado da rodovia e entrado pelo caminho de terra da floresta? Por que estariam tão longe da rodovia?

Harper balançou a cabeça devagar.

— Não. Meu pai dirigiu de Missoula para Helena Springs centenas de vezes. Conhecia a rota como a palma da mão. — Harper revirou sua mente em busca de qualquer lembrança daquela viagem para casa, qualquer coisa que pudesse iluminar essa nova informação. Mas, como sempre,

SELVAGEM

quando se tratava do acidente, não havia nada. Nada além da sensação do carro caindo e do pouso violento na base do desfiladeiro. E depois... escuridão. — Faz sentido os grupos de busca não terem encontrado o carro — murmurou. Eles procuraram por semanas antes de desistir. Não a admirava suas próprias buscas nunca terem dado resultado. Ela vinha procurando a quilômetros e quilômetros de distância de onde o acidente havia realmente acontecido. Harper vinha...

— Você tem alguma recordação de escalar aquele desfiladeiro?

Harper franziu a testa.

— Não... não exatamente. — Breves flashes, talvez. *Suas mãos buscando, agarrando. E então... nada.* — E essa é a parte estranha — continuou. — Após sobreviver a um acidente quase fatal em um tempo congelante, eu não faço ideia de como saí daquele buraco. *Devo* ter escalado, mas... — Sacudiu a cabeça, aprofundando o franzido entre suas sobrancelhas. — Talvez a adrenalina... eu não sei. Fiquei em coma por semanas depois disso, e a minha memória está tão... — Massageou as têmporas, como se pudesse consertar seu cérebro fazendo aquilo, ajudá-lo a recapturar aquelas horas perdidas.

— Talvez seja melhor você não se lembrar mesmo — o agente Gallagher disse suavemente, e inclinou a cabeça para o lado. — Será que é possível você ter sido arremessada do carro, Harper? Antes que ele caísse do topo do desfiladeiro?

— Sim, acho. Eu devia estar usando o cinto de segurança, é claro. Mas talvez não tenha sido preso corretamente? Talvez eles encontrem alguma resposta para isso em Missoula. — Sacudiu a cabeça. — Simplesmente não consigo me lembrar. Mas eu estava muito machucada, com alguns ossos quebrados e lesões internas. Apenas sempre presumi que minhas lesões foram ocasionadas dentro do carro. Mas acho que, se eu tiver sido arremessada dele antes que descesse pelo desfiladeiro, posso ter sofrido esses ferimentos nesse momento.

Posso ter conseguido levantar e andar... vaguear pela floresta até o local onde os trilheiros me encontraram.

O agente Gallagher assentiu.

— Acho que isso é mais provável.

A queda dela havia sido *para fora* do carro, então, ao invés de ter caído junto com ele. O que devia significar que ela sabia que o veículo ia cair — ou que um de seus pais percebeu e a alertou... Massageou as têmporas novamente. Nunca teria as respostas para essas perguntas. Não havia como saber a exata sequência dos eventos.

Fora encontrada horas depois, perambulando pela neve, ensopada e prestes a sofrer uma hipotermia. Graças a Deus trilheiros perdidos a encontraram e tinham meios para secá-la e levá-la de volta para a civilização rápido o suficiente para não morrer congelada. Semanas depois, acordou e encontrou um mundo completamente novo — um que não reconhecia, e pelo qual tentava navegar desde então.

— Harper — o agente Gallagher começou, parando um pouco como se ponderasse suas palavras. — Sei como é sentir como se um tapete fosse puxado de debaixo dos seus pés. Nem consigo imaginar como foi passar por isso quando era somente uma criança, com mecanismos de enfrentamento limitados.

Olhou para ele, assimilando a maneira como sua boca se movia, a maneira como seu olhar estava cheio de empatia. Compreensão. Ele sabia mesmo. Harper se perguntou que tapete havia sido puxado dos pés dele. Se perguntou se *existiam* mecanismos para lidar com a perda do seu mundo inteiro, tivesse você sete ou setenta anos.

— Obrigada — ela disse, com sinceridade.

— Posso perguntar quem a criou depois que perdeu seus pais?

— Fui colocada para adoção. — Olhou para baixo, cutucando suas unhas por um momento. — Meu pai era bem mais velho que a minha mãe, e no tempo do acidente, meus avós viviam em um lar para idosos. Agora,

SELVAGEM

são falecidos. Minha mãe não falava com a família, então nunca os conheci. Eles não se manifestaram para cuidar de mim quando ela morreu. — Harper fez uma pausa. — Minha mãe tinha um irmão, mas não estava disposto e nem tinha como me acolher. Então...

Havia muita coisa naquela pequena palavra de cinco letras, mas não queria detalhar as seis vezes em que se mudou, as trocas de um lar adotivo para outro, a solidão, o medo, como sua porta se entreabrira algumas noites naquela primeira casa, como fingia estar dormindo e rezava para Deus para que ele saísse dali. Como ela se fechara completamente e passara a ter dificuldades para se comunicar por vários anos. Como ninguém se dispôs ou fez um esforço para quebrar suas barreiras e se conectar com ela. Como os livros, não as pessoas, finalmente a permitiram se libertar de sua própria mente o suficiente para processar o luto e sair de seu casulo. Não, eram muitas coisas sobre as quais não queria falar, muito menos ponderar. Especialmente naquele momento.

— Não havia ninguém na cidade que pudesse cuidar de você?

Harper negou com a cabeça, e o agente Gallagher fez uma longa pausa.

— Isso é... lamentável.

Ela mexeu no medalhão que agora estava pendurado em seu pescoço, visualizando a foto dentro dele, a família feliz que um dia havia sido sua.

— É, teve que ser assim. — Assentiu. Não podia mais ficar nesse estado estranho. — A propósito, obrigada por arranjar os meios para fazer uma chupeta na minha bateria. Espero que eu ter ido perguntar ao Lucas sobre o colar não tenha... atrapalhado a sua investigação de alguma maneira.

— Não, não. Minha investigação é um assunto separado. Foi uma boa intuição da sua parte, e fico feliz que ele tenha se disposto a te ajudar. — Abriu um sorriso gentil. — Qual a impressão que você tem do Lucas agora que passou mais tempo com ele?

Harper encontrou o olhar dele, considerando sua pergunta. Lucas. Confuso. Reservado. Silencioso. Resiliente. *Seguro.*

— Nunca me senti ameaçada por ele. — Pausou por um segundo. — Na verdade, ele parece... bem, cuidadoso. Ficou preocupado com os filhotes de raposa que eu praticamente atropelei. — Olhou para o agente Gallagher, sentindo-se constrangida novamente por seu comportamento descuidado. — Acidentalmente. E... Lucas nunca demonstrou ser uma ameaça. Eu estava preparada, se esse não fosse o caso — acrescentou, querendo fazer uma careta ao pensar no que Lucas deve ter pensado dela, aparecendo na porta dele praticamente apontando uma espingarda e exigindo respostas. — A linguagem dele é... simples, eu acho, mas é obviamente inteligente. Parece confuso com alguns termos... fica com uma expressão estranha... mas não admite quando não conhece uma palavra. Dá para literalmente vê-lo processando as coisas novas que ouve. É... enfim, é cauteloso, mas engraçado, às vezes. E de propósito. E... por que você está me olhando assim?

O agente Gallagher sorriu.

— Você gosta dele.

Harper deu risada.

— Gosto dele? Não. Quer dizer, claro. Lucas é... interessante. — Sentiu as bochechas esquentarem e quis colocar as mãos nelas, mas refreou-se.

O sorriso do agente Gallagher desapareceu e uma expressão preocupada surgiu em seus olhos. *Um olhar paterno.* Aquilo fez o coração de Harper apertar.

— Só tome cuidado. Não sabemos nada sobre ele ainda. E, a essa altura, Lucas é a única pessoa suspeita na investigação desse assassinato.

— Terei cuidado. Quer dizer, não tenho mais motivos para continuar interagindo com ele, de qualquer forma.

— Parece uma feliz coincidência você ter sido chamada para ajudar no caso de Driscoll e que uma pessoa trazida para responder perguntas

SELVAGEM

sobre isso tenha acabado ajudando a resolver o mistério de onde o carro dos seus pais estava todos esses anos.

— Não achava que agentes da lei acreditavam em coincidências — disse, sorrindo para o agente de maneira genuína pela primeira vez desde que chorou copiosamente naquele desfiladeiro.

O agente Gallagher riu.

— Não acreditamos, como regra geral. É nossa função encontrar explicações que vão além de destino. — O sorriso cresceu. — Mas, nesse caso, parece ter sido puramente um golpe de sorte.

Golpe de sorte. Lucas tinha dito algo parecido quando ela contou sobre ter sido encontrada por trilheiros perdidos, não tinha? Harper *nunca* se considerou sortuda. Talvez uma das pessoas com menos sorte que conhecia. Mas talvez estivesse enxergando pelo ângulo errado. Sim, havia sido uma tragédia terrível seus pais terem sido arrancados dela quando era tão nova — uma tragédia que moldou sua vida de inúmeras maneiras negativas. Mas... mas também já vivenciara ondas incríveis de... sim, *sorte*. E talvez pudesse aprender a encontrar o lado positivo em sua vida, se procurasse bastante o suficiente.

— Eu sei que esses últimos dias foram longos e difíceis, mas posso te fazer uma rápida pergunta sobre uma coisa relacionada ao crime na pousada Larkspur?

Harper esfregou um olho, feliz por poder desviar sua mente para outro assunto por alguns minutos.

— Sim, claro.

O agente tirou uma foto de seu caderno e entregou para ela. Era uma pilha de livros sobre o que parecia ser uma mesa de cabeceira.

— Dá para ver os títulos nas lombadas. São todos livros do gênero jovem adulto. Minha dúvida é sobre os adesivos que foram obviamente arrancados. Algumas partes ainda estavam grudentas, como se isso tivesse sido feito recentemente.

Harper aproximou a foto do rosto, percorrendo com o olhar os locais nas lombadas onde adesivos pareciam ter sido arrancados com a unha.

— Achei que pudessem ser de um sebo da cidade, ou algo assim, mas não há um em Helena Springs. Pensei na biblioteca, mas a biblioteca de Helena Springs usa adesivos brancos para marcar a localização do livro.

— Sim — Harper concordou. — A biblioteca de Missoula também. Mas a de Missoula também usa adesivos amarelos em alguns livros. Estive lá recentemente. Isso pode ser uma parte do adesivo amarelo. O inferior informa a localização do livro e o superior, quantos dias o livro está disponível para empréstimo. — Harper devolveu-lhe a foto.

O agente franziu a testa.

— Queria saber por que alguém arrancaria os adesivos de livros que pegou emprestado.

Harper deu de ombros.

— Talvez essa pessoa não pretendesse devolvê-los.

— Sim. Talvez. Obrigado, Harper, isso ajudou bastante. Vou te dar uma carona para casa — disse, levantando. — Você deve estar exausta. — Virou-se para ela, encontrando seu olhar, com a mesma empatia que ela havia visto poucos momentos antes em sua expressão. — Espero que poder enterrar os seus pais e ter um lugar para visitá-los possa te ajudar a encontrar uma conclusão.

— Eu também espero — falou baixinho. — Também espero.

Porque sempre ansiou por um lugar para onde pudesse levar seu luto e perda. Um lugar para dizer adeus.

SELVAGEM

CAPÍTULO DEZESSETE

Jak não comia há três dias. Sua barriga doía, se devorava por dentro, e a fome o deixava fraco, sonolento. Mas não podia dormir, não se quisesse viver. *Viva!* Pup havia saído várias vezes durante muitas horas, mas até mesmo ele, um caçador nato, não tivera sorte. O tempo estava horrendo lá fora, os animais, escondidos em suas tocas, cobertos de neve ou bloqueados por gelo. Muitos deles morreriam antes do inverno acabar. Jak se perguntou se morreria também.

O coração de Jak pareceu desacelerar, como se estivesse se preparando para parar. *Tum, tum.* Talvez fosse parar. E quem se importaria? Ninguém. Ninguém nem ao menos saberia.

Havia conseguido comida que durou por um tempo durante a nevasca, que ainda estava caindo, mas somente isso. Tudo havia acabado.

Jak tentou pegar um peixe, mas não conseguiu quebrar a camada de gelo, mesmo martelando-a com uma pedra afiada por horas. Ficara esperando perto da água, torcendo para que um cervo viesse beber um pouco, mas o frio ficou tão doloroso que Pup começou a ganir, um som baixinho de dor que Jak compreendia até melhor do que seu amigo peludo. Ele não teve outra escolha além de voltar para dentro de casa, faminto e de mãos vazias.

— Temos que tentar mais uma vez, Pup — disse, e o animal ergueu a cabeça, olhando para Jak por um minuto e, depois, baixando-a novamente, como se dissesse "nem pensar". — Nós precisamos — Jak insistiu. — Quanto mais ficarmos aqui dentro, mais fracos ficaremos.

Às vezes, Jak se perguntava se era maldade manter Pup dentro de casa com ele, se perguntava se seus instintos de lobo... diminuiriam se não os usasse sempre. Pup deveria fazer parte de uma matilha, uma família de lobos que pudessem ajudar uns aos outros a sobreviver. Ao invés disso, tinha somente ele, mas Jak ainda precisava dele para ajudá-lo a pegar comida e, mais que isso... *mais que isso*, precisava de sua amizade. Pup era seu único amigo no mundo inteiro, e ele sabia que não sobreviveria durante a guerra esse tempo todo sem o lobo. Jak até podia querer desistir, mas, por causa de Pup, nunca desistiria. Pup havia salvado sua vida naquela noite péssima e aterrorizante e várias outras vezes desde então, e agora Jak o manteria seguro e alimentado, mesmo que morresse tentando.

Jak vestiu suas roupas mais quentes, peles de animais que ele costurara umas nas outras, e alguns itens que trocou com Driscoll. Ele se submeteria ao sofrimento de ir andando até a casa de Driscoll se tivesse algo para trocar com ele por comida, mas além de não ter nada de que pudesse abrir mão, Driscoll lhe dissera que isso era algo que não podia conseguir. Não havia muita comida na cidade, e até mesmo Driscoll tinha dificuldades para conseguir comida suficiente para si. Jak se perguntou se a guerra havia durado muitos invernos e a comida foi acabando, as pessoas da cidade começariam a ir à floresta para caçar animais e conseguir a comida que a floresta podia oferecer.

Até mesmo agora, quando pensava sobre a guerra e as pessoas que Driscoll lhe dissera que estavam matando as crianças, aquela voz profunda se repetia em sua cabeça: *sobrevivência é o seu único objetivo.*

Um pequeno tremor que não tinha nada a ver com a nevasca percorreu Jak quando ele saiu de casa, estreitando os olhos para protegê-los do frio pungente que queimava sua pele.

Pegou o canivete em suas mãos envolvidas em luvas feitas de pelagem de animais, pronto e disposto a matar qualquer pequeno animal ou ave que visse. Entretanto, a floresta estava parada — quieta. Até mesmo os pássaros de inverno estavam com frio demais para cantar.

Jak parou no topo de uma pequena colina, Pup alguns passos atrás, e viu o que parecia ser um cervo deitado no meio de um campo aberto.

Jak arregalou os olhos e, por um instante, ficou apenas encarando. O animal havia morrido congelado bem ali onde estava? Mas, não... podia ver o sangue ensopando a neve. Moveu-se para se aproximar. Será que outro animal o matara e o deixara ali, sem comê-lo? Por que faria isso, quando estava tão difícil conseguir comida?

O estômago de Jak latejou de fome, e acelerou os passos. Não se *importava* por que o animal estava deitado ali. Só se importava com o fato de que *estava* ali e que ajudaria a aliviar as dores famintas gritando em seu estômago.

— Afaste-se da minha comida. — Ouviu, e agachou-se no lugar, virando em direção à voz, erguendo seu canivete em direção à ameaça. Pup soltou um rosnado baixo, agachando-se também para atacar. Era outro garoto como ele, com cabelos loiros compridos que passavam dos ombros, em posição de luta, com o braço esquerdo estendido e algo brilhante em sua mão. Por um momento, Jak ficou quieto de choque, e então seu coração começou a martelar no peito, fazendo sua cabeça pulsar. Eles se encararam, os olhos do outro garoto brilhantes e... loucos, em uma expressão retorcida de ódio. *Violência*. Se aproximou de Jak, arrastando a perna esquerda. Havia algo de errado com ela.

Jak ergueu as mãos rapidamente, tentando demonstrar ao garoto que não era uma ameaça. Seu estômago retorceu-se de dor de novo.

— Você matou esse cervo? — perguntou, com a voz trêmula.

— Afaste-se — o garoto bradou, avançando, atacando-o com o que Jak agora podia ver que era uma faca de caça.

Jak saltou para trás, desviando da lâmina. Pup rosnou, avançando também.

— Pup, não — Jak disse alto, sem saber se o lobo lhe daria ouvidos ou

SELVAGEM

não. Precisava fazer alguma coisa. E rápido. — Espere, espere. Escute, nós podemos dividir. Nós dois estamos com fome e há comida suficiente para dois. Mais que suficiente.

Pensou em oferecer sua cabana, o cobertor, algo para ele se secar e se aquecer, mas não sabia quem era esse garoto — podia estar do lado do inimigo — e não tinha certeza se era seguro oferecer-lhe qualquer coisa. Ele parecia insano, e Jak não tinha certeza se suas palavras estavam sendo ouvidas.

Mas, de um jeito ou de outro, não ia deixá-lo ficar com toda a carne no chão entre eles. Poderia morrer se fizesse isso. Pup poderia morrer também.

— Vamos dividir — Jak repetiu, tentando fazer contato visual. Mas os olhos do garoto permaneceram na carne, um olhar tão sofrido que Jak sentiu em sua barriga dolorida. — Eu te ajudo a tirar a pele e cortar a carne. Fazer tudo isso é um trabalho muito longo e difícil. Posso fazer a maior parte — ofereceu. — Podemos fazer juntos. — Buscou as palavras certas, palavras que fizessem o garoto *ouvi-lo*, concordar, mas o garoto parecia não ligar para o que ele estava dizendo. — Qual é o seu nome? — perguntou, tentando uma nova abordagem. — Sou o Jak, eu...

O garoto avançou muito rápido, fazendo mais um ataque com a faca, e Jak inclinou-se para trás, desviando da lâmina por pouco. Pup pulou para frente e o garoto emitiu um rosnado, balançando a faca pelo ar, para um lado e para o outro, para um lado e para o outro. Um de seus ataques atingiu a perna de Pup, que guinchou de dor, com sangue espirrando pelo chão branco enquanto recuava mancando, ainda rosnando, mas sem avançar em direção ao garoto novamente.

— Afaste-se, Pup! — Jak gritou, segurando seu canivete na direção do garoto, tentando mais uma vez convencê-lo a não fazer o que estava fazendo. — Eu sei que você está com fome. Também estou com fome. Não estou tentando roubar a sua carne. Só quero dividir. Nós dois podemos comer. Podemos trabalhar juntos...

O garoto soltou um grito alto de guerra e jogou-se contra Jak, e uma dor dilacerante atingiu a bochecha dele. Jak gritou, saltando para trás novamente e levando a mão ao rosto, que ardia. Sua mão coberta de pelos ficou manchada de sangue. Raiva e medo misturaram-se dentro de Jak conforme desistia da ideia de conversar ao invés de lutar. Esse garoto o havia deixado sem escolha além de defender a própria vida. O próximo ataque poderia acertá-lo na garganta. O garoto diante dele estava lutando para matar.

Os dois circularam um ao outro, com as respirações saindo em pequenas nuvens brancas de ar. Estavam mais perto agora e qualquer golpe de faca poderia ser mortal. Algo quente formou-se em Jak, fazendo o coração trovejar em seus ouvidos. *Talvez se eu puder derrubar a faca dele, eu consiga...*

O outro garoto atacou, seu corpo atingindo Jak com um barulho alto, e os dois caíram no chão, o som ruidoso do impacto contra a neve ecoando sob eles. Os dois gritaram e começaram a rolar, grunhindo, enquanto Pup rosnava e uivava ao fundo, ao longe, ou pelo menos era o que parecia para Jak. Ele só conseguia ouvir seu próprio coração martelando e respirações ofegantes enquanto os dois lutavam para sobreviver, lutavam para ver quem seria o primeiro a usar sua arma.

Eles rolaram novamente, e o uivo gutural de Pup se aproximou. Jak sentiu fortemente seu cheiro.

— Afaste-se! — gritou para Pup, rolando novamente, fazendo malabarismos com seu canivete, tentando com todas as forças arrancar a faca do garoto. Mas seu breve aviso para Pup acabou dando vantagem para o garoto, que lançou seu golpe, atingindo Jak no braço com a lâmina antes que ele pudesse desviar.

Jak gritou diante da dor dilacerante e do pavor, impulsionando seu corpo para frente e enfiando seu canivete no garoto. Diretamente no coração.

Tudo parou. O garoto congelou os movimentos, seus olhos se

SELVAGEM

arregalaram e, então, se fecharam. Sangue começou a sair pela boca, escorrendo por seu queixo e manchando o casaco rasgado e pequeno que ele usava.

Jak agarrou o garoto. *O que eu fiz? Ele não pode morrer. Não com somente um golpe de faca. Não!* Os olhos do garoto encontraram os dele, ficando livres da névoa que os deixavam loucos. Os olhares dos dois se prenderam um no outro, as respirações se misturando, embora a do outro garoto estivesse ficando cada vez mais fraca, cada suspiro mais espaçado. O coração de Jak vacilou quando — por um momento relâmpago — o outro garoto pareceu estar... feliz. Ele sorriu antes que seu corpo cedesse, e os dois caíram na neve.

Jak soluçou, saindo de debaixo do garoto morto, deixando o corpo dele cair no chão. Jak ficou de pé, trêmulo, pairando sobre o corpo, sentindo o choque fazer com que o mundo parecesse brilhante demais, irreal. Um sonho. Um pesadelo. Tinha acabado de matar uma pessoa. Sentiu algo quente nas bochechas e percebeu que estava chorando. Limpou a umidade antes que as lágrimas que se misturavam ao sangue pudessem congelar.

Encarou o garoto, percorrendo com os olhos suas roupas rasgadas, descendo até sua perna retorcida e pé escurecido, descalço agora que o sapato feito à mão não o cobria mais após sair durante a briga. Jak fechou os olhos por um segundo, sentindo o coração apertar.

Eu teria dividido com você, sussurrou por dentro, sentindo-se destruído.

Jak encarou o rosto do garoto, que não parecia mais louco, a morte fazendo-o parecer mais jovem. E, com um sobressalto, o reconheceu. Era o garoto loiro que havia caído do penhasco com ele aquela noite. Ele também estava morando na floresta aquele tempo todo.

E o que quer que tenha vivenciado, o fizera perder o juízo.

Não! Será que havia passado pelo garoto na floresta uma vez ou outra, escondendo-se do som de passos porque pensou que pertencia ao lado do inimigo? A ideia era terrível demais para Jak ficar pensando.

Ao invés disso, virou-se para Pup, que agora estava deitando na neve, com uma grande mancha de sangue ao lado de sua perna machucada. Seu coração, que havia diminuído o ritmo das batidas, acelerou novamente. Jak tinha que levá-lo para casa e tratar sua lesão, se conseguisse. Jak recolheu a faca afiada do garoto, colocou no cós da calça e correu até Pup, erguendo o animal robusto e jogando-o sobre o ombro.

Então voltou ao garoto morto, limpando as lágrimas que mais uma vez estavam escorrendo por suas bochechas, tentando pensar em palavras para dizer diante do corpo do garoto. Sua *baka* fazia orações, mas ele não se lembrava de nenhuma das palavras que ela sussurrava ao segurar o colar de bolinhas.

Pup gemeu baixinho, e Jak o ajustou um pouco, tentando tomar cuidado com seu machucado.

— Luz das estrelas, estrela brilhante — Jak disse finalmente, proferindo as palavras rapidamente, sabendo que não era uma oração, mas era somente o que podia oferecer. — Primeira estrela no céu distante. Desejo poder, desejo que receba esse desejo que desejo neste instante.

E então, fechou os olhos e desejou que o garoto estivesse agora correndo por campos floridos sob a luz celestial do sol. Que estivesse curado, inteiro e sem fome.

O chão estava congelado demais para Jak conseguir enterrá-lo, então deixou o corpo do garoto onde estava. O garoto não precisava mais dele, de qualquer forma, e a floresta precisava. Outras criaturas famintas se alimentariam e viveriam mais um dia.

Como Jak.

Embora sentisse que uma parte dele havia morrido junto com o garoto deixado ali na neve.

Com Pup sobre um ombro, agarrou a perna do cervo, puxando-o consigo, começando a jornada de volta para casa. Raiva e desesperança

SELVAGEM

o preencheram. A raiva crescia conforme caminhava pelo frio. Ergueu o rosto e gritou para o céu cor de pedra, com lágrimas o cegando novamente. Era tudo culpa deles! Os homens que sequestraram ele e o outro garoto. Os homens que tentaram matar as crianças. Os homens que transformaram um garotinho em um animal enlouquecido, querendo que ele morresse.

Os homens que me transformaram em um assassino.

CAPÍTULO DEZOITO

Harper sentou-se em sua cama, com os pés enrolados sob o corpo, encarando a parede completamente branca diante de si. O chá que havia feito já estava frio, e ela colocou a caneca na mesa de cabeceira, suspirando. Nem ao menos gostava de chá. Mas sempre parecia ser algo que deveria acompanhar momentos de introspecção e serenidade profunda.

Que pena não ter feito progresso com a primeira, e falhado completamente em alcançar a segunda.

Pegou o controle remoto, ligando a televisão e colocando em um noticiário. O homem que falava sobre a previsão do tempo apontava para uma tela enquanto sua voz retumbava. Mais neve. Mais frio. Que surpresa.

Pensou em Lucas lá no meio do nada, com neve acumulada até as janelas de sua pequena cabana enquanto estava sozinho lá dentro. Sentia-se solitário? Claro que se sentia, não era? Era um ser humano sem ninguém em sua vida. Harper também se sentia solitária, isso podia admitir. Mas, pelo menos, tinha amigos, comunidade, livros, um celular, uma televisão para quebrar o silêncio quando precisava da ilusão de uma companhia.

Será que havia sido por isso que ele pegara a revista? Para ter algo para *fazer* nessas noites solitárias no meio da floresta? Estremeceu, apesar de estar aquecida e confortável, enrolada em um cobertor em sua cama. Somente pensar no isolamento tão profundo que ele devia sentir a aterrorizou.

Porque Harper compreendia.

Não no nível que Lucas devia compreender — como poderia? Mas

SELVAGEM

não se lembrava de algum momento em que não tivesse sofrido solidão, a sensação de que estava à deriva, sempre tentando desesperadamente agarrar-se a alguma coisa — qualquer coisa — que pudesse ancorá-la. Sempre tentando, sem sucesso, recapturar o que lhe havia sido arrancado tão de repente e inexplicavelmente. *Conforto. Lar. Amor.* Agora... ela havia encontrado o carro, poderia enterrar seus pais, e ainda assim, sentia-se tão vazia quanto antes. Tão perdida quanto antes. Sozinha. Porque o que realmente vinha tentando reivindicar não seria encontrado nos lugares em que procurava.

Será que Lucas compartilhava desses mesmos sentimentos de solidão? Também havia sido abandonado. Deixado sozinho para se virar de maneiras que ela provavelmente nem poderia imaginar.

E a solidão nem era a pior parte — embora somente aquilo parecesse, bem, catastrófico. Como ele iria sobreviver sem meios para caçar, já que seu arco e flechas haviam sido apreendidos pelo xerife? Pensou sobre a faca de caça que ele carregava presa na coxa, que Lucas dissera que usaria para obter o *jantar*. Harper ficou sem fala pelo choque no momento, e até agora, ainda estava desconcertada. O que ele ia fazer? Atacar um animal e então cortar sua garganta, tirar sua pele, desossá-lo e...

Apertou o cobertor com mais força em volta de si, percebendo que estava se encolhendo de tensão, e permitiu que seus músculos relaxassem. Não era leiga em relação a caças, mas ninguém que conhecia iria querer se envolver em matar um animal da maneira que uma faca de caça fazia.

Pensando nisso, o que Lucas ia fazer agora já que não tinha uma boa arma para caça *e* nenhum contato com o mundo, já que Isaac Driscoll havia sido assassinado? Disse a ela que conseguira sobreviver antes de conhecer Driscoll, e sobreviveria agora. E aquilo devia ser verdade. Mas e se Lucas *precisasse* de alguma coisa? E se ele se machucasse ou ficasse doente? Podia estar isolado antes, mas agora... agora não tinha mais meios.

O que devo fazer?

Bom, você poderia amaldiçoar Deus, eu acho. Geralmente, essa é a minha melhor solução. Fazer isso bem alto, com muita fúria.

Funciona?

Não muito. Só me faz sentir muito pequena e inútil.

Uma formiga que amaldiçoa Deus do alto de uma folha de grama.

Por que aquelas palavras pareciam tão *familiares*? E por que elas pareciam... mais sofisticadas do que ela esperava de um homem que falava pouco e não tinha acesso a livros?

E, ainda assim, ele estava citando alguém. Ou... algo. *Era* por isso. Um livro ou um poema. Harper tinha certeza. Ela *conhecia* aquelas palavras, de alguma maneira. E logo após Lucas as proferir, pareceu desejar não ter feito e mudou de assunto rapidamente.

Harper levantou-se, deixando o cobertor sobre a cama. Pegou seu laptop e sentou-se novamente, fazendo login e abrindo o navegador de internet, digitando as palavras na barra de pesquisa.

— Eu sabia — murmurou, sentindo seu coração pulsar. Era umas das citações mais obscuras de *O Conde de Monte Cristo*.

Seu homem das cavernas havia citado Alexandre Dumas.

Seu homem das cavernas? Não exatamente. Mas...

O homem das cavernas havia citado Alexandre Dumas.

Encarou a tela do computador por um momento antes de fechar os olhos. A vaga imagem de sua mãe surgiu em sua mente. Harper estava sentada em um banco com seu pai, e sua mãe caminhava em direção a eles, sorrindo. Seu pai disse algo que fez sua mãe rir, e ela colocou a mochila turquesa no chão ao lado de onde estavam sentados e o beijou antes de pegar Harper em seus braços e perguntar o que eles haviam trazido para o almoço.

Aquela mochila turquesa. Costumava usá-la para carregar as

anotações de suas aulas. Seu pai, rindo, dissera que aquilo a fazia parecer uma das alunas do ensino médio em vez de uma professora. Uma professora de inglês, que sempre incluía seu livro favorito como leitura obrigatória nas aulas: *O Conde de Monte Cristo.*

Um toque distante a tirou de seu transe e ela ergue-se de uma vez, sentando-se com as costas eretas e virando a cabeça em direção ao som. Seu celular. Se levantou, sentindo-se meio sem equilíbrio, e correu até sua bolsa onde a havia deixado, pendurada ao lado da porta. Quando atendeu, estava levemente sem fôlego.

— Harper, oi. Aqui é Mark Gallagher.

— Oh, oi — disse, voltando para a cama e sentando-se. — Como está?

— Estou bem. Escute, espero que possa me ajudar com mais uma coisa. —Ouviu um barulho ao fundo que parecia papéis farfalhando e o celular se mexendo contra a orelha do agente Gallagher.

— Sim, claro. Você encontrou alguma coisa sobre aqueles livros na biblioteca de Missoula?

— Na verdade, irei lá em breve. Estava dando uma olhada nos diários de Driscoll e algumas das anotações dele não fazem muito sentido para mim.

— Como assim?

— Bem, por exemplo, essa: *Hoje de manhã, avistei um cervo de cauda branca comendo peixe cru na beira do rio. Parece que é um sobrevivente por natureza, visto que comeria o que fosse necessário para viver, gostando ou não do sabor.*

Harper franziu a testa.

— Um cervo comendo peixe?

— É isso que está me deixando confuso. Fiz uma pesquisa rápida no Google e não encontrei nada que dissesse que cervos comem peixes.

— Não, eles são herbívoros — disse, tão confusa quanto o agente.

— E quanto a casos extremos, como... fome ou um inverno muito longo, algo assim?

Harper mordeu o lábio por um momento.

— Um animal come qualquer coisa se estiver morrendo de fome, mas como um cervo conseguiria pegar um peixe?

— Talvez já estivesse morto, na beira do rio?

— Teria que ser esse o caso, eu acho.

— Então, se um cervo estivesse morrendo de fome e encontrasse um peixe morto na beira do rio, ele o comeria.

— Animais farão o que for preciso para sobreviver. Sim. Mas, no geral, não, cervos não comem peixe.

— Ok, só queria conferir com você. Ainda estou lendo essas coisas aos poucos, mas é... esquisito. Chega a parecer que Driscoll estava observando um gambá específico, um cervo específico e um lobo específico.

— Por que ele faria isso? E como saberia que eram os mesmos?

— Não faço ideia. Se chegar a alguma pista ou conclusão, pode me avisar?

— Claro.

— Obrigado, Harper.

— Disponha. — Pausou por um instante. — Alguma notícia? — perguntou, sabendo que não precisava explicar sobre o que estava perguntando.

— Ainda não. Eles estão um pouco atolados, mas estou torcendo para receber alguma notícia até amanhã de manhã. E então, eles poderão liberar os corpos, e você poderá fazer os arranjos.

Harper ficou quieta por um momento, digerindo aquilo. Era o que ela quis por tanto tempo — poder colocar seus pais para descansar —, mas a realidade iminente fez um bolo se formar em sua garganta. Precisava

SELVAGEM

começar a pensar e decidir entre enterro e cremação, e em como pagaria pelo que escolhesse. Precisava fazer ligações e preparativos, mas tudo que queria fazer era continuar escondida debaixo de uma coberta em sua cama, bebendo chá, que ela não gostava.

— Harper? Você está aí?

— Sim. Desculpe. Hã, eu estava pensando: encontraram mais alguma coisa no carro ou no porta-malas? Especificamente uma mochila turquesa? Era da minha mãe, e ela sempre a guardava no porta-malas depois que as aulas acabavam.

Eles tinham escolhido o SUV de sua mãe naquela noite porque as estradas estavam congeladas e o veículo dela tinha pneus novinhos em folha. Harper lembrava daquilo porque gostava de andar no carro de xerife que seu pai dirigia e havia reclamado por esse não ser o caso naquela noite. A última vez que andou de carro com seus pais, e ela havia choramingado e ficado de cara feia por tudo. Se lembrava *daquilo*. Para seu grande arrependimento e vergonha.

— Não. Não havia nada no porta-malas além de um cobertor desintegrado.

Harper franziu as sobrancelhas. Era possível sua mãe ter deixado a mochila em algum outro lugar, mas aquela maldita citação continuava a atormentar sua mente.

— Ok, obrigada. — Hesitou por um momento. — Agente Gallagher, posso perguntar se há alguma atualização da equipe forense sobre o arco e flechas de Lucas que foram apreendidos? Se não puder me dizer, eu compreendo...

— Foram encontrados rastros de sangue em todas as flechas que pertencem a ele, mas são de animais. Nenhum ali é humano. E não há DNA dele em nenhuma das flechas usadas nos assassinatos.

Harper soltou uma lufada de ar lenta. Se sentiu um pouco estranha com o alívio repentino, mas não podia negar. Algo dentro dela estava torcendo por ele. Não somente isso, mas não conseguia vê-lo como um assassino. Lucas havia praticamente a empurrado do caminho para fornecer assistência a uma toca de filhotes de raposa, pelo amor de Deus. Ela não sentiu medo nem uma vez, Lucas não havia se aproveitado dela, mesmo que tenha dormido profundamente sob o teto dele que mal sabia o próprio nome quando acordou. Oh, e ela tinha babado... *Por favor, Deus, que Lucas não tenha visto a baba.*

— Também não parece ter o DNA de Lucas na cena do crime na pousada. Algumas pegadas e impressões digitais na casa de Driscoll pertenciam a ele, mas isso era esperado, já que ele esteve lá algumas vezes no decorrer dos anos. Nenhum rastro dele foi encontrado no quarto onde o assassinato ocorreu.

Harper soltou mais uma lufada de ar lenta.

— Então, ele não é mais um suspeito?

— Eu não diria exatamente isso. Mas... não temos nada que o incrimine, até agora.

— Você encontrou algo em relação aos antecedentes dele?

— Não, mas tenho que ser sincero, não sei nem por onde começar. Lucas parece não *querer* que encontremos alguma coisa sobre seus antecedentes, e solucionar esses assassinatos tem que ser a minha prioridade. Vou investigar mais assim que tiver chance, mas, por enquanto, descobrir os antecedentes de Driscoll vem primeiro.

Harper levantou-se enquanto ele respondia à sua pergunta e agora estava andando de um lado para o outro em frente à cama.

— O negócio é que... — disse, virando e caminhando para a outra direção. — Tenho pensado no que Lucas vai fazer tendo que se virar por conta própria agora que Driscoll está morto, e sem acesso algum ao mundo fora da floresta.

— Isso não é totalmente verdade. Ele tem pernas. Poderia andar até a cidade, se quisesse. Poderia até mesmo se mudar, se quisesse. Na

SELVAGEM

verdade, se Driscoll não tinha um testamento deixando a casa para Lucas, ele pode ser forçado a fazer isso.

— Caminhar até a cidade? Na neve, no gelo? — Harper perguntou, com um pouco de ultraje espreitando em seu tom.

— Acho que Lucas está acostumado à neve e ao gelo.

Ela não podia discordar daquilo.

— Ok, mas aposto que ele não tem dinheiro algum. Fazia trocas com Driscoll usando peixes e peles de animais. E se eu ao menos levasse alguns suprimentos até ele poder recuperar seu arco e flechas e... e... as coisas fiquem mais claras em relação à sua moradia?

— Harper... olha, não sou seu pai. — Houve um leve vacilo em sua voz e uma pequena pausa antes de ele limpar a garganta e continuar. — Mas você não conhece o Lucas. E ir à casa dele sozinha não parece ser a escolha mais sábia para uma mulher desacompanhada. Compreendo por que você fez isso uma vez, mas talvez seja melhor evitar que se repita.

Harper parou de andar, sentando-se novamente na cama.

— Ok.

— Por que sinto que esse seu *ok* não significa o que acho que significa?

Apesar de tudo, Harper soltou uma pequena gargalhada.

— Agradeço por você me manter atualizada sobre o caso. Tem alguma ideia de quando vai querer procurar pelos lugares marcados naquele mapa?

— O quanto antes, melhor, mas a previsão do tempo não parece muito promissora. Vi que há uma nevasca se aproximando.

— Apenas me avise quando puder, ok?

— Ok. E, Harper, por favor, considere o meu conselho.

— Farei isso. Prometo.

Eles se despediram, e Harper finalizou a ligação, jogando o celular ao seu lado na cama. *Vi que há uma nevasca se aproximando...*

Ela considerou o conselho do agente Gallagher. Respeitava o homem. *Gostava* dele. E apreciava o fato do agente compartilhar informações que não precisava compartilhar com ela, e que também se importava em ajudá-la com sua situação — uma situação que nem fazia parte do motivo pelo qual estava em Helena Springs. Obviamente se importava com sua segurança, e após uma vida inteira sem uma figura paterna, a preocupação dele foi como um bálsamo para sua alma. Mas... mas... ele não tinha passado uma noite e um dia com Lucas. Não tivera tempo para sentir a... bondade daquele homem.

Queria poder ligar para Lucas e agradecê-lo pelo que fizera por ela — não somente a conduziu até o carro de seus pais, mas a ajudou a encontrar o ponto final pelo qual ela procurava desde aquela noite nevada quando era apenas uma criança. Queria poder ligar e perguntar se ele precisava de alguma coisa agora que estava completamente sozinho — uma carona até a cidade, comida ou água... fósforos... Queria poder ter um meio de retribuir o favor que fizera a ela, mas não podia perguntar sem ir pessoalmente.

Harper olhou para as nuvens escuras através de sua janela. *Compreendo por que você fez isso uma vez, mas talvez seja melhor evitar que se repita.* Entendia a lógica de Mark, mas precisava atender ao chamado de seu coração. Se ia reunir alguns itens e dirigir até a casa de Lucas, não tinha muito tempo para ficar ali vacilando.

Hesitou por mais um instante antes de pegar seu casaco, touca e luvas, calçar suas botas e seguir para a porta.

SELVAGEM

CAPÍTULO DEZENOVE

O sol da manhã tocou os ombros desnudos de Jak. Quente. Macio. Prazeroso. Uma mão invisível jogou brilho por toda a superfície do rio. Jak deu risada ao ver Pup espirrar água para todos os lados, com a língua pendurada para fora, fazendo parecer que estava sorrindo. Se aproximou de Jak, mancando menos agora. Sua lesão havia melhorado, mas levou o inverno inteiro para chegar a esse ponto, e ainda mancava um pouco. Pup nunca mais seria o caçador que foi antes. Jak era responsável por ele agora. Tudo bem, por Jak. O lobo havia cuidado dele por um tempo, mas agora era a vez de Jak, e estava disposto a fazer isso.

— Não vou te deixar na mão, garoto — disse tanto para Pup quanto para si mesmo. Dizer aquilo em voz alta, dizer para que outro par de orelhas ouvisse, fazia com que fosse a promessa mais importante de todas, uma que nunca quebraria.

Pup era seu melhor amigo. E melhores amigos cumpriam as promessas que faziam um para o outro. Ponto final.

O lobo emitiu um barulho empolgado, e Jak sorriu, sabendo que Pup entendeu o que ele disse e sabia que não estava sozinho, mesmo que não tivesse uma matilha *de verdade*.

— Eu sou a sua matilha, e você é a minha — Jak falou, juntando as mãos em conchas para pegar água e jogar em Pup. O lobo sacudiu a água de sua cabeça, jogando gotas de volta em Jak, que riu ao virar o rosto para o outro lado.

O dia estava bom. O sol estava quente. A primavera, despertando a

SELVAGEM

terra. Ele tinha comida suficiente, e logo a floresta lhe forneceria mais. E também tinha um amigo que amava. A guerra podia estar sendo travada em algum lugar ao longe, mas ali, naquele momento, estava seguro.

Olhou na direção onde as montanhas se transformavam no céu, sentindo um arrepio percorrê-lo. O inverno estava sempre à espreita. Podia parecer longe agora, mas estaria de volta antes que estivesse pronto. Voltaria para roubar sua esperança — de sobrevivência, de resgate, de ter uma família ou pessoas para amá-lo.

Talvez ninguém fosse capaz de amá-lo agora, de qualquer jeito. Não depois das coisas que ele fizera.

O som corrente da água o despertou de seus pensamentos sombrios, e Jak tentou o melhor que pôde para se livrar da sensação de... solidão. Seus sentimentos tristes por dentro agora eram diferentes, mas não tinha nomes para todos eles. Contudo, a palavra que parecia combinar com cada um deles era *sozinho*.

Curvou-se e pegou mais água com as mãos para jogar em seu peito, usando sua mão para lavar debaixo dos braços e os ombros. Era bom estar limpo, era bom sentir as gotas frias deslizando por sua pele, lembrando-o de que estava vivo. Diferente do garoto que ele matara e deixara deitado na neve.

Pensar naquele garoto ainda fazia com que um buraco escuro se abrisse na boca de seu estômago, algo que o fazia sentir que sempre estaria vazio. Oco. Às vezes, quando pensava naquele garoto, se lembrava da imagem que havia visto na casa de Isaac Driscoll, que retratava homens lutando uma batalha sangrenta com lanças e flechas. Ele se perguntou se esses buracos se abriam dentro deles toda vez que tiravam uma vida, e pensou que, se fosse assim, aqueles homens deviam se sentir como escuridões ambulantes.

Assim que a neve começou a derreter, Jak retornara para procurar os ossos do garoto loiro, planejando enterrá-los na lateral de uma colina onde havia uma árvore antiga com centenas de milhões de flores silvestres em volta dela, que, vista de longe, parecia que um arco-íris tocava a terra. Havia um lago na base da colina onde pares de cisnes brancos — parceiros para sempre — flutuavam, até mesmo no inverno, quando a água ficava praticamente congelada. Pensara sobre aquilo e decidiu que, se alguém fosse enterrá-lo, aquele era o lugar que esperava que escolhessem. Mas os ossos do garoto loiro não estavam mais ali, foram carregados por animais, espalhados pela floresta selvagem.

Jak sonhava com o menino, às vezes, com sua cabeça sem corpo falando com ele do chão, pedindo que Jak devolvesse o que lhe faltava. Acordava gritando, com Pup reclamando ao lado dele.

Jak pegou um graveto e jogou para Pup, que correu pela água, espalhando-a para todos os lados, pegou o pedaço de madeira com a boca e levou de volta para Jak. Ele fez isso mais algumas vezes enquanto continuava a lavar seu corpo, olhando com interesse para todos os lugares onde estavam brotando pelos, espinhosos como grama de fim de verão. Sua pele era áspera e cheia de cicatrizes, e ele podia sentir como seus músculos haviam crescido ao passar as mãos por seus membros. Havia crescido tanto desde o último inverno que sua calça agora era curta demais, e sua camiseta tinha rasgado em volta dos ombros. Teria que ver o que Driscoll pediria em troca de algumas peças de roupa, mas o verão estava se aproximando, então isso podia esperar. Transformaria a calça curta em uma bermuda e ficaria sem camisa por um tempo. Nunca gostava de ir ver Driscoll, então viveria com o que tinha, e faria à mão qualquer coisa que pudesse.

Quantos anos eu tenho agora? O tempo era uma linha nebulosa e ondulante da qual não conseguia ter muita noção. Não fazia ideia se era segunda-feira ou domingo, fevereiro ou março. Somente os invernos se destacavam — aqueles dias escuros e miseráveis, quando até mesmo o sol ia embora mais cedo. Mesmo que agora tivesse um abrigo, e calor, quando conseguia fósforos com Driscoll, ainda tinha que sair para encontrar comida, e ele e Pup ainda ficavam sozinhos quando o vento gritava, soprava e sacudia o teto, como se o mundo estivesse acabando.

SELVAGEM

Dezessete, pensou, contando mentalmente. *Acho que tenho dezessete anos.* Vivia sozinho há dez invernos.

Jak começou a dirigir-se à margem, assobiando para chamar Pup, que ainda não havia retornado com o graveto que Jak atirara em direção às árvores há um tempinho. O maldito lobo provavelmente vira um esquilo e saíra correndo atrás dele. Bom para ele se ainda conseguia correr mancando atrás de alguns animais para caçá-los.

Jak usou a camiseta para se secar, sacudindo os cabelos compridos até os ombros como Pup fazia, espalhando gotas d'água ao redor. Sua nuca formigou, e ergueu a cabeça, estreitando os olhos em direção à floresta. Se sentiu... observado. Sentia isso algumas vezes, como naquele momento. Os cabelinhos de sua nuca ficavam eriçados, e tinha *certeza* de que alguém o observava por trás das árvores.

Assobiou novamente, e a sensação de estar sendo observado permanecia. Jak havia aprendido a confiar em seus instintos, a contar com eles para sua sobrevivência, então não dispensou a sensação. Ele se questionou se o inimigo havia enviado espiões para a floresta para ver quem vivia ali e descobrir por quê. Ou talvez houvesse outros — como o garoto loiro — morando ali perto e estava observando Jak para saber se ele era bom ou ruim.

Jak vestiu sua calça jeans, passando a mão no bolso para sentir a protuberância do canivete guardado ali e pegou a faca que pertencia ao garoto loiro, prendendo-a no cós com um pedaço antigo de tecido de roupas que não cabiam mais nele. Jogou a camiseta úmida sobre o ombro e seguiu para a floresta para procurar Pup.

Sentiu mais frio assim que entrou no meio das árvores, apenas finos feixes de luz penetrando os espaços nos topos das gigantes da floresta. Conversava com elas, às vezes, quando Pup estava caçando, ou quando Jak o deixava dormindo em frente à fogueira. Às vezes, ficava tão solitário — *precisava* tanto de outra pessoa — que fazia de conta que as árvores eram velhinhos sábios que tinham respostas para suas milhões de perguntas, e se ele prestasse bem atenção, elas sussurrariam o que sabiam. Do jeito que sussurravam umas para as outras nas profundezas do solo.

Assim como, mas diferente, os sussurros dentro dele.

Talvez não devesse esperar que as árvores fossem compartilhar seus sussurros. Talvez, se fizessem isso, ele saberia que havia perdido o juízo.

Talvez a floresta enlouquecesse todo mundo que vivia lá, no fim das contas, porque Driscoll também não parecia bater bem da cabeça.

— Pup — chamou, afastando um galho do caminho. *Onde ele está?*

Jak paralisou ao ouvir o que pensou ser um choramingo, virando-se em direção ao som e caminhando mais rapidamente pelos arbustos com folhas brotando. Foi aí que ele o viu, deitado no chão da floresta sobre uma poça de sangue.

— Pup! — gritou, correndo até ele, caindo de joelhos ao seu lado. Havia uma flecha de madeira comprida atravessada no pescoço de Pup, com sangue jorrando do ferimento. O coração de Jak palpitou de medo e enjoo. — Está tudo bem, garoto. Está tudo bem — engasgou ao tentar puxar a flecha, e Pup emitiu um grito agudo e apavorante, mais sangue esguichando da ferida. Jak chorou, sem saber o que fazer. Colocou as mãos ao redor da flecha, tentando estancar o sangramento. Seu olhar encontrou o de Pup, que estava quase se fechando, e o lobo manteve o contato visual por alguns instantes, com sua língua para fora para lamber o pulso de Jak, seu sangue vazando por entre os dedos dele.

Jak soluçou em meio a seu choro quando o corpo de Pup ficou quieto e o fluxo de sangue diminuiu. Lágrimas desciam pelo rosto de Jak quando tirou as mãos da flecha e pegou o corpo enorme de Pup, embalando o animal em seus braços. *Meu amigo. Meu amigo. Meu amigo.* Chorou, seus soluços se misturando ao vento que soprava entre os galhos das árvores ao redor que observavam, sussurrando umas para as outras, mas somente isso.

— Pensei que ele era selvagem. Eu não sabia.

SELVAGEM

Jak virou a cabeça de uma vez e viu Driscoll de pé ali perto, com um arco na mão e flechas presas em sua cintura. O olhar de Jak moveu-se lentamente do rosto de Driscoll para a arma que ele segurava antes de fazer o caminho inverso. Aquele homem matou Pup. Raiva, mais quente que o sol, percorreu o corpo de Jak e, lentamente, ele colocou o corpo de Pup no chão e ficou de pé, ainda sentindo o sangue de Pup quente em seu peito. Baixou a cabeça e rosnou.

Driscoll arregalou os olhos e, embora parecesse estar assustado, havia algo a mais brilhando em seu olhar. O mesmo brilho que surgia nos olhos de sua *baka* sempre que Jak fazia algo bom. Aquela animação estranha na expressão de Driscoll quando mostrou a Jak a imagem em seu quarto.

— Eu vou te matar — Jak rosnou. Sério. Ia dilacerar a garganta de Driscoll.

Driscoll assentiu, afastando-se para trás e erguendo a mão. Jak avançou, com tristeza e raiva fazendo-lhe sentir tonto, como se a floresta tivesse começado a girar ao seu redor. Não, não dilaceraria a garganta de Driscoll. Ia arrancar dele aquele arco e flechas antes que o homem pudesse erguê-lo e enfiar uma daquelas flechas em *seu* pescoço. Seu coração. Os dentes de Jak estavam cerrados.

— Eu compreendo como se sente, mas me escute. Me escute — Driscoll disse, com a voz trêmula. — Posso te conseguir um desses, se você quiser. — Ergueu o arco e gesticulou com a cabeça para as flechas ao seu lado.

Driscoll ergueu a mão novamente.

— Se você me machucar, eles virão me procurar. Meu amigo na cidade saberá que algo está errado se eu não aparecer lá para pegar suprimentos. E outras pessoas virão até aqui e te encontrarão. Você quer que isso aconteça?

Estão matando as crianças.

Só que Jak não era mais uma criança.

Mas também não era um homem ainda.

Parou, sentindo aquele antigo pavor correr por suas veias, misturando-se à tristeza terrível diante da morte de Pup bem ali atrás dele. De repente, se sentiu tão cansado que queria cair de joelhos. Dor o dilacerava por dentro.

— Posso conseguir um desses para você — Driscoll repetiu. — Carne de porco custa muito dinheiro na cidade. Traga-me um, e eu te darei o seu próprio arco e flecha. — Quando Jak permaneceu calado, Driscoll acrescentou: — Também te darei mais uma caixa de fósforos.

Jak olhou para o corpo de Pup atrás de si, seu coração chorando com a dor da perda. Que bem faria matar Driscoll agora? Isso não traria Pup de volta... e o arco e flecha o ajudaria a sobreviver, principalmente agora que Pup se fora. A dor cresceu por dentro. Deixou a cabeça cair para frente. *Um porco*. Um daqueles porcos selvagens com presas afiadas. Evitava aqueles porcos como se fossem filhos do demônio. Nem mesmo Pup...

— Farei isso — disse, ficando de costas para Driscoll para recolher o corpo de Pup. Ele o enterraria perto do rio onde enterrara os pequenos corpos dos irmãos e irmãs de Pup, as criaturas amáveis que salvaram sua vida. E se despediria de Pup, sem saber como seguiria seus dias mais sozinho do que já se sentia. Pup havia feito muito *mais* do que salvado sua vida... ele lhe dera uma razão para viver.

Assim que Driscoll desapareceu dali, Jak ajoelhou-se ao lado de Pup, agarrando a pelagem de seu amigo entre os dedos, erguendo o rosto para cima e uivando sua tristeza para o céu vazio.

SELVAGEM

CAPÍTULO VINTE

Pequenos cristais de gelo. Cintilando. Brilhando contra o vidro no último momento de luz do dia que ia embora. Lucas jogou mais uma lenha no fogo, erguendo as mãos diante dela por um minuto, grato pelo milagre do calor. Às vezes, as chamas ainda pareciam... sagradas, como na primeira vez em que as sentiu após ter vivido tantos dias e noites miseráveis de inverno com nada além de frio. Gelo. Sofrimento. Solidão.

Um retumbar o fez pausar, inclinando a cabeça para ouvir melhor. Um veículo? Choque e medo o transpassaram. Foi rapidamente até a janela frontal, arregalando os olhos ao ver a mesma caminhonete grande que Harper dirigia, movendo-se devagar — com cuidado — pela floresta em direção à casa dele.

Lucas ficou observando o carro até parar e, um minuto depois, Harper desceu dele, com uma bolsa que parecia estar pesada em seu ombro, caminhando até o local onde estava a toca das raposas e olhando lá dentro. Quando ela virou na direção da casa dele, estava com um sorriso no rosto.

Ele deu um passo para trás rapidamente, ficando paralisado ao ouvir os passos dela subindo os degraus da varanda. Não deveria abrir a porta. *Por que ela está aqui? O que ela quer?* Harper bateu à porta, e Lucas permaneceu parado, tentando não atender, mas, no fim, uma parte diferente dele venceu. A parte que despertou para a vida ao ver o rosto dela, ver que ela havia voltado. A parte que sabia que Harper era *dele*, mesmo que vivesse uma vida em que isso não podia ser verdade.

Quando abriu a porta, ela sorriu, balançando-se de um pé para o outro.

Lucas esperou que ela dissesse por que estava ali, sem saber o que dizer. *Oi? Olá? Por que você está aqui? O que você quer?* Achou que essas perguntas podiam soar como se não a quisesse ali, e talvez não quisesse — *não deveria querer* —, mesmo que soubesse que queria.

— Fui aconselhada a não fazer isso — Harper disse finalmente.

Aconselhada. Me... disseram. Alguém disse para ela não fazer isso. Lucas franziu a testa.

— Não fazer o quê?

Desviou o olhar e, então, voltou a fitá-lo.

— Hã, vir aqui. — As bochechas ficaram rosadas, como se flores tivessem desabrochado de repente sob sua pele, e ela transferiu a bolsa de um ombro para o outro.

Ele encostou-se contra o batente da porta e os olhos de Harper desviaram para seus braços, que ele cruzou contra o peito. Os braços dele estavam desnudos, e Lucas pensou que ela devia estar olhando para as cicatrizes que cobriam sua pele aqui e ali. Em toda parte. Aquilo o fez sentir... pelado, mesmo que somente seus braços estivessem à mostra. Aquelas cicatrizes carregavam péssimas histórias sobre o jeito como vivia. Histórias que não queria contar. *Nunca.*

— Por que você não obedeceu?

— Transtorno desafiador de oposição? — Soltou uma risada pequena e desconfortável.

Eram três palavras que não conhecia, e nada que Lucas tentasse o ajudaria a compreendê-las. Ele inclinou a cabeça para o lado.

— Não sei o que é isso — admitiu.

Ela sorriu.

— Acho que é outra maneira de chamar uma pessoa de cabeça-dura.

Estreitou os olhos para Harper. Estava acontecendo de novo: três minutos de conversa, e já estava perdido. Uma rajada de vento soprou com força, e ela segurou a bolsa com mais firmeza, erguendo os ombros para tentar proteger a cabeça do frio.

— Entre — Lucas disse. — Está frio. — Pareceu grata, não assustada como da última vez que entrara ali. — Sem arma dessa vez? — perguntou ao fechar a porta e caminhar de volta em direção ao fogo, olhando pela pequena janela de vidro para conferir se tinha lenha suficiente. Querendo mantê-la aquecida.

— Não. Eu... sinto muito por aquilo. Eu só...

— Não te culpo. Você não me conhece. Foi inteligente.

Virou para Harper e, por um momento, o tempo pareceu se estender, comprido e esguio. Quebrável. Como uma folha de grama sendo puxada com força. Ela se remexeu no lugar novamente.

— De qualquer forma, vim aqui para te agradecer pelo que fez. — Harper olhou para o lado por um minuto, como se estivesse tentando encontrar as palavras escritas na parede. — Você me ajudou com algo que era muito, muito importante para mim, e estou muito grata.

Lucas olhou para baixo, querendo dizer algo, mas sem saber se era certo dizer. Não sabia quais eram as regras em relação a essas coisas.

— O que foi? — indagou, como se pudesse ler sua expressão, ouvir seus pensamentos. Ele ficou surpreso por gostar disso.

— Eu queria que você soubesse que... eu os visitava. Eu... também conversava com eles. Eles não estavam sozinhos. — Não conseguia olhar para ela. Seu rosto queimava. Mas, quando finalmente a olhou, viu lágrimas nos olhos de Harper, e parecia que tinha ficado feliz com aquilo.

— Obrigada — sussurrou e balançou a cabeça. — Dizer que estou grata parece pouco. Eu... você me deu um presente. Um presente de paz.

Lucas ergueu a cabeça, sorrindo. Ele lhe dera um presente, e aquilo a deixara satisfeita.

— Que bom que... isso te ajudou. O fato de encontrá-los.

Harper soltou uma lufada de ar.

— Sim, hã... — A voz vacilou, e ela limpou a garganta, gesticulando com a cabeça para a bolsa em seu ombro. — Bom, eu também te trouxe isso. Um gesto de gratidão.

— O que é?

Tirou a bolsa do ombro, passando por Lucas para colocar sobre a mesa perto da janela, e virou de volta para ele. Lucas avançou alguns passos e parou ao lado dela, esperando. Harper pausou por um momento e sorriu antes de abrir a bolsa e começar a tirar itens de dentro. Latas. Ergueu uma de cada vez.

— Sopa de galinha e peras. — Colocou as latas sobre a mesa e continuou a tirar mais itens, listando-os conforme o fazia. — Feijão cozido com presunto e, ah... — Pegou mais um item e o ergueu, como se aquele fosse o melhor de todos. — Manteiga de amendoim — disse, com a voz baixa como um sussurro.

— Eu me lembro de manteiga de amendoim — Lucas murmurou.

— Oh. Você se lembra? Você gostava?

— Sim, eu gostava.

O rosto dela se iluminou tanto que Lucas piscou. Cada vez que sorria, Lucas se sentia bem de uma maneira que não conseguia descrever. *Como um homem. Ela me faz sentir um homem.* Harper tirou a tampa e arrancou um papel prateado, exibindo a comida que ele não consumia desde que era um garotinho. Lucas inclinou-se para frente, sentindo o cheiro antes de enfiar o dedo ali, puxando uma quantidade e colocando na boca.

Meu Deus. Tão bom. Quis revirar os olhos de prazer, mas os manteve grudados nos de Harper, surpresos por ver que os dela estava ficando ainda maiores ao observá-lo lamber a manteiga de amendoim do dedo. O jeito como Harper estava olhando-o... *oh, não,* Lucas estava fazendo algo errado, agindo... errado. Abaixou a mão ao lado do corpo, envergonhado.

— Gostoso? — Harper perguntou, e sua voz soou diferente, mais profunda e um pouco mais lenta. Harper enfiou a mão dentro da bolsa, tirando mais alguma coisa de lá. — Biscoitos — disse, a palavra saindo apressada conforme colocava a caixa na mesa. — E mais algumas coisas. Comida. Eu te trouxe comida, porque fiquei preocupada por você não poder sair para caçar sem o seu arco e flecha. E há uma nevasca se aproximando, caso você não saiba.

— Obrigado. Eu tenho o que preciso. Não precisava se preocupar — garantiu, mas não disse que gostou de saber que se preocupava com ele, porque significava que alguém se lembrava de que Lucas estava vivo. Não era grande coisa, mas talvez ele ainda tivesse um lado humano. E aquilo era importante.

Harper inclinou a cabeça para o lado e olhou atentamente por um minuto, seus olhos percorrendo os dele e descendo por seus lábios, permanecendo ali por um segundo antes de seguir para sua mandíbula. Aquilo o fez ter vontade de passar a mão por sua barba curta, para se certificar de que não estava suja de manteiga de amendoim. Mas permaneceu parado e a deixou estudá-lo. Harper parecia gostar do que via, e Lucas ficou curioso, queria saber o que ela estava pensando, mas não fazia ideia de como perguntar.

O que eu pareço para você? Já fui humano, mas agora sou metade animal. Qual você enxerga? E por que não tem medo?

Lucas havia rastejado.

Chorado.

Comido lama, insetos e grama morta quando esteve tão faminto que pensou que morreria.

Implorado.

Matado.

Dava para perceber? Ela podia ver nos olhos dele o quão *baixo* havia ido para sobreviver? *Para viver?*

— Fico feliz por você ter o que precisa — ela falou finalmente, virando o rosto e olhando para a comida sobre a mesa. — Mas vou deixar essas coisas aqui, mesmo assim. — Voltou a olhar para ele. — Tem alguma outra coisa que você precise? Fósforos? Ou... — Seus dentes brancos prenderam o lábio inferior e deslizaram por ele, e aquilo fez o corpo de Lucas se contrair de desejo, seus músculos se preencherem com aquele calor que o fazia querer se *mover*. Em direção a ela. — Não sei. — Deu de ombros, soltando uma breve risada.

Ele tentou ao máximo ignorar seu corpo.

— Preciso de fósforos, mas não tenho nada para te dar em troca. — Franziu as sobrancelhas. — E sei que não é assim que as coisas funcionam na...

— Oh, você não precisa me pagar de maneira alguma. Eu te disse, você já me deu um presente. Me deixe retribuir pela *sua* ajuda. O seu tempo.

Lucas a observou, sem gostar daquela ideia, mas sem saber dizer por quê. Ele sempre trabalhou pelas coisas que conseguiu. Não sabia como receber sem pagar. No entanto, Harper o estava olhando com aquele *algo* brilhando em seus olhos e os lábios pressionados como se não fosse voltar a respirar até ele dizer que sim. E Lucas *queria* dizer sim, não somente aos fósforos, mas porque queria que Harper voltasse.

— Ok.

Abriu um sorriso largo, soltando a respiração que ele sabia que Harper estava prendendo.

— Ótimo. De que outras comidas você gosta?

Encarou-a. Não se lembrava. Sua *baka* cozinhava. Carnes e vegetais enrolados em algo que não conseguia lembrar como se chamava.

— Bebida laranja com bolhas — disse, sentindo-se tímido, pensando que provavelmente havia dito errado.

Mas os olhos dela se iluminaram.

— *Orange Crush.* Refrigerante de laranja. Sim, é muito bom. Vou trazer para você. E pão? Você gosta de pão?

Ela sorriu alegremente mais uma vez, e o estômago de Lucas deu um salto, e qualquer pensamento sobre comida desapareceu. Mas Harper o estava olhando e esperando, então Lucas fechou os olhos, tentando se lembrar de pão. *Pão.* Sim, gostava disso. Era macio, e havia comido com manteiga de amendoim.

— Sim.

— Ok, ótimo. Vou trazer *Orange Crush* e pão e... ah, vou te fazer uma surpresa. Que tal?

Lucas assentiu, mesmo sem entender. Harper disse a palavra *surpresa* com um sorriso, mas ele não gostava de surpresas. Para Lucas, surpresas não eram boas. Surpresas surgiam do nada, vindas do céu azul limpo, te atingiam na cabeça e te deixavam sem chão. Mas Harper ainda estava sorrindo, então confiou que sua surpresa estava relacionada somente a comida, nada mais.

Harper olhou para as latas.

— Posso aquecer sopa para nós, se você não se importar em dividir comigo.

Lucas assentiu rapidamente, e ela sorriu mais uma vez, usando a pequena argola na lata para abri-la. Lucas tinha uma panela e a pegou para ela, que começou a aquecer a sopa de macarrão e frango no fogão a lenha. Lucas a observou enquanto Harper se movia, os olhos descendo para a curva de seu traseiro quando se abaixou, seguindo para o formato feminino de suas pernas sob sua calça jeans, a linha reta de suas costas. Lucas adorava olhar para ela, adorava ver todas as maneiras como o corpo de uma mulher era tão diferente do dele. Queria vê-la nua, despir todos os segredos escondidos sob suas roupas, queria saber qual era a sensação da pele de uma mulher contra a dele. Suas partes masculinas pulsaram,

SELVAGEM

e Lucas ficou de costas, fingindo estar ocupado movendo as latas de um lado da mesa para o outro.

Lucas queria que ela fosse embora e queria que ficasse, mas não sabia como deveria se sentir. Harper *queria* dividir comida com ele. Também tinha gostado do peixe defumado dele. E diante do fato de que a garota diante de seu fogão estava aquecendo sopa para dividirem, se sentiu confuso, mas a única coisa que *não* se sentiu foi *sozinho*.

CAPÍTULO VINTE E UM

A Biblioteca Principal de Missoula era uma construção de tijolos localizada no centro da cidade. Mark pediu instruções para o homem da recepção e seguiu para a área onde ficavam livros do gênero jovem adulto. Tirou um momento para explorar as prateleiras, notando os adesivos brancos no canto das lombadas indicando o autor e a localização, e o adesivo amarelo quase no meio com um número grande nele, indicando por quanto tempo o livro estava disponível para empréstimo. *Harper tinha razão.*

Havia uma mulher em frente a um carrinho ali perto, preenchendo as prateleiras com livros, e Mark seguiu em sua direção. Quando se aproximou, ela olhou para cima, tirando os óculos e deixando-os pendurados pela corrente em volta do pescoço.

— Olá.

— Olá, senhora. Agente Gallagher, do Departamento de Justiça de Montana. — Abriu a carteira e mostrou seu distintivo, para o qual ela olhou rapidamente, arregalando os olhos. — Espero que possa me ajudar com algumas informações.

— Oh. Eu posso tentar. Como posso ajudá-lo?

Mark pegou seu celular e mostrou fotos que havia tirado dos livros que estavam na mesa de cabeceira do quarto da pousada Larkspur.

— Você pode me dizer algo sobre esses títulos? E saberia me informar se saíram desta biblioteca?

SELVAGEM

Analisou as fotos, passando da que mostrava as capas para a que mostrava as lombadas. Ela olhou para Mark e entregou-lhe seu celular de volta.

— Sim, saíram. Eu mesma ajudei a mulher a escolhê-los, depois que me pediu. Mas aí, ao invés de concluir o empréstimo, ela os roubou.

Mark buscou seu caderno no bolso e tirou de lá a foto da mulher que o necrotério lhe encaminhara.

— É esta mulher?

A bibliotecária estudou a foto.

— Sim. — Ergueu o olhar para Mark, com os olhos arregalados. — Ela está *morta*? — sussurrou, colocando a mão na barriga, como se estivesse passando mal.

— Sinto muito informar que sim, está. Qualquer informação que puder me fornecer sobre a conduta dela, ou algo que disse que tenha parecido estranho para você, seria muito útil.

A mulher assentiu.

— Hã, sim, bem, ela me perguntou se eu podia ajudá-la a escolher alguns livros para um jovem rapaz. Perguntei uma idade específica, ou nível de leitura, e ela parecia não saber a resposta para isso, então escolhi alguns dos nossos títulos mais populares para jovens. Ela pareceu gostar das escolhas, mas então, depois, percebi que os livros haviam sumido. Fiquei com uma sensação estranha, sabe, então conferi no computador e descobri que o empréstimo deles não havia sido registrado. — Fez uma pausa. — Você pode me dizer o que aconteceu, agente?

— Infelizmente, ela foi assassinada.

— Oh. Oh, isso é terrível. Meu Deus... — Parou de falar, e Mark assentiu.

— Tem mais alguma coisa que possa me contar sobre ela?

— Oh, hã... oh, sim, uma coisa. Ela usou aquele computador ali.

— Apontou para alguns monitores. — Estava sentada em frente ao computador, na verdade, antes de me pedir ajuda, por isso notei. Ela levantou da frente do monitor e veio em minha direção, onde eu estava guardando livros.

— A biblioteca tem câmeras de segurança?

Sacudiu a cabeça.

— Não, não há câmeras.

Mark assentiu.

— Ok. Será que o histórico ainda está no navegador daquele computador?

— Se estivesse usando a internet, acho que sim. Pelo menos nós não deletamos o histórico regularmente. Isso foi há, o quê... duas semanas?

— Sim, mais ou menos isso.

A mulher saiu de trás do balcão, e Mark a seguiu até o computador, onde sentou-se e fez o login, abrindo o navegador de internet e buscando o histórico.

— Vamos ver — ela disse suavemente. — Deve ter sido na segunda-feira... não, na terça-feira. — Olhou para cima e sorriu para Mark. — Eu tinha voltado do almoço com a minha irmã mais cedo e nós sempre comemos tacos às terças-feiras em um lugar no fim da rua. — Voltou sua atenção para o monitor. — Ok, hã... não há muita atividade nesse computador além de visitas a páginas sem registro de data e hora. Entretanto, parece que todas essas pesquisas são relacionadas à China Antiga... provavelmente para algum artigo ou algo assim... e também há uma visita à página de contatos do site da empresa Madeireira Fairbanks, e... à página do contato do CEO da empresa, Halston Fairbanks.

— Você poderia imprimir todo o histórico?

— Posso tirar uma captura de tela e imprimir para você.

— Isso ajudaria muito, senhora.

SELVAGEM

Dez minutos depois, Mark saiu da biblioteca, com a impressão em mãos. Será que a mulher assassinada na Larkspur havia procurado pelas informações de contato de Halston Fairbanks, o CEO de uma empresa madeireira local? E em caso positivo, por quê? Além disso, por que havia roubado livros da biblioteca para um jovem rapaz? Ele não tinha nenhuma pista em relação aos livros roubados, mas contataria Halston Fairbanks e torceria para que o homem pudesse fornecer alguma informação que fizesse algum avanço nesse caso.

CAPÍTULO VINTE E DOIS

Jak sentou-se sonolento, piscando ao olhar em volta do ambiente escuro, os objetos que conhecia bem entrando em foco conforme despertava. Havia um som do lado de fora, um que não reconhecia como parte da floresta, um barulho estranho que devia tê-lo arrancado de seus sonhos.

Estendeu a mão, procurando por Pup, sentindo uma tristeza profunda ao perceber que ele não estava ali. Nunca mais estaria ali.

Seus pés tocaram o chão frio, e levantou, indo apressado até a janela dos fundos e olhando para a floresta coberta de neve iluminada pela lua. Uma luz brilhante o cegou de repente, e ele se sobressaltou, desviando o rosto e usando o braço para proteger os olhos. Agachou-se, apoiando as palmas no chão duro de madeira, o que o fez grunhir de dor.

Por um momento, ficou escondido, seu coração batendo forte e pulsando em seus ouvidos, sua mente girando. *O que é aquela luz? O que eu faço?*

Será que o inimigo viera atrás dele?

Será que arrombariam sua porta? Dominariam-no? Machucariam-no? Matariam-no?

Você morrerá hoje?

Não!

Jak reuniu sua coragem e ergueu a cabeça, espiando pelo peitoril, e a luz abaixou. Havia uma pessoa — uma mulher, pensou — de pé do lado de fora, com algum tipo de luz na mão.

SELVAGEM

Jak ficou observando, com os olhos arregalados e tenso de medo, ela caminhar até a janela ao lado da que ele se encontrava e tentar espiar. A mulher bateu no vidro e, embora tenha sido com delicadeza, o som pareceu ecoar pela floresta silenciosa, junto às batidas frenéticas de seu coração, pulsando ruidosamente em sua cabeça.

A mulher deu um passo para trás e ficou sob a luz da lua, olhando para a casa, parecendo tão assustada quanto ele. Jak aproximou-se um pouco mais, tentando olhá-la melhor. Ela não tinha arma, somente uma bolsa grande pendurada no ombro. Olhou para um lado, depois para o outro, depois para trás de si, e então seguiu até a janela diante da qual ele estava agachado e bateu suavemente.

Ele girou, pressionando as costas contra a parede enquanto as batidas suaves continuavam. Durante vários minutos, ele simplesmente ficou ali, esperando para ver se a mulher ia embora. Mas, ao invés disso, ela bateu novamente, dessa vez falando com suavidade, mas alto o suficiente para ser ouvida através da janela:

— Por favor, me deixe entrar.

Parecia assustada. *E se precisa de ajuda? E se estiver perdida e sozinha, como o garoto loiro?*

Ficou quieto por mais alguns segundos, nervoso, incerto, antes de finalmente ficar de pé e olhar para ela através do vidro. A mulher o encarou de volta, erguendo a mão.

— O que você quer? — ele perguntou.

Avançou um passo, soltando um soluço e colocando as palmas no vidro.

— É você. — Um pequeno som abafado ecoou quando ela deixou a cabeça cair para frente e sua testa encostou no vidro. — Por favor, me deixe entrar. Está tão frio aqui fora, e eu só quero... eu só quero falar com você. Por favor.

Jak hesitou por mais um segundo, mas, por fim, estendeu a mão, erguendo o vidro da janela lentamente.

— Quem é você?

A mulher sorriu, com lágrimas brilhando em seus olhos enquanto se movia de um pé para o outro. Coçou o pescoço e fungou, limpando o nariz com a manga da blusa em seguida. Olhou para trás de si e então atravessou a janela, mesmo que ele não a tenha convidado para entrar.

— Você mora aqui sozinho?

Jak fez uma pausa, deduzindo que ela se preocupava se havia outra pessoa ali dentro que poderia machucá-la.

— Sim. Só eu.

Ela assentiu, soltando sua respiração.

— Deixei o carro na estrada e vim até aqui andando. Vim pelos fundos, caso a parte da frente estivesse sendo vigiada.

Vigiada? Não havia ninguém o vigiando. Essa mulher estava agindo assim por causa da guerra?

Jak deu um passo para trás, e ela fechou a janela rapidamente, virando-se para ele e olhando-o dos cabelos aos pés. Ela sorriu novamente ao retornar seu olhar para o dele. Era bonita, com cabelos pretos e compridos e pele bronzeada e macia, mas os olhos dela estavam avermelhados ao redor das íris, e fazia uns movimentos de espasmo como se tivesse algo errado.

— Olhe só para você — disse, com os olhos marejados. — Você está tão lindo. Torci para que se parecesse com ele, e você se parece.

Jak franziu a testa, confuso e ainda nervoso.

— Quem é você? — perguntou novamente. — O que você quer?

Ela deu um passo adiante, e Jak recuou, mantendo seu espaço, embora fosse maior e mais forte do que a pequena mulher diante de si. Ela estendeu a mão, tentando tocar seu rosto, e Jak desviou. Se afastou. Uma lágrima desceu do olho dela, que deixou a mão cair.

SELVAGEM

— Eu sou a sua mãe.

O choque deixou Jak paralisado.

— Minha mãe? Como... eu não tenho mãe.

Ela deu mais um passo para se aproximar e, dessa vez, ele não se afastou. Sua *mãe*?

— É claro que você tem uma mãe. — Fez mais um movimento espasmódico, coçou o pescoço e sacudiu a cabeça, como se estivesse tentando clareá-la. — Sou eu. Eu sabia, Deus, eu sabia que não deveria ter te entregado a ele. Mas não tive escolha... — O rosto se retorceu, e ela começou a chorar, mas impediu-se. — Pensei que você ficaria melhor com ele. E ele está cuidando de você, como posso ver. — Olhou em volta da cabana. — Está seguro, não é? Aquecido?

Jak assentiu lentamente.

— Estou aquecido. Mas ninguém está cuidado de mim. — Ele cuidava de si mesmo.

A mulher — sua mãe? — inclinou a cabeça para o lado, espasmando e coçando o pescoço novamente. Os olhos dele focaram no lugar que ela coçou, e ele viu que ela havia feito uma ferida ali e que uma trilha de sangue estava escorrendo lentamente pela lateral do pescoço.

— Mas te deu essa casa, garantiu que você tivesse um lugar seguro e quente para viver.

— Driscoll? Sim, me deu essa casa... como você conhece Driscoll?

Sacudiu a cabeça novamente.

— Foi um golpe de sorte eu ter te encontrado. Vi Driscoll na cidade e o segui, mas perdi o carro dele. Pensei que estava perdida, mas então, vi a sua casa. Foi como se Deus tivesse me guiado até aqui, sabe? — Fungou, limpando o nariz com a manga da blusa novamente. — Sei que não é certo te manter aqui. E vou consertar isso. Eu vou ficar limpa, prometo, e vou encontrar um lugar. Uma casa bonitinha com girassóis no jardim. Você gosta de girassóis?

Girassóis?

— Mas está acontecendo uma guerra no mundo. Você não sabia?

Encarou-o por um segundo antes de assentir, balançando a cabeça para cima e para baixo e seus olhos se enchendo de lágrimas novamente.

— Eu sei. Meu Deus, eu sei. Não dá para confiar em ninguém. O mundo inteiro está em chamas. Sempre está em chamas.

Ele assentiu.

— Sim. Você não deveria voltar para lá.

A mulher abriu um sorriso fraco.

— Eu sou uma sobrevivente. Vou ficar bem.

Ele a encarou, tentando entender essa visita confusa. Será que realmente era sua mãe e o havia dado a Driscoll para que ficasse a salvo da guerra? Mas e sua *baka*? Sentiu seu cenho franzir ao tentar encontrar o sentido daquilo. Da possibilidade de ter sido passado de pessoa para pessoa para poder ficar a salvo. *Isso é possível?*

E, se era... ele tinha uma família. Ele tinha uma mãe. Jak deu um passo à frente, agarrando o braço dela.

— Me deixe ir com você. Eu posso protegê-la. Posso encontrar comida para nós, e... e fazer roupas quentes para usarmos.

Sorriu de novo, com mais uma lágrima deslizando por sua bochecha.

— Doce garoto. — Suspirou e, então, balançou a cabeça lentamente, triste. — Não. Não posso levá-lo comigo ainda. Em breve, eu prometo. Voltarei para buscá-lo. Mas... — disse, com sua voz se alegrando de um jeito que soou como uma mentira. — Eu trouxe algo para você.

Ela se afastou, pegando a bolsa de seu ombro e apoiando-a no chão. Ajoelhou-se e enfiou a mão lá dentro, tirando alguns livros.

Ficou de pé, entregando os livros para ele. Jak os recebeu, lendo os títulos: *A Verdadeira História dos Três Porquinhos* e *Boa Noite, Lua.*

— Me disseram que esses são os livros mais populares para crianças. — Franziu as sobrancelhas. — Eu sei que são para crianças mais novas, mas... eu não tinha certeza, então...

Jak a olhou, impassível. Sua *baka* lhe dissera que ele nunca deveria dizer a ninguém que ela o ensinara a ler. Sua *baka* dissera a ele que isso seria muito perigoso. Mas essa mulher era sua mãe, ou pelo menos era o que dizia. Não precisava dizer que sabia ler, mas também não precisava mentir e dizer que não sabia.

— Obrigado — disse finalmente, mas não pôde evitar acrescentar: — Quando você voltar, pode me trazer mais?

Não livros de bebês, quis dizer, mas não disse. Não queria que ela pegasse de volta os que tinha em mãos. Ele os segurou com mais firmeza.

— Claro. Sim. — Soltou uma respiração, sorrindo e se afastando. Ela curvou-se, recolheu sua bolsa e seguiu em direção à janela dos fundos. — Eu vou voltar. Prometo. — Sorriu novamente, mais largo dessa vez, mas havia dor em sua expressão, e seu corpo estava espasmando ainda mais do que antes. — Eu só preciso melhorar, e então voltarei. Até lá, cuide-se, ok?

Jak assentiu, e ela abriu a janela, começando a atravessá-la para sair para a noite coberta de neve.

— Espere — chamou, e ela virou para ele. — Qual é o seu nome?

— Meu nome é Emily. — Parou, voltando para perto dele. — Mas você não pode falar sobre mim. Não conte a ninguém que estive aqui, ok?

Jak assentiu. Mas não entendeu. Para quem contaria? E não entendia por que todo mundo sempre queria que ele guardasse seus segredos. Não sabia quem o protegia, ou quem eram os homens maus. Estava todo bagunçado por dentro e não sabia em quem confiar, ou se ao menos deveria confiar em alguém.

Virou-se novamente, começando a sair pela janela, mas então, parou.

— Como ele te chama? — perguntou por cima do ombro.

Sabia que ela estava falando sobre Driscoll, mas Driscoll não o chamava de nada. E não sabia se fazia sentido dizer qualquer coisa sobre sua *baka*, onde quer que ela estivesse agora. Por que Driscoll e sua mãe não sabiam como o outro o chamava? *Quem sou eu?*, se perguntou.

— Jak — disse.

Assentiu, ainda de costas para ele.

— Jak é um bom nome. Eu te chamei de Lucas. — Soou bastante triste. — Sei que esse não é o seu nome, mas, quando eu estava te carregando, era assim que te chamava. Sinto muito por, no fim das contas, eu não ter te dado nem mesmo isso. — Saiu pela janela, pousando na neve com um barulho suave.

Ficou observando-a acender sua luz e sair andando pela floresta, a luz desaparecendo aos poucos na escuridão, junto com a mulher que disse ser sua mãe, mas o deixou sozinho novamente.

Jak leu os livros, três vezes cada, memorizando as palavras, e depois voltou para debaixo do cobertor em sua cama, deitando-se e encarando o teto. Mas os livros não faziam sentido. Lobos eram bons, não maus. Pup fora seu melhor amigo. Lobos tinham famílias e parceiros com quem permaneciam pelo resto da vida. Eles uivavam canções de amor para a lua e rolavam no chão de felicidade com o cheiro da chuva. Porcos selvagens, sim, eram maus, perversos e gananciosos com seus cogumelos. Gostavam do cheiro de sangue e riam de coisas que ninguém mais via. Estremeceu quando pensou neles, e a lembrança das palavras de Driscoll voltou à sua mente. *Carne de porco custa muito dinheiro na cidade. Traga-me um, e eu te darei o seu próprio arco e flecha.* Não havia encontrado nenhum porco ainda, mas também não estava se esforçando para procurar. Ele não conseguia se convencer a fazer muita coisa nos últimos meses. Sentia falta de Pup. E odiava o silêncio alto e vazio.

O outro livro, o que tinha o garotinho e o balão vermelho, só o deixou ainda mais triste. A senhora na cadeira o fez pensar em sua *baka* e no

SELVAGEM

fato de que não havia ninguém sentado em uma cadeira em seu quarto, nem em lugar algum, cuidando dele. Ninguém para lhe fazer comida ou se certificar de que ele estava aquecido e feliz. A pessoa que disse ser sua mãe havia lhe dado aquela história e ido embora logo em seguida. Suspeitava de que ela não voltaria. Assim como ela deve ter feito quando o entregou para sua *baka*. Mas por quê? Quando? Não entendia nada sobre quem ele era.

Jak demorou muito a voltar a dormir e, quando conseguiu, imagens de um inimigo desconhecido com o rosto nas sombras e olhos escuros cheiros de maldade assombraram seus pesadelos.

CAPÍTULO VINTE E TRÊS

Harper mexeu a sopa com uma das colheres de plástico que havia colocado na bolsa junto com os enlatados que trouxera para Lucas. Uma olhada rápida para as coisas sobre a mesa lhe disse que ele tinha somente uma coisa de cada: uma panela, uma tigela, uma colher e um garfo. Coisas pelas quais fez trocas com Driscoll? *O que o garfo havia lhe custado?* Quanto havia pagado pela panela? Se o que Driscoll fazia por ele era uma gentileza, por que Harper sentia que não era bem assim?

Alguma coisa estava muito estranha nessa situação toda, e torcia para que o agente descobrisse o que era, embora não tivesse obrigação alguma de compartilhar informações. Mas ela poderia ser uma... procurou em sua mente a descrição que mais combinava... amiga? Um contato? Sim, um *contato*, pelo menos. Poderia ser um contato para esse homem que tinha poucas opções para obter itens necessários, depois do jeito que viveu sua vida até agora. Então, por que aquela palavra não a... satisfazia?

Enquanto mexia a sopa, pensou na expressão dele quando lambeu a manteiga de amendoim do dedo, e um arrepio a percorreu assim como na primeira vez. Sentia-se atraída por ele, não somente por sua beleza, mas pelo jeito como seu olhar se afiava com inteligência quando ele tinha curiosidade sobre alguma coisa, por aquela expressão tímida quando se preocupava se estava dizendo alguma coisa errada ou usando a palavra errada, pelo som da voz dele, e o jeito como seu corpo se movia. Ele tinha um apelo sexual intenso, de uma maneira que ela nunca sentiu em relação a nenhum outro homem, e aquilo a assustava, mas seu medo vinha com um pedacinho de empolgação.

SELVAGEM

Talvez as regras e estruturas sociais com as quais havia crescido não se aplicassem aqui. Talvez fosse mais fácil reconhecer os seus instintos mais básicos em um lugar sem mercados ou eletricidades, nada para mantê-lo aquecido além do calor de uma chama e o corpo de outra pessoa. Lucas era um homem das cavernas, em alguns aspectos, mas talvez *todos* eles tivessem sido colocados no ambiente certo e forçados a viverem sozinhos apoiando-se em seus instintos e valentia.

Olhou para ele disfarçadamente. Sabia que Lucas também se sentia atraído por ela. Via o jeito que a observava, o jeito que seu sorriso era inocente, mas o calor em seus olhos era primitivo, o jeito como estudava seu corpo quando achava que Harper não estava vendo. Havia aprendido a ficar atenta a homens que demonstrassem interesses não bem-vindos, a avisos de perigo iminente, um sinal vermelho que lhe dissesse para correr e se esconder.

E, ainda assim, não queria fugir dele.

E isso também deveria assustá-la. Mas não assustava.

A sopa estava borbulhando, então ela serviu na única tigela que ele tinha e na única caneca, colocando-os sobre a mesa e sentando-se no tronco de árvore que servia como banco. Será que Lucas os havia feito? Não, como ele poderia? Não parecia ter ferramentas. Tinha? Não queria perguntar e fazê-lo sentir como se tudo em seu mundo fosse entranho e questionável, mas era como se houvesse centenas de pequenas coisas que queria saber. Como ele tinha se virado sem itens do dia a dia que ela não valorizava?

Realmente caçava sem mais nada além de uma faca e suas próprias mãos?

Como havia feito as botas e o casaco que usava? Que eram tão cuidadosamente costurados com... o quê?

Era solitário?

Tinha medo, às vezes?

Sim, devia ter. Era humano, afinal.

Sorriu para ele ao dar uma colherada na sopa, observando-o fazer o mesmo. Um olhar de satisfação tomou conta de sua expressão, e ela sentiu seus músculos da barriga estremecerem.

— O que acha?

Lucas assentiu ao colocar mais uma colherada na boca, sorvendo ruidosamente.

— Salgado. Bom.

Harper nunca vira alguém apreciar sopa enlatada de macarrão e frango tanto quanto Lucas, e aquilo a fez sorrir, satisfazendo-se com a satisfação dele. No entanto, percebeu que Lucas estava empurrando todos os pedaços de frango para o canto da tigela.

Comeram em silêncio por um momento antes de finalmente reunir a coragem de fazer a ele uma de suas milhares de perguntas.

— Lucas, posso te perguntar uma coisa? — Ele colocou mais sopa na boca e encontrou o olhar dela, com cautela na expressão ao assentir. — Por que pegou aquela revista do escritório do xerife? — Ergueu a mão, apressando-se em explicar. — Não importa. Não vou contar nada. Quer dizer, não que alguém vá ligar para isso, de qualquer forma, mas estou... curiosa.

Lucas pousou sua colher, ficando pensativo como se estivesse considerando se deveria responder ou não. Ou talvez estivesse surpreso por ela tê-lo visto pegar a revista. Por fim, deu de ombros.

— Só para olhar as... imagens.

— As imagens? Ah. Então... você... você sabe ler? — Não havia considerado aquilo, mas... se ele havia sido abandonado quando criança, talvez nunca tivesse aprendido a ler. Talvez nunca tivesse ido à escola. — Não fique envergonhado — disse quando ele não respondeu imediatamente. — Você pode aprender. Eu poderia te ensinar, se você quiser. — Gostou daquela ideia. Debruçar-se sobre um livro com Lucas, suas cabeças bem próximas...

Mas ele estava com o olhar estreito e parecia estar na defensiva, e, de repente, Harper se arrependeu por arruinar o que havia sido uma camaradagem fácil por alguns minutos.

— Eu sei ler um pouco. — As palavras saíram espaçadas de uma maneira estranha, como se estivesse relutante em proferir cada uma.

Ela balançou a cabeça.

— Oh.

— Não conheço as coisas sobre o mundo. Pensei que a revista podia me ajudar a entender.

Harper soltou uma respiração.

— Isso é compreensível. — Inclinou a cabeça para o lado. — O que a revista te disse?

Ele abriu um sorriso meio confuso e ergueu as sobrancelhas ao passar uma mão pelos cabelos cheios e revoltos. Ele os havia cortado sozinho. Sem um espelho. Aquele pensamento, combinado à expressão de menino em seu rosto masculino, fez seu coração saltar.

— Que tem muita comida por aí. Quase todas as páginas tinham uma foto vendendo algo para comer.

Sorriu. Só lhe restava imaginar o que ele pensou, quando só havia experimentado uma dieta composta de carne, peixe e o que quer que conseguisse arranjar.

— Tem algo novo que você queira experimentar?

Pareceu incerto.

— Não sei. Pizza, talvez. As pessoas que estavam comendo pizza pareciam estar felizes.

O jeito como ele havia pronunciado errado, com a expressão tão séria, fez Harper rir.

— Então, trarei uma *pizza* para você também. Vou adicionar à minha lista de compras.

Lucas a encarou por um momento, inclinando a cabeça para o lado, daquele seu jeito questionador.

— Por que você está vindo aqui, Harper? É porque está ajudando a polícia?

— Não, eu não trabalho para a polícia, nem nada disso. Tenho meu próprio negócio, como te falei, levando os amantes da natureza para a floresta. Estou ajudando o agente a percorrer essas áreas e respondendo perguntas que surgem. Sinceramente, Lucas, você seria bem mais útil do que eu para ajudar o agente Gallagher a descobrir quem matou Isaac Driscoll.

Olhou para trás dela, fitando a janela.

— Não ligo para quem matou Isaac Driscoll. — Encontrou o olhar dela, e algo queimava no seu. *Ódio.*

Harper ficou surpresa.

— Pensei que você tinha dito que mal o conhecia.

— Não conhecia mesmo. — O fogo em seu olhar diminuiu e, então, cessou, deixando no lugar o que parecia desesperança.

— Não entendo.

Lucas olhou para ela.

— Driscoll era um traidor e mentiroso. Minha vida está mais difícil agora que ele morreu, mas não vou sentir falta dele.

Oh. Harper se perguntou se ele havia insinuado aquilo para o agente Gallagher, ou se estava lhe confessando porque estava começando a confiar um pouco nela.

— Se você tiver informações que possam levar a...

— Não tenho — disse. Estava claro que ele não queria mais falar sobre Driscoll.

SELVAGEM

— Se, no fim das contas, você não tiver permissão para viver nessas terras, onde vai morar?

Hesitou, mas então deu de ombros, embora não fosse possível que estivesse tão despreocupado em relação à possibilidade de ficar sem teto.

— Eu vou sobreviver.

Contudo, o que aquilo significava em relação à moradia? *Sobreviver* sozinho soava como um objetivo sombrio. Ele não podia estar planejando simplesmente encontrar uma... caverna ou algo assim. *Podia?* Ela não poderia deixar isso acontecer.

Harper sentiu-se tensa. Ainda podia sentir a bondade desse homem e passar mais tempo com ele só tinha feito esse sentimento crescer, mas não tinha como negar que havia segredos naqueles olhos. E ela não iria deixar uma tensão sexual atrapalhar sua missão de fazer as perguntas que sentia que precisavam de respostas se ia mesmo ser... um contato. Mordeu a parte interna da bochecha, nervosa, por um momento, enquanto o observava encarar o vazio, sua mente obviamente em outro lugar.

— Para todos os males, há dois remédios: o tempo e o silêncio.

O olhar dele encontrou o dela, cintilando de reconhecimento, e seu corpo se retesou. Com a mesma rapidez, sua expressão fechou-se. Mas ela viu. Lucas não havia conseguido esconder dela rápido o suficiente.

— Lucas, você lê mais do que *um pouco*. Você lê tão bem quanto qualquer pessoa. — Por que havia mentido sobre isso? Lucas estava olhando para ela com cautela agora, como se estivesse esperando que fosse ataca-lo. — Acabei de citar Alexandre Dumas. Mas acho que você sabe disso. — Fez uma pausa. — Você tem a mochila, Lucas? Era da minha mãe.

Ele permaneceu parado por mais alguns segundos e, então, soltou uma lufada de ar pela boca, como se tivesse chegado a uma conclusão interna. Levantou-se e caminhou até um lugar perto do canto frontal da cabana, ajoelhando-se e tirando uma tábua do chão. Harper o observou, confusa, pegar algo de lá, e o vislumbre da cor turquesa a fez colocar as mãos sobre a boca. *Eu estava certa.* Sua lembrança estava correta. Ela se levantou rapidamente e ajoelhou-se ao lado dele, recebendo a mochila e abraçando-a contra o peito.

— Obrigada — sussurrou. *Mais um pedaço da minha mãe.*

Mas enquanto Lucas olhava fixamente para a mochila, havia um semblante de perda em seus olhos... como se o objeto fosse tão precioso para ele quanto era para ela.

— Era da sua mãe. Você deve ficar — disse, como se estivesse tentando convencer a si mesmo. — Me desculpe por não ter te dado a mochila quando te dei o colar.

Assimilou a expressão dele, sentindo como se sua intenção fosse *dar* coisas para ele e, no entanto, estava sempre, de alguma forma, *tirando* coisas dele. Abriu a mochila lentamente, tirando de lá alguns papéis soltos e uma pilha de cadernos com espiral. Lágrimas encheram seus olhos conforme folheava o caderno do topo, reconhecendo a letra de sua mãe imediatamente, mesmo que não a visse há tanto tempo.

Enquanto tomava um momento para explorar as páginas, percebeu que elas estavam enrugadas e com os cantos dobrados, como se tivessem sido lidas várias e várias vezes. Algumas frases estavam desbotadas, como se um dedo tivesse passado por cima delas repetidamente, sublinhando, memorizando, talvez. Em muitos lugares, havia linhas idênticas escritas logo abaixo das palavras de sua mãe, como se alguém tivesse tentado recriar a escrita, ou praticar a própria. Havia desenhos nas margens também, representações de árvores, folhas, um lobo e outros animais da floresta, todos conectados, emaranhados de maneira que era preciso olhar com bastante atenção para compreender cada um dos elementos. Enquanto Harper continuava a passar as páginas, viu que as linhas de prática foram evoluindo de infantis para mais polidas, e a arte desenhada também ficou melhor, mais vívida e realista. Lucas não era um Picasso da vida, mas havia uma graciosidade na simplicidade de sua arte. E Harper

SELVAGEM

sabia o que estava vendo: Lucas crescendo, bem ali naquelas páginas. Seu peito ficou apertado.

Chegando ao final, havia perguntas escritas com a letra dele. Ele havia lido e relido as anotações, perguntas e percepções de sua mãe sobre a vida e o amor, amizade, vingança, perdão e todos os temas que Harper sabia que estavam presentes no trabalho literário favorito de sua mãe.

Quando Harper ergueu o rosto e encontrou seu olhar, ele estava ruborizando, com uma expressão de vergonha em seu rosto.

— Desculpe — disse, com remorso em seu tom, olhando rapidamente para o lugar onde desenhara um lobo uivando para a lua.

Harper negou.

— Tudo bem. Lucas, eu... eu adorei. — Inclinou a cabeça para o lado. — O livro estava aqui também? — perguntou, espiando dentro da mochila vazia, vendo apenas algumas canetas que pareciam ter sido usadas até a tinta acabar.

Ele negou com a cabeça.

— Não tinha livro. Só as anotações e canetas dela.

Harper ergueu o olhar para Lucas novamente, que também estava de joelhos e ficara observando-a explorar as páginas, o que havia sido com certeza uma forma de conexão humana quando estava tão sozinho. Aquilo que os livros — *emoções com as quais ela podia se identificar nas histórias de outras pessoas* — haviam sido para ela. Seu coração se contorceu, metade alegre, metade triste, quando percebeu que, sim, a floresta havia nutrido o corpo dele, mas as palavras de sua mãe haviam nutrido sua alma.

CAPÍTULO VINTE E QUATRO

— Venha cá, garota — Rylee disse, sacudindo uma capa do salão de beleza e colocando-a sobre o encosto de uma cadeira. — Você não precisava vir cortar o cabelo para me ver. Eu iria para a sua casa mais tarde.

Harper sorriu, envolvendo sua amiga em um abraço e apertando com firmeza.

— Não dava para esperar. E estou precisando de um corte. — Rylee ergueu uma sobrancelha. As duas sabiam que aquilo não era verdade, pois ela tinha cortado os cabelos logo antes do casamento de Rylee, há duas semanas. — Como foi no México? Quero todos os detalhes sórdidos. — Sentou-se na cadeira diante de sua amiga e encontrou seu olhar pelo espelho, erguendo um dedo. — Espere, talvez seja melhor não contar *todos* os detalhes sórdidos.

Rylee sorriu, pegando a capa e prendendo-a em volta do pescoço de Harper. Ela empurrou o cabelo de Harper para o lado e colocou as mãos em seus ombros, olhando-a através do espelho.

— Tiveram, *sim*, coisas sórdidas. De todos os melhores tipos. — Piscou. — E foi maravilhoso. Eu não queria vir embora.

— Enquanto eu estava aqui esperando por você?

— Você e uns três metros de neve.

— Bom ponto. — Harper sorriu. — Então, a vida de casada está indo bem até agora?

— Sim, sim. — Gesticulou vagamente. — Mas já morávamos juntos há eras. Mal parece que alguma coisa mudou agora que toda a comoção acabou. Enfim, chega desse assunto. Não acredito que só agora vou saber os detalhes sobre você ter encontrado o carro dos seus pais. — Arregalou os olhos e inclinou-se um pouco para frente. — Como você está, Harper? De verdade? Quer dizer, eu quase caí dura para trás quando recebi a sua mensagem. — Rylee olhou rapidamente para Moira, a proprietária do salão de beleza onde ela trabalhava, e então, pegou um pente na bancada e começou a passá-lo nos cabelos de Harper.

Harper suspirou.

— Estou bem. Bem mesmo. — *Melhor* do que estava antes.

Rylee começou a dividir mechas nos cabelos de Harper e prendê-las.

— Não consigo acreditar. Depois de todos esses anos. E como foi encontrado? Você não costuma sair procurando pela floresta no inverno, não é?

Harper hesitou, repassando mentalmente tudo o que havia acontecido desde que Rylee saíra em lua de mel. Era como se a vida tivesse virado de cabeça para baixo desde então.

— Não, não fui eu que encontrei. Fui conduzida até lá. — Fez uma pausa, pensando por onde começar, percebendo todas as maneiras que sua vida mudou durante o curto tempo que sua amiga esteve fora da cidade. — Você ficou sabendo sobre o assassinato na cidade? Na pousada Larkspur?

Rylee franziu as sobrancelhas, cortando as pontas dos cabelos de Harper.

— Sim. Assim que voltei. Uma mulher que estava passando pela cidade, não foi? Ouvi uma pessoa dizer que deve ter sido um namorado com o qual ela devia estar viajando ou algo assim. — Sacudiu a cabeça. — Que terrível. Mas o que isso tem a ver com os seus pais?

— Nada. Bem, mais ou menos.

Tudo parecia estar conectado com Lucas — algumas coisas de maneiras maiores, outras menores. Algumas de maneiras que ela não conseguia entender, porque ele não era um homem muito acessível. Mas Lucas estava bem no meio de tudo que havia acontecido ou fora descoberto nas últimas semanas. *O que isso significa? Tem implicações maiores do que...*

— Terra para Harper.

— Desculpe.

Começou a contar para Rylee sobre o agente Mark Gallagher, Isaac Driscoll, Lucas e, então, sobre o colar e como ele a conduzira até o local do acidente de seus pais, incluindo a mochila de sua mãe. Quando mencionou as anotações de sua mãe sobre *O Conde de Monte Cristo*, deixou de fora o fato de que ele as tratava como se fossem algo sagrado. Não tinha certeza do porquê, simplesmente sentiu que era algo que deveria permanecer somente entre eles. *Agora quem está cheia de segredos, Harper?*

Mas Harper sempre tivera segredos. Estava costumada a escondê-los.

Rylee continuou a cortar o cabelo dela, com os olhos arregalados e uma expressão de descrença no rosto quando Harper terminou.

— Uau.

— Eu sei. É... uma loucura.

— Então, se o seu Tarzan foi descartado por enquanto, não há suspeitos em nenhum dos assassinatos?

Tarzan. Harper revirou os olhos.

— Ele não é nada *meu*. E não, pelo menos não que eu saiba, mas não estou realmente a par de todas as pistas em que a polícia está trabalhando. O agente Gallagher tem sido legal e vem me mantendo informada sobre o caso dos meus pais, e respondeu algumas perguntas que eu tinha sobre Lucas, mas não estou, de fato, por dentro de cada ângulo da investigação.

— Mesmo assim... — Sorriu. — O seu pai estaria orgulhoso. — Ela usou a mão livre para apertar o ombro de Harper, diminuindo seu sorriso. — Sei que já mencionei isso antes, mas... meu pai ainda sente muito por não ter te acolhido — disse suavemente. — Ele se arrepende. Dá para ver pelo jeito que o humor dele muda sempre que pergunta sobre você.

Harper sacudiu a cabeça, emitindo um pequeno som de negação.

— Vocês mal podiam pagar as suas contas. A perda da sua mãe ainda estava recente, Rylee... eu entendo. Entendo por que isso não era uma opção. Não o culpo.

Aquilo era verdade? Ela não tinha realmente pensado sobre o assunto. Não queria culpar ninguém, mas a verdade mesmo? *Aquilo a magoou.* Pelo que soube através de relatórios escolares e coisas que seus pais sempre diziam sobre ela, não era rebelde. Sempre foi bem-comportada. Subjetivamente, não conseguia entender como ninguém em sua comunidade, pessoas que conheciam e gostavam de seus pais, se dispôs a ficar com ela.

Os anos que passara em lares adotivos foram, por vezes, aterrorizantes e solitários, e Harper desejava com todo o coração que seus pais não tivessem sido arrancados dela, e que não tivesse que sofrer o trauma adicional de ser colocada na casa de um estranho — um estranho que era tudo, menos seguro. Seu tio estava na faculdade e prestes a iniciar sua vida, então não teve como oferecer-lhe um lar, e sua melhor amiga havia perdido a mãe para o câncer seis meses antes, deixando seu pai sozinho para criar duas filhas enquanto sofria pela perda da esposa.

Algumas pessoas se sentiram culpadas, disso sabia. Era por isso que Dwayne sempre oferecia para ela trabalhos que surgiam na delegacia, por exemplo. Por isso que o pai de Rylee havia insistido que ela ficasse na casa deles durante as férias de verão do ensino médio e virou-se do avesso para ajudá-la a começar seu negócio, conseguindo até mesmo vários de seus primeiros clientes, que já utilizaram seus serviços várias vezes.

Mas compreendia por que não haviam se oferecido para adotá-la após o acidente, de verdade. Ou, pelo menos, a Harper adulta compreendia. Só não sabia como explicar isso para a garotinha dentro de si que ainda sentia dor quando revisitava aquele tempo de sua vida. Bem lá no fundo de seu coração, ainda se sentia como a garotinha que ninguém quis.

Não gostava de pensar muito sobre os primeiros vários anos após a morte de seus pais. Mas, depois... bem, depois ela acabou sendo colocada na casa de uma mulher mais velha que fora bondosa com ela. Ela se estabeleceu em uma nova escola e... ficou bem.

Rylee pressionou os lábios um no outro, assumindo a expressão que surgia em seu rosto sempre que falava sobre Harper em lares adotivos.

— Enfim — Harper disse, querendo mudar de assunto. — Ainda estou esperando o legista liberar os restos deles, e então farei um enterro.

— A cidade inteira estará lá.

— Espero que sim. — Harper esboçou um sorriso. — Meu pai gostaria disso. — Seu sorriso aumentou. — Minha mãe provavelmente iria querer ficar em casa lendo. — Harper era uma combinação perfeita dos dois, percebeu com alegria. Aventureira como seu pai, e uma amante dos livros como sua mãe.

Rylee deslocou-se para ficar na frente de Harper, curvando-se e segurando as pontas dos cabelos de Harper dos dois lados de seu rosto para ver se o corte estava certo. Ela encontrou o olhar da amiga e sorriu.

— Ela adorava mesmo livros, não era? Lembro dela me perguntando se eu sentia falta dos personagens quando contei que tínhamos lido *A Menina e o Porquinho* na aula. Eu não fazia ideia do que ela estava falando. Sua mãe literalmente sentia *falta* de pessoas que não existiam. — Endireitou as costas, afastando-se um pouco para trás para avaliar seu trabalho.

Harper sorriu. Sim, aquilo era mesmo a cara de sua mãe. Amava literatura. E havia inspirado outras pessoas a amar, também. Aquele pensamento fez Lucas surgir em sua mente, o jeito como ele pareceu tão triste ao entregar para Harper a mochila contendo as anotações de sua mãe, dando tudo para ela.

Eu deveria ter deixado os cadernos com ele.

Sim, é claro que deveria. O que ela estava pensando? Bem, estava pensando que aquilo era outro pedaço precioso do passado ao qual estava desesperada para continuar conectada. Algo tangível. Mas parecia que aquelas anotações haviam amparado Lucas, enquanto para ela eram uma recordação especial. Será que havia feito com ele a mesma coisa que fora feita com ela? Tirado dele algo que ele estimava e lhe trazia luz? Seu coração doeu.

— Então, o que vai acontecer com Lucas agora? — Rylee perguntou ao abrir o fecho da capa de plástico e removê-la de Harper. — Vai continuar morando na floresta?

Harper franziu as sobrancelhas e encontrou o olhar de Rylee pelo espelho.

— Não sei se ele tem muitas opções. Quer dizer, o cara não tem familiar algum, até onde sabe, nenhuma educação formal ou experiência profissional... — Balançou a cabeça. — Eu não sei. Mas... tem algo nele... Deus, é tão difícil de explicar. Ele é uma combinação de selvagem e, sei lá, inocente? Não, não é isso. Gentil? — Sacudiu a cabeça, frustrada por não conseguir descrevê-lo com precisão, por não encontrar uma palavra que lhe fizesse justiça. — Sensível.

— Os seus olhos estão engraçados agora — Rylee comentou, e, quando Harper olhou para ela, viu que sua amiga estava lhe observando com uma expressão meio intrigada, meio divertida.

Harper revirou os olhos.

— Tudo bem. Ele é um enigma.

— Bom, sim, é claro que é um enigma. Ele cresceu na terra e na neve e com as anotações de *O Conde de Monte Cristo*. Lucas deve estar confuso para caramba.

Apesar de aquilo não ter sido muito gentil, Harper riu.

— Quem não estaria? — perguntou, tentando defendê-lo, embora soubesse que Rylee estava brincando. — Você consegue ao menos imaginar, Rylee? A solidão com a qual ele deve ter convivido todos esses anos? Eu não sei se teria sobrevivido.

— Claro que teria. Você é a pessoa mais forte que conheço.

Harper abriu um sorriso pequeno para Rylee. Ela apreciava o voto de confiança, mas se perguntava se alguém realmente era forte o suficiente para sobreviver àquilo sem efeitos drásticos e permanentes.

— Enfim... — Se levantou, dando alguns passos em volta da cadeira para abraçar a amiga mais uma vez. — Tenho que ir, mas obrigada por isso — disse, apontando para o corte do qual nem ao menos precisava, mas que a permitiu visitar a amiga sob o olhar atento da dona do salão.

— Mantenha-se aquecida — falou após Harper lhe entregar o dinheiro para pagar o corte e uma gorjeta, dobrando-a na mão de Rylee para que ela não tentasse devolver, como sempre fazia. — E me avise se eu puder fazer alguma coisa para ajudar com os preparativos do enterro dos seus pais.

— Avisarei. — Harper acenou para as outras cabelereiras que conhecia e o sino da porta tilintou quando ela saiu.

Assim que chegou ao fim do quarteirão, seu celular tocou. Pegou o aparelho do bolso e, quando viu quem era, seu coração acelerou. Parou, aproximando-se da lateral de uma loja ali perto para não ficar bem no meio da calçada.

— Alô?

— Oi, Harper. Estou ligando para... bem, você está sentada?

Harper prendeu a respiração e recostou-se na madeira da lateral da loja de ferramentas. O agente Gallagher soou... estranho, de alguma forma.

— Sim.

— O legista me ligou. Harper, há evidências de que os seus pais levaram um tiro.

— Um tiro? — Por um momento, a palavra não fez sentido, como se ele tivesse falado em um idioma estrangeiro que ela não compreendia. — Não entendo.

— Eu também não, mas o caso deles agora está sendo tratado como homicídio.

CAPÍTULO VINTE E CINCO

Pinga. Bate. Ping.

O inverno estava derretendo por toda parte em volta dele, caindo da floresta. O solo bebia a água, levando até as profundezas onde a vida das árvores, as plantas e as flores esperavam para voltarem. Jak pisou no chão macio, seus olhos procurando por cogumelos, ou alguma outra coisa para encher sua barriga vazia. Em breve, suas fontes de comida encheriam novamente, e aquele pensamento lhe trouxe uma pequena alegria, embora o sentimento pesado que vinha deixando-o para baixo desde a morte de Pup parecesse esmagar toda felicidade, fazendo parecer pequena, sem importância. O sentimento pesado era maior, superando todo o resto.

Pup.

Um bolo formou-se na garganta de Jak, que o engoliu, diminuindo a velocidade de seus passos.

O vento soprou e um cheiro terrível fez seu nariz torcer, chamando sua atenção quando ouviu um rosnado baixo. Alguma coisa se moveu no arbusto à sua esquerda. *Um javali.* Agachou-se aos poucos, esperou o medo chegar, mas não chegou. O peso dentro dele também fazia o medo ser pequeno.

Carne de porco custa muito dinheiro na cidade. Traga-me um, e eu te darei o seu próprio arco e flecha. Tinha sido um inverno longo e difícil sem Pup. Ele sentia mais fome. Com medo. Sozinho. Suas costelas estavam visíveis sob a pele. Ele precisava de uma arma maior, se quisesse sobreviver. E se não quisesse mais viver, por que esperar que a fome o

211

levasse, lenta e dolorosamente? Por que não deixar que o porco o fizesse, com um golpe só? Isso não seria melhor, de qualquer forma? Mais rápido?

Ele se ajoelhou próximo a um tronco de árvore coberto de musgo, ficando parado e esperando o porco sair de detrás do arbusto. Soltou a respiração lentamente. Água pingando. Fedor de porco. O rosnado baixo vindo de sua própria garganta.

Mas as fungadas daquele porco selvagem não eram suaves. Elas vinham acompanhadas de gritinhos agudos — sons que já haviam assustado Jak antes. Parecia um monstro, ou algo que pensou que podia estar debaixo de sua cama quando era um garotinho. A coisa que pedira que sua *baka* checasse, mas ela lhe dissera que ele mesmo deveria enfrentá-la, se era mesmo o garoto forte que ela pensava.

Fizera isso, naquele tempo. E faria isso agora. Enfrentaria o monstro. Mesmo que sentisse que já havia enfrentado monstros demais.

E não conseguia decidir se estava torcendo para vencer a luta com esse... ou perder.

O porco saiu de detrás do arbusto. Um macho enorme que devia ter dez vezes o peso de Jak. Pelos espinhosos e brancos cobriam seu corpo preto e branco. Presas curtas e afiadas saindo de sua boca. Tinha o maior par de bolas que Jak já vira em qualquer ser vivo. Ele grunhiu ao ver Jak, soltando um de seus guinchos agudos e sacudindo a cabeça para frente e para trás.

Fedor de porco. Fedor *insuportável*. O cheiro de gosma nojenta saindo das narinas dele como se seu cérebro estivesse apodrecendo. Tão desvairado e maluco quanto Jak já vira antes.

Jak moveu-se em direção ao animal, pegando o canivete de lâmina gasta depois de ser usada em tantos invernos e verões e ser afiada com a ajuda de pedras. Mas não sabia que iria enfrentar essa fera hoje, e não estava com a faca de caça.

O presente afiado de *vida* que o garoto de cabelos escuros havia dado a ele há tanto tempo era tudo que tinha. Era o que o ajudaria a viver ou a morrer. Qualquer um servia.

O porco ergueu a cabeça, guinchando novamente — o grito do demônio —, e Jak sentiu a raiva brotar e crescer, envolvendo-o por inteiro. Jak também ergueu a cabeça, soltando um grito que ecoou pela floresta. Ele riu, um som enlouquecido que veio do fundo de sua alma, uma mistura da perda, do medo, da dor e do sofrimento que viveu.

— Venha me pegar, seu porco MALDITO! — gritou, sentido a raiva explodir em si. — Faça o que quiser!

Por um minuto, o porco ficou ali rosnando, com a cabeça baixa, e Jak pensou que ele ia virar para outra direção. Inclinou-se para frente, pronto para ir atrás dele, quando o monstro avançou de repente, pegando-o de surpresa. Jak manteve-se firme, plantando os pés na terra macia e dobrando os joelhos, o canivete estendido para frente.

O medo agitou-se dentro dele, assim como uma empolgação insana.

— Venha me pegar, sua coisa feia — disse, só que, dessa vez, ao invés de gritar as palavras, as rosnou baixinho, cerrando a mandíbula. O javali baixou mais a cabeça e acelerou, mirando direto em Jak.

Jak ficou confuso por um segundo, com seus instintos gritando para que ele *corresse*, enquanto sua mente e seu coração diziam que *não*. A floresta ficou quieta por um segundo, dois, como se todo animal, folha e galho tivesse parado para assistir à fera e ao garoto/homem magricelo lutarem, com a atenção intrépida conforme o animal avançava o mais rápido que seu corpo gordo enorme lhe permitia. E, de alguma forma, ele se movia com a rapidez de um relâmpago.

Tudo explodiu em volta de Jak quando o animal o acertou em cheio, fazendo seu corpo voar para trás e atingir o tronco de uma árvore enquanto o porco soltava outro grito de guerra e preparava mais um ataque.

Jak ficou de pé rapidamente, lutando para preencher seus pulmões com o ar que lhe havia sido arrancado. Pulou para o lado no instante

SELVAGEM

em que o animal avançou novamente, o cheiro insuportável o seguindo, mesmo que seu corpo não o tenha acertado dessa vez. Jak rolou e ficou de pé novamente no mesmo instante em que o javali freou e mudou a direção, mirando nele, com os olhos insanos e cuspe voando de sua boca.

Jak ergueu o canivete e rolou de novo, um grito profundo vindo de seu peito conforme rolou para escapar do animal e avançou para esfaqueá-lo, a lâmina atingindo o ombro do animal, que soltou outro grito demoníaco, de dor dessa vez.

— Vamos lá, sua fera nojenta! — Jak gritou. — É só isso? É o melhor que pode fazer?

Se sentia tão enlouquecido quanto o porco. *Nada mais importava.* Ia morrer, mas, primeiro, esfaquearia o animal quantas vezes pudesse. O javali queria matá-lo, mas Jak faria daquela uma luta que a fera nojenta nunca esqueceria. O monstro feio contaria sobre Jak para seus netos, um dia. Jak deduziu que tinha bolas grandes o suficiente para fazer pelo menos uns cem filhinhos feios tão fedorentos quanto ele. Dava risadas como se tivesse perdido o juízo, girando enquanto o porco enorme o atacava.

Jak desviou rapidamente, mas não com rapidez suficiente dessa vez. Ao impulsionar o corpo para frente, seu pé ficou preso na raiz de uma árvore, e caiu feio no chão, perdendo o ar dos pulmões novamente e sentindo dor irradiar por seus ossos. Gritou alto, a dor fazendo-o deitar em posição fetal, enquanto o porco o golpeava com a cabeça, cortando o braço dele com a ponta da presa. Jak agarrou a fera, enfiando as mãos em sua carne peluda e apertando com força, fazendo o animal gritar e deixar seu peso cair por cima de Jak, esmagando-o, levando todo o seu fôlego.

Engalfinhou-se com o animal, lutando com toda a força que lhe restava. *Não consigo respirar. Não consigo respirar,* era o único pensamento girando em sua mente. A floresta em volta dele piscou por um segundo, e sua vista começou a ser invadida por pontos escuros conforme o odor do animal preenchia seu nariz.

Eu vou morrer.

Sua cabeça caiu para o lado, e o porco continuou guinchando, seus cascos pressionando o corpo de Jak, suas presas arranhando a pele dele, as feridas que abrira espirrando sangue. Jak abriu os olhos e pegou o vislumbre de algo brilhando. Ele ainda estava segurando o canivete em seu punho fraco.

O garoto de cabelos escuros daquela primeira noite surgiu em sua mente como se estivesse bem ali ao lado dele.

Por que você está aqui? Jak perguntou, e o garoto não respondeu, mas olhou para o canivete quase caindo da mão de Jak, enquanto o javali continuava a tentar dilacerar seu corpo. *O que aconteceu com você?* Jak se perguntou. O garoto olhou para o canivete novamente, como se quisesse dizer: *Eu te dei esse canivete. Meu presente antes de morrer.* Use-o.

A onda final de força de Jak veio do nada, de todos os lugares, da lembrança daquele outro garoto e do jeito como ele havia segurado sua mão, e Jak pedindo que ele vivesse. Jak ergueu a mão e, com a força que lhe restava, emitiu um grito de batalha e enfiou o canivete na garganta do porco.

Mais tarde, se lembraria de sentir somente um vazio enquanto arrastava o corpo morto do porco pela floresta selvagem, suas feridas cobertas com pedaços rasgados de suas roupas, mas ainda deixando gotas de sangue pela neve que derretia. A ferida que ficara aberta na lateral de seu corpo queimava.

Driscoll estava do lado de fora quando Jak surgiu, e o encarou com os olhos arregalados, boquiaberto. Quando Jak chegou até ele, jogando o javali morto a seus pés, Driscoll inclinou a cabeça para trás e gargalhou. *Ele é tão louco quando esse porco.*

Jak inclinou-se para o lado, pressionando os dedos sobre a ferida aberta na lateral de seu corpo.

— Euqueromeuarcoeflecha — disse, emendando uma palavra na outra.

SELVAGEM

— Oh, você os terá — Driscoll respondeu. E com isso, Jak virou-se e foi embora.

Os momentos seguintes foram passados em algum lugar entre a vida e a morte. O garoto de cabelos escuros não surgiu novamente, mas sua *baka* sim, dizendo que *ele era garoto forte* e que não desistisse. Jak queria desistir. Estava cansado de viver. Cansado de lutar. Cansado de sobreviver. E, acima de tudo, estava cansado da solidão vazia e sem fim.

Mas o corpo de Jak não concordava que ele deveria desistir. Continuou lutando, mesmo que seu espírito não estivesse fazendo o mesmo. Não havia sussurros internos, não havia mais vida lá no fundo. Somente silêncio. Sua alma havia morrido. *Junto com Pup.* Limpou suas feridas e colocou pedaços de tecido limpos sobre elas, tirando os pedaços sujos de antes, lavando-os na bomba de água nos fundos de sua casa e deixando-os secar ao vento, para voltar para dentro e dormir de novo. Só acordou para beber água da bomba, limpar suas feridas e comer o pouco de comida que ainda tinha.

Muitos, muitos dias se passaram. Ele não sabia o número, mas, em determinada manhã, acordou, percebendo que se sentia melhor, menos ferido, menos dolorido. Durante vários minutos, ficou deitado, encarando o teto de madeira, um feixe de luz do sol entrando pela janela, dançando e cintilando diante de seus olhos. *Talvez eu esteja morto,* pensou. *Talvez essas luzes dançantes sejam pequenos anjos, e eu esteja no céu.*

Uma fisgada de dor manifestou-se na lateral de seu corpo, dizendo a ele que estava errado. Não eram anjos, apenas poeira, e uma coisa não podia ser mais diferente da outra.

Sua barriga se manifestou em seguida, informando-lhe que queria café da manhã. Levantou da cama, se limpou, se vestiu e pegou sua faca de caça.

Mais um dia. Mais por virem. Pegou um caminho diferente do que costumava pegar quando saía para caçar. Talvez aquela direção fosse parar na cidade, talvez não. Talvez fosse parar no meio do território dos inimigos. Talvez eles o matassem assim que o vissem.

Talvez... ele não ligava.

Havia se jogado na frente de um porco enorme, selvagem e enlouquecido, com presas afiadas, e sobrevivido. Daria risada, mas isso abriria sua ferida novamente, e não tinha roupas limpas no momento.

Não sabia se conseguiria aguentar o constante sofrimento. Os invernos sempre chegavam, a fome, a solidão que o faziam sentir como se a escuridão estivesse esculpida aos seus ossos. Por que *deveria* lutar? Pelo quê? Por que deveria sobreviver? Agora compreendia o semblante do garoto loiro. A *felicidade* de saber que, finalmente, havia chegado ao fim. Jak deveria ter morrido no penhasco naquela noite, com os outros dois garotos, talvez três. Mas havia lutado para sobreviver. *Por quê?* Não queria mais lutar, e não havia nenhum javali por perto.

Você poderia procurar um urso com filhotes. Uma mamãe urso te rasgaria em pedaços se você se aproximasse dos bebês dela.

Mas isso demoraria muito. Não achava que queria viver, mas também não queria ser dilacerado por um urso. Além disso, gostava de ursos. Não queria irritar um.

Ele chegou a um desfiladeiro e ficou de pé na beira, olhando para baixo. Poderia pular de um penhasco. Mas não desse. Esse não era alto o suficiente para garantir que morreria, mas havia muitos outros que eram.

Enquanto ficava ali pensando sobre maneiras de garantir sua morte, a luz do sol cintilou em algo brilhante por trás das folhas na base do desfiladeiro, cegando-o por um segundo.

A curiosidade o fez parar, a névoa que o encobria cessando por um rápido instante, a necessidade de saber que item grande e brilhante estava escondido por baixo das folhas, uma centelha de... vida. Jak desceu

SELVAGEM

o desfiladeiro lentamente, não para ser cuidadoso, mas porque era o que conseguia fazer. Seu corpo ainda estava sarando; podia sentir uma gota de sangue do corte mal fechado na lateral de seu corpo escorrendo pela pele.

Seus pés atingiram o solo com um ruído, e ele seguiu em direção ao brilho do que parecia metal azul, agora que podia ver mais de perto. Piscou surpreso quando afastou as folhas e deparou-se com um... carro. Levou um minuto para assimilar essa coisa grande daquele outro mundo, diferente do que vivia agora. *O que isso está fazendo* aqui?

Será que havia sido alguém que, tentando escapar dos inimigos, dirigiu até a floresta selvagem e caiu da beira desse desfiladeiro? *Há quanto tempo isso está aqui?*

Ouviu ruídos de cacos de vidro ao pisar neles e curvou-se, olhando para dentro pela janela quebrada e afastando-se de repente ao ver os esqueletos lá dentro. Havia roupas penduradas nos ossos e, diante da aparência, dava para saber que o que estava ao volante era um homem e o outro, uma mulher.

Mais um feixe de luz do sol iluminou algo brilhante sobre o assento, e Jak estendeu a mão para pegar, tirando do carro. Era um colar prateado com uma abertura minúscula na lateral. Jak usou a unha do polegar para abri-lo, encontrando dentro do medalhão uma foto minúscula de um homem, uma mulher e um bebê. *Uma família.* O estômago de Jak se retorceu de anseio ao encarar os três rostos sorridentes.

Os olhos dele percorreram as pessoas da foto uma por uma, o homem com um sorriso pequeno e uma das mãos no ombro da mulher. O sorriso da mulher era grande e brilhante, seus cabelos loiros lindos e sedosos. Mas foi o bebê que chamou sua atenção. Foi o bebê que o fez parar e fitar. Havia algo nos olhos dela... algo que fez seu coração acelerar e sua pele ficar suada. Agarrou o colar em sua mão e seguiu para a parte de trás do carro, onde o porta-malas estava entreaberto.

Forçou a abertura, o metal rangendo ao levantar. Havia pilhas de folhas molhadas lá dentro, além de algo que parecia um dia ter sido um cobertor antes de apodrecer com a umidade. Ele o afastou para o lado e descobriu que debaixo daquilo havia uma mochila azul, que havia sido pouco arruinada pelo clima.

Abriu o zíper e olhou dentro. Alguns blocos de papel com coisas escritas neles. Queria saber o que diziam, mas forçou-se a esperar, colocando as coisas de volta na mochila, fechando o zíper e pendurando-a no ombro.

Uma sensação que parecia empolgação cantou dentro dele. Fazia tanto tempo desde que sua mãe havia deixado aqueles livros infantis, dos quais ele agora sabia todas as palavras de cor. Os livros que ainda pegava muitas vezes por dia para ler, para se lembrar de como palavras eram. Como eram em sua boca e em sua mente. Talvez o que tinha na mochila não fosse uma história, mas algo novo para ler... novas palavras... elas eram... uma luz na escuridão.

Virou em direção à parede do desfiladeiro e começou a escalar. Poderia pensar em um jeito melhor de morrer amanhã. Hoje, tinha novas palavras. E não se sentia tão sozinho.

SELVAGEM

CAPÍTULO VINTE E SEIS

Harper bateu à porta que já estava se tornando uma visão familiar. Deu um passo para trás, seu coração pulsando de forma irregular e desenfreada, como sempre parecia fazer quando estava prestes a estar na presença dele. A porta se abriu e ali estava Lucas, olhando-a com uma expressão um pouco menos cautelosa do que as primeiras duas vezes em que ela apareceu sem aviso. Não que tivesse algum meio para avisar além do som de sua caminhonete se aproximando alguns minutos antes de chegar, mas...

— Oi.

— Oi.

Enfiou a mão dentro da bolsa grande que tinha em seu ombro e tirou de lá os cadernos que um dia pertenceram à sua mãe.

— São seus.

O rosto dele encheu-se de surpresa.

— Eles não são meus. Eu só os encontrei. Pertencem a você.

Harper sacudiu a cabeça e pegou também o livro que havia trazido em sua bolsa. Entregou *O Conde de Monte Cristo* para Lucas e observou seus olhos se arregalarem com um prazer surpreso.

— Também achei que você pudesse querer isso, para poder compreender melhor aquelas anotações.

Lucas não fez menção de rejeitar o livro como havia feito com os cadernos. Ele o recebeu e o segurou contra o peito, como se fosse precioso.

SELVAGEM

Harper olhou por cima do ombro dele, assimilando a luz das chamas dançando nas paredes.

— Posso entrar? Não vou demorar muito.

Lucas não respondeu, mas deu um passo para trás, e ela entrou, fechando a porta atrás de si. Harper colocou os cadernos na cama vazia que ficava mais próxima da porta e manteve o olhar nos objetos por um instante antes de observá-lo.

— Eu quero que você fique com as anotações da minha mãe.

— Por quê?

— Porque... eu acho que elas foram feitas para você.

Lucas franziu a testa.

— Como assim?

Harper suspirou, aproximando-se dele.

— Não sei exatamente. Eu só... tenho essa sensação. — Sacudiu a cabeça. — E não é sempre que sigo meus instintos, ou a minha intuição, como queira chamar, mas acho que esses cadernos pertencem a você e pronto. Não pensei direito sobre o assunto. Eu os trouxe de volta, e espero que esteja tudo bem. Além disso, descobri algo hoje à tarde e queria... bem, eu queria te perguntar sobre isso, ver o que você acha, porque...

— Harper.

Disse o nome dela, nada mais, mas havia uma súplica delicada em seu tom — parecia dizer *calma, respire, estou tentando te entender* — e aquela única palavra foi o suficiente para parar sua tagarelice sem sentido e se recompor. Sentia-se *vista* por ele, de uma maneira que não era vista por alguém há muito tempo, mesmo que Lucas não entendesse sempre suas palavras.

— O agente Gallagher me ligou esta tarde e me disse que encontraram evidências de que os meus pais levaram um tiro.

— Tiro? Com... uma flecha?

— Não, não. Com uma arma.

— Pensei que eles tivessem morrido no acidente de carro.

Harper sentou-se na cama ao lado da dele, as molas de metal rangendo suavemente.

— Eu sempre acreditei nisso. Sempre presumi que nós três nos envolvemos em um acidente, e o carro nunca foi encontrado. Acreditei nisso a minha vida toda. Apesar do local ser estranho — ela franziu a testa —, encontrar o carro na base daquele desfiladeiro foi uma confirmação disso. Estou tão, tão confusa, e... não sei como me sentir. — Fez uma breve pausa. — Você viu alguém perto daquele lugar? Ou sabe de alguma coisa que poderia explicar o que aconteceu com eles?

Lucas deu alguns passos em direção à sua cama e sentou-se nela, as molas rangendo mais alto do que as molas da cama onde Harper sentou. Ela ficou ainda mais ciente da presença dele, com seu joelho a centímetros de distância do dela, seu tamanho parecendo aumentar junto com a proximidade.

— Não tenho respostas para você. Eu desci aquele desfiladeiro um dia quando vi o sol brilhar em algo lá embaixo. Estava quase todo coberto com galhos e folhas. Quando olhei pela janela, eu... os vi lá dentro. O colar estava no assento. O porta-malas estava aberto, e a única coisa que tinha lá era a mochila azul. Eu a peguei e escalei o desfiladeiro novamente. Voltei lá algumas vezes, não sei por quê. Talvez porque a sua mãe parecia... real para mim. Eu queria... eu não sei, Harper. Eu queria agradecê-la. Ela... as palavras... me fizeram querer continuar vivo.

Harper piscou, sentindo lágrimas queimarem em seus olhos. Lucas dissera que os visitava para que os dois não ficassem sozinhos, mas também era para que ele não ficasse sozinho. *Você está partindo o meu coração*, pensou com a respiração presa.

— Eu sabia que estava certa.

— Sobre o quê?

SELVAGEM

— Sobre as anotações pertencerem a você.

Lucas sorriu, daquele seu jeito inexperiente, e Harper sorriu de volta, seu dedo traçando uma das molas descobertas.

— O que você aprendeu com ela?

— Com a sua mãe? — Lucas olhou pela janela por um momento, estreitando os olhos, obviamente considerando sua pergunta seriamente. Quando voltou a olhá-la, perguntou: — Você leu? O livro que a sua mãe ensinava aos alunos dela?

— *O Conde de Monte Cristo*? — Harper abriu um sorriso. — Sim, duas vezes, e também assisti ao filme.

— Tem um filme.

Ela sorriu. Gostava do jeito que Lucas fazia suas perguntas como uma afirmação, como se estivesse reiterando para si mesmo o que havia acabado de aprender, em vez de pedir uma confirmação.

— Sim. É muito bom, na verdade, e não é sempre que isso acontece com um livro que se torna filme. Você... já assistiu a um filme?

Harper se sentiu constrangida por perguntar, mas queria tanto saber mais sobre Lucas, e ela nunca saberia se não fizesse as perguntas que lhe vinham à mente. Já havia passado tempo suficiente ao seu lado para saber que ele não oferecia informações livremente.

— Eu nunca vi um filme, mas ouvi falar sobre eles quando era criança. E já vi uma televisão.

Harper assentiu.

— Um filme passa em uma tela como televisão, só que maior. — Como era *estranho* proferir uma frase como essa para um homem que tinha aproximadamente sua idade, se ela estivesse presumindo corretamente. — Enfim, *O Conde de Monte Cristo* é uma das minhas histórias favoritas. É sobre vingança, mas principalmente sobre perdão.

— Eu tive que tentar entender a história pelo que a sua mãe escreveu.

E pelas perguntas que ela fazia. Eu não conhecia essa palavra antes: vingança. Significa ficar bravo e, então, ficar quites. Mas a sua mãe era como você. Ela pensava que a história era mais sobre perdão. — Lucas fez uma pausa. — A sua mãe achava que a maioria dos humanos são bons. Ela esperava que seus alunos achassem isso também.

— Você acha?

Os lábios dele se curvaram levemente.

— Eu sou um dos alunos dela?

— Claro que é. Você provavelmente estudou os pensamentos e ideias dela, os valores dela, com mais afinco do que qualquer um dos garotos ou garotas das salas de aula dela.

Aquilo pareceu deixá-lo contente.

— Talvez. Mas... eu não sei se acredito que há mais pessoas boas do que más. Acho que não sei o suficiente sobre o mundo além daquele único livro. E eu ainda não o li. Mas a sua mãe, ela me fez sentir...

Lucas parecia estar procurando uma palavra, então Harper tentou ajudá-lo.

— Esperançoso? — perguntou suavemente.

Os olhos dele encontraram os dela.

— Esperançoso — repetiu. — Sim. A sua mãe me deu... esperança. Ela me ensinou que há tanto bem quanto mal no mundo. Antes disso, eu não sabia.

— Você quer dizer que pensava que só existia o mal no mundo?

— Eu... não tinha certeza. Driscoll achava isso.

— Driscoll? — Franziu a testa. — O que mais Driscoll achava?

— Não sei. Eu não ligava.

Lucas desviou o rosto. Obviamente não estava interessado em falar mais sobre Driscoll. No entanto, após um momento, ele voltou a olhar

para Harper, que inclinou a cabeça para o lado, percorrendo os traços dele com o olhar. Ele tinha olhos tão lindos — azul e dourado, azul *do pôr do sol*, em formato amendoado e com cílios longos e cheios. Os olhos dele eram um contraste à masculinidade austera do resto de seu rosto — sua pele bronzeada pelo sol, maçãs do rosto afiadas, sua mandíbula quadrada e coberta por uma barba. E a masculinidade óbvia de seu corpo forte e musculoso. Mas ela não estava olhando para o corpo dele. Ela se recusou a fazer isso. Já estava distraída o suficiente. Mexida. Confusa. Lucas não queria falar sobre Driscoll, então não continuaria a questionar.

— Em alguns aspectos... talvez você conheça a minha mãe melhor do que eu. Ou, pelo menos... um lado diferente dela — Harper disse, voltando para o assunto sobre o qual ele parecera confortável. — Mas, para mim, ela significava conforto e lar, e as coisas que não tive desde que ela se foi. — Harper olhou para detrás dele, considerando suas palavras. — Não sei, talvez eu esteja com medo de que... — Apontou com a cabeça para as anotações. — De que ler aquilo possa ofuscar as outras memórias que tenho dela, de alguma forma.

Lucas a encarou, e Harper não conseguiu interpretar a expressão que se formara em seu rosto.

— O que foi? Por que está me olhando assim?

— Porque você é uma pessoa honesta. Posso ver isso. Fiquei pensando se... se eu conseguiria ver isso.

Harper não sabia exatamente o que aquilo significava, mas sentiu que era um elogio. Mesmo assim, ele não estava completamente certo.

— Eu não sou sempre honesta — Harper soltou. — Guardo algumas coisas só para mim, às vezes. — Fez uma pausa. — Muitas vezes.

— Guarda? — Ele pareceu confuso sobre aquilo, e ela riu baixinho.

— Às vezes eu falo mais quando estou evitando algum tópico ou escondendo algo.

Lucas pareceu pensar sobre aquilo e, então, sorriu, como se ela tivesse acabado de esclarecer algo que o havia deixado confuso. Ele era tão fofo, de verdade.

— Guardar os seus sentimentos para si é diferente de mentir. Não é?

— Acho que sim. O que você guarda para si, Lucas?

Soltou uma respiração pela boca, que pôde ou não ter sido acompanhada de uma risada.

— O que eu *não* guardo? Não tenho outra escolha.

Ela ruborizou, encolhendo-se levemente diante de sua insensibilidade.

— Foi uma pergunta idiota. Eu...

— Não foi idiota. As árvores, os pássaros e todos os animais da floresta conhecem os meus segredos. Saio e os grito para os topos das montanhas, às vezes. Todos param para ouvir.

Harper riu suavemente.

— Você se sente melhor depois de desabafar? Mesmo que seja para a floresta?

— Sim. — Ele abriu um sorriso largo e o coração dela palpitou e tropeçou. — Tente, em algum momento.

— Talvez eu tente.

Eles ficaram sorrindo um para o outro, sentindo o peso do que quer que estivesse flutuando entre os dois. Química. Percepção. Curiosidade profunda. Todos os elementos da sedução inegável que flutuava entre homens e mulheres que se sentiam atraídos um pelo outro desde o início dos tempos. Em clubes e restaurantes. Em bares e escritórios. Em cavernas e cabanas no meio da floresta sombria.

— Enfim — Harper disse, levantando-se e pegando a bolsa que havia jogado no chão ao lado da cama onde estava sentada. — Eu trouxe uma coisa, e espero que você possa me ajudar. E um suborno, para que você não diga não.

SELVAGEM

Lucas franziu as sobrancelhas.

— Um... suborno?

Harper sorriu.

— Tipo um pagamento. Mas eu estava brincando. Está mais para um presente, sem compromisso. — Tirou da bolsa a garrafa de *Orange Crush*, sorrindo para Lucas ao erguê-la diante dele.

Os olhos dele se arregalaram, se iluminando.

— Bebida laranja com bolhas. *Crush.*

— Sim.

Harper tirou a tampa, devagar para que não explodisse, e lhe entregou a garrafa. Ele a olhou por um segundo e, então, levou à boca, dando um grande gole. Abaixou-a, e sua expressão... não era nada impressionada. Ele segurou a garrafa diante de si, estudando-a de novo ao engolir com um esforço óbvio, encolhendo-se levemente. Obviamente enojado.

— Não tão bom quanto se lembrava? — perguntou, segurando a risada.

— Não... exatamente.

Harper riu. Não pôde evitar. Queria beijá-lo e sentir o sabor de *Orange Crush* nos lábios dele. Mas colocou o pensamento de lado rapidamente.

— Bom, sobre essa coisa com qual eu preciso da sua ajuda...

— O que é?

— É um mapa.

Foi até a mesa onde eles comeram na última vez em que ela estivera ali e sentou-se em um dos bancos, abrindo o mapa sobre a superfície e colocando uma caneta ao lado.

A noite havia chegado, e Lucas tirou um momento para acender as duas velas perto da janela, levando-as para a mesa para que pudessem ver melhor. Ele sentou-se no banco ao lado de Harper e olhou para o mapa.

— No que você precisa da minha ajuda?

— Achei que seria útil fazer marcações para o agente Gallagher. Preciso fazer algo para ajudar a solucionar o assassinato dos meus pais. — Um arrepio desceu por sua espinha. Ela ainda não acreditava que estava dizendo aquelas palavras, ou que eram verdade. *Meus pais foram assassinados.* Aquilo não fez com que a perda doesse mais, ou com que ficasse em luto mais profundo do que já estava. Mas acendeu uma chama dentro dela. Já havia recebido a resposta para a pergunta *onde*, que questionara durante a vida inteira, e agora tinha outras duas pelas quais não esperava: *quem* e *por quê?* Balançou a cabeça, tentando voltar ao momento presente. — Mas, hã, eu gostaria da sua opinião antes.

— Ok.

Ela pegou a caneta vermelha e a pousou sobre o mapa, que mostrava Missoula e as áreas ao redor.

— Ok, essa é a rodovia de Missoula para Helena Springs. — Usou a caneta para traçar o caminho. Havia também cavernas sem nome a alguns quilômetros de distância daquela rodovia que ela sempre presumiu serem as que trilheiros procuravam, mas supôs que aquilo não era necessariamente preciso, considerando onde o carro de seus pais havia sido encontrado.

Harper moveu o olhar para outra área do mapa.

— Essa é a localização aproximada da cabana de Driscoll. — Desenhou um quadrado sobre a área verde da floresta. — E esta é a sua — disse, desenhando outro quadrado perto do de Driscoll. Harper ergueu o olhar para Lucas, que tinha um pequeno vinco entre as sobrancelhas, concentrado no que ela estava fazendo. — Muito bem — continuou. — Este é o Rio Owlwood. — Traçou a linha ondulada comprida que representava o rio, indo desde a rodovia que conectava Missoula a Helena Springs até além da casa de Lucas. — E aqui foi onde o carro dos meus pais foi encontrado. — Desenhou um X quase na extremidade do rio, perto da base de uma cadeia de montanhas.

SELVAGEM

— Ok — Lucas falou, aproximando a cabeça da de Harper, levemente.

A chama da vela tremeu, e aquilo, de repente, pareceu se tornar íntimo, o jeito como suas cabeças estavam abaixadas bem próximas, o jeito como estavam falando baixinho, o fato de que somente eles dois estavam ali, sem mais ninguém em quilômetros e mais quilômetros de distância. Harper se perguntou qual seria a sensação dos lábios dele se a beijasse, se perguntou se ele saberia o que fazer.

— Ok — Harper repetiu, sua voz um sussurro que saiu mais sem fôlego do que pretendia. Limpou a garganta, sentindo um calor subir lentamente pelo pescoço e espalhar-se pelos membros de maneira tão repentina que a encheu de arrepios.

— Você está com frio? — perguntou, quando ela esfregou os braços.

— Não. Não. Hã… — Focou novamente no mapa, tentando desviar a atenção de sua mente do que eles estavam fazendo. — Ok, então, por aqui… — Apontou para a área selvagem entre a rodovia que conectava Helena Springs e Missoula e o Rio Owlwood. — É onde geralmente faço meu trabalho de guia. E onde foquei minha própria busca pelo carro dos meus pais. — Colocou a caneta entre os lábios, mordendo suavemente a ponta.

— Por quê? — indagou, e quando ela ergueu o olhar para ele, viu que seus olhos estavam focados na boca dela. Ela tirou a caneta da boca, encontrando o olhar dele, que se arregalou discretamente antes que Lucas desviasse.

— Por quê? Ah, bem, porque é uma área boa para acampar e caçar, mas também porque a estrada pela qual presumi que eles estavam viajando fica perto. Os trilheiros que me encontraram não souberam dizer exatamente onde, mas as autoridades nos buscaram aqui — ela falou, apontando no mapa. — Tudo indicava que o carro podia estar nesta área. Nunca procurei além dali porque o rio desvia aqui para Amity Falls. — Apontou no mapa de novo. — Eu obviamente não queria tropeçar em uma cachoeira de cem metros de altura e morrer. Os helicópteros focaram a busca inicial por aqui também. — Harper bateu a caneta nos dentes, pensando. Após um momento, soltou uma respiração frustrada. — Em todo caso, ainda não sei o que isso tem a ver com o assassinato dos meus pais. Pensei que, talvez, desenhar tudo assim pudesse ajudar de alguma forma.

Lucas estava quieto, com os olhos focados no mapa diante deles, a vela tremendo sobre ele, iluminando os picos e vales que podiam conter as respostas para todas as perguntas que os rodeavam, em luz e sombras. Quando encontrou o olhar dela novamente, sua expressão estava séria, com um toque de apreensão na maneira como seus lábios estavam pressionados.

— Acho que vi os helicópteros que estavam procurando pelos seus pais. E, se realmente vi, então fui deixado aqui na mesma noite em que seus pais foram assassinados.

Harper sentiu-se atingida por uma onda de choque.

— Como isso é... você tem certeza? Isso parece muita... não sei, coincidência?

— Nunca mais vi os helicópteros, depois disso. E estavam voando sobre essa área aqui. — Apontou para o local no mapa onde ela havia dito que sempre pensou que o carro de seus pais havia batido.

O olhar de Harper permaneceu fixo no local onde Lucas apontou com o dedo indicador por um momento antes de voltar a olhar para ele. Estava completamente aturdida. Como era possível eles dois terem ido parar na floresta na mesma noite? Ela resgatada. E Lucas... *não*.

— Eu, hã... — Ele pressionou os lábios, seus olhos profundos e escuros à luz das velas. — Eu menti para você. Menti para o agente.

Harper piscou.

— Mentiu? — sussurrou, sentindo o medo surgir. — Sobre o quê?

— Sobre o meu nome. Meu nome não é Lucas. É Jak.

SELVAGEM

CAPÍTULO VINTE E SETE

Harper piscou para Jak, seus lábios rosados formando um O após ela tirar a caneta dos dentes. Ele estava nervoso, mas, ainda assim, seu sangue estava pegando fogo ao ver a boca dela aberta daquele jeito.

— Jak? Eu não entendo. Por que você disse que se chamava Lucas?

Parecia preocupada, e aquilo o fez sentir... ele não sabia a palavra, mas sabia que a última coisa que queria era assustá-la quando estava sozinha com ele. *Principalmente* quando ficava pensando nos lábios dela e no quanto gostava de sentar ao lado dela, inalando seu aroma doce de mulher e...

Levantou-se rapidamente, afastando-se dela, recostando-se na parede perto da janela.

— Eu contei a verdade quando disse que não sei qual é o meu sobrenome. Acho que uma mulher chamada Alma, Almara ou Almina me deu esse nome, mas não tenho certeza. Mas ela me criou até os meus quase oito anos, e eu a chamava de *Baka*. Ela falava em uma língua diferente, às vezes. Não sei qual era, e não sei onde morávamos ou por que fui tirado dela.

Harper continuava boquiaberta, com os olhos arregalados enquanto ouvia.

— Como assim você foi tirado dela?

— Eu quis dizer como acabei vindo parar aqui, e não sei como ou por quê. — Aquilo era verdade também. Não estava pronto para contar o resto a ela, não ainda.

SELVAGEM

— Você acha que *ela*, a sua *baka*, te deixou aqui?

— Eu... não sei.

Harper pareceu tão confusa.

— Isso não faz sentido algum. Quem era a sua mãe? Seu pai?

Ele hesitou.

— Minha mãe me entregou para a minha *baka*, eu acho. Não sei. E... eu não sei nada sobre o meu pai.

— Por que você mentiu? Não quer ajuda para descobrir e entender tudo isso?

Soltou uma lufada de ar, passando os dedos pelos cabelos. Ele queria contar sobre o penhasco, e sobre a guerra que não existia, e como tinham mentido para ele, mas ainda não sabia o que deveria esconder e o que deveria contar.

Não conte a ninguém que estive aqui, ok?

— Eu menti porque não sei em quem confiar — admitiu.

Percebeu que *queria* confiar nela, e parte dele já confiava. Foi o desejo que o surpreendeu, quando ele passou tanto tempo confiando apenas em si mesmo. Mas queria, *queria* ver os olhos grandes e escuros dela se encherem de... compreensão. Queria compartilhar suas preocupações e problemas com outra pessoa. Só não tinha certeza se deveria ser essa mulher, que o fazia se sentir tão incerto de si mesmo, fazia o sangue correr quente por suas veias.

A mulher que ele queria chamar de sua.

Os olhos dela percorreram o rosto dele, como se pudesse ler as respostas às perguntas que tinha só por olhá-lo. *Ainda não*, um saber interior disse a ele. *Mas em breve, se você permitir*. Ele desviou o olhar, pegando uma lata de comida que ela trouxera da última vez.

— Você está com fome?

Não sabia se podia — ou se deveria — confiar plenamente nela, mas podia alimentá-la, mesmo que ela que tenha trazido a comida.

Harper olhou para a lata e, depois, para ele.

— Sim — murmurou. — Lucas... Jak... qual você prefere?

— Eu vivi a minha vida como Jak. Até... eu ir para o... prédio do xerife.

Ela franziu o cenho.

— Então... Jak, eu quero que você saiba que pode confiar em mim. Eu gostaria de te ajudar, se você me deixar. — Olhou novamente para a lata que ele ainda segurava. — E, sim, eu adoraria jantar.

Estava escuro lá fora agora, e as velas faziam sombras nas paredes. Quantas vezes Jak havia sentado nessa mesa, comendo uma refeição, e sentido frio e solidão? Especialmente depois que Pup morreu. Especialmente depois disso. Mas, agora, sentia uma proximidade com outra pessoa que nunca sentira antes. Aquilo o fazia sentir em paz. E também o deixava apavorado. Aquilo o fazia pensar sobre a família que havia sido arrancada dele, ou que ele havia visto ir embora, e as memórias eram como uma faca gelada o atravessando, cortando, rasgando, assim como todos os cortes e feridas que deixaram cicatrizes em sua pele. Não deveria se apegar a essa mulher, porque não queria sentir dor quando ela fosse embora.

Harper sorriu após colocar comida na boca.

— O que foi? — ele perguntou.

— É a primeira vez que faço isso. — Jak inclinou a cabeça para o lado, e ela soltou uma risada feliz. — Um encontro com feijão e presunto à luz de velas.

— Um encontro?

O sorriso dela desapareceu.

— Ah, sim. Não. Quer dizer, não que seja um encontro. Mas... quer dizer, poderia ser. Eu não sei o que você acha... não que... enfim, eu quis dizer que é legal. — Baixou o olhar, mas, em seguida, o espiou sob os cílios.

Jak se lembrou do que ela havia dito.

— Você está falando muito, o que significa que não está dizendo algo.

Harper riu.

— Talvez eu não devesse ter me entregado. — Mas os olhos dela estavam calorosos e ela sorriu. — Estava tentando dizer que gosto de passar tempo com você.

— Por quê?

Harper piscou.

— Por que eu gosto de passar tempo com você, Jak?

Jak inclinou-se um pouco para trás, devagar. Ele adorava ouvir seu nome — seu nome verdadeiro — nos lábios dela.

— Sim.

Ela o encarou por alguns segundos, inclinando um pouco o queixo.

— Porque eu te acho interessante e gentil. Você me surpreende, mas de um jeito bom. Eu gosto das coisas que você diz, e gosto de ver você descobrindo coisas novas. Admiro como você sobreviveu aqui sozinho durante todos esses anos. — Harper olhou para o lado. — Não, admirar não é uma palavra forte suficiente. Eu fico *maravilhada* com como você sobreviveu aqui durante todos esses anos, e tenho certeza de que mal sei a metade. Espero que, um dia, você possa confiar em mim o suficiente para me contar. Você valoriza a verdade, Jak, então aí está. Cem por cento.

Os cantos dos lábios dele ergueram. *Eu gosto de você*, ele pensou, sentindo uma fascinação o preencher. Jak se lembrava — a sensação de... afeição, era essa a palavra? Sim, achava que sim. Um calor por outro ser humano... gostar que essa pessoa esteja perto de você. Não um desejo de acasalar — embora também sentisse isso. O sentimento de... afeição era bom, um gostar que não ia embora pela separação. Permaneceria ali, ela ficasse ali ou não. Jak se sentiu bem por saber que existia outra coisa que ninguém podia lhe roubar.

Gostava dela. O sentimento era dele. E pronto.

Ao mesmo tempo, sentiu culpa. Como podia valorizar a verdade, como ela havia dito, e também ser um mentiroso? Tinha tantas perguntas sobre o mundo, sobre a vida, e sobre humanos, tantas coisas que o deixavam confuso. Acreditava no que dissera a ela sobre guardar informações para si ser diferente de mentir? *Havia* mesmo alguma diferença? *Não*, pensou. Ele sabia que não, porque havia passado pelas duas coisas e, no fim das contas, a dor foi a mesma.

Tantas dúvidas e perguntas se reviravam dentro dele. Sua mente parecia um riacho, pensamentos correndo por aqui, ali, dentro, fora, girando. Tão rápido que não conseguia se equilibrar. Esses novos sentimentos só surgiram porque se importava com o que essa mulher pensava. Sentimentos *humanos*. Perguntas humanas. Queria a confiança dela. Queria que ela gostasse dele.

— O que você valoriza?

— Eu?

— Sim. Acima de tudo — Jak disse.

Ela ficou quieta, como se estivesse pensando bastante sobre a pergunta dele.

— Estabilidade, eu acho… amor. — As bochechas dela ficaram mais rosadas, e ela desviou o olhar.

Harper tinha vergonha por querer amor? Ele se perguntou por quê. Ela também havia perdido pessoas que amava. Se ainda queria amor, era corajoso de sua parte.

— Você tem na sua vida? Amor?

Harper soltou uma lufada de ar pela boca com uma risada.

— Você é muito direto quando quer.

— Estou fazendo as perguntas erradas? — Sentiu-se envergonhado. Não sabia como fazer isso, falar sobre as coisas de dentro de si com outras

SELVAGEM

pessoas. Às vezes, ele nem ao menos sabia como falar consigo mesmo.

— Não. — Ela sacudiu a cabeça. — Não, as suas perguntas não são erradas. Sim, eu tenho amor na minha vida. Amo meus amigos, e amo as crianças do lar adotivo onde trabalho. — Sorriu novamente, mas algo triste surgiu em seus olhos também.

— Você ama um homem? — *Por favor, diga que não.*

— Não — sussurrou, encontrando os olhos dele. — Não.

Ela se levantou de repente e aproximou-se da janela.

— Ah, meu Deus — disse, chamando a atenção dele para o tempo lá fora. A neve caía rapidamente, com flocos fofos e enormes que indicavam que nevaria por bastante tempo, e cristais de gelo se grudavam ao vidro da janela. Jak já havia visto isso antes, muitas vezes. Sabia o que era. — Não me parece nada bom.

Jak se levantou, indo até a porta da frente e abrindo. Uma rajada de vento gelado atingiu seu rosto, e ele deu um passo para trás.

— É uma tempestade de neve. — Soube disso assim que viu os flocos fofos misturados com gelo.

Harper aproximou-se dele, erguendo o braço para proteger-se do vento forte e fechando a porta.

— Nossa, isso foi muito rápido. É melhor eu ir, antes que fique pior ainda.

Jak virou-se para ela.

— Já está terrível.

Harper encontrou o olhar dele.

— Perdi a noção do tempo. — Olhou pela janela, sacudindo a cabeça, com a expressão nervosa. Ela pegou o celular do bolso, olhando para a tela. — Não tem sinal aqui, mas já consegui sinal na floresta antes. Às vezes, é apenas questão de estar no local certo.

Jak não sabia do que ela estava falando — sabia o que era um celular, mas não como funcionava. O aparelho que ela segurava era um mistério, mas não questionou aquilo. A última coisa que queria era que Harper o visse como uma criança.

— Eu preciso ir até a minha caminhonete — ela disse, pegando o casaco.

— Eu vou com você.

— Não, tudo bem. Eu volto já.

— Eu vou com você — insistiu, nada disposto a deixá-la sair naquele vento forte sozinha.

Jak vestiu seu casaco, calçou as botas rapidamente e abriu a porta, estreitando os olhos contra o gelo que queimava seu rosto. Era fácil demais se perder em tempestades de neve. Um passo em falso ou direção errada e, de repente, você não sabia mais onde estava e mal podia ver uma árvore diante de si antes de trombar diretamente nela. Usou seu corpo para protegê-la conforme andaram em direção ao local onde a caminhonete estava estacionada, conseguindo vê-la somente quando estavam bem diante do veículo.

Ele já se perdera em uma nevasca assim uma vez. Agachou-se com Pup e mal... Mas deixou os pensamentos de lado. Não queria pensar nisso agora.

Harper caminhou em volta dele, com a cabeça baixa, enquanto o vento aumentava a velocidade e o ruído, soprando o capuz de sua cabeça e espalhando seus cabelos para todos os lados. Ela riu, mas soou como um pássaro assustado.

Harper entrou em sua caminhonete, e ele a seguiu logo atrás, fechando a porta e escapando do vento. As rajadas atingiam o veículo, tentando entrar por entre as pequenas aberturas, tentando ao máximo chegar até eles. Suas respirações misturadas saíam em arquejos afiados. O som do vento ficou mais baixo, mas a caminhonete sacudia, e a casa estava invisível através do para-brisa.

SELVAGEM

— Meu Deus — Harper disse, empurrando os cabelos para trás, e cristais de gelo brilhavam como joias diante da luz baixa vinda da tela do celular que ela tirou do bolso novamente.

Harper fez um som de insatisfação e ergueu o celular no ar, movendo-o de um lado para o outro.

— Aí! Droga... ah. Merda. — Fez isso por mais um minuto, antes de finalmente abaixar a mão e pousá-la com o celular no colo. — O sinal não segura. — Virou para ele. — Acho que é melhor eu não dirigir. Poderia bater em uma árvore tentando chegar à rodovia e, mesmo que conseguisse, a estrada tem barrancos dos dois lados. Eu poderia, hã, esperar aqui. Tenho certeza de que a tempestade vai diminuir daqui a pouco. — Fitou-o, com os olhos arregalados, enquanto esperava que ele dissesse... alguma coisa.

Jak franziu a testa. Ela estava tentando ficar longe dele? *Queria* ficar ali sentada em sua caminhonete fria em vez de ficar com ele?

— Por que iria querer congelar aqui, quando pode ficar aquecida lá dentro?

— É que odeio ficar aparecendo aqui e forçando você a passar tempo comigo.

Forçando-*o*? Ele era maior do que ela. Mais forte. Ela não podia forçá-lo a fazer nada. Ele poderia esmagá-la, se quisesse. Ele não queria, mas poderia. Franziu as sobrancelhas. Não entendia quando ela dizia coisas que, na verdade, não diziam nada. Não sabia bem o que responder.

— Se eu quisesse que você fosse embora, te diria para ir.

Harper soltou uma respiração pela boca que foi engolida pelo som do vento lá fora.

— Eu estava tentando ser educada. — Fez um som desamparado. — Acho que isso, em si, é um método de ensino, não é? — Respirou fundo. — Um bem idiota, na maioria das vezes.

Jak pensou sobre aquilo.

— Então, ser educado é dizer algo que não quis dizer, para que a outra pessoa tenha que dizer o que você quis dizer.

Ela riu, do jeito suave que ele gostava.

— Basicamente. — Virou-se para ele. — Então... Jak, eu gostaria de entrar e me aquecer ao invés de ficar sentada aqui sozinha na minha caminhonete fria. Tudo bem para você?

— Eu te disse que sim.

Harper riu.

— Certo. Você disse. Obrigada. Então, vamos voltar lá para dentro.

SELVAGEM

CAPÍTULO VINTE E OITO

— Sra. Cranley?

— Sim. Quem está falando? — A mulher do outro lado da linha tinha uma voz profunda que arranhava um pouco. Fumante, Mark palpitou.

— Olá, senhora. Aqui é o agente Mark Gallagher. Sou do Departamento de Justiça de Montana.

Houve uma breve pausa e alguns ruídos, até a Sra. Cranley finalmente dizer:

— Do que se trata?

— Senhora, sinto muito informar que o seu irmão foi encontrado morto.

Outra pausa, mais longa dessa vez.

— Isaac?

— Sim, senhora.

— Ele deixou algo para mim em seu testamento?

Bom, isso foi abrupto. Mark foi pego desprevenido por um instante.

— Na verdade, senhora, parece que Isaac não tinha um testamento. Mas a senhora está listada em vários documentos como parente mais próxima dele.

— Bem, eu serei. — Mark ouviu mais alguns farfalhares e, então, a voz abafada da Sra. Cranley gritou para alguém ao fundo: — Lester, Isaac morreu e não deixou testamento. Sou a parente mais próxima dele.

— Quando foi a última vez que falou com Isaac, Sra. Cranley?

— Você pode me chamar de Georgette. E, hã... acho que doze anos atrás, no funeral do nosso pai. Isaac e eu não nos dávamos bem. Acho que isso não importa agora. Ele era esquisito, para falar a verdade.

Mark limpou a garganta. Aparentemente, essa mulher não tinha problema em falar mal do morto. De qualquer forma, aquilo facilitou seu trabalho.

— O que quer dizer com isso, senhora? Georgette?

Mark ouviu uma inspiração profunda, como se a mulher tivesse acabado de acender um cigarro.

— Ele simplesmente *era*. Estava sempre observando as pessoas, com uma expressão estranha no rosto. Aquilo me dava arrepios, e olha que ele era meu irmão. Foi piorando conforme ele foi ficando mais velho. Fiquei feliz quando Lester e eu nos mudamos para Portland, e não precisei mais vê-lo.

— Entendi.

— É claro que percebi isso quando fui à casa dele em Missoula. Acho que foi há uns dezoito ou dezenove anos, e tinha uma senhora com o neto, eu acho, que era vizinha dele. O menino era uma criancinha, então devia ser. Isaac ficava olhando para o menino com uma expressão estranha. — Ela fez um som que deu a Mark a ideia de que havia acabado de se arrepiar exageradamente. — Bem, foi aí que eu disse, ah, bingo! Isaac é um pervertido. Tudo fez sentido.

Mark se sentiu enjoado, de repente. Ele limpou a garganta.

— Mas você nunca viu nenhuma evidência de que ele abusava de crianças?

— Não. Só aquele olhar. Mas mulheres sabem dessas coisas, entende? Intuição. — Ouvi-a tragar o cigarro mais uma vez.

— E você disse que isso foi em Missoula? — Mark pegou a ficha de Isaac e conferiu que seu último endereço conhecido era de Missoula, provavelmente um apartamento. Ele ficava no bloco A.

— Aham. Não tenho mais o endereço, mas foi o último lugar em que o vi.

— Pelo que entendi, o seu irmão fez trabalhos voluntários para várias agências de serviço social na região.

— Bem, aí está. Isso dava acesso.

Mark limpou a garganta novamente. Ele havia falado com várias pessoas nas agências de trabalho voluntário onde Driscoll havia trabalhado, mas ninguém disse nada depreciativo sobre ele. Decidiu que precisaria aumentar a rede de pessoas para entrevistar que podiam ter conhecido Driscoll em seus trabalhos voluntários.

— Essa mulher que foi à casa do seu irmão naquele tempo, você pode me dizer algo sobre ela?

— Sim, era muito difícil entendê-la. Tinha um sotaque carregado. Ela saiu de lá bem rápido com o menino, mas não rápido o suficiente para que eu não percebesse como Isaac olhava para ele. Pensei em ir até o apartamento dela e alertá-la para ficar longe, mas as pessoas precisam aprender suas próprias lições, sabe?

Mais uma vez, Mark foi pego de surpresa. Talvez toda a família Driscoll fosse *fora da casinha*.

— Hã, certo. Bem, estou ligando por outro motivo. O seu irmão possuía uma área de terras bem extensa fora de Helena Springs. Como sua parente mais próxima, as terras pertencerão a você, mas Isaac estava permitindo que um jovem rapaz morasse em uma cabana na propriedade.

Ela emitiu um sorriso debochado.

— Aham, aposto que estava.

— Não há evidência de nenhum tipo de abuso. O rapaz tem vinte e poucos anos. Parece que Isaac o deixou ficar lá depois que os pais o

SELVAGEM

abandonaram, e cresceu sem exposição alguma à sociedade.

Georgette riu, um som baixo cheio de catarro.

— Então, Isaac estava criando um homem da montanha sozinho? Estranho.

— Não posso dizer que Isaac o criou. Mas, como eu disse, o deixava ficar na propriedade. Quando as terras forem entregues a você, irá permitir que ele permaneça em sua cabana até que ele descubra o que fazer? As opções dele são muito limitadas.

Georgette deu mais um trago alto, e Mark encolheu-se em nome dos pulmões dela.

— Não, não. Não quero me envolver em nada relacionado às bizarrices de Isaac, não quis quando ele estava vivo e não quero agora que ele está morto. Não, o homem na montanha vai ter que ir embora. Quanto antes, melhor.

Mark suspirou.

— Se puder reconsiderar, senhora…

— Não irei. Ele precisará sair da cabana imediatamente. No que me diz respeito, ele está invadindo as *minhas* terras.

A internet estava cheia de informações sobre os espartanos e, durante cerca de quinze minutos, Mark atualizou-se em sua pesquisa. Ele precisou limpar a mente depois de falar com a irmã de Isaac Driscoll e seus pulmões escurecidos, e, infelizmente, histórias sobre guerra e carnificina eram mais atraentes no momento.

Esparta, Grécia, era uma sociedade guerreira centrada em serviço militar. Aparentemente, começava na infância, quando as crianças eram inspecionadas para testar sua força, e então, aos sete anos, soldados levavam a criança de seus responsáveis, cuja influência delicada e afetuosa era considerada negativa, e a abrigava em um dormitório com outros meninos soldados. A partir de então, as crianças espartanas eram submetidas a uma disciplina e privação física severas para aprender como serem fortes e confiarem em sua esperteza. Aos vinte e poucos anos, ele tinha que passar por um rigoroso teste e somente então, se tornava um soldado espartano.

Parece brutal. Por uma coisa, Mark era grato — não teve que crescer na Grécia antiga.

Pesquisou sobre a Batalha das Termópilas, um encontro militar com os persas, que ultrapassavam a quantidade de espartanos. Estudou a foto on-line, e, assim como na primeira vez, sentiu um tremor estranho descer por sua espinha. Era definitivamente a presença de arcos e flechas nas mãos dos guerreiros — aquilo obviamente não podia ser ignorado, diante da arma utilizada nos dois assassinatos —, mas havia algo a mais também. Algo que não sabia dizer bem o que era. Talvez não fosse algo exatamente na pintura a peça do quebra-cabeça que ligaria tudo isso. Faria *sentido*.

Uma mulher misteriosa, assassinatos, arcos e flechas, um garoto abandonado, uma irmã que achava que seu irmão era um "pervertido", estudos sociais financiados pelo governo... será que Driscoll estava tentando criar... um espartano dos dias atuais? Mas *por quê*? Será que era louco do juízo? Ou realmente acreditava que estava ajudando Lucas?

Folheou os arquivos do caso que estavam sobre a mesa diante de si. Fotos das cenas dos crimes, informações obtidas sobre as flechas utilizadas nos assassinatos — uma marca popular vendida em centenas de lojas esportivas, tanto locais quanto na internet. Tudo era um beco sem saída, até o momento.

O toque em seu celular o alertou sobre a chegada de um e-mail, mas como estava sentado diante do computador, decidiu abrir nele.

— Bem, que *timing* interessante — murmurou para si mesmo quando viu que era do Dr. Swift.

SELVAGEM

Quando abriu o e-mail, havia um recado bem curto e, em anexo, o último estudo no qual Isaac Driscoll havia trabalhado no Rayform. Mark rolou a tela. Era um estudo sobre a incidência do encarceramento de prisioneiros criados por mães solo. Havia vários gráficos e estatísticas, mas nenhum parecia ser um bom argumento para a maternidade solo — embora Mark soubesse que, em qualquer bom estudo psicológico, outras variáveis precisavam ser levadas em conta, ou ao menos mencionadas como fatores contribuintes. O estudo tinha isso, apontando baixa renda, violência de gangues, armas na área onde o prisioneiro foi criado e coisas dessa natureza. Fazia parecer que era um caso perdido, e Mark percebeu que era principalmente porque o trabalho oferecia apenas números e estatísticas — não soluções. O que, é claro, era o objetivo de estudos. Eles não foram desenvolvidos para solucionar problemas, e sim para simplesmente identificá-los. Ele pôde ver por que Isaac Driscoll, ou qualquer pessoa que trabalhava naquele campo, podia ter se tornado cético sobre a sociedade após fazer esses estudos ano após ano.

Sua porta se entreabriu, e sua esposa olhou em volta, com um sorriso hesitante. Ele recostou-se na cadeira, oferecendo-lhe um sorriso também.

— Eu fiz almoço, se estiver com fome.

Mark passou uma mão pelos cabelos.

— Obrigado. Mas estou bem envolvido nisso agora. Você pode guardar um pouco para mim?

Ele não deixou de perceber o jeito como o sorriso dela murchou, mas também não comentou. A verdade era que Mark estava perdido em seu trabalho, perdido no caso complicado diante de si, e ansiava por isso. Deus, ansiava por isso. Um escape não somente para ele, mas para duas pessoas mortas contando com ele para obterem respostas. *É assim que vai justificar isso, Gallagher?* Ouviu sua voz interior sussurrar a pergunta, mas a afastou da mente. Talvez *fosse* mesmo apenas uma justificativa, mas também era verdade.

— Precisa de alguma ajuda? — O sorriso dela cresceu, mas ele pôde ver o nervosismo em seus olhos. Ele a conhecia. Percebeu que ainda a conhecia. Conhecia suas expressões e sua linguagem corporal. O que mudou foi o desejo dele de responder ao que sabia que ela estava pedindo. *Inclusão.* Mas Mark já havia recorrido a ela pela mesma coisa, durante momentos em que era sua esposa que não estava disposta a deixá-lo entrar. Era como se *sentissem falta* um do outro emocionalmente. Contudo, ele precisava *focar*. No passado, ela fora sua ouvinte, a pessoa com quem trocava ideias quando estava com bloqueio, a pessoa que o ajudara tantas vezes quando não conseguia conectar A com B. Agora, tê-la por perto o distrairia, ao invés de ajudá-lo.

Vai levar um tempo. Continuava a *dizer* isso para si mesmo e, de alguma forma, aquilo soava vazio, mas ele não sabia a que outra esperança se agarrar.

— Não, obrigado. Não nesse caso. Não vou demorar a terminar.

O sorriso dela vacilou, mas ela assentiu e virou, fechando a porta suavemente. Mark soltou uma respiração, massageando as têmporas, tentando voltar a mente para o caso.

Mas seu foco havia sumido, pelo menos naquele momento. Ao fechar o estudo que o Dr. Swift havia lhe mandado, percebeu não somente o nome de Isaac Driscoll, mas também o de seu assistente que havia trabalhado no estudo: Kyle Holbrook.

Ligou para o Rayform e descobriu que o homem ainda estava listado no quadro da empresa, mas, quando Mark tentou contatá-lo, foi direto para a caixa postal. Deixou um recado e ficou batendo a caneta na mesa, sentindo o cheiro de sanduíche grelhado de queijo e sopa de tomate flutuar sob sua porta, enquanto encarava a parede.

SELVAGEM

CAPÍTULO VINTE E NOVE

A neve brilhava sob o céu cinza-prateado e flocos grandes desciam flutuando e derretiam na pele de Jak conforme ele atravessava o campo aberto. Os sapatos achatados e compridos que havia feito facilitavam a caminhada pelo solo congelado sem afundar na neve macia. Desejou ter pensado em fazer algo assim há muito tempo. Mas como poderia? Esses sapatos não eram... qual era a palavra? Não *precisava* tê-los, mas era legal tê-los.

Sua mente viajou, as palavras da mulher da foto flutuando em volta de sua cabeça. Conversava com ela, às vezes, fazia-lhe perguntas, tentava adivinhar quais seriam suas respostas.

Às vezes, como hoje, quando queria distrair a mente do frio do inverno, dizia as palavras que lhe traziam paz. Ele as dizia repetidamente até seu coração se acalmar e, assim, encontrava algo de bom sobre o dia. Sobre a vida. Sobre sua presença em um mundo que só fazia sentido de uma maneira física. Para Jak, os escritos da mulher eram seus amigos, *ela* era seu padre da história que ele nunca havia realmente lido e sua professora. Ele a amava, mesmo não a tendo conhecido. Ele também a visitava, às vezes, na base daquele desfiladeiro. Se sentava do lado de fora do carro onde ela morrera, dizia palavras para ela e para o homem. Ele se perguntava se haviam morrido na hora ou se haviam sofrido. Se perguntava onde estava a filha deles — a garota. Ele sentia tanta tristeza. Queria poder tê-los salvado. Queria que estivessem vivos e pudesse conhecê-los. Ele faria à mulher todas as perguntas em sua mente e em seu coração. Ela tinha muito mais palavras do que ele conhecia.

SELVAGEM

Em seu faz de conta, ela respondia. Jak fechava os olhos e a ouvia falar, mais claramente do que a voz embaçada de sua *baka*.

Fazia cinco invernos desde que encontrara o carro e a mochila azul, e por mais que não pudesse dizer que sua vida era fácil, os escritos que encontrara haviam deixados as coisas... melhores. Não tinha certeza do porquê, exatamente. Só sabia que os escritos o fizeram mudar de ideia sobre querer morrer. *Será* que ele *quis* mesmo morrer? Não. Quis que a dor acabasse, a solidão. Os escritos o fizeram se importar com a vida.

Suas pernas musculosas empurravam uma tábua para frente, depois a outra, deslizando pela neve, sua respiração saindo em nuvens brancas um segundo antes de serem levadas pelo vento.

Um movimento chamou sua atenção e Jak desacelerou, sentindo seus músculos tensionarem ao avistar uma pessoa ao longe, à sua direita. Se esconder? Escapulir? *Não.* Agachou-se ao posicionar uma flecha no arco e mirar em direção à ameaça.

Era... uma mulher?

Jak abaixou o arco e flecha, ficando de pé novamente, os batimentos de seu coração desacelerando, perguntas girando em sua mente. *Medo.*

A mulher estava andando rapidamente até ele, dando passos largos na neve, que afundavam e, com muito esforço, ela levantava seus pés um atrás do outro de novo e de novo. Jak estava paralisado de choque e confusão. Conforme se aproximava, Jak viu que ela não estava usando roupas de inverno e muitas partes de sua pele estavam à mostra. E ela parecia estar chorando, lamúrias que faziam seu peito subir e descer e que Jak podia ouvir de onde estava.

Jak deu dois passos em direção à mulher no mesmo segundo em que ela o avistou. Ela parou e, então, moveu-se na direção dele, acelerando seus passos, tropeçando, caindo e levantando-se novamente.

— Socorro! — gritou. — Socorro!

Jak seguiu rapidamente em direção a ela, que tropeçou novamente, erguendo-se em seguida, seu choro ficando mais claro conforme se aproximava.

— Por favor, por favor! — chorou. — Eu preciso de ajuda!

— O que aconteceu? — Jak perguntou quando a mulher desabou em seus braços, tremendo e chorando, sua pele arroxeada e coberta de arrepios. Seu olhar arregalado percorreu o rosto dele, seus lábios tremendo tanto que toda a sua mandíbula estava batendo.

— Perdida... o inimigo me perseguindo... — Outro tremor a transpassou, interrompendo suas palavras, e a pele de Jak pinicou de inquietação.

O inimigo? Ele olhou para trás dela, de onde havia surgido. Ele sempre se sentira seguro de outras pessoas na floresta, seguro da guerra e do que quer que estivesse acontecendo no mundo. A *natureza* havia sido sua inimiga... qualquer outro perigo parecia estar muito, muito longe. Mas, agora... ali estava uma mulher fugindo desse inimigo que ele só imaginava que fosse a voz estrondosa dele dizendo que o único objetivo era a sobrevivência.

— Por favor, me *ajude* — chorou suavemente, olhando-o de um jeito estranho. Jak tirou seu casaco de pele de animais, que ele mesmo havia feito, preso com longas tiras das partes duras e fibrosas que ficavam entre o músculo e o osso dos cervos que ele branqueou e colocou para secar ao sol. Colocou o casaco em volta da mulher e os joelhos dela cederam, mas ele a segurou, erguendo-a facilmente em seus braços e seguindo em direção à sua cabana.

Ao chegar lá, a colocou no chão em frente ao fogão à lenha aberto, colocando seu cobertor em volta das pernas dela e jogando mais uma lenha no fogo para que crescesse, fazendo o calor flutuar mais pelo cômodo.

A mulher começou a se mexer, afastando seus cabelos ruivos compridos do rosto e sentando-se lentamente.

— Onde estou?

SELVAGEM

— Na minha cabana. Quem está te perseguindo?

Ela sacudiu a cabeça e seus olhos foram direto para a janela.

— Eu não sei quem eles são. Acho que os perdi, mas... — Seu olhar movia-se rapidamente para os lados. — Hã, eu me perdi e apenas continuei andando.

Jak teve um pressentimento estranho em relação àquela mulher. Era como... ele sentia um perigo, mas... isso era estupidez. Essa mulher tinha metade de seu tamanho. Não era ameaça para ele. Mas Jak sentia que algo... não estava certo, e não sabia bem por quê.

— O que aconteceu com as suas roupas?

— O inimigo as levou antes que eu conseguisse fugir.

Jak franziu a testa.

— Me conte sobre o inimigo.

Ela piscou.

— O quê?

— Eu... — Passou uma mão pela mandíbula, tentando descobrir como explicar as coisas. — Eu não sei nada sobre a guerra. Moro aqui desde que era criança. — Sentou-se na beira da cama perto de onde ela estava contra a parede. — Pode me dizer o que está acontecendo? Alguém fala sobre quando vai acabar?

Encarou-o por um minuto, com uma linha formando-se entre seus olhos.

— Eu também não sei muita coisa. Eu, hã... — Ela fez aqueles movimentos estranhos com os olhos novamente. — Sou de outro lugar.

— De um lugar onde não está tendo guerra?

— Isso.

— Você sabe *por que* estamos em guerra? E contra quem estamos lutando? Houve um tempo em que estavam matando as crianças. Isso ainda está acontecendo?

— Olha, eu não sei de mais nada, ok? — Ela soou meio... brava.

O casaco que Jak havia colocado em volta de seus ombros escorregou, exibindo a pele branca de seu seio, e Jak prendeu a respiração. Nunca vira o corpo de uma mulher antes, e quis tirar o casaco dos ombros dela, o cobertor das pernas dela, e vê-la nua, analisar o quanto ela era diferente dele. De repente, não estava mais pensando sobre a guerra ou o inimigo, ou qualquer outra coisa fora de sua cabana. Seu corpo esquentou, se contraiu.

Mas *essa* mulher havia acabado de fugir de um inimigo que fez o mal a ela, de alguma forma. E estava confiando nele para ajudá-la. Ele levantou, ficando de costas para ela e indo até a janela, olhando para o lado de fora. A neve cintilava, branca-acinzentada e intocada, exceto pelas pegadas solitárias que levavam até sua porta. As pegadas dele. Pelo menos, se alguém fosse até sua cabana, pensaria que só ele estava ali. Poderia protegê-la. Olhou para o lugar onde guardava o arco e flecha que Driscoll havia lhe dado há muito tempo. Havia passado horas e horas praticando com a arma, tornando-se tão bom em manuseá-la que, quando a usava, era como se fizesse parte de seu corpo. Ele atiraria para matar, se fosse preciso. Seus tiros eram fortes. Ele nunca errava.

Sentiu o cheiro dela se aproximando. Ela tentou não fazer barulho, mas não conseguiu. Ela não era um lobo. Jak esperou... tensionou e sentiu mãos o envolverem pela cintura. Virou-se rápido, deparando-se com a mulher muito perto de onde ele estava. Ela havia deixado o casaco e o cobertor no chão e, agora, estava nua diante dele. Jak sentiu a surpresa estremecer por seu corpo, junto com uma onda de calor. Seus olhos percorreram o corpo dela, e a confusão começou a pinicar em sua pele. *O que ela está fazendo?*

— Qual é o seu nome?

Pareceu surpresa por ele fazer aquela pergunta, mas, após uma pausa, disse:

— Brielle. Qual é o seu?

— Jak.

Ela deu mais um passo, aproximando-se, abrindo um pequeno sorriso para ele ao correr as mãos por sua camisa, sobre os músculos de seu peito.

— Você é diferente do que eu pensava — disse tão baixinho que ele quase não ouviu.

— Diferente? O que... o que quer dizer? Como você ouviu falar sobre mim?

O olhar dela encontrou o dele, e ela riu, nervosa.

— Eu quis dizer diferente de quando te vi lá fora na neve. Pensei que você não fosse civilizado, mas é.

Não civilizado.

Jak não entendia. E ela ainda estava nua na frente dele, e embora isso estivesse fazendo seu corpo ficar muito quente, sua mente ainda estava atenta, como aprendera a fazer quando caçava. Isso era mais fácil agora.

Uma mulher nua o estava tocando, mas aquele sussurro de confusão não permitia que seus pensamentos se aquietassem.

— O que você está fazendo? — ele perguntou, fitando sua nudez novamente, vendo os bicos rosados de seus seios, o jeito como a cintura dela se curvava para dentro, os pontinhos pretos minúsculos entre suas pernas que demonstravam que ela havia removido pelos dali. Ele se perguntou por que ela faria isso. Era ali que ficava o cheiro que dizia a um macho se ele queria acasalar com uma fêmea ou não. Esses cheiros diziam ao macho se os sussurros falavam entre si, se suas crias seriam saudáveis e fortes, e outras coisas que Jak não sabia, porque ainda não havia sentido o cheiro de uma parceira.

— Estou te agradecendo por me resgatar — respondeu, segurando a bainha da camiseta dele e puxando-a por sua cabeça. Os olhos dela percorreram o peito dele, parando sobre cada uma das cicatrizes ali. Algo surgiu no semblante dela, e ele não sabia o que era. Ela engoliu em seco e deu um passo para trás, estendendo um dedo para traçar a pior delas, a proeminência feia na lateral do corpo dele feita pela presa afiada do javali, que quase o matou. Ele a observava como se a mulher fosse uma cobra, e não tinha certeza se ela ia rastejar ou atacar.

O dedo dela moveu-se lentamente, e ele sibilou, a sensação de ser tocado por outro ser humano pela primeira vez desde que era uma criança fazendo-o querer cair de joelhos. Queria empurrar essa mulher — essa estranha na qual ele não confiava — para longe, e queria implorar que ela não parasse.

— Você já esteve em uma batalha — ela disse.

Jak olhou para ela, erguendo seu próprio dedo e traçando a cicatriz rosada que ficava logo acima da região com pelos removidos entre suas pernas e, depois, erguendo os braços dela, onde também havia cicatrizes na parte interna.

— Você também.

Os olhares deles se encontraram, e o rosto dela suavizou. Ela parecia triste. Abaixou as mãos.

— Eu... sim. — A voz dela saiu engasgada, e o sorriso em seus lábios parecia uma mentira. Respirou fundo e aproximou-se dele novamente, tornando a tocar a pele nua dele. — Você me quer, Jak?

Antes de esperar por uma resposta, ela avançou e colocou os lábios nos dele, passando a língua por seu lábio inferior. Ela segurou a cabeça dele entre as mãos, arrastando as unhas por seus cabelos. Jak quis se afastar, mas não soube por quê. Ele deveria querer isso. Acasalar. *Não deveria?*

A sensação da língua molhada e macia dela em sua boca enviou uma fisgada ao meio das pernas dele, fazendo-o inchar e endurecer. Mas mesmo que seu corpo *quisesse*, havia algo errado no cheiro dela para ele. Ela tinha cheiro de frutos selvagens, mas daqueles maduros demais que já caíram no chão. *Muito doce. Demais.* Jak não gostou. Não queria acasalar

SELVAGEM

com ela. E ela estava tremendo novamente, mas não havia arrepios em sua pele, e a cabana dele estava aquecida pelo fogo.

Algo estava errado. Muito errado.

Jak envolveu o pequeno pulso dela com os dedos, tirando a mão dela de sua pele e separando suas bocas.

— Não sou como eles — disse, com aspereza na voz, segurando os braços dela e afastando-a. Ele pegou o cobertor e levou até ela, colocando-o em volta de seus ombros e cobrindo sua nudez. Não sabia exatamente quem eram "eles", mas quem quer que fosse o inimigo do qual ela havia fugido tinha arrancado as roupas dela e a assustado o suficiente para sair correndo quase nua pela neve, e a fez oferecer seu corpo para mesmo que ele não tenha pedido ou feito algo que a fizesse querer entregá-lo. Jak não a alimentou, nem caçou para ela, nem lhe trouxe presentes que a fizeram dançar.

Ela o encarou, e ele viu lágrimas brilhando em seus olhos. Ela assentiu e foi até o local onde havia jogado suas roupas. Pegou uma calça jeans e uma camiseta que não lhe serviam mais há muito tempo e entregou para a mulher.

— Não tem mais costuras porque usei as linhas, mas essas roupas irão te manter aquecida. Você pode ficar aqui por um tempinho, se precisar. Eu tenho armas.

Sorriu e, para ele, pareceu um sorriso triste.

— Você lutaria por mim, não é? Uma estranha.

— Sim.

Ela sorriu novamente e usou a mão para tocar a bochecha dele.

— Você é muito atraente, sabia? Não somente aqui... — Correu os nós dos dedos pelo rosto dele, descendo até o osso da mandíbula. — Aqui também. — Ela afagou o local onde seu coração batia sob sua pele.

Jak não sabia o que dizer, não entendia por que ela pareceu ficar tão triste de repente. Estava confuso com toda essa situação. Parte dele queria que ela fosse logo embora para que as coisas voltassem ao normal, e a outra parte dele odiava o normal.

— Você acha que talvez eles precisem de mim para lutar na guerra? Estão procurando soldados?

— Não, acho que não. Tenho que ir. Minha família vai procurar por mim.

Ele franziu a testa, sem entender como, de repente, ela sabia qual era seu caminho de volta quando eles não saíram dali em nenhum momento, mas, antes que pudesse perguntar, ela disse:

— Você não é nem um pouco não civilizado, Jak. Nunca deixe ninguém te dizer que você é, ok?

Ele não respondeu. A quem ia dizer isso? Até onde sabia, ele podia passar o resto da vida sem falar com ninguém além de Isaac Driscoll.

— Me deixe te levar até...

— Não. — Olhou rapidamente em volta do cômodo onde estavam, seus olhos percorrendo o teto como se estivesse procurando por alguma coisa. — Estou bem agora. — Caminhou até a porta da frente e a abriu, virando para ele novamente ao sair para a varanda. Jak ficou no vão da porta, observando-a. Ela abriu um sorriso trêmulo, estendendo a mão. Ele a olhou, sem saber o que ela queria. — Aperte a minha mão, Jak. É isso que as pessoas fazem.

Estendeu a mão e segurou a dela, que agarrou com firmeza a sua enquanto os olhos dela se moviam para cima e para os lados, como se estivesse indicando com o olhar que ele deveria ficar atento a alguma coisa. Mas antes que pudesse descobrir, ela o puxou para si, e ao abraçá-lo, sussurrou:

— Há uma câmera naquela árvore atrás de mim. Não demonstre que sabe que está ali. Eu também vi uma perto do rio quando estava vindo até você.

Vindo até mim?

SELVAGEM

— Câmera? — sussurrou. Uma câmera tirava... fotos. Jak se lembrava. Ele se lembrava daquela palavra.

— Você está sendo vigiado. Por favor, não conte a ninguém sobre mim.

Antes que pudesse perguntar qualquer outra coisa, ela virou e saiu correndo, entrando pelas árvores em direção à estrada que não ficava tão distante assim dali.

Jak ficou olhando até ela desaparecer, com o coração martelando. *Você está sendo vigiado.* O que *isso* significava? Vigiado por quem? *Eu também vi uma perto do rio.* Uma câmera. Uma câmera vigiava.

Jak fechou a porta e sentou-se em sua cabana, contando os números que sua *baka* o ensinara muito tempo atrás enquanto tentava clarear a mente e acalmar seu coração acelerado. *O que está acontecendo?* Contou até mil, duas vezes, e então pegou seu arco e flecha e seu casaco e voltou a sair. Jak deu alguns passos na neve e curvou-se como se estivesse consertando algo em sua bota, mas, enquanto suas mãos mexiam nas tiras, olhou para cima através de seus cabelos, que escondiam seu rosto.

Não sabia o que estava procurando e levou alguns minutos até ver um pequeno flash de algo escuro que não era um material encontrado nos galhos altos da árvore de uma floresta. Ele se levantou, pendurando seu arco e flecha nas costas novamente e caminhando em direção ao rio.

Seus pensamentos giravam e saltavam como um riacho corrente enquanto tentava entender o que estava acontecendo com o pouco que sabia.

Será que deveria perguntar a Driscoll? Talvez também estivesse sendo vigiado. Mas Jak deixou o pensamento de lado. Odiava aquele homem, e fazia cada vez menos trocas com ele com o passar dos invernos. Jak já havia descoberto como se virar sem as coisas que conseguia antes com Driscoll e aprendido a fazê-las ele mesmo usando as coisas que podia encontrar na floresta.

Pelo que sabia, Driscoll podia ser a pessoa que o estava vigiando. Sua pele arrepiou. *Driscoll é mau.* Sabia disso, descobrira há muito tempo. Mas... o que Jak tinha a temer em relação à *maldade* de Driscoll, o que quer que fosse? Jak era muito mais forte que ele agora, embora nunca tenha tentado machucar Jak, mesmo quando ainda não era.

O rio surgiu em seu campo de visão, o rugir baixinho de água gelada batendo contra as rochas e em volta de pequenas porções de terra que ficavam bem no meio do rio. Apostava que existia um nome para aquilo, mas ele não sabia qual era. Ele apostava que existia um nome para *tudo*, e só queria saber onde poderia encontrar as respostas. As anotações haviam lhe dado muitas palavras novas, das quais tivera que deduzir o significado de acordo com a maneira que eram usadas. Mas ele era bom em deduzir e descobrir as coisas — sempre foi.

Jak tirou o arco e flecha das costas e sentou-se em uma árvore caída. Pegou uma das flechas e uma pedra achatada do chão, começando a fazer de conta que estava afiando a flecha enquanto seus olhos observavam em volta, olhando aqui e ali, de um jeito que alguém que o estivesse observando não percebesse.

Levou um bom tempo até ver o minúsculo flash de algo escuro que não pertencia ali. Estava em outra árvore que ficava à margem do rio. Nunca teria visto, se não estivesse procurando. Estava lá no alto de uma das árvores — igual à que tinha em frente à sua casa — que ficavam verdes o ano todo, então nunca ficava descoberta por folhas que caíam.

Sua cabeça girou. *O que isso significa?*

SELVAGEM

CAPÍTULO TRINTA

Harper abriu os olhos, piscando ao olhar em volta. A realidade se fez presente aos poucos. Uma tempestade de neve. Sem sinal. Turno perdido. Lucas. *Não, Jak.*

— Caramba — ela sussurrou, e a preocupação a despertou por completo, fazendo-a sentar-se e olhar em volta. Sua cabeça virou imediatamente em direção à cama onde Jak dormira na noite anterior, mas estava vazia.

Por que ela sempre dormia tão profundamente ali, quando mal conseguia adormecer por mais que algumas horas quando estava em casa*? Porque você está sozinha. Atenta ao... perigo.* Muito bem, então ela sabia qual era o problema, só não sabia como resolvê-lo. Aparentemente, seu subconsciente não sentia perigo quando Jak estava ali e, assim, ela dormia profundamente. Havia um pedaço de pele no chão sob ela, e o cobertor a mantivera aquecida mais uma vez, enquanto ele havia dormido sem. Havia tentado resistir à oferta do cobertor, mas Jak simplesmente balançara a cabeça e o empurrara para ela. Aliviou sua culpa ao dizer para si mesma que ele estava bem diante do fogo. E o homem *era* maior que ela. Bem maior.

Onde ele estava? Harper se levantou, calçou as botas, vestiu o casaco e abriu a porta da cabana. Ela ofegou ao assimilar o ambiente ao seu redor: um mundo cintilando e brilhando, parecendo completamente feito de gelo.

Deu um passo para fora, maravilhada diante do chão reluzente da

floresta e os galhos de árvores carregados de gelo. Parecia um mundo de maravilhas, e uma faísca de deleite infantil acendeu-se dentro dela. Caminhou devagar, segurando o corrimão, tomando cuidado para não escorregar. Seus pés faziam barulho sobre a fina camada de gelo que cobria a neve conforme ela dava a volta pela lateral da casa dele, seguindo em direção às "instalações" externas.

Quando chegou, parou de repente, arregalando os olhos e ficando boquiaberta ao inspirar com força. Jak estava de pé na neve, sem camisa, com sua calça jeans ainda desabotoada em seu quadril, esfregando um pedaço de tecido por seus cabelos molhados. Ele ergueu a cabeça diante do pequeno som de surpresa, abaixando o tecido e pousando seus olhos azuis nela.

— Desculpe — Harper disse sem fôlego. — Eu não sabia... — Ergueu a mão, indicando sua seminudez. — Que você estava, hã... — Tentou desviar o olhar, realmente tentou, mas os ombros dele eram tão largos, seu peito, lindamente esculpido, cada músculo definido, sua pele estava avermelhada do frio, seus mamilos pequenos e achatados...

— Tomando banho?

— O quê?

Jak olhou para ela confuso, franzindo as sobrancelhas.

— Eu estava tomando banho.

— Na *neve*?

Se aproximou dela, que ficou surpresa por não sentir o mínimo impulso de se afastar.

— Eu preciso, se quiser ficar limpo no inverno.

— Sim. Oh, é claro. É só que... parece muito... hã... hã...

— Frio? — Baixou um pouco a cabeça, seus lábios se curvando para cima levemente, provocando.

— Hã?

Franziu as sobrancelhas de novo, fitando-a. Ela estava obviamente deixando-o confuso. Só estava meio que... de queixo caído e inútil com ele ali perto daquele jeito. Um guerreiro da neve seminu, cheio de cicatrizes e exalando tanta testosterona que devia estar desorientando seu cérebro. Espontaneamente, seu olhar desceu até a linha fina de pelos no abdômen definido dele, percorrendo-a para baixo lentamente.

— Você pode usar...

Harper ergueu o olhar de uma vez, arregalando os olhos.

— O quê?

— Eu deixo pingando para não congelar. — Acenou com a cabeça para trás, por onde o cano passava pela lateral da casa.

Certo. Ela olhou para o cano que ainda pingava e se perguntou se ele esteve pelado ali debaixo apenas momentos antes. Engoliu em seco. *É claro que esteve, Harper. Quem toma banho de calça?*

— Não. Quer dizer... eu... acho que não aguentaria. Eu morreria de frio. Congelaria.

Jak sorriu devagar, daquele jeito de menino doce que contrastava completamente com sua aparência inexperiente. Nesse momento, ela deu um passo para trás. Afastando-se daquele sorriso que fazia os músculos de sua barriga dançarem.

— Vou só lavar o rosto.

— Ok. — Jak passou por Harper, que virou para vê-lo sair dali, soltando um arquejo quando viu as costas dele. Ele parou de uma vez, virando a cabeça para ela.

— O que aconteceu com você? — Harper perguntou, aproximando-se e traçando com o dedo a cicatriz longa e irregular que começava logo abaixo das costelas e se estendia até o meio das costas. Havia outras cicatrizes nas costas, mas aquela era, de longe, a pior.

Virou-se para ela.

— Um porco. Tentou me matar.

— Um porco? Daqueles selvagens? Um javali? — Estremeceu internamente. Odiava aquelas coisas. Eram loucos e imprevisíveis, e já ouvira histórias horríveis sobre pessoas sendo terrivelmente mutiladas e até mesmo mortas ao se depararem com um inesperadamente.

— Era selvagem. Mas eu também sou.

Algo surgiu em seu olhar nesse momento, algo desafiador, mas Harper não sabia se o olhar tinha a ver com a lembrança de ter sido atacado pelo javali, ou se era um alerta que ele estava lhe dando.

Ela ergueu o queixo, encontrando o olhar de Jak.

— Claramente, ele não te derrotou.

Jak a observou por alguns instantes e, então, soltou um suspiro, virando as costas para ela.

— Estarei lá dentro — disse por cima do ombro.

Ficou ali parada por um momento, observando-o caminhar com facilidade pela neve, sabendo que ele fizera aquilo mil vezes, sob mil céus de inverno diferentes. *Por que havia comentado que era selvagem?*, se perguntou ao seguir até a bomba de água a alguns metros de distância. Foi um aviso? Por quê? Queria que Harper fosse embora porque o incomodava ao interromper a forma de vida com a qual havia se acostumado e não tinha vontade alguma de mudar? Ela pensou sobre o que Jak havia contado na noite anterior. Sobre alguém tê-lo levado de sua *baka* e o deixado na floresta. Achou que não era muito pior do que já tinha entendido: seus pais o abandonaram à própria sorte. Mas Jak não queria respostas para as perguntas *quem* e *por quê*? Quem havia sido cruel a ponto de fazer aquilo a um garotinho? E será que era *mesmo* uma coincidência ele ter visto os helicópteros buscando os pais dela na mesma noite em que foi deixado ali?

Ficou ponderando o pouco que sabia enquanto jogava água gelada no rosto, soltando um gritinho ao senti-la na pele. Umedeceu um pouco os cabelos, enxaguou a boca, e usou o dedo para limpar os dentes o melhor possível. Ele tinha uma escova de dentes em um copo perto da bomba de água, mas não havia pasta de dentes. Nenhum produto de higiene. Aparentemente, ele não tinha dado nada a Driscoll em troca de xampu. Usou as outras instalações rústicas antes de voltar para dentro da cabana.

Quando chegou à porta, bateu, sentindo-se desconfortável em somente abri-la e entrar. Jak a abriu, agora vestido com sua camisa de mangas compridas. Ela gesticulou por cima do ombro.

— Parece um país das maravilhas de inverno aqui fora.

Olhou para trás dela por um momento, suavizando o olhar.

— As coisas nem sempre... são o que parecem.

Ela entrou, e Jak fechou a porta.

— Sim. Eu sei. Quer dizer, é lindo, mas não significa que seja menos difícil. É isso que você quer dizer?

— Sim. — Jak ficou de costas para ela.

Enquanto tirava seu casaco e botas, Harper notou duas tábuas compridas e achatadas encostadas na parede em um canto. Ao analisá-las, percebeu que ele havia feito "tiras" à mão. Jak havia feito sua própria versão de sapatos de neve com pedaços longos de madeira? Ela ficou maravilhada. Jak realmente era... incrivelmente habilidoso. Era uma lição de humildade ter um vislumbre de perto das coisas que ele teve que fazer para sobreviver.

Jak colocou algo em sua tigela e na caneca sobre a mesa, e Harper foi até onde ele estava, sentando-se em um dos bancos. Ele tinha aberto uma das latas de peras que ela havia trazido e colocado peixe defumado ao lado. Harper sorriu em agradecimento, e ele pareceu satisfeito ao sentar ao lado dela.

— Obrigada, Jak. Agradeço muito pela sua hospitalidade.

As sobrancelhas dele fizeram aquele movimento engraçado em que uma erguia e a outra abaixava. Estava começando a reconhecer aquilo como a expressão que Jak fazia quando estava tentando colocar uma palavra que não conhecia em contexto. Impediu-se de explicar a ele o que era hospitalidade. Jak claramente era inteligente, e possivelmente lia melhor do que algumas pessoas em Helena Springs, conduzindo vidas perfeitamente bem-sucedidas, então lhe daria espaço para deduzir os significados de palavras que não conhecia. Ou ele poderia perguntar.

— Por falar em hospitalidade, espero que esteja tudo bem para você se eu ficar um pouco mais. — Lançou um olhar levemente constrangido para ele. — Minha caminhonete está coberta por uma camada enorme de gelo e imagino que nunca irão retirar o gelo da estrada até aqui. Fica muito longe da cidade.

O olhar dele agora estava focado em uma pera, que ele cheirou com suspeita e então, aparentemente feliz com o aroma, colocou na boca. Os lábios dele se curvaram para cima enquanto mastigava, seu olhar encontrando o dela. O estômago de Harper deu uma cambalhota diante da pura alegria que tomava a expressão dele. O sorriso de Jak cresceu, e disse com a boca cheia:

— Você pode ficar aqui pelo tempo que precisar.

— Obrigada.

Após comer um pouco, ela se virou para ele, limpando calda de pera do canto da boca.

— Jak, o que você disse lá fora sobre ser selvagem. Sabe, não é nada que deva se envergonhar. O jeito que você cresceu não foi culpa sua. Você fez o que tinha que fazer para sobreviver. A maioria das pessoas não seria capaz disso.

— Sobrevivência é o maior treinamento de todos — murmurou, com o cenho franzido.

A afirmação dele a confundiu.

— Treinamento? Para quê?

Sacudiu a cabeça, como se estivesse voltando para o momento presente.

— O que aconteceu depois que os seus pais morreram?

— Comigo? Oh, eu... cresci em lares adotivos em Missoula.

— Lares adotivos?

Harper assentiu.

— Sim. É um programa do estado que acolhe crianças que não têm ninguém para cuidar delas. Orfanatos ou residências de família.

— Você ficou em qual?

— Hã, nos dois. Eu me mudei algumas vezes.

Jak a observou com atenção, e ela se remexeu por um momento, sentindo-se exposta, como se tivesse algo preso em sua garganta.

— E agora você trabalha em um orfanato?

— Sim. Quer dizer, só meio expediente, e mais para ter alguma coisa para fazer durante os meses frios, quando meu negócio fica mais parado. Eu ajudo com as crianças lá.

— Mas você trabalha à noite, quando elas estão dormindo.

Ela piscou. Jak não deixava nada passar, não era?

— Bem, sim. — Sentiu-se, de repente, pisando em território perigoso. — Eles também precisam de pessoas que trabalhem no turno da noite.

— Você as vigia enquanto elas dormem? — Inclinou a cabeça para o lado, percorrendo a expressão dela com os olhos, *lendo* seu rosto. Desvendando-a, do jeito que ele desvendava palavras e costumes, e coisas sobre as quais ele não sabia nada até deparar-se com elas no novo mundo para o qual havia sido empurrado. Ou, mais especificamente, no mundo que havia sido empurrado *para* ele em forma *dela*, aparecendo em sua casa de novo e de novo. — Você também sobreviveu, Harper? —perguntou, seus olhos azuis a perfurando.

SELVAGEM

Harper engoliu em seco. Sempre disfarçava para seus amigos e outras pessoas ao contar sobre o tempo que passou em lares adotivos. Mas, com ele, não sentia necessidade disso. Jak tinha dito que Harper era honesta, e ela queria ser. Não somente com ele, mas consigo mesma. Talvez amenizar sua experiência de todos aqueles anos e dizer que *não foi nada de mais* tivesse feito um grande desserviço ao seu próprio espírito.

— Sim. Eu também tive que sobreviver. De maneiras diferentes, mas... sim.

Seus olhos se encontraram, e uma compreensão flutuou entre os dois.

— São essas as coisas que você guarda para si? As coisas que não conta para as pessoas?

Harper assentiu, abrindo um pequeno sorriso antes de desviar o olhar para sua última pera. Ela se sentia à beira das lágrimas. Apreensiva. O jeito que Jak estava *olhando* para ela... como se soubesse de cada momento solitário e assustador que vivenciara, como se ele *tivesse* estado lá. Harper engoliu a pera com esforço. Se continuasse sentada ali, as emoções que estavam preenchendo seu peito iriam borbulhar e derramar. Elas *precisavam* borbulhar e derramar. Estavam exigindo liberdade. Só que, não ali... não com os olhos dele a fitando daquela maneira.

Harper se levantou tão repentinamente que o banco pesado balançou para trás antes de reequilibrar-se no chão. O rosto dele encheu-se de surpresa quando ela segurou sua mão.

— Vamos. Eu quero tentar aquele negócio que você me falou.

— Que negócio?

— Gritar os meus segredos para os topos das montanhas.

Encarou-a com um olhar inquisitivo, mas não resistiu quando ela o conduziu até onde seu casaco e botas estavam no chão ao lado da porta.

Vestiram suas roupas de inverno e desceram os degraus da varanda, seguindo para os fundos da casa novamente. O sol estava mais alto no céu agora, e o gelo tinha um brilho dourado ao invés de prateado. Os pássaros do inverno piavam nas árvores, e os sons de água pingando podiam ser ouvidos em toda parte. De repente, ela se sentiu boba. O ar frio a ajudou a se sentir melhor, a ajudou a acalmar suas emoções que zuniam, e agora Harper estava hesitando. *O que estou fazendo?*

Mas assim que esse pensamento surgiu em sua mente, ela avistou uma rocha que não estava coberta de neve. *Bem... dane-se! Por que não?* Respirou fundo e subiu na rocha, ficando de frente para as montanhas azul-acinzentadas ao longe. Como se cada uma de suas tristezas exigissem uma libertação, ondas de emoções disputavam para ver quem seria a primeira. Harper colocou as mãos em volta da boca e gritou:

— Eu me sinto tão magoada e... com raiva porque ninguém na cidade quis me acolher quando meus pais morreram! Às vezes, sinto vontade de me mudar para bem longe dessa maldita cidade sem olhar para trás!

Ela soltou uma respiração ofegante, observando os topos das montanhas, imaginando que podia ver o vapor de suas palavras — a verdade guardada há tanto tempo — flutuando de seu corpo e indo morar naqueles picos escuros. Harper virou, descendo com cuidado da rocha, onde Jak estava olhando-a, pensativo.

— Melhor? — ele perguntou.

Harper inspirou profundamente, seu peito subindo e descendo.

— Sim. Acho que sim. — Fez uma pausa. — Sim. Você tinha razão. Isso ajuda. Já me sinto melhor...

— Continue.

Hesitou, mas então assentiu, subiu de volta na rocha e virou em direção às montanhas.

— Às vezes, eu odeio Deus por ter levado meus pais de mim! Eu... — Um soluço subiu por sua garganta, mas ela tentou impedir que escapasse. — Às vezes, eu queria ter morrido naquela noite também. — Sentiu a

SELVAGEM

garganta apertar, enquanto instintivamente tentava refrear que mais palavras dolorosas derramassem de sua alma cansada e faminta por amor, ao mesmo tempo em que fazia o esforço para deixá-las saírem. — Eu tive tanto medo e fiquei tão sozinha.

E foi tudo que conseguiu fazer. O choro que escapou nesse momento foi seguido por um soluço, enquanto tentava desesperadamente controlar suas emoções. Virou-se para Jak, mas fez isso rápido demais, escorregando na rocha congelada, perdendo o equilíbrio e caindo para frente.

Jak a segurou, envolvendo-a pela cintura enquanto Harper chorava.

— Você não está sozinha — ele sussurrou.

O choramingo morreu nos lábios dela quando abriu os olhos e encontrou o rosto dele diretamente diante do seu, com sua boca a meros centímetros de distância da sua. Seu coração tropeçou, inchou. Por um momento, as respirações aceleradas dos dois se misturaram no ar entre eles. Harper piscou, surpresa, seu corpo paralisando. Jak olhou para os lábios dela, com uma expressão cheia de calor, e seus braços a apertaram em volta da cintura com um pouco mais de firmeza. *Me beije*, ela pensou. *Oh, por favor, me beije.*

Harper pôde ver a indecisão no rosto dele, mas sabia que era *ele* que tinha que tomar a iniciativa quanto ao que quer que acontecesse entre eles. Por um instante, a floresta inteira ficou em silêncio. O mundo inteiro esperou. E então, com a mesma rapidez, suas bocas se encontraram, e Harper soltou um suspiro de alívio e alegria diante do prazer avassalador da sensação da boca dele na sua. De saber que ele a havia *escolhido*. E ela o havia escolhido.

Por um segundo, os dois ficaram parados e, então, Jak emitiu um pequeno som, uma combinação de um gemido e um rosnado, ao abrir um pouco a boca e movê-la contra a de Harper. Apesar da natureza completamente inexperiente do beijo, Harper sentiu faíscas correrem por suas veias, esquentando seu sangue. Ela não queria ter o controle do beijo.

A espera, a descoberta do que ele faria por instinto, era mais excitante do que qualquer coisa que já vivenciara.

Jak a ergueu do chão facilmente com os braços em volta de sua cintura, e Harper buscou ainda mais proximidade, envolvendo o corpo dele com as pernas, juntando seus centros. Ele respirou um pouco sem fôlego, mas não desconectou os lábios dos dela. O encontro de seus corpos pareceu dar a ele mais confiança no beijo, e Jak inclinou a cabeça para o lado, abrindo os lábios. A língua dele tocou a dela e, então, sem poder evitar, Harper segurou o rosto dele entre as mãos e fez o mesmo, mostrando o que fazer. O que estava louca para que ele fizesse.

A respiração dele vacilou mais uma vez, e suas línguas se entrelaçaram e dançaram, enquanto seus gemidos ecoavam pela tranquilidade da manhã coberta de gelo.

— Leve-me para dentro, Jak — Harper conseguiu dizer.

SELVAGEM

CAPÍTULO TRINTA E UM

Jak chutou a porta de sua cabana para abri-la, e seu chute foi tão forte que a porta bateu contra a parede e voltou, atingindo-o no ombro antes que ele pudesse carregar Harper para dentro.

Um grunhido soou em algum lugar. Devia ter sido ele, porque ela respondeu com o mesmo som, apertando as pernas em volta da cintura dele.

Harper estava em todo lugar. Em volta dele, dentro dele. O cheiro dela. O calor dela. *Ela*. Jak sentiu a selvageria — o que ele tentava tanto não ser — o rasgando por dentro, gritando para que ele cedesse a esse instinto.

— Jak — sussurrou entre beijos. O som de seu nome nos lábios dela fez seu peito apertar com tanta força que ele teve que inspirar com força em busca de fôlego. Jak não conseguia acreditar nisso. Harper estava ali. Com ele. Deixando-o tocá-la e beijá-la. Quente. Linda. *Dele*. A selvageria avançou, tomando as rédeas.

Ele a jogou sobre a cama, e Harper soltou uma risada surpresa ao quicar uma, duas vezes no colchão. Ficou parada, e seus olhos se arregalaram ao encará-lo, mas não com o medo que Jak achou que veria. Ele não tinha certeza se ficava feliz por isso ou não. Precisava que ela dissesse se ele estava agindo certo ou errado, porque não sabia como fazer isso. Tudo que conhecia eram seus instintos — aquele lado de lobo selvagem dentro dele —, e seus *instintos* queriam *reivindicar*, queriam que ele perdesse o controle, que alimentasse a fome pulsando em suas veias.

— Você está tremendo — Harper disse, tão suavemente que ele

quase não a ouviu devido ao sangue sibilando em sua cabeça. Ela segurou a mão dele e o puxou para cima de si, pousando uma de suas mãos na bochecha dele e traçando a maçã de seu rosto. Jak fechou os olhos diante da felicidade chocante de ter essa mulher o tocando com tanta... doçura.

— Você já se viu em um espelho? — Harper perguntou, afastando uma mecha de cabelo da testa dele.

Jak negou com a cabeça, incapaz de falar, seu mundo tornando-se somente imagens novamente, somente sensações e cheiros, como acontecia antes de ele encontrar o carro, as palavras. Os cadernos que o fizeram humano de novo. Antes da mãe dela tirá-lo da escuridão.

Harper sorriu, curvando os lábios lentamente, lábios que estavam inchados e rosados de beijá-lo. Jak sentiu orgulho no peito por tê-la feito ficar assim. Dele. Ele a reivindicou. Queria que os outros machos pudessem ver. *Saber* que Harper era dele.

— Você é lindo.

— Lindo? — Jak franziu a testa. Ele pensava que aquela era uma palavra usada apenas para mulheres, e não sabia se isso significava que ela pensava nele como uma mulher. Aquilo definitivamente não era o que ele queria.

Harper riu, passando um dedo pela cicatriz dele novamente.

— Bonito. Sexy. Lindo de um jeito masculino.

Foi como se soubesse o que ele tinha pensado, e aquilo o deixou feliz. A luz que entrava pela janela fazia a pele dela parecer dourada e seus olhos brilharem. Harper, sim, era linda. Ele inclinou-se para frente e a beijou, porque podia. Aquele fogo em suas veias ficou ainda mais quente, e quando Harper soltou um gemido, seu controle vacilou um pouco. *Calma. Calma.*

Precisava sentir o cheiro dela. Em toda parte.

Então aproximou o nariz do pescoço dela e inspirou, percebendo que naquele lugar ele podia sentir o cheiro dela, não das coisas que ela usava, mas o aroma real de sua pele. Ela, e somente ela. O cheiro que fazia os sussurros correrem rápido por seu sangue.

— Eu gosto do seu cheiro — disse contra a garganta de Harper. Ela soltou um som baixinho que pareceu uma risada, mas do tipo bom. E Harper colocou os dedos entre os cabelos dele, arranhando seu couro cabeludo com as unhas. Ele rosnou, um som baixo em sua garganta, e desceu o rosto pela pele dela, parando sobre seu suéter.

— Você pode tirá-lo — Harper sussurrou.

Não hesitou, deslizando o tecido pelas costelas dela e puxando-o por sua cabeça, enquanto Harper erguia o tronco para ajudá-lo. Sentiu o sangue pulsar ao jogar a peça de roupa de lado, mas franziu as sobrancelhas quando viu que ela estava usando outra coisa por baixo — algo branco que cobria seus seios. Harper riu novamente, mas ele constatou ao admirar seu rosto que os olhos dela estavam felizes. Harper colocou as mãos atrás da cabeça de Jak e o puxou para si novamente.

Eles se beijaram por mais um tempo, ele seguindo o que ela fazia e aprendendo rapidamente o que ela gostava a partir da forma como gemia e pressionava o corpo contra o dele. Adorava o sabor da língua dela. Adorava o jeito como era macia e molhada, e como se entrelaçava à dele. Adorava senti-la, menor e mais delicada do que ele. Aquilo o fazia querer protegê-la e lutar por ela.

Jak queria fazer qualquer coisa que Harper pedisse. A partir daquele momento, para sempre.

Desceu o rosto até o meio dos seios dela e inspirou a pele ali, sentindo seu cheiro natural ainda mais forte. Aquilo o deixou tonto. Fez com que ele sentisse vontade de penetrar e tomar.

Deixou que seus instintos o guiassem a partir de então; não pôde evitar. Ele tirou as roupas dela, ansiando por conhecê-la, sentir seu cheiro em cada lugar secreto, tê-la. Ele não queria que Harper escondesse segredos dele. Queria conhecer todos eles. Ele queria tomar, de novo e

SELVAGEM

de novo, cada vez mais. Queria se alimentar dela até se sentir finalmente satisfeito, dormir e, depois, alimentar-se um pouco mais. Dela. *Instintos animais*, lembrou-se. *Isso pode assustá-la. Mulher é sagrada*, sussurrou mentalmente a citação das anotações que a mãe dela escrevera sobre o livro que ele ainda não tinha lido.

Sagrada. Algo que era um tesouro. Para ele, era isso que Harper era. E ele ainda estava faminto. Não sabia como equilibrar esses dois lados de si. Não quando ela estava deitada sob ele, fazendo doces sons e correndo os dedos por seus braços, por seus cabelos.

— Jak, isso — gemeu quando ele tirou suas botas e sua calça jeans, deslizando a peça de roupa pelas pernas dela e jogando no chão. Jak ficou por cima dela novamente e viu que seus olhos continham uma pontada de medo. Hesitou, tremendo. *Por favor, não me faça parar*. Mas ela colocou as mãos nele e o puxou de volta para si.

Jak desceu pelo corpo dela, cheirando todos os lugares que queria conhecer, demorando-se em sua barriga ao ouvi-la arfar. Lambeu a pele ali, sentindo o sabor doce e salgado, mordiscando levemente, fazendo com que Harper impulsionasse o corpo para cima.

Ele podia sentir o cheiro do lugar entre as pernas dela, e aquele aroma tão próximo de seu nariz o fez rosnar diante do prazer — *da dor* — de sentir seu corpo inchar e enrijecer de uma maneira que nunca experimentara antes. Passou o nariz pelo monte feminino que ficava sob o tecido da calcinha, e ela agarrou os cabelos dele, puxando. A vontade de sentir seu cheiro lá era uma fome que ele não podia ignorar e, com um rápido movimento, ele deslizou o tecido pelas pernas dela e o jogou no chão.

Ele a acariciou com o nariz e a boca, inspirando, conhecendo seu cheiro para que se tornasse uma parte dele, e Harper contorceu o corpo quando o nariz dele tocou o pontinho logo abaixo de seu monte.

Harper tinha cheiro de *vida*, de água doce, de terra fértil e frutos selvagens perfeitamente maduros capazes de levar embora a dor da fome.

O cheiro de sua mulher era o começo de tudo e o lugar onde Jak queria dar seu último suspiro. Harper foi feita para ele, sabia disso agora. Nenhuma outra mulher. Somente ela.

Fez uma pausa, sentindo a névoa se dissipar o suficiente para que pudesse focar nos sons que Harper fazia, no jeito como agarrava seus cabelos e erguia os quadris para encontrar seu rosto. Ele moveu-se mais devagar, descendo, respirando-a, colocando a língua para fora para prová-la, lamber sua doçura. *Minha, minha, minha*, os sussurros cantaram baixinho, como tempo e terra. Harper emitiu um som do fundo da garganta e agarrou os cabelos dele com ainda mais força, então ele a lambeu novamente. *De novo. De novo.* Jak adorava o sabor dela. Despertava os dois lados dele — o animal e o homem. Durante aquele minuto, acreditou que podia ser os dois, que não precisaria escolher para qual parte de si mesmo teria que virar as costas.

Os gemidos dela ficaram mais altos e acelerados até que ela finalmente gritou o nome dele, suas coxas apertando a cabeça dele e, então, soltando lentamente, suas mãos soltando os cabelos dele.

Jak sabia o que tinha acontecido, porque a mesma coisa já acontecera com ele, aquela explosão de prazer que fazia sua pele formigar e estrelas explodirem dentro de sua mente. E Jak fez aquilo acontecer com ela. Ele se sentiu orgulhoso. Abriu um sorriso largo contra a coxa dela, roçando os lábios em sua pele sedosa.

Harper o puxou, e ele subiu por seu corpo, deitando-se ao lado dela na cama. Ela virou para ele, com os olhos pesados e um sorriso pequeno e feliz nos lábios. Harper puxou a camisa dele para cima, e ele a removeu, jogando-a no chão, prendendo a respiração. Ela passou uma mão pelos cabelos dele e desceu por seu rosto. Harper juntou sua boca à dele e o beijou lentamente, durante vários minutos em que não houve mais nada além dos lábios dela, da língua dela, o sangue pulsando quente pelo corpo dele, os estalos do fogo que estava acabando, e a luz da cabana ficando mais fraca conforme o sol mudava de lugar no céu. A pele quente estava pressionada contra a sua, e Jak nunca sentira nada melhor que aquilo. Nunca.

Sem interromper os beijos, Harper desabotoou a calça dele e deslizou a mão para dentro do tecido, agarrando-o, acariciando-o. Jak gemeu, separando os lábios dos dela e abrindo os olhos. Harper o observava e, por um instante, seus olhares ficaram presos um no outro enquanto a mão dela continuava a se mover. Era quase demais para aguentar... proximidade demais quando Jak não teve nada, prazer demais quando somente ele havia feito isso por si mesmo. *Demais, demais.* Jak não conseguia acreditar que era real. Pensou que devia ser um sonho. *Por favor, não acabe. Por favor, não acabe.* Jak quebrou o contato visual ao fechar os olhos enquanto ela continuava a acariciá-lo, para cima e para baixo, até que ele se contorceu e estremeceu, sentindo prazer explodir por seu corpo inteiro como se ele fosse uma dentre mil estrelas caindo, disparando em direção à terra. Mas ele quis cair, porque, quando abriu os olhos, Harper estava esperando.

Sua respiração desacelerou, conforme o mundo voltava à perspectiva aos poucos, o crepitar do fogo, a luz, a umidade fria de seu prazer, a sensação da mão de Harper subindo por seu abdômen. Ele abriu os olhos, e sua mulher sorriu para ele, beijando-o rápida e suavemente.

Eles acasalaram... mas não acasalaram. Jak sabia que eles não haviam feito a mesma coisa que os animais faziam, montando e penetrando. Do jeito que ele fazia com a própria mão quando pensava em acasalar com uma mulher que queria chamar de sua.

— O que foi? — Harper perguntou. — No que está pensando?

Por um instante, Jak não sabia se conseguiria falar, de tão absorto pelo que eles tinham acabado de fazer, pelo jeito como ainda estavam deitados juntos: ela quase nua, sua mão acariciando as cicatrizes no peito dele.

— Os humanos... acasalam de várias formas diferentes?

Harper sorriu com doçura, movendo a mão sobre outra cicatriz, traçando-a com o dedo.

— Sim, acho que sim. Mas os humanos não chamam de acasalar. Chamam de fazer sexo, ou fazer amor. Também há outros termos diferentes, mas esses são os melhores para começar, eu acho. — Mas então, o sorriso dela sumiu, e sua testa franziu, quando seu dedo traçou a cicatriz perto da costela que o porco selvagem havia feito nele. Jak não queria que Harper ficasse pensando sobre ele lutando com porcos selvagens naquele momento, nem em momento algum, na verdade, então se remexeu um pouco para que o dedo dela se afastasse da cicatriz. Os olhos dela encontraram os seus e disse: — Mas nós não fizemos amor. Isso é... — Os olhos dela se moveram para os lados antes de tornarem a fitá-lo. — Diferente. É quando...

— É quando o macho monta a fêmea e se introduz nela. — Jak pausou por um momento e se perguntou se Harper queria fazer isso, mas não sabia se deveria perguntar. *Jak* queria. Ele podia sentir seu corpo enrijecendo só de pensar. Aquilo nunca havia acontecido com ele, ficar duro logo depois de sentir a onda de prazer que fazia seu fluido explodir de seu corpo.

— Sim, é isso. — O pescoço dela ficou corado e aquilo o confundiu, depois do que tinham acabado de fazer. *Eu falei as coisas do jeito errado, por isso*, pensou e se sentiu um pouco mal, mas aquele sentimento não era mais forte do que a felicidade que sentia por tê-la em seus braços, sussurrando um para o outro enquanto as mãos dela tocavam sua pele. — Nós não fizemos amor, mas nos tocamos de forma íntima, e isso é uma coisa muito especial. Pelo menos, é para mim.

Harper baixou o olhar, para que assim ele não visse o rubor subindo pelo pescoço e instalando-se em suas bochechas. Jak não entendia por que ela estava tímida por *falar* sobre isso, quando eles tinham acabado de fazê-lo. Isso parecia... um retrocesso. Outra regra que teria que tentar entender.

— Também é especial para mim — Jak disse. — Eu quero fazer isso de novo com você. E... de novo.

SELVAGEM

Harper riu, um som feliz, seus olhos brilhando ao encontrar os dele.

— Eu também. Mas, primeiro, me alimente, Jak. Isso me abriu o apetite.

Jak sorriu. Podia fazer isso. Podia alimentá-la. Nada lhe traria mais felicidade.

Eles passaram o dia lendo em voz alta *O Conde de Monte Cristo*. Jak lia devagar, com cuidado, e sempre parava de repente quando chegava a uma palavra que não conhecia, seus olhos relendo-a várias vezes antes que tentasse dizê-la em voz alta. Em nove a cada dez vezes, ele dizia corretamente na primeira vez. *Ele é inteligente*, Harper pensava. *Mais do que inteligente*. Se ele se aventurasse no mundo, desvendaria habilmente a sociedade moderna em questão de semanas. Enquanto liam, Jak fazia perguntas que eram sofisticadas — considerando como vivia — e extremamente perspicazes. Jak era uma dicotomia completa — selvagem e sensível, não escolarizado e astuto, e a fascinava sem parar.

A pele de Harper esquentou quando ela pensou sobre o que fizeram, a luxúria que havia tomado conta como nunca quando eles se beijaram. Desde que se formou no ensino médio, tinha essa ideia de que fazer sexo com parceiros que escolhesse e, então, controlar esses relacionamentos, seria a chave para sua cura. Havia recuperado seu poder, pensou. E, ainda assim… sempre se sentia… distante de seus parceiros. Emocionalmente desapontada com os resultados. Sozinha como sempre. Então, durante os últimos anos, havia abandonado sexo completamente. Harper sabia *por que* tinha bloqueios sexuais, é claro, mas saber disso nunca alterou sua reação ao toque de um homem. *Até agora.*

Havia algo nisso que parecia tão… rico. Foi engraçado essa palavra em particular vir à mente em uma cabana de madeira escassa no meio da floresta, nenhum resquício de luxo à vista. Mas sim, essa descrição parecia certa. Deitar ali com Jak, tocando a pele um do outro sob a luz dourada da tarde parecia ser a coisa mais rica que já havia vivenciado. Os *corpos* deles eram ricos, se deu conta. Foram feitos para se sentirem daquela maneira. Foi uma revelação.

Gostava da alegria desinibida dele ao tocá-la. Gostava de suas perguntas francas. Elas a excitavam. Empolgavam-na.

Jak era obviamente inexperiente, mas havia algo incrivelmente erótico em observá-lo seguir seus instintos quando se tratava de sexo, de tocar o corpo dela, de sentir o próprio prazer. *Eu poderia me apaixonar por esse homem*, pensou, mas deixou aquela noção de lado. Havia muitas dúvidas, muitas incertezas quando se tratava de como um relacionamento poderia dar certo. E, de alguma forma, parecia... injusto pensar demais em seus próprios desejos em relação a ele. Jak havia vivido uma vida de lutas e dificuldades, e ainda teria muitas mais — embora diferentes — dali em diante. Seria desafiador, para dizer o mínimo, aprender todas as coisas que sua vida, até então, não o havia ensinado.

Mas, naquele momento, esses eram tópicos muito densos e distantes para se pensar. Naquele momento, havia Jak, com a cabeça inclinada em direção à dela, sua testa franzida em concentração, seus lindos lábios formando uma palavra que nunca dissera antes. Havia o calor do fogo e o mundo gelado e brilhante lá fora exibido pela janela. Congelado. Como o tempo parecia estar naquele dia. Havia o jeito dolorosamente doce com que sorria com tanta timidez quando era flagrado olhando para ela. O jeito como peras enlatadas o faziam lamber os lábios com deleite, e o jeito como seus beijos ficavam cada vez mais ousados, mais experientes, mas delirantemente deliciosos, conforme o dia passava.

Caminharam alguns quilômetros até a velha estrada de terra, que não era obstruída pela espessura da floresta, e Harper conseguiu captar um sinal em seu celular. Ligou para o orfanato e explicou por que havia perdido seu turno, depois ligou para Rylee e deixou um recado quando ela

SELVAGEM

não atendeu. Pensou em ligar para o agente Gallagher, mas ele não havia deixado recado, e Harper sabia que ele teria feito isso se tivesse alguma nova informação sobre seus pais.

Um pássaro cantou, um lindo gorjeio que ecoou pelas árvores, e Harper sorriu. Jak olhou para ela e ergueu o rosto, colocando as mãos em volta da boca e imitando o som. Foi tão idêntico que Harper ficou de queixo caído.

— Como você fez isso?

Sorriu, dando de ombros.

— Prática. — Pausou por um momento. — Eu queria saber os nomes das coisas — murmurou, mais para si mesmo. — Sei como elas soam, e o que fazem, mas não como se chamam.

— Eu posso te ajudar com algumas — Harper disse. — Mas não sei o nome daquele pássaro em particular.

Enquanto caminhavam lentamente pela floresta para voltar à cabana, uma raposa os avistou, encarando-os com os olhos arregalados e, em seguida, fugindo. Harper sorriu, perguntando-se se era a mamãe raposa caçando para seus filhotes.

— Raposas encontram seus parceiros e ficam juntos para sempre — Harper falou. Sempre gostou desse aspecto em relação a esses animais.

— Nem todas — Jak respondeu.

Harper virou o rosto para ele.

— O quê? Todas sim.

Jak sacudiu a cabeça.

— Onde você aprendeu isso?

— Em um livro.

— O livro mentiu. *Algumas* raposas encontram seus parceiros e ficam juntos para sempre. Mas não são todas. Eu vi um macho cinza com quatro fêmeas no verão passado. Elas sempre vinham de direções diferentes. Aquele carinha estava sempre correndo por aí.

— O que ele estava fazendo?

— *Acasalando.*

— Aquele *danado.*

Jak riu, a risada mais aberta e honesta que ela já tinha ouvido dele, e o estômago de Harper deu uma cambalhota.

— Então, o que uma raposa fêmea pode fazer? Como ela diferencia os machos monogâmicos dos solteirões convictos?

Jak abriu um sorriso, demonstrando obviamente que havia desvendado o que significava monogâmico e o que um solteirão convicto era.

— Todos os machos têm que... convencê-las. Por que uma fêmea deveria *escolhê-lo*? Eles fazem isso de várias maneiras. Pássaros cantam ou exibem suas penas. Alguns animais andam de um jeito mais ousado, ou saem dançando. — Ele abriu mais um sorriso brincalhão. — Os machos têm umas cem maneiras de implorar. Mas é sempre a fêmea que decide dar o seu sinal de que o escolheu. Até que esse momento chegue, ele... circula.

Harper pisou em uma pedra no meio da neve.

— No mundo dos humanos não é assim. Lá, os homens conseguem o que querem — murmurou. Não pretendia dizer aquilo, mas estava perdida no momento, e simplesmente escapou de sua boca.

Jak parou, virando para ela com um olhar curioso. Harper parou também.

— Você quer dizer eu?

Ela sacudiu a cabeça.

— Oh, não! Por favor, não pense isso. Não. Eu... — Inspirou profundamente e expirou em seguida. A floresta estava silenciosa em volta deles, as árvores acima cobrindo o azul do céu. Parecia um mundo diferente, um lugar onde ela também podia ser diferente. Parecia um lugar que manteria seus segredos a salvo. E descobriu que não *queria* esconder segredos dele. Queria que ele a entendesse, que a *conhecesse*.

— Depois que os meus pais morreram, a primeira casa onde morei era de uma mulher que tinha um filho adolescente. Ele ia até o meu quarto à noite e... me tocava.

Jak a encarou por um momento, ficando com a expressão sombria.

— Te tocava? Como... como eu te toquei?

Harper confirmou com a cabeça, mordendo os lábios, tendo dificuldades para manter contato visual. Não era culpa dela, sabia disso, e ainda assim, Deus, por que ainda sentia tanta vergonha?

— Mas... você era uma criança.

Harper assentiu novamente.

— Sim. Algumas pessoas são doentes por dentro. Têm a alma doente. Aquele garoto tinha.

Jak a estudou atentamente por mais um momento, e ela podia ver as engrenagens girando em sua mente.

— Os seus pais não estavam mais aqui. Você estava sozinha.

— Sim — suspirou. — Quer dizer, isso teria sido difícil sob qualquer circunstância, mas sim, não ter ninguém com quem contar para... — Baixou a cabeça, sacudindo-a. — Foi... horrível.

Aquela última palavra morreu em seus lábios, e Jak deu um passo à frente, um pouco hesitante. Ele ergueu os braços, com a expressão incerta antes de envolvê-la em um abraço, puxando-a para seu peito largo e firme, o peito que carregava a prova de que ele também havia *sangrado* e *se machucado* tantas vezes. Sozinho de uma maneira que Harper não conseguia imaginar, apesar de seus próprios sentimentos de perda e abandono.

Ele a abraçou forte, e Harper sentiu a tensão dissipando de seu corpo, talvez até de sua alma, se isso era possível. Ser abraçada... Quando tinha sido a última vez em que fora simplesmente abraçada desse jeito? Não de um jeito romântico, mas com o único propósito de oferecer consolo? Por sua mãe ou seu pai, pressupôs. E, ah, aquilo tinha sido há tanto tempo. Parte dela queria chorar diante da ternura naquele gesto, do jeito que parecia tão *necessário*, quando sabia o quão desesperadamente precisava dele. E sua outra parte estava maravilhada porque esse homem sabia como satisfazer sua necessidade. Quando tinha sido a última vez em que *ele* recebera um reconforto desses, se é que Jak se lembrava? E se não se lembrava, aquele era um ato instintivo? Que desvendou da mesma maneira com que desvendara como dar prazer ao corpo dela?

Harper retribuiu o abraço, oferecendo a ele — *esperava* — o mesmo que Jak estava lhe oferecendo.

Após mais um minuto, se afastou, inclinando a cabeça para trás e olhando para Jak.

— Obrigada.

Assentiu, soltando-a, e ela sentiu a perda do calor do corpo dele — tão forte e firme contra o seu — imediatamente.

— Você acha que um dia eu poderei ser normal?

Harper virou o rosto e viu que ele estava encarando ao longe, com os olhos estreitos, na direção de Helena Springs. Civilização.

— É claro que você pode ser normal, Jak. Você já *é* normal. Seria um ajuste viver entre as pessoas, se... adaptar à sociedade, mas não acho que levaria muito tempo.

Jak olhou para ela, com a expressão cheia de vulnerabilidade. Poderia disfarçar, se quisesse, mas, quando ele não tentava fazer isso, era como um livro aberto, cada pensamento exibido com tanta transparência em seus traços lindos.

— Você acredita em mim.

SELVAGEM

— Sim. — Apertou a mão dele. — Eu acredito em você.

— Também acredito em você.

Ela riu, e ele sorriu, como se aquele som lhe trouxesse alegria. Para falar a verdade, as palavras dele a faziam se sentir poderosa. Jak tinha cicatrizes tanto internas quanto externas para lidar, e Harper também. Mas os dois se ajustariam superariam, prosperariam. Naquele momento, ela acreditava nisso com cada fibra de seu ser.

O sorriso de Jak desapareceu, e Harper viu preocupação nos olhos dele.

— Não sei por onde começar.

— Vou te ajudar. — A mente de Harper girou. Jak precisaria de uma carteira de identidade primeiro. Tinha quase certeza de que o agente Gallagher poderia ajudar com isso. Jak precisaria... interrompeu seus pensamentos acelerados. Precisaria de ajuda, orientação, sim, e ela teria que pensar no papel que deveria exercer nessa missão, mas, em qualquer caso, poderia apontar a direção certa. Ela tinha fé de que Jak era capaz de assumir a partir de então. Tinha falado sério quando disse que acreditava nele. — Eu vou te ajudar a se ajudar. Você poderá fazer qualquer coisa assim que souber por onde começar.

Aquela mesma preocupação e vulnerabilidade apareceram no semblante dele.

Harper parou, curvando-se e pegando um ramo comprido do topo de uma crosta de gelo. Ela formou um círculo com ele e gesticulou para que Jak se curvasse um pouco para frente. Ele fez o que ela pediu, com curiosidade no rosto, o olhar atento. Suas respirações se misturaram, a química escaldando entre eles do jeito que simplesmente *fazia* sempre que estavam próximos daquela forma, e Harper colocou a coroa improvisada na cabeça dele.

— Pronto — disse, com uma pequena falha na voz. — Eu, Harper Ward, o nomeio Rei do Seu Próprio Destino deste dia em diante. Que você governe o seu reino com dignidade, bondade e... paciência.

Jak endireitou as costas e tirou a coroa de sua cabeça, colocando na dela.

— E eu, Jak, a nomeio Rainha do Seu Próprio Destino deste dia em diante. Seja boa para o seu reino. — Sorriu um pouco tímido, e Harper riu com a "coroa" na cabeça.

Harper segurou a mão dele novamente, e eles andaram pela floresta nevada de mãos dadas. Ela não fazia ideia do que os aguardava no futuro. No dele. No dela. Mas nunca se sentiu tão... abraçada. E, naquele momento, com o branco do inverno os rodeando, não sentiu o frio. Porque nem Harper, nem Jak, estavam sozinhos para enfrentar o que quer que viesse em seguida.

SELVAGEM

CAPÍTULO TRINTA E DOIS

Mark ergueu a aldrava dourada e ornamentada e bateu à enorme porta esculpida, olhando para o portão por onde havia acabado de entrar com seu carro, o nome da propriedade escrita em caligrafia cursiva e elegante: Thornland. A porta se abriu, e um homem com uniforme de mordomo surgiu diante dele. Ele fez um cumprimento com a cabeça.

— Senhor, entre, por favor. O Sr. Fairbanks está na sala de estar.

Mark entrou na casa, sentindo como se tivesse acabado de entrar no jogo *Detetive*, e a Srta. Scarlet desceria pela escadaria em espiral grandiosa a qualquer momento segurando um candelabro.

O mordomo conduziu o caminho, estendendo o braço em direção a outra porta enorme que Mark imaginou que levava à sala de estar, onde o proprietário desse lugar e de uma extensão volumosa de terras em volta estava. Havia ligado para o número de contato do site que a mulher na biblioteca havia visitado, e falou com a secretária de Halston Fairbanks. Ele não estava presente no escritório, no momento, mas Mark recebeu uma ligação de volta algumas horas depois, dizendo que o Sr. Fairbanks poderia encontrá-lo em sua casa, que ficava fora de Missoula.

— Obrigado — disse ao mordomo ao entrar no cômodo. Um homem mais velho estava de pé diante de um carrinho de bebidas próximo à janela, e virou-se ao ouvir a porta fechar-se atrás de Mark.

— Sr. Fairbanks — Mark o saudou, aproximando-se do senhor alto e de ombros largos, estendendo a mão. — Agente Mark Gallagher. Obrigado por me receber.

SELVAGEM

Eles se cumprimentaram, o Sr. Fairbanks oferecendo um aperto firme, seus olhos avaliando.

— Agente Gallagher.

— Por favor, me chame de Mark.

O Sr. Fairbanks assentiu ao virar-se, voltando ao carrinho.

— Me chame de Halston, então. Eu estava me servindo com uma bebida. Está quase na hora do *happy hour*, concorda? — Abriu um sorriso largo, exibindo dentes brancos e alinhados. — Gostaria de se juntar a mim?

— Não, senhor, obrigado. — Ainda eram quatro da tarde, e Mark não bebia em serviço, mas deduziu que aquele homem era rico o suficiente para designar seu *happy hour* a qualquer momento que quisesse.

— Há quanto tempo a sua família vive aqui, em Thornland? — Mark perguntou, ouvindo gelo bater em um copo.

— A propriedade está na família Fairbanks há quatro gerações. Quatrocentos mil hectares de terras nobres de Montana que se estendem por seis condados. — Mark sabia daquilo, porque havia pesquisado antes de ir ali. Também sabia que a família Fairbanks havia conquistado sua fortuna substancial como uma das dez maiores empresas madeireiras dos Estados Unidos. O atual CEO da Madeireira Fairbanks virou-se, sorrindo e girando um líquido âmbar em um copo de cristal. — Mas tenho certeza de que não está aqui para falar sobre a Thornland. O que posso fazer por você, agente? — Apontou com a cabeça para uma área de estar e Mark sentou-se em uma das poltronas de veludo azul, enquanto Halston sentou-se de frente para ele e tomou um gole de sua bebida.

— Sr... Halston, estou aqui porque uma mulher foi encontrada morta em Helena Springs há pouco mais de duas semanas, e tenho razões para acreditar que ela contatou o seu escritório um dia antes de morrer.

— Morrer?

— Sim, senhor.

Halston Fairbanks encarou Mark por sobre a borda do copo, tomando mais um pequeno gole e, então, deixando o copo de lado. Soltou um suspiro.

— Emily Barton.

Mark foi pego de surpresa.

— Nós ainda não sabemos o nome da vítima. Recolhemos algumas impressões digitais, mas até agora...

— Era Emily Barton. — Halston suspirou, esfregando o olho. — Como ela morreu? Overdose?

— Não. Foi homicídio.

Aquilo pareceu surpreender Halston, e, por um momento, simplesmente fitou Mark.

— Assassinada? Por quê?

— Ainda não sabemos.

A cor fugiu do rosto de Halston e, por um instante, ficou simplesmente de boca aberta antes de pegar seu copo e virar o restante do líquido.

— Ainda estamos reunindo informações sobre a vítima e o crime. O nome que você forneceu, se estiver correto, irá nos ajudar bastante. Pode me dizer como a conhecia?

Halston recostou-se em sua poltrona, parecendo precisar de um momento para se recompor. Mark ofereceu isso a ele, olhando em volta do cômodo, assimilando a parede cheia de painéis, as cortinas elegantes, a mobília luxuosa, o piano grandioso em um canto. Não conseguia imaginar acordar todos os dias em um lugar como esse. Seria como morar em um museu.

— Emily Barton — Halston murmurou. — Ela é a mulher que arruinou a vida do meu filho. E a minha, embora eu tenha uma parcela maior de culpa nisso.

Mark inclinou-se para frente.

— Acho que você precisa me contar sobre Emily.

Halston suspirou, encontrando o olhar de Mark. Pareceu repentinamente exausto, mais velho do que na primeira impressão.

— Meu filho, Hal Junior, envolveu-se com Emily Barton quando mal tinha dezoito anos, com sua vida inteira pela frente. Eu pedi que ele terminasse com ela. Ela era bonita, mas lixo é lixo. Não sei quantas vezes eu disse a ele que não se deixasse levar por uma vadia que não valia nada e só queria saber de dinheiro. O garoto não me deu ouvidos. — Halston pausou, olhando para o nada ao se lembrar do passado, com tristeza profunda em sua expressão. — Não demorou nem seis meses até engravidá-la, aquele idiota. Ofereci dinheiro a ela para que fosse embora da cidade. Disse a Emily que, de outra maneira, nunca veria um centavo nosso. Como esperado, ela aceitou.

Quando Halston ficou em silêncio novamente, Mark perguntou:

— O que você esperava que ela fizesse com o bebê? — *Seu neto. Seu sangue.*

— Naquele tempo? Eu não me importava, contanto que não desse a ele ou a ela o nosso nome. Eu nem estava convencido de que o bebê era do meu filho. Garotas como aquela... bem, você sabe. Agora? O tempo e as circunstâncias mudam as coisas, não é? — Pausou e, quando começou a falar novamente, sua voz vacilou. — Hal nunca mais foi o mesmo depois que ela foi embora da cidade. Tinha se apaixonado, eu acho. Ele se interessou por substâncias ilegais, graças a ela, mas, quando Emily desapareceu sem dar uma palavra, ele começou a usar coisas pesadas. — Deixou os ombros caírem. — Ele morreu em um racha, com heroína no organismo.

Mark respirou fundo, sentindo empatia pelo homem.

— Sinto muito pela sua perda. Também perdi uma filha. Conheço a angústia.

Halston Fairbanks encontrou o olhar de Mark, uma compreensão flutuando entre os dois homens que sobreviveram a algo quase impossível de sobreviver. Apesar da diferença na maneira como Mark teria lidado com a situação que Halston descreveu, a perda de um filho era algo que ele não desejaria a ninguém. Halston fizera a oferta que levou Emily embora da cidade e talvez aquilo tivesse conduzido seu filho ao fundo do poço, mas foi Emily Barton quem aceitou.

Mas agora? Halston Fairbanks parecia um velho homem cheio de arrependimento.

— O que ela fez com o bebê?

— Eu não sabia, até duas semanas atrás. No fim das contas, o garoto vivia a menos de uma hora de distância de mim a vida inteira. Emily o entregou a uma mulher que o criou, longe da sociedade. Ele cresceu na floresta nos arredores de Helena Springs.

O garoto. Criado longe da sociedade. Mark ficou em choque por um momento, digerindo a informação.

Lucas.

Santo Deus. Lucas tinha uma família. Lucas era um *Fairbanks*. A mulher na pousada que morreu com uma flechada na garganta era a *mãe* dele. Mas se o entregara para adoção — legalmente ou não —, por que diabos optaria em entregá-lo a Driscoll, em vez de uma boa família no subúrbio? Teria sido apenas questão de dinheiro? Encolheu-se internamente, lembrando-se de algumas das coisas inimagináveis que já vira mães fazerem com seus filhos por drogas no decorrer de sua carreira.

Halston Fairbanks tinha acabado de fornecer várias informações, desencadeando um monte de novas perguntas.

— Isaac Driscoll.

— Perdão?

— Esse é o nome do homem dono da propriedade onde o garoto está morando. Contudo, dizer que ele o "criou" é um exagero. O nome do seu neto é Lucas, e ele disse que mal tinha uma relação com o homem. E Isaac

Driscoll foi encontrado morto uma semana depois da morte de Emily Barton, assassinado da mesma maneira.

Mais uma vez, Halston Fairbanks ficou boquiaberto, mas logo sacudiu a cabeça e soltou um suspiro alto.

— Não posso dizer que sinto muito.

Mark compreendia. Agora que estava ficando claro que Driscoll tivera muito mais a ver com Lucas ter ido morar sozinho na floresta da maneira que foi, e que seus motivos provavelmente eram abomináveis de uma maneira que Mark ainda estava tentando desvendar, também não conseguia sentir compaixão pelo homem morto. Lucas era uma questão diferente. Lucas nunca recebera a chance de viver uma vida normal. Mas *por quê*?

— É a primeira vez que você ouve o nome dele? Não sabia nada sobre ele, antes de duas semanas atrás?

Negou com a cabeça.

— Absolutamente nada.

— Você sabe qual era a conexão de Emily com Driscoll? Ela deu alguma indicação do motivo pelo qual entregou o bebê a ele?

— Porque era uma drogada. Ele provavelmente deu dinheiro a ela. Quem vai saber?

Os dois ficaram em silêncio por um momento, Mark tentando juntar as peças com as novas informações que tinha. Ficou surpreso pelo fato de as impressões digitais da vítima não apresentarem nenhum rastro. Era raro uma pessoa com uma vida inteira de vício — se Halston estivesse certo —, não ter pelo menos um ou dois confrontos com a lei. Ela teve sorte. Em um aspecto, pelo menos.

— O que Emily queria na noite que contatou você de Helena Springs?

— Dinheiro. Sempre queria dinheiro.

Mark franziu a testa.

— Por que Emily achou que você daria a ela?

O filho dele estava morto. Duas décadas tinham se passado. Com o que ela poderia ameaçá-lo?

— Para construir uma vida para ela e o garoto — ele disse. — Emily tinha torrado o dinheiro que dei na primeira vez, junto com o que quer que tenha conseguido ao entregá-lo para adoção, e estava caindo no vício novamente. Voltou à cidade uma vez antes disso, pedindo dinheiro, mas não me deu informação alguma sobre a criança, disse somente que ele tinha sido adotado. Duas semanas atrás, ela me disse como ele tinha sido criado, se é que dá para chamar assim, na floresta como um maldito animal. Mas não por quem. — As palavras saíram entredentes, a última um pouco engasgada. Halston Fairbanks baixou a cabeça, respirando fundo várias vezes, seus ombros estremecendo com o movimento. — Emily disse que pegou uma carona com um amigo, e só tinha dinheiro suficiente para pagar uma estadia de uma semana na cidade, mas nem um centavo a mais. Disse que as coisas aconteceram como aconteceram por culpa *minha*. Porque eu a forcei a fazer as escolhas que ela fez. Eu a encurralei e agora vidas tinham sido arruinadas. Emily disse que estava de volta para consertar seus erros, e eu poderia fazer o mesmo se desse a ela e ao garoto dinheiro suficiente para começarem uma nova vida. — A última palavra do Sr. Fairbanks saiu em um sussurro quebrado, e Mark deu-lhe um momento para se recompor.

Após um minuto, Mark perguntou:

— Lucas tem vinte e poucos anos, se eu estiver contando corretamente. Você sabe por que Emily queria construir uma vida para os dois somente *agora*? Por que esperou tanto tempo? Lucas é um adulto agora.

Halston deu de ombros.

— Porque, no passado, ela nunca conseguia ficar limpa. Dessa vez, Emily me disse que estava limpa há um ano, mas não acreditei. Ou, se realmente estava, não duraria. Quanto a Lucas, ele é um adulto, sim, mas que perspectivas ele tem para construir uma vida para si? O garoto deve ser completamente não civilizado. —Pareceu derrotado, não como um homem que construiu um império.

— Ele não é. Eu o conheci. Ele... vivia uma vida incomum, sim, mas não é um animal.

Halston fitou Mark, com algo que parecia um pequeno brilho de esperança nos olhos.

— Qual a probabilidade de ele viver uma vida normal, algum dia?

— Normal? Eu diria que depende da sua definição. Não sou psicólogo, Halston, e não posso tentar adivinhar que tipo de danos psicológicos ele deve ter sofrido depois do isolamento severo que vivenciou. Mas ele é inteligente. É obviamente um sobrevivente. Eu arriscaria um palpite de que poderia se adaptar à sociedade, se escolhesse fazer isso.

Halston suspirou, ficando com o olhar vago novamente, parecendo perder-se em pensamentos.

Mark inclinou-se para frente.

— Você se arrepende de rejeitar o seu neto? Permitir que Emily o entregasse para adoção?

Halston Fairbanks pressionou os lábios.

— Eu agi precipitadamente, com motivos egoístas em mente. Eu... não acho que ele vá realmente ser um de nós algum dia, mas o mínimo que posso dar a ele é meu sobrenome. Ele decidirá se aceita. Que sobrenome ele tem agora? Barton ou Driscoll?

— Nenhum. Somente Lucas. Ele nunca teve um sobrenome. Está sozinho há muito tempo.

Halston cruzou os dedos e murmurou um xingamento baixinho.

— Junto com o sobrenome, você acha que também poderia oferecer um lar a ele?

Halston Fairbanks ergueu o olhar, parecendo surpreso.

— Um lar? Por quê? Pelo que entendi, ele tem um lugar para morar.

— A cabana onde morou durante a maior parte da vida pertencia a Isaac Driscoll e agora pertence à irmã dele, que não quer permitir que Lucas continue lá.

— Entendi. — Pressionou os lábios, olhando Mark bem nos olhos. Durante vários segundos, não disse nada, e então: — Se o garoto aceitar, terá um lar aqui em Thornland.

SELVAGEM

CAPÍTULO TRINTA E TRÊS

O carro branco que ele vira estacionado perto da casa de Driscoll não estava ali, o que significava que Driscoll também não estava. Jak ficou observando a casa escondido na luz fraca da floresta por alguns minutos, certificando-se de que não havia movimentos dentro da cabana através de uma das janelas empoeiradas. Seu olhar desviou para as árvores, estreitando-o ao observá-las com atenção, procurando por aquela luzinha de algo que não pertencia ali. Ele não viu, mas o dia estava nublado, e ele não tinha certeza se tinha visto uma câmera ali, ou se ao menos havia uma.

Teria que arriscar.

Havia passado os últimos dias pensando nas coisas que a mulher ruiva havia lhe dito, como ela o fizera sentir, as perguntas que fizera brotar em sua mente. Sentiu que ela estava mentindo, e Jak não tinha conhecimento suficiente sobre o mundo para saber se estava certo. Mas tinha a sensação de que aquilo tinha a ver com Driscoll.

Isaac Driscoll foi a única pessoa a dar informações para Jak. Isaac Driscoll foi a única pessoa que explicou o que acontecia no mundo fora da floresta — o que era seguro, o que não era e do que e de quem manter distância. Ele deu abrigo, fogo para Jak, para que assim não precisasse ir embora.

Mas e se Isaac Driscoll fosse louco? E se *ele* estivesse mentindo?

Mas por que mentiria? Jak não conseguia encontrar um motivo, então se perguntou se ter essa dúvida fazia *dele* o louco da história. Mas achava que não.

SELVAGEM

Pensou em tentar ir andando até a cidade, não importava quando dias ou semanas isso fosse demorar. Seu medo antigo dos inimigos matando as crianças podia ficar para trás agora. Não era mais uma criança. Era um homem. Seu corpo era firme e musculoso. Sabia como usar uma arma. Podia lutar. Podia matar, se quisesse.

Sempre que pensava sobre isso antes, se convencia do contrário. Mesmo que fosse solitário, havia encontrado um pouco de paz em sua vida, e não parecia existir um bom motivo para deixar tudo para trás para entrar em uma guerra. Ainda lutava e passava dificuldades porque não dava para contar sempre com a natureza, mas havia aprendido a se preparar para os invernos o melhor que podia, e era o mestre de seu pequeno mundo. Por que arriscá-lo?

Mas agora...

Agora as coisas tinham mudado, e Jak precisava saber.

Deslocou-se rapidamente de uma árvore para outra, um lobo nas sombras, enquanto continuava a procurar por câmeras ou qualquer outra coisa estranha ao ambiente, algo que nunca procurara antes ao visitar Driscoll. Depois de observar a casa por um tempo, calçou seus sapatos achatados e saiu pela neve como se estivesse indo fazer alguma troca. Não achava que Driscoll estava em casa, mas preferia ter certeza antes de invadi-la.

Na bolsa em suas costas, tinha um chapéu feito de pele de coelho que trocaria por fósforos com Driscoll se o homem *estivesse* em casa.

Subiu os degraus da varanda de lado, sem tirar seus sapatos para não deixar pegadas. Bateu à porta, sua mão coberta por uma luva suavizando o som, mas não o suficiente para que Driscoll não ouvisse se estivesse lá dentro. Jak esperou um minuto antes de bater novamente para ter certeza. Quando continuou sem resposta, tentou girar a maçaneta, mas estava trancada. Ficou ali por um instante, tentando descobrir uma maneira de abrir a porta que não fosse derrubando-a. Incerto, ele desceu os degraus com cuidado e deu a volta pela lateral da casa, tentando cada uma das janelas conforme passava por elas. A segunda janela lateral deslizou para cima quando a forçou.

— Isso — murmurou. Desamarrou seus sapatos de neve e os deixou no chão. Em um minuto, Jak estava na sala de estar de Driscoll.

Caminhou pelo cômodo, sem fazer barulho algum. Jak sabia ser silencioso, rápido. Sua vida dependia disso. Não havia ninguém no cômodo principal, e a área da cozinha estava vazia. Jak soltou uma lufada de ar pela boca e começou a olhar em volta. As coisas pareciam estar como sempre foram, pelo que observava quando ia lá fazer trocas. Exceto por... ele avistou uma pilha de cadernos sobre uma pequena mesa ao lado da única poltrona ali. Abriu o que estava no topo da pilha e um monte de fotos caíram de dentro dele no chão. Jak começou a tirar suas luvas de pele de cervo quando parou ao ver o rosto olhando para ele bem ao lado de seu pé... Era familiar. Já o tinha visto antes, encarando-o de volta em um reflexo limpo de água. E conhecia as roupas. Ele as estava usando naquele exato momento. Chocado, estendeu a mão para pegar a foto, virando mais algumas outras e congelando ao ver que eram todas *dele*.

Jak levantou lentamente, olhando as fotos, ouvindo insetos começarem a zumbir em sua cabeça e sua pele esfriar. Em uma delas, ele estava arrastando um cervo pela floresta, deixando um longo rastro de sangue para trás; em outra, estava sentado sobre uma rocha na margem do rio, tirando as escamas de um peixe. Ele as passou mais rápido, piscando, deparando-se com fotos de quando era apenas um jovem garoto, ainda usando a mesma calça jeans que usava na noite em que foi sequestrado e acordou na beira do penhasco. Pup estava na maioria delas. Driscoll *sabia* que ele não era selvagem. *Sabia* que o lobo pertencia a Jak. Ele o matara de propósito.

Jak segurou as fotos com força, extremas confusão e raiva agitando todo o seu corpo. Ele as colocou de lado e começou a ler o diário no topo da pilha de cadernos... sobre um gambá, um cervo e um lobo. Todos os diários eram iguais. Leu algumas páginas, sentindo um bolo bloquear sua garganta. Enfiou as fotos no bolso — eram *dele*, provas de tudo que fizera para sobreviver. Olhar para elas o levou de volta para aqueles tempos e o fizeram ficar tonto. Enjoado.

Devolveu os diários ao lugar onde estavam e ficou ali, agarrando os cabelos. Driscoll o observava. Ele o observava e nunca o ajudara. Jak sentiu um uivo começar a se formar em sua garganta, mas o engoliu, forçando-se a ficar quieto ao invés de destruir a casa e deixá-la em pedaços, quebrar a mobília e...

Ouviu um barulho vindo do quarto e agachou-se, um rosnado baixo subindo em sua garganta, muito leve para que alguém ouvisse. Virou a cabeça para ouvir melhor e fungou para sentir o cheiro do ar.

Soltou uma respiração lenta. Era apenas um pássaro passando lá fora.

Levantou-se devagar e caminhou até o quarto, sentindo suas pernas rígidas como troncos de árvores. Estava vazio. Jak aproximou-se da cômoda, abrindo as gavetas, sem ao menos saber o que procurava. Abriu a gaveta da mesa que ficava perto da cama. Havia um pedaço de papel com algumas formas desenhadas nele... três quadrados, dois X, uma linha ondulada e uma palavra no canto inferior que ele não conhecia. Achou que sabia o que aquele desenho era, mas não pensou muito sobre isso no momento, embora tivesse sentido um enjoo subir pela garganta.

Havia um pequeno pedaço de papel ao lado do mapa que tinha o nome *Peg's Diner* no topo. Tinha uma lista de ovos e bacon e um preço ao lado de cada coisa. *Peg's Diner*? Lugares que vendiam comida abriam durante guerras?

Jak achava que não.

Fechou a gaveta com tanta força que a mesa quase virou.

Olhou em volta do quarto, tentando entender *alguma coisa* quando viu a imagem acima da cômoda de Driscoll, sobre a qual ele tinha falado e falado certa vez. Jak se lembrava dos olhos dele, como tinham se enchido de... empolgação. Aproximou-se do quadro lentamente, ficando em frente para ele, um homem agora, quando, na última vez que ele vira aquela imagem, era apenas um garoto, não muito mais alto que a cômoda.

Seu olhar percorreu a representação dos homens guerreiros que seguravam lanças e escudos e... arcos e flechas. O que Driscoll dissera naquele tempo?

Sobrevivência é o maior treinamento de todos.

Seu cérebro estava zumbindo novamente, e ele não conseguia organizar seus pensamentos. Olhou em volta mais uma vez, mas não viu mais nada. Mas o que havia encontrado já era suficiente. Suficiente para dizer a ele que algo terrível estava acontecendo. Algo que poderia virar o mundo inteiro de cabeça para baixo.

De novo.

Saiu da casa do mesmo jeito que entrou, fechando a janela e seguindo para a estrada. Sempre mantinha distância dali, porque Driscoll lhe disse para fazer isso. Driscoll lhe disse muitas coisas. Coisas demais. Sua cabeça doía, e seu corpo parecia coçar inteiro, mas ignorou as sensações, apertando seu casaco pesado em volta do corpo e continuando seu caminho. Encontrou a estrada e a seguiu, caminhando por horas, até chegar a outra estrada, depois outra. Nenhum carro passou, mas estava pronto para se esconder, se isso acontecesse.

A terceira estrada levava a uma maior que era feita de uma coisa dura. Deixou seus sapatos achatados encostados em uma árvore, encolhendo-se atrás dela quando um carro passou por ali e saindo quando o veículo se tornou apenas um pontinho ao longe. Começou a caminhar novamente, escondendo-se sempre que ouvia um carro se aproximar e retomando sua caminhada quando a barra estava limpa.

Após um tempo, carros começaram a passar a cada poucos minutos, e Jak avistou os topos de construções por trás de uma colina.

Estava com fome e sede, e já estava andando há horas, mas seguiu em direção àquelas construções, seu coração batendo rapidamente no peito como se estivesse andando em direção à morte. Talvez estivesse mesmo. Sua alma parecia estar morrendo a cada passo, a cada carro que passava com motoristas que nem pareciam assustados, alguns até mesmo rindo.

Jak entrou na cidade Helena Springs quando estava anoitecendo, as luzes da cidade piscando e brilhando. Ele se perguntou se devia estar sonhando. Se havia adormecido na margem do rio sob o sol quente e mais tarde acordaria, com Pup lambendo seu rosto dizendo que estava na hora de caçar.

Helena Springs, repetiu mentalmente ao ler a placa. Soou como se tivesse conhecido aquele nome muito tempo atrás, mas não tinha certeza. Morou em Missoula com sua *baka*. E Missoula ficava em Montana. Montana ficava nos Estados Unidos. Os Estados Unidos ficavam no... mundo. Era tudo que ele sabia. Sua *baka* lhe dera um globo, certa vez, e ele conhecia alguns outros lugares, sabia que o mundo era redondo, mas, de outras coisas, não se lembrava.

Escondeu-se atrás de uma entrada escura, olhando para o outro lado da rua e vendo o nome do lugar que estava escrito no pedaço de papel na casa de Driscoll: *Peg's Diner*. Era bem iluminado na parte de dentro, e uma mulher usando um vestido cor-de-rosa e um avental estava atrás de um balcão, servindo alguma coisa para pessoas sentadas de frente para ela. Ao lado, havia uma caixa de vidro cheia de... tortas. Os olhos dele se moveram devagar, sua visão embaçada. Sentados a uma mesa perto da janela, estavam uma mãe e um garotinho, que estava colocando algum tipo de comida na boca. Um *hambúrguer*. Sabia o que era aquilo — *lembrava-se* de ter comido um — e mesmo enquanto sua cabeça girava, seu corpo não ficava quieto e seu estômago roncava alto. A mãe do garoto sorriu do que quer que o garoto tinha acabado de dizer, pegando sua própria comida e dando uma mordida.

Jak estava com fome. Com fome, sofrendo e sozinho.

Assustado. Confuso.

Um som subiu pela garganta de Jak, um som que nunca fizera antes.

Um casal passou andando em frente à lanchonete, de mãos dadas e conversando, o homem jogando a cabeça para trás e gargalhando de algo que a mulher disse.

Não havia *guerra* alguma.

Nada de inimigo.

Era uma cidade tranquila em uma noite cheia de paz.

Mentiram para Jak.

Foi enganado.

Por que, por que, por quê?

O mundo começou a girar.

Deslizou para o chão, segurando sua cabeça enquanto seu corpo chacoalhava. *Tudo* tinha sido uma mentira.

SELVAGEM

CAPÍTULO TRINTA E QUATRO

Jak sentia-se preenchido com um misto de felicidade e medo que lhe tirava o fôlego. Ele tinha alguém em quem confiar, alguém para quem talvez fosse capaz de se abrir. Talvez não sobre tudo, mas a maior parte. Uma pessoa carinhosa e bondosa, uma mulher que fazia seu coração bater mais forte no peito e seu sangue correr mais rápido nas veias. Uma mulher que ele queria de todas as maneiras.

Não deseja que ninguém soubesse cada coisa terrível sobre as maneiras que encontrou para sobreviver, mas poderia contar a Harper a maior parte. Até mesmo *ele* tentava esquecer algumas partes, tremia quando uma memória lhe surgia quando nem ao menos a estava buscando. Tinha medo de que Harper ficasse... com nojo se soubesse tudo que já havia feito para sobreviver, mas também tinha medo de que Harper achasse que Jak tinha sido uma criança burra por ter sido enganado da maneira que foi. Toda a sua vida... uma mentira, e ainda não sabia o *porquê*.

Será que descobriria algum dia, agora que Driscoll estava morto? Isso ao menos importava? Sabia quem ele era. Isso era o mais importante.

Harper estava em frente ao fogo e esfregou as mãos uma na outra, aquecendo-as. Ele deixou seus olhos descerem pelo corpo dela, querendo puxar sua calça, ajoelhar-se por trás dela e colocar a língua entre suas pernas naquela posição. Será que Harper o deixaria fazer isso? Será que os joelhos dela estremeceriam? Será que o tocaria novamente como tocou antes? Queria fazê-la estremecer e gritar seu nome de novo. Animais machos demonstravam o que queriam e esperavam que as fêmeas dessem

SELVAGEM

o sinal de que também queriam. Mas como um *homem* pedia algo assim? Palavras a fizeram corar antes, e Jak ainda não tinha certeza por que, mas achava que pedir isso com palavras não era a coisa certa a fazer.

Deveria simplesmente... tocá-la? Harper gostaria disso?

Entre os animais era mais fácil do que entre as pessoas.

Ela virou, abrindo um sorriso por cima do ombro, arregalando os olhos ao deparar-se com a expressão dele, como se lesse os pensamentos em seu rosto. O som baixo de passos na neve chamou sua atenção, se aproximando cada vez mais. Jak desviou o olhar de Harper e seguiu em direção à porta. Ouvindo. Esperando um cheiro. O som ficou mais próximo e, então, alguém estava subindo os degraus da varanda. Um homem. Depois, uma batida na porta.

Jak ficou tenso, um rosnado subindo por sua garganta. Quando viu que Harper estava olhando para ele, fechou a boca, tentando relaxar o corpo.

Aproximou-se um pouco mais da porta, no instante em que uma voz masculina disse:

— Lucas. É o agente Gallagher.

Lucas.

Ele já tinha se esquecido daquele nome.

Franziu a testa ao ir até a janela para dar uma olhada. O homem estava de pé ao lado da porta, usando um casaco grosso, e botas com pele de um tipo de animal que Jak nunca vira na natureza. Sem armas e... sem carro, o que significa que, de onde quer que ele tenha vindo, veio andando.

— Você pode confiar nele, Jak — Harper disse, aproximando-se por trás dele e pousando a mão em seu braço. — Eu confio.

Ele se deu conta do quão tenso seu corpo estava e encontrou os olhos de Harper, assentindo. Quando abriu a porta, o olhar do agente foi rapidamente para detrás dele, onde Harper estava. Ele soltou uma respiração aliviada.

— Que bom, você está aqui. — Olhou para Jak. — Posso entrar?

Jak abriu mais a porta, e o agente entrou, olhando em volta da cabana enquanto tirava o casaco enorme.

— Eu estava preocupado — o agente falou, novamente para Harper, lançando um olhar para Jak que dizia com clareza que não confiava nele completamente. Jak compreendia aquilo, mas não gostou de ver esse homem se preocupando com a mulher que Jak já considerava sua. Queria que essa fosse sua função.

— Estou bem — Harper respondeu, recebendo o casaco dele e pendurando no gancho na parede onde havia pendurado o seu. Jak gostou de ver que ela já conhecia bem a sua casa, gostou de vê-la agindo como se morasse ali. — Você estava procurando por mim?

— Sim. Eu te liguei várias vezes. Quando não atendeu, fiquei preocupado. Lembrei que você disse que estava pensando em vir aqui.

Harper franziu a testa.

— Oh, eu não vi que tinha chamadas perdidas. O sinal está muito ruim aqui. Talvez os seus recados não tenham chegado antes que eu ficasse sem serviço.

O agente lançou mais um olhar para Jak, expressando algo que Jak não sabia nomear. Mas não era uma expressão boa. Dizia que o agente estava se perguntando se ele havia machucado Harper e tinha vindo resgatá-la, se precisasse de resgate. Jak pensou que ele tinha olhos gentis quando estava no escritório do xerife, mas agora não estava gostando dele.

— Acho que falhei no trabalho que você me pediu para fazer, já que veio até aqui sozinho. — Harper alternou olhares entre o agente e Jak, com um sorriso nervoso, como se quisesse que eles fossem amigos.

O agente deu uma risada breve.

— Não, tudo bem. Entendo por que você ficou aqui. Pedi que o delegado me deixasse na estrada mais próxima e vim andando. É uma floresta bonita.

— Oh. — Harper franziu a testa novamente. — Odeio que tenha feito isso por minha causa. Obrigada pela preocupação. — Olhou para Jak. — Mas é sério, estou bem. — Sorriu para ele e corou. Jak olhou para o agente, esperando que ele tivesse percebido e entendido o que significava.

— Na verdade, estou feliz por ter dirigido até aqui. — Abriu um sorriso pequeno para Jak. — Ou caminhado, melhor dizendo. Eu queria falar com você, de qualquer forma. Descobri algumas coisas que acho que você deveria saber. E espero que possa responder mais algumas perguntas.

— Você quer se sentar? — Harper manifestou-se, conduzindo o agente à mesa de Jak.

Ele os observou por um momento enquanto Harper apontava para um dos bancos, certificando-se de que Mark estava confortável. Foi ali que Jak sentara com Harper, e ele sentiu algo estranho borbulhando no peito. Não, não borbulhando... mas... ele odiava não conseguir explicar nem a si mesmo como se sentia vez ou outra. Talvez, se conseguisse explicar como se sentia, pudesse se convencer a não sentir. Mas, por enquanto, tudo que tinha eram os sentimentos. Nada mais.

Depois que os dois sentaram, Jak aproximou-se lentamente da mesa, juntando-se a eles. O agente o observava, sem maldade na expressão, e Jak o encarou de volta. Sabia que, se outro macho o encarasse, ele não podia ser o primeiro a desviar o olhar, ou isso demonstraria medo. O agente também sabia disso, dava para perceber.

— Lucas...

Harper limpou a garganta, lançando um olhar para Jak.

— Estou por fora de alguma coisa aqui?

Jak suspirou. Ele havia dito seu nome a Harper e não queria que ela tivesse que mentir por ele.

— Eu menti sobre o meu nome. Meu nome é Jak. Mas falei a verdade quando disse que não sei o meu sobrenome.

O agente inclinou a cabeça.

— Por que você me deu um nome falso?

— Eu não sabia se podia confiar em você. — *Ainda não sei.*

O homem olhou para ele por um segundo, dois, mas assentiu.

— Compreendo. — Jak o observou e assentiu de volta. — Então, Jak... você pode me contar mais uma vez o que lembra sobre ter sido abandonado aqui por seus pais?

— Eu... não me lembro de nada, só de estar sozinho e ter que... sobreviver.

— É só isso? Nada mais? Nada sobre... ser deixado aqui? Nada antes disso?

Jak sacudiu a cabeça, sem olhar para Harper. Odiava mentir na frente dela. Aquilo o fazia sentir mal por dentro depois de eles terem compartilhado verdades, depois de ela ter lhe contado seus segredos. Lutava dentro da própria mente, sem saber o que fazer, esforçando-se para pensar nos motivos pelos quais deveria contar a verdade, e os motivos pelos quais não deveria.

O agente Gallagher suspirou, e eles ficaram em silêncio por um minuto, com algo pairando no ar que deixou Jak... incerto. O homem entrelaçou os dedos, pousando as mãos sobre a mesa.

— Jak, posso te contar por que me mudei para Montana? Por que aceitei um novo emprego aos cinquenta e quatro anos, em vez de ficar na Califórnia em um emprego que eu amava? Na casa que minha esposa e eu construímos com tanto esforço? O lugar onde criamos a nossa filha?

Jak tentou esconder sua surpresa. Ele confirmou lentamente com a cabeça. Harper também pareceu surpresa, observando o agente.

O agente Gallagher soltou uma lufada de ar longa e lenta.

— Nossa única filha, Abbi, morreu de leucemia há três anos. Ela tinha vinte anos e vinha lutando contra a doença desde que tinha dezessete e estava no último ano do ensino médio. Nós... — A voz dele quebrou, e

SELVAGEM

Jak podia ouvir a tristeza nela, como o estalo distante de algo ao longe que não dava para nomear, mas sabia que havia perdido um pedaço de si. — Nós a enterramos e tentamos encontrar uma razão para continuar vivendo. — Pausou por um longo tempo, baixando o olhar para as mãos.

Jak percebeu que Harper tinha no rosto o mesmo semblante triste do agente Gallagher. *Eu te entendo*, o olhar dizia. Ela era gentil. Bondosa. Aquilo fez Jak... amolecer.

— Certo dia, minha esposa e eu estávamos no mercado e encontramos uma das melhores amigas de Abbi, Ella. Não a víamos desde o funeral e... bem, ela estava com seis meses de gravidez, animada por estar esperando o primeiro filho. Nós dissemos todas as coisas certas, eu acredito. Sorrimos. Mas... aquilo nos quebrou. Minha esposa e eu fomos para casa, ficamos ali e foi... — Sacudiu a cabeça. — Foi como perdê-la de novo. Perder o que poderia ter sido. Nós vivíamos em uma comunidade unida. Sabíamos que assistiríamos, mesmo à distância, todos os amigos de Abbi se casarem, terem filhos e... ficou insuportável.

Ele olhou para Jak e Harper, abrindo um sorriso triste.

— A irmã de Laurie mora em Montana e está criando seus dois filhos. Sempre deu bastante apoio a Laurie, e Laurie deu bastante apoio a ela quando se divorciou, mas ela estava longe. Pensei que estava fazendo a coisa certa quando me candidatei ao Departamento de Justiça de Montana. Pensei que... o que precisávamos era de um novo começo. Em um lugar onde as lembranças não nos esmagassem em cada canto. Em um lugar onde temos família. E... — Respirou fundo. — Tudo isso tem sido bom. Mas o problema é que ainda olhamos um para o outro e tudo o que vemos é Abbi. Tudo o que vemos são aqueles quartos de hospital, nossa filha indo embora aos poucos, e aquele... caixão.

Ele ficou quieto novamente e, então, olhou para Jak.

— Foi isso que me trouxe a Montana, Jak. Estou aqui porque estava fugindo, mas não consegui ir longe o suficiente. Estou aqui porque a coisa que eu mais amava no mundo, minha família *completa*, não existe mais, e não consigo descobrir como podemos voltar a ser felizes. Estou perdido, e acho que você também está. E não sei bem o que pode ser feito a respeito da minha situação, mas espero que você me deixe te ajudar com a sua.

Uma lágrima deslizou pela bochecha de Harper, e ela a limpou rapidamente.

— Eu sinto muito — ela sussurrou, e o agente Gallagher assentiu, abrindo um sorriso triste.

Jak soltou uma lufada de ar pela boca, passando uma mão pela mandíbula, ainda confuso, mas sentindo... como se tivesse duas pessoas que podiam... que podiam estar ao seu lado. Uma brisa soprou, carregando felicidade. Medo.

— Eu acordei na beira de um penhasco. Tinha um homem. Ele me disse que aquele podia ser o dia em que eu morreria — contou, as palavras tropeçando umas nas outras, como se fossem uma pilha de gravetos que passaram muito tempo presos e, finalmente, estavam se libertando.

Harper arregalou os olhos e inclinou a cabeça para o lado, com clara surpresa no rosto. Ele pressionou os lábios um no outro, sem desviar o olhar do dela.

— Mas um pedaço enorme de gelo se moveu, fazendo a neve escorregar. Eu... eu caí.

Jak desviou o olhar. Não contaria sobre os outros meninos. Se soubessem sobre eles, descobririam que ele matara um deles. Descobririam todas as outras coisas ruins que fizera. E se descobrissem tudo isso, ficaria preso naquela gaiola minúscula com cheiros ruins. Ele morreria ali. Sozinho.

A cor fugiu do rosto de Harper e seu corpo enrijeceu.

— Eu não entendi.

O agente Gallagher lançou um olhar para ela que Jak não compreendeu. Mas as palavras dentro dele estavam se movendo — a

SELVAGEM

represa havia arrebentado. Ele nunca dissera essas palavras para nenhum outro ser humano.

— Eu também não entendi. Ainda não entendo. Eu sei que Driscoll estava... envolvido nisso de alguma forma, mas ele não era o homem no penhasco. Driscoll me disse que estava acontecendo uma guerra.

— Uma guerra? — o agente Gallagher perguntou, e Harper pareceu ficar ainda mais pálida.

Jak desviou o olhar dela. Ele odiou a expressão no rosto dela — incrédula. Ele não sabia se Harper não conseguia acreditar no que havia sido feito com ele, ou se não acreditava que Jak havia caído naquilo. Talvez Jak não quisesse saber. Pela primeira vez desde que começou a falar, não teve certeza se deveria continuar. Mas aquele caminho não parecia ter mais volta.

— Jak — o agente Gallagher disse, e Jak olhou para o homem em vez de para Harper. Isso facilitou um pouco as coisas. Queria tanto que ela pensasse coisas boas sobre ele. Mas também não queria que Harper fosse embora. Queria que ela o conhecesse, que o compreendesse.

Talvez não tudo. Não a parte selvagem que mantinha escondida dentro de si. A parte que se manifestara quando estava faminto e sofrendo, a parte que queria que nunca mais surgisse. Mas a maioria das coisas. O máximo que pudesse contar e, ainda assim, queria que Harper continuasse a desejá-lo.

Jak contou ao agente sobre Isaac Driscoll, sobre a guerra, sobre o inimigo e o que fez com que Jak ficasse sozinho todo esse tempo.

— Você sabe por que ele faria isso? Mentir para você desse jeito?

Jak sacudiu a cabeça, sentindo a raiva crescer como uma onda.

— Não. Mas ele estava me vigiando. Havia câmeras nas árvores.

— Câmeras? — O agente Gallagher inclinou-se para frente, colocando as mãos sobre a mesa. — Onde?

— Não consigo mais vê-las. Elas sumiram. Acho que Driscoll as tirou. — Ele devia ter percebido que Jak havia roubado as fotos. Devia saber que Jak estivera em sua cabana. Devia saber que descobrira a verdade.

O agente Gallagher franziu o cenho.

— Ok. Você tem alguma ideia de para onde as gravações estavam indo?

Gravações? Jak não sabia o que aquela palavra significava.

— Eu pensei que elas tiravam fotos. Não sei onde as fotos estão — mentiu. Havia rasgado em pedacinhos e jogado no rio, observando-as irem embora flutuando.

O agente fez uma pausa.

— Ok. Ok. E o homem no penhasco, você nunca mais o viu?

Jak negou com a cabeça.

— Jak, você pode me contar do que se lembra antes disso?

Ele lançou um olhar para Harper, e vê-la bem ali ao seu lado o estava ajudando a se sentir corajoso.

— Uma mulher me criou até eu ter quase oito anos — Jak disse. — Não sei o nome dela. Acho que era alguma coisa que começava com A. Ela falava palavras diferentes das que diziam na TV e me dizia para falar como as pessoas, não como ela. Eu a chamava de *Baka*. — Contou ao agente Gallagher sobre como o ensinara a ler, a contar e a acreditar que ele era forte. — Isso é tudo que lembro. Não a vejo desde a noite em que adormeci na minha cama e acordei... aqui.

Harper parecia triste, assim como o agente Gallagher ao assentir. Eles ficaram quietos por um instante antes de ele dizer:

— Obrigado, Jak, por me contar a verdade. Você me deu muitas informações boas para ajudar na investigação. — Hesitou por um segundo. — Uma das coisas que preciso te dizer é que a mulher que foi assassinada na cidade, aquela sobre a qual te interrogamos? Jak, ela era a sua mãe.

SELVAGEM

Harper soltou um pequeno arquejo. Mãe dele. *Mãe dele.* Os cabelos da nuca de Jak arrepiaram.

— Minha mãe? — perguntou, esfregando as mãos nas coxas. Elas estavam frias e suadas. Sua mãe estava *morta*? A mulher que lhe havia trazido livros e disse que voltaria para buscá-lo? Sentiu gelo descer por sua espinha.

— Sim. Jak, você sabe alguma coisa sobre a sua mãe?

— Eu... — Olhou para Harper e viu que ela estava boquiaberta. A mãe dele estava morta. Ninguém podia machucá-la agora. — Ela veio aqui. Nunca a conheci antes disso.

O agente Gallagher pressionou os lábios, franzindo as sobrancelhas.

— Quando ela te contatou e como?

— Ela veio me ver cinco... anos atrás. Disse que estava tentando encontrar um lugar para morarmos. Ela me trouxe livros de criança. Prometeu voltar e me trazer mais livros. Me disse para não contar a ninguém sobre ela.

O agente Gallagher franziu a testa novamente.

— Entendi. E ela indicou o motivo?

— Não. Eu pensei... — Ele olhou para Harper. — Pensei que era algo sobre a guerra. A guerra que Driscoll me disse que estava acontecendo. — Olhou novamente para o agente. — Eu disse algo sobre isso, a guerra, e ela concordou, ou... — Ele franziu as sobrancelhas, desviando o olhar, tentando se lembrar do que dissera e do que ela respondera. — Ela disse, sim, o mundo está em chamas.

Eles ficaram em silêncio por um momento antes do agente perguntar:

— Você acha que a sua mãe estava trabalhando com Isaac Driscoll, de alguma forma?

Trabalhando? Tinha um emprego com Driscoll? Era isso que o agente queria dizer? Jak pensou um pouco.

— Eu não sei. Ela não parecia gostar dele. Disse que tinha seguido ele da cidade. Mas... teve outra mulher também... — Manteve o olhar fixo no agente em vez de olhar para Harper, sentindo seu rosto esquentar. Ele não queria contar a eles sobre a mulher ruiva, mas sabia que precisava fazer isso. Contou ao agente e para Harper sobre achar que a mulher estava machucada, sobre trazê-la para sua cabana, e sobre como ela ofereceu seu corpo a ele. Ele não olhou para Harper enquanto contava a história, sem querer saber se ela estava brava ou, pior ainda, se não se importava por ele ter tocado outra pessoa. Queria dizer a ela que não era como o raposo cinza. Harper era a única mulher que ele queria tocar.

E agora sabia por que aquela outra mulher parecia errada. *Tinha o cheiro errado.* Não havia sido feita para ele. Não era Harper.

— Você teve a sensação de que a mulher ruiva estava envolvida com Driscoll de alguma forma? E, se sim, por que ela te contaria sobre as câmeras?

Jak negou com a cabeça. Ele não fazia ideia. Uma boa parte dele esperava que o agente pudesse juntar todas as peças e encontrasse respostas. Mas outra parte só queria que tudo acabasse. Driscoll estava morto — sua vida era melhor sem ele —, e queria descobrir para onde ir agora.

— Ok, Jak, obrigado. Fico muito grato pela sua honestidade. Vou tentar descobrir o que estava acontecendo. Vou fazer o melhor que puder, ok?

Jak assentiu, passando uma mão por sua mandíbula, e a pergunta cuja resposta ele não tinha certeza se queria saber escapou por seus lábios:

— Quem era ela? A minha mãe? — Ainda sentia uma dor ecoar por seu peito quando pensava naquelas palavras, *minha mãe*. Mas nunca fora uma mãe para ele. Ela nunca mais voltaria.

— Era uma mulher problemática, Jak. Fez muitas escolhas ruins, mas acho que estava tentando consertá-las. Acho que se importava com você e carregava muito arrependimento.

SELVAGEM

Jak não sabia como se sentir em relação àquilo. Não sabia se poderia sentir falta de alguém que nunca conheceu. Não sabia nem se poderia sentir raiva de alguém que nunca conheceu.

Quando Jak ergueu o olhar, o agente Gallagher estava olhando-o, com um franzido preocupado no rosto. Mas, quando encontrou o olhar de Jak, abriu um pequeno sorriso para ele.

— Há outras coisas que descobri sobre o seu passado e para onde pode ir.

Jak sentiu uma pontada de medo.

— Eu tenho que ir embora da cabana onde moro agora?

O agente Gallagher suspirou.

— Temo que sim. Eu falei com a irmã de Isaac Driscoll, que é a parente mais próxima dele, e ela não está disposta a deixá-lo continuar morando nessa propriedade. — Por que ele parecia bravo? Por que se importava se Jak não poderia mais morar em sua cabana? Não era realmente dele, de qualquer forma. Talvez devesse ter ido embora no segundo em que descobriu que Isaac Driscoll o estava observando, que tinha *mentido*. Mas não queria que o homem soubesse que ele havia descoberto o que estava fazendo, pensou que poderia esconder, então agiu normalmente... tentou entender o que fazer. E então... Driscoll morreu.

E agora, Jak não se arrependia por ter um lugar onde ficar com Harper. Se não tivesse mais sua cabana, não teria conseguido protegê-la do frio.

Leve-me para dentro.

Ao se lembrar daquelas palavras, a pele de Jak esquentou.

Mas agora... agora a cabana não seria mais dele.

Teria que voltar para a floresta. Sobrevivera a ela antes. Sobrevivera com menos conhecimento do que tinha agora. A única coisa que fazia seu coração acelerar e sua garganta secar era a mulher sentada ao seu lado, a mulher que ele queria chamar de sua. A mulher que ele *nunca* deixaria ir visitá-lo em uma caverna na floresta. Ao pensar nisso, se sentiu envergonhado. Podia sentir o olhar dela fixo na lateral de seu rosto, mas não tinha coragem de retribuir.

— Ela quer que o Jak desocupe as terras em quanto tempo? — Harper perguntou, e ele ouviu raiva na voz dela também. Os dois achavam que a mulher deveria deixá-lo ficar. Mas... agora que Jak estava pensando melhor sobre o assunto, talvez ele não quisesse ficar. Não em um lugar onde mentiram, onde era observado. Não queria morar em uma caverna na floresta, porque isso significaria ter que deixar Harper, mas... também não queria morar nas terras de Driscoll.

— Uma semana — Mark disse.

Harper ofegou e colocou as mãos sobre a boca.

— Uma semana? Que tipo de *bruxa* horrível ela é?

Mark Gallagher riu, mas não soou como uma risada normal. Não havia felicidade nela.

— De primeira classe.

— Parece que é, mesmo. Ela sabe o que o irmão dela *fez*?

— Não tive a impressão de que se importava. Eles não eram próximos. Ela só está interessada em receber as terras e pronto.

Harper ficou quieta, mas ele podia ver os dentes dela cerrando. Estava brava *por* ele. Aquilo causou uma sensação quente em seu peito.

— Ok — Jak falou finalmente. O que mais poderia dizer?

— Tenho outra notícia para você — o agente Gallagher declarou. — E é boa. Ou, pelo menos, espero que você veja dessa forma. — Fez uma pausa, franzindo a testa. — Você tem um avô, e ele quer que você vá morar com ele.

— Um avô?

— Sim. O pai do seu pai. Infelizmente, o seu pai faleceu há muitos anos.

Jak sentiu um aperto no peito. Mas nem ao menos conhecera aquele homem.

— O pai do meu pai — repetiu, tentando imaginar pessoas desconhecidas que, de alguma forma, eram parte dele.

— Sim. Ele sabe como você tem vivido, sabe sobre Isaac Driscoll. Gostaria de te oferecer um lar, pelo tempo que você quiser.

Jak não sabia se deveria confiar nisso. Ficava repetindo para si mesmo que não havia guerra, não havia inimigo e, além disso, tinha que ficar dizendo a si mesmo que nem *todo mundo* estava mentindo. Se não fizesse isso, como conseguiria se inserir no mundo?

— Quem é? — Jak perguntou. — Meu... avô?

— Acontece que a sua família é muito bem-sucedida. Eles moram nos arredores de Missoula e são donos da Empresa Madeireira Fairbanks.

— A Empresa Madeireira Fairbanks? — Harper repetiu, com surpresa na voz. — Isso... isso é incrível. Espere, o *pai* de Jak era um... Fairbanks? — Olhou para Jak. — Então, isso significa que você também é?

— Um Fairbanks? — Jak perguntou. — Empresa Madeireira? — Franziu as sobrancelhas, sua cabeça girando. — Não quero morar com estranhos. Eu não os conheço.

— Você irá conhecê-los. E... e se não gostar da companhia deles, pode se mudar de lá. — O agente hesitou. — Jak, acho que essa é uma ótima oportunidade. Eu acho que... bom, ter uma família ao seu lado, especialmente uma família como os Fairbanks, irá abrir muitas portas para você.

Gostar da companhia deles.

E abrir portas? Que portas?

Harper estava mordendo o lábio, com uma pequena ruga entre os olhos.

— Você não acha que devo ir morar com eles, Harper?

Ela encontrou seu olhar.

— O quê? Não. Quer dizer... acho que o agente Gallagher tem razão. Eu... eu sei como é se mudar para uma casa com estranhos, só isso. Mas, Jak, você é um adulto, e o agente Gallagher tem razão. Se você não gostar de lá, pode ir embora.

Jak ficou triste por ela. Quando era garotinha, Harper teve que se mudar para a casa de pessoas que não conhecia. Ela teve medo. *Mas era uma garotinha. Assim como eu era um garotinho quando perdi minha* baka. Aquilo o lembrou de como ele teve medo. Queria poder voltar no tempo e protegê-la. Queria rasgar a garganta do homem que fizera coisas ruins com ela. *Se você não gostar de lá, pode ir embora.* Harper não pôde ir embora.

Havia tantas palavras que o agente Gallagher disse e ele não entendia, e seu coração parecia estar batendo rápido demais. Precisava de ar. Ver o céu. Ele queria assistir ao sol se esconder por trás das montanhas e as estrelas surgirem, uma, duas, dez, cem, mil e, então, um número infinito que nunca poderia contar mesmo que aprendesse todos. Queria esvaziar a mente e compreender o que podia estar esperando por ele no mundo. *Uma família*, seu coração sussurrou. *A sua própria alcateia. Não*, pessoas *para chamar de minhas.* Seria capaz de aprender a confiar nelas? Aprender a ser uma delas? Era isso que queriam?

— Jak, olhe, tire esta noite para pensar sobre isso. Eu joguei muitas informações em cima de você, e você me deu mais pistas que preciso investigar. Entretanto, recomendo que aceite a oferta do seu avô. — Mark olhou para Harper. — Você estava planejando ficar aqui, ou...

— Não. — Sacudiu a cabeça. — Eu preciso voltar. Posso te dar uma carona. Acho que o gelo já derreteu o suficiente para dirigir em segurança. — Olhou para Jak, com as bochechas ficando rosadas. — Que tal eu voltar amanhã cedinho e irmos para Helena Springs? Posso te mostrar a cidade. Talvez você tenha tomado uma decisão até lá e poderemos ligar para o agente Gallagher.

Jak assentiu. Não queria que ela fosse embora, mas precisava de um tempo sozinho. Precisava pensar. Precisava decidir. Sobre sua vida. Uma vida que nunca pensou ser possível.

— Tem mais uma coisa — Harper disse e, então, contou ao agente sobre os helicópteros, sobre Jak tê-los visto na manhã seguinte à noite em que caiu do penhasco.

O agente Gallagher franziu a testa, confuso.

— Isso não pode ser coincidência — ele murmurou. — Dois mistérios começando na mesma noite? Na mesma floresta?

— Bem. — Harper se levantou e pegou o mapa onde fez marcações com Jak. — Ocorreram um pouco distantes um do outro, mas sim. — Colocou o mapa diante dele, que o analisou por alguns minutos.

— Posso levar isto comigo?

Harper confirmou com a cabeça.

— É claro. Eu fiz as marcações, para tentar ajudar.

— Sim, isso irá me ajudar a visualizar o que ocorreu. Obrigado.

O agente Gallagher olhou para os dois por um instante e, então, pousou as mãos sobre a mesa diante de si, com o olhar em Jak.

— Tem mais alguma coisa que você precise me dizer? Alguma coisa que possa ajudar na investigação?

O coração de Jak acelerou. Desviou o olhar, negando com a cabeça. Havia coisas que não podia... não contaria. Se contasse, quem iria querer que Jak fizesse parte de sua família? Parte da sociedade? Eles o prenderiam. Eles o chamariam de animal. Uma fera. E talvez fosse. Ou, pelo menos, podia ser. E esse tinha que ser seu segredo. Ponto final.

O agente assentiu.

— Muito bem. É muita coisa para absorver — Mark disse. — Você está bem?

Bem? Naquele momento, estava.

— Sim. Estou bem.

O agente Gallagher sorriu.

— Que bom. Pense sobre tudo isso e, então, conversaremos. — Ele olhou para Jak e Harper novamente. — A propósito, o que vocês irão fazer no Natal?

Harper olhou para Jak.

— Natal? — ele sussurrou.

— Você se lembra do Natal, Jak? — Harper perguntou suavemente.

Ele moveu a cabeça negativamente.

— Não sei o que é Natal.

Um vislumbre de tristeza surgiu no olhar de Harper. O Natal devia ser muito bom. Muitas das coisas que nunca conheceu deviam ser muito boas.

— É o feriado do nascimento de Jesus.

— Jesus?

Harper e o agente Gallagher riram, mas as risadas deles eram gentis, e os olhos de Harper dançavam. Jak sorriu também.

— Deixe isso para lá, por enquanto. — Olhou para o agente Gallagher novamente. — Eu geralmente vou para a casa da minha amiga Rylee. Mas este será o primeiro Natal dela com a família de seu novo marido… então, não tenho planos.

— Bem, então está combinado — o agente Gallagher disse, levantando-se. — Vocês irão passar o Natal comigo e com a minha esposa. Eu insisto.

SELVAGEM

CAPÍTULO TRINTA E CINCO

A velha senhora espiou através da porta entreaberta, analisando Mark, olhos estreitos com suspeita.

— Olá, senhora. Almina Kavazović?

— Sim.

— Agente Mark Gallagher. Eu gostaria de fazer algumas perguntas para a senhora, se me permitir.

— Sobre o quê? — exigiu saber, em uma voz com sotaque carregado, sem mover a porta um centímetro.

— Um homem que costumava morar no apartamento ao lado do seu. Isaac Driscoll?

Os olhos se arregalaram quase imperceptivelmente. *Quase*. Mark percebeu e sabia que seu pressentimento estava certo quando conseguiu a lista de inquilinos do prédio que a irmã de Driscoll havia mencionado e encontrou o nome Kavazović nela.

— Driscoll? O que tem ele?

— Senhora, essa conversa seria muito mais fácil se me deixasse entrar por alguns minutos. Eu tenho...

A trava da corrente desengatou com um ruído suave e a porta se abriu antes que Mark terminasse sua frase. A mulher afastou-se para permitir que ele estrasse, uma senhora usando um vestido florido e com os cabelos escondidos por baixo de um lenço escuro enrolado na cabeça.

— Eu sabia que esse dia chegaria — ela disse, e sua voz de repente não continha mais suspeita, apenas conformação. Virou, e ele fechou a porta, seguindo-a para a sala de estar, onde a senhora acomodou-se em uma poltrona de frente para um sofá florido de dois lugares. A mobília era bem gasta, mas o cômodo estava limpo e bem arrumado, com guardanapos de renda sobre quase todas as superfícies. Mark sentou-se e esperou que Almina falasse.

— O que ele fez? — perguntou.

— Ele está morto, senhora.

Almina encontrou o olhar dele nesse momento, mas não parecia chocada.

— Sim — ela disse com naturalidade. — É melhor assim.

— A senhora pode me contar mais sobre Driscoll? Como o conheceu?

Suspirou, um som exausto que tremeu em sua garganta.

— Ele era meu vizinho, como você disse. Eu não o conhecia muito, só sabia que trabalhava para o governo. Eu vim da Bósnia nos anos noventa durante a guerra. Minha família tentou vir, mas eles... — Parou por um momento, e Mark esperou até ela continuar. — Eles não puderam.

Mark não pediu que ela contasse mais sobre aquilo, e podia imaginar os motivos pelos quais a família dela teve problemas ao tentar imigrar. Burocracias... atrasos... finanças insuficientes... Ele se perguntou como Almina havia conseguido, mas aquilo era irrelevante.

— Eu fui ao Dr. Driscoll, perguntei se ele podia ajudar porque tinha emprego do governo. Primeiro, disse não. Que não podia ajudar. Depois, voltou e disse sim. Podia me ajudar se eu trabalhasse para ele, seguisse suas regras e não contasse a ninguém.

— Que emprego era esse, senhora? — ele perguntou, seu coração pesando, pensando que já sabia o que ela ia dizer.

— Cuidar do bebê. Criar o bebê até o Dr. Driscoll estar pronto para treiná-lo.

Treiná-lo? Mark esperava que Almina contasse sobre criar o bebê, mas não sobre... treinamento. Lembrou-se de suas dúvidas sobre o interesse de Driscoll nos Espartanos. Ele franziu o cenho.

— Que tipo de treinamento?

— Ele não disse. Só falou que não devia mimar o garoto ou estaria fazendo um desserviço. Me disse para alimentar o garoto e cuidar dele, mas nada mais. Nada de mimá-lo — Almina repetiu. — Isso é muito importante, ele disse. É o jeito certo.

— E em troca disso, ele ajudaria a trazer a sua família para cá?

Ela confirmou com a cabeça.

— Sim, e conseguir um visto para mim, para poder trabalhar. Eu costuro os lenços e vendo para lojas pequenas. Agora na internet também, mas não muito, porque minhas mãos não funcionam muito bem.

Mark olhou para as mãos deformadas dela, presas uma na outra e pousadas em seu colo, com os nós dos dedos pálidos.

— Entendi. E ele lhe pagou para cuidar do garoto?

— Somente despesas.

— E ele conseguiu resolver a vinda da sua família para cá?

Almina negou com a cabeça, desviando o olhar dele.

— Ele não conseguiu, no fim das contas. Depois descobri que morreram na guerra.

— Sinto muito.

Não reagiu às suas condolências, mantendo os ombros rígidos.

— Mas eu consegui meus papéis. Sou cidadã americana agora.

Mark aguardou um momento e, então, perguntou:

— Então, a senhora criou esse garoto até ele ter quantos anos?

— Sete, quase oito.

SELVAGEM

— E aí Driscoll o levou para começar seu treinamento?

— Sim — ela disse, com um engate na voz, e embora não tenha derramado lágrimas ao falar de sua família morta em seu país de origem, seus olhos marejaram quando falou sobre o garoto.

— A senhora sabe se Driscoll estava trabalhando com mais alguém?

Ela sacudiu a cabeça.

— Não. Ninguém. Só ele.

— A senhora faz alguma ideia sobre o que esse tal treinamento implicava?

— Não. Eu não sei. O Dr. Driscoll veio aqui à noite, quando o garoto dormia. Eu tentei impedi-lo. Eu... não queria deixá-lo ir. Eu vou criá-lo, eu disse. Mas Driscoll me empurrou. Disse que ia revogar meu visto de trabalho. Eu ia morrer de fome sem trabalhar. Sem família. — Ela baixou a cabeça. — Driscoll deu remédio para o garoto para ele não fazer barulho e aí o levou. — A expressão em seu rosto era tão triste que apesar do que ela havia feito, Mark não pôde evitar sentir uma pontada de pena da senhora diante dele. Sem país. Sem família. Deixada para viver com as escolhas terríveis que fizera por desespero. Deixada sem saber qual havia sido o destino do garoto que ela obviamente amou, embora tenha sido instruída a não fazer isso.

— Você sabe o que aconteceu com o garoto? — Almina perguntou, sem olhar nos olhos de Mark, seu corpo tenso e imóvel como se estivesse prendendo a respiração enquanto aguardava a resposta.

— Ele está vivo. Teve uma criação muito severa, como a senhora deve imaginar. Mas é um sobrevivente. Ele é muito forte.

Assentiu, com uma lágrima escapando de seu olho e deslizando por sua bochecha enrugada.

— Sim. Forte. Por isso eu o chamei de Jak. Significa forte, na minha língua. —Pausou por um momento, obviamente se recompondo. — *Ele é garoto muito esperto*. Bom garoto. — A expressão em seu rosto era de orgulho. — Driscoll se mudou daqui, disse que ia construir uma boa casa para criar Jak. Ele disse que garoto não ia para escola, isso interferia no treinamento. Mas eu ensinei o garoto a ler, e ensinei os números neste idioma. Disse a ele para não falar como eu, para falar como as pessoas da TV. Ele era muito inteligente e aprendia rápido. Eu disse que as palavras são muito importantes. Tentei ensinar a Jak o que pude com livros sobre amarrar nós e construir coisas. O que eu achava que ia ajudar. E eu o fazia ficar lá fora por muitas horas no dia para ele subir em árvores e brincar de montar, e ficar ainda mais forte. Eu tentei... eu tentei dar a ele o que pude.

O que ela deveria ter feito era ligar para a polícia e denunciar Driscoll. Mas... Jesus, havia tantas coisas sombrias envolvidas nos casos que Mark trabalhava, tantas histórias, tantas situações às quais a maioria das pessoas nem imaginaria sobreviver.

— Pelo que sei, o que a senhora fez o ajudou muito.

Ela assentiu.

— Que bom. — Fez uma breve pausa antes de perguntar: — Então, ele matou Driscoll? Meu Jak?

— Ele disse que é inocente, e não há evidências que afirmem o contrário. O assassinato de Driscoll ainda está sem solução.

Almina pareceu vagamente surpresa com a resposta dele, como se tivesse presumido que Jak o matou. Ora, depois de descobrir o que descobriu, até mesmo Mark estava surpreso por Jak *não* ter matado Driscoll. Se isso fosse mesmo verdade. E embora não existisse evidências contra, ele tinha um motivo e tanto. O homem havia não somente assistido Jak sofrer sem fazer nada, como o enganou dizendo que havia uma guerra. *Inimigos*. Plantou medo no garoto quando era apenas uma criança, então isso era tudo que ele conhecia. Era realmente um milagre Jak não ter ficado completamente louco.

— Ele... lembra de mim?

— Sim, lembra.

SELVAGEM

A senhora assentiu, com lágrimas brilhando nos olhos.

— Você pode dizer a ele que *baka* sente muito? Sente muito, muito mesmo.

— Sim, senhora. É claro que posso.

Assim que se despediu e saiu do pequeno apartamento da mulher que Jak um dia chamara de *Baka*, Mark desceu as escadas, caminhando devagar até seu carro, enquanto uma das peças do quebra-cabeças da vida de Jak se encaixava.

Ligou a ignição e ficou ali sentado por um momento, encarando o prédio onde Jak havia sido criado, sem saber que estava sendo preparado para um programa de "treinamento" desenvolvido por uma mente doente e/ou perversa. O que diabos aquilo significava? Qual era o objetivo de Driscoll? Por que havia feito o que fez com um garoto inocente? Olhou para o que podia enxergar por trás do prédio. Uma vasta extensão florestal... o lugar onde Jak brincou pela primeira vez no que se tornaria sua única existência.

Jak era o denominador comum nessa história toda. *Como? Por quê?* Quem mais sabia sobre o que Driscoll armara, além da mulher encontrada assassinada na cidade? A mãe de Jak. Havia mesmo câmeras nas árvores? Em caso positivo, quem as removeu? Driscoll? Quem era o homem no penhasco? Ou será que era Driscoll e a mente jovem de Jak tinha se esquecido?

Ele ponderou sobre tudo que sabia e o que havia acabado de descobrir, sua mente direcionando-se para Harper e como seus pais também haviam sido assassinados. Driscoll sentia-se particularmente incomodado com o sistema de lares adotivos, Dr. Swift lhe contara. Harper Ward havia crescido em meio ao serviço social. Isso significava alguma coisa? Será que os dois casos eram aleatórios e desconectados? Eles podiam muito bem ser, mas Mark tinha a sensação de que se ligavam de alguma forma sinistra que ainda não podia imaginar.

Um arrepio o percorreu conforme saía do estacionamento em frente ao prédio, a senhora do apartamento que tinha acabado de visitar encarando-o pela janela. Quando começou a investigar os homicídios, acreditou que haviam sido crimes de ódio. Encontraria o autor e então seguiria para o próximo caso. Mas a cada semana que se passava, com cada vez mais peças do quebra-cabeça surgindo, ele ficava cada vez mais perturbado. Jak havia sido raptado, maltratado, e provavelmente quase morrido tentando sobreviver. Uma mulher havia sido manipulada a acreditar que, ao acolher um bebê, encontraria a alegria de se reunir com sua família. Famílias quebradas. Pais em luto. *Mas como tudo isso estava conectado? Onde tudo começava? Quem era responsável? Será que alguém pagaria por esses crimes de crueldade?*

E será que existia um panorama geral que ainda não conseguia enxergar?

SELVAGEM

PARTE II

CAPÍTULO TRINTA E SEIS

A casa de Mark e Laurie Gallagher era um rancho charmoso no fim de uma entrada de carros curvada, com área florestal em volta. Harper estacionou ali em frente e desligou o motor, olhando para Jak, que estava sentado ao lado dela, com as palmas apoiadas nas coxas. Na primeira vez em que ela o vira na delegacia — que agora parecia ter sido há uma década —, ele estava sentado da mesma forma. Agora reconhecia o que era: linguagem corporal indicando nervosismo. Ele estava se situando.

Estendeu a mão e a pousou sobre a dele, entrelaçando os dedos dos dois.

— Vai ser tranquilo.

Ele abriu um sorriso nervoso.

— E se eu fizer algo errado? Não sei como é ir à casa de alguém para jantar.

— Jak, essas pessoas sabem disso. Eles querem você aqui. Não vão julgar os seus modos. É só fazer o que todo mundo fizer.

Assentiu, mas ainda parecia em dúvida. Ela apertou a mão dele e, então, pegou as sacolas que havia colocado no banco de trás.

— Vamos. Estou com você.

Jak olhou para as sacolas da mesma forma que fizera quando as vira pela primeira vez, com um misto de curiosidade e desconforto, mas seguiu o exemplo dela quando ela abriu a porta da caminhonete e saiu.

Harper sorriu quando eles chegaram à varanda, decorada com dois arbustos perenes em vasos ladeados de luzes cintilantes em ambos os lados da varanda, e uma grande guirlanda na porta da frente. Ela bateu e segurou a mão de Jak novamente, dando a ele mais um sorriso encorajador. Se ia começar a dar seus primeiros passos no mundo, tinha que começar por algum lugar, e o melhor— ela achava — era a casa de pessoas que compreendiam sua situação e tentariam deixar as coisas confortáveis para ele.

Até então, a única coisa que Jak havia feito foi andar pela cidade de carro com ela, enquanto Harper apontava para diferentes lojas e negócios. Sabia que ele tinha um milhão de perguntas, dava para ver na expressão que se transformava de choque para perplexidade, para deleite e, então, para choque novamente. No entanto, Jak não perguntou nada, e ela deduziu que estava assimilando tudo, tentando entender as coisas sozinho — ou talvez se lembrar do que já sabia e colocar tudo em contexto. Além disso, também devia estar sofrendo pelo fato de ter sido abandonado, usado, enganado de formas que Harper ainda não compreendia. Ainda havia tantas perguntas não respondidas sobre o que aconteceu. Sem contar o que houve com sua mãe e Driscoll. Era tudo *demais*. Ela não queria apressá-lo. Jak devia estar completamente sobrecarregado.

A porta se abriu, e o agente Gallagher estava ali, sorrindo para eles.

— Entrem. Jak, Harper. Feliz Natal.

— Feliz Natal, agente Gallagher — Harper disse, passando pelo vão da porta e Jak logo atrás.

— Feliz Natal — Jak imitou, e o sorriso do agente Gallagher cresceu ainda mais, dando aqueles tapinhas masculinos no ombro dele ao entrar na casa.

— Por favor, vocês estão na minha casa. Nada de agente Gallagher. — Ele sorriu. — Me chamem de Mark. E venham conhecer Laurie. Ela está na cozinha.

Eles seguiram Mark pela antessala e por um corredor curto.

— Vou colocar isso debaixo da árvore rapidinho. Esperem. — Pegou os pacotes da mão de Harper e entrou na sala de estar, onde havia uma árvore lindamente decorada e brilhante em um canto, e depois voltou para onde estavam no corredor. — Por aqui. — Sorriu e os conduziu até uma cozinha grande e aberta no fim do corredor.

Uma mulher bonita com cabelos loiros e lisos na altura dos ombros, usando um avental vermelho, estava tirando algo do forno e, em seguida, virou-se, colocando a assadeira sobre a bancada e sorrindo ao avistá-los.

— Laurie, estes são Harper e Jak — Mark apresentou, e Laurie tirou a luva de forno e deu a volta na bancada.

— Sra. Gallagher — Harper a cumprimentou, apertando sua mão. — Obrigada por nos receber em sua casa.

— Obrigada por virem, querida. Estamos muito felizes por recebê-los. — Ela apertou a mão de Harper e, em seguida, entendeu a mão para Jak, que a aceitou hesitante. — Feliz Natal. Por favor, me chame de Laurie. — Ela sorriu novamente, e embora seu sorriso fosse muito brilhante, havia uma tristeza inconfundível nos olhos dela, um vermelho muito leve nas pálpebras que fez Harper achar que tinha chorado recentemente.

— Posso pegar alguma bebida para vocês? — Mark ofereceu. — Fiz uma mistura especial de *eggnog*.

— Claro — Harper aceitou. — Eu adoraria.

— Eu também adoraria — Jak falou, parecendo incerto. Harper segurou sua mão discretamente e a apertou.

— Vocês três podem ir para a sala de estar enquanto eu termino os aperitivos — Laurie disse.

— Posso ajudar em alguma coisa? — Harper perguntou.

Laurie hesitou, olhando para a bancada rapidamente.

— Oh, claro, se não for incômodo. Eu só preciso distribuir algumas coisas em bandejas.

SELVAGEM

— Ótimo. Eu posso cuidar disso.

— Venha comigo, Jak — Mark chamou. — O carrinho de bebidas está na sala de estar. Harper, o seu *eggnog* estará esperando.

Jak olhou para trás ao seguir Mark para fora da cozinha, e Harper sentiu uma onda quente de ternura diante da sua expressão incerta. Jak se sentia mais confortável com ela do que com qualquer outra pessoa. Qualquer outra pessoa no *mundo*, Harper percebeu, e aquele pensamento a preencheu com uma honra profunda.

Laurie lhe disse do que precisava, e elas engataram uma conversa fácil, conhecendo uma à outra, Laurie contando a Harper como estava a adaptação da ensolarada Califórnia para a nevada Montana. Laurie Gallagher era afetuosa e gentil, e Harper gostou bastante dela após somente dez minutos. Ficou de coração partido por uma mulher tão maternal ter perdido sua única filha.

Cada uma carregou duas bandejas de aperitivos para a sala de estar, onde Mark e Jak estavam diante da árvore de Natal, os dois segurando uma taça de *eggnog*. Mark as ajudou a posicionar as bandejas e depois entregou uma taça para cada.

— Feliz Natal. Obrigado por se juntarem a nós e iluminarem nossa casa. — Mark olhou para sua esposa, e uma pontada de tristeza flutuou entre os dois antes de abrirem um sorriso, erguendo suas taças.

Harper e Jak também ergueram suas taças e, depois, Harper tomou um gole da bebida densa e cremosa, com um toque bem fraco de álcool, o que a deixou feliz. Ela não era muito de beber, e qualquer coisa a mais seria muito forte.

Ao afastar a taça dos lábios, ela olhou para Jak, que tinha acabado de tomar um gole. Uma expressão de puro horror formou-se em seu rosto antes de ele cuspir, uma chuva de *eggnog* saindo de sua boca enquanto tossia, engasgava e tentava recuperar o fôlego.

Harper pegou a taça dele, enquanto Mark lhe dava tapinhas nas costas e Laurie se aproximava com um guardanapo. Ele o recebeu, limpando a boca enquanto seus olhos se enchiam de lágrimas de tanto tossir.

— Oh, querido — Laurie disse. — Você está bem? Vou pegar um pouco de água. Você deve ter engolido errado.

Saiu dali apressada, e Mark parou de bater nas costas de Jak, que tossiu mais um pouco e respirou fundo.

— O que *é* isso? — Jak perguntou, olhando para as taças nas mãos de Harper, como se ela estivesse segurando dois cálices de veneno, de onde tinha acabado de beber.

— Só creme e ovos e, bem... — Harper olhou impotente para Mark, que retribuiu, acanhado.

— Eu deveria ter imaginado que talvez fosse um sabor ao qual você não está acostumado — Mark ponderou.

Laurie voltou para a sala e entregou um copo d'água para Jak, que recebeu com um olhar grato antes de beber tudo em três goles rápidos. Jak estremeceu uma última vez quando Harper colocou as taças sobre a mesa, fitando as bandejas de comida com um novo olhar. Havia uma variedade de queijos, mas também havia legumes e bolachas e algumas castanhas e frutas secas. Harper soltou um suspiro de alívio. Tinha ali muitas opções de comida que não fariam o estômago de Jak protestar. Ela não era profissional da área médica, mas sabia que a dieta dele era limitada e seu corpo provavelmente reagiria mal ao que não estava acostumado.

Droga, eu deveria ter pensado nisso antes, censurou-se. Diante da expressão de Mark, ela pôde perceber que ele tinha pensado a mesma coisa.

— Que tal abrirmos alguns presentes antes da irmã de Laurie, Pam, e seus filhos chegarem? — Mark sugeriu, conduzindo-os até a árvore e, Harper sabia, tentando se certificar de que Jak não se sentisse desconcertado por ter cuspido o *eggnog*.

Não parecia exatamente desconcertado — ainda —, estava mais para

SELVAGEM

ofendido por eles terem tentado envenená-lo no Natal. Mas Jak estava constrangido, e assim que tivesse um momento para se perguntar se havia reagido de forma errada, ele o faria. Não que tivesse *feito* algo inapropriado, considerando que *eles* deveriam ter pensado melhor em algumas coisas, mas, independentemente disso, Jak iria se perguntar, e Harper estava feliz por Mark estar mudando rapidamente para outro assunto.

— Ótima ideia, Mark — Laurie disse, aproximando-se de um grupo de pacotes que estavam sob a árvore.

Harper pegou a pilha de presentes que trouxera e quando foi entregar a Jak o presente que comprara para ele, ele estava de pé em frente à árvore, com uma expressão de pura perplexidade enquanto esfregava as "agulhas" da árvore falsa entre os dedos. Ele inclinou-se um pouco para frente e cheirou discretamente.

— Não é de verdade — Harper sussurrou, aproximando-se dele.

Ele olhou para ela.

— Não é de verdade?

— Sim, é, hã, é feita de... — *Plástico? Nylon?* Harper não fazia ideia, na verdade.

Jak franziu a testa, mas então seus dedos encontraram uma das luzes do pisca-pisca e ele a tocou levemente, como se achasse que poderia se queimar.

— São como estrelas minúsculas, frias o suficiente para segurar na mão —murmurou. Pareceu contente com elas, e os lábios de Harper se curvaram para cima enquanto ela o observava.

Ela o fitou, analisando a expressão maravilhada infantil em seu rosto lindo e forte. *Estou apaixonada*, pensou. Foi muito rápido, muito cedo, muito arriscado de tantas formas, muito... oh, *tantos* "muitos", mas era verdadeiro e real. *Eu te amo*, ela pensou enquanto Jak fitava a árvore falsa, um olhar admirado e perplexo se misturando em sua expressão tão clara. A força do sentimento quase a levou às lágrimas.

Quando isso aconteceu?, se questionou, tentando identificar o momento exato em que havia se apaixonado. Devia ter sido... *marcante*, não devia? Mas não, ela percebeu que não tinha sido em um único momento. Foi devido a um lindo conjunto de momentos, cada um abrindo seu coração para ele aos poucos. E esse era um deles. Ao assistir Jak sob as luzes piscantes de sua primeira árvore de Natal, tudo ficou claro, de repente. Às vezes, milagres — como o amor — chegavam delicadamente. Suavemente. Sem fanfarra. Sem a queda de um raio. Porque milagres verdadeiros não precisavam dessas coisas. Os olhos deles se encontraram, e o coração dela cantou. *Eu te amo*, pensou de novo. E era simples e maravilhoso assim.

— Tome — ela sussurrou, e Jak baixou o olhar quando ela colocou um presente embrulhado em suas mãos.

Ele piscou e depois analisou o pacote embrulhado com um papel vermelho brilhante, amarrado com um laço vermelho e branco, e um semblante de puro deleite tomou conta de seu rosto.

— Obrigado — Jak disse. — Eu amei.

Ela riu suavemente.

— Tem uma coisa dentro.

— Dentro? — Virou o pacote.

— Você nunca recebeu um presente antes, Jak? Nem quando era criança?

Ele sacudiu a cabeça.

— Não.

Seu coração apertou — até mesmo ela, uma criança adotiva, recebeu alguns presentes de Natal —, mas não queria fazê-lo se sentir estranho, então sorriu.

— Fico honrada por te dar o seu primeiro presente, então. Vamos sentar para você abrir.

SELVAGEM

Laurie havia recolhido seus pacotes e estava sentada no sofá quando todos se juntaram a ela, entregando presentes uns para os outros. Jak os observou, com um pequeno brilho de incerteza no olhar. Harper sabia o que ele estava pensando: não tinha nada para dar a eles. *Eu deveria tê-lo ajudado com os presentes.* Não tinha previsto que ele se sentiria mal por não retribuir. Deus, ela realmente precisava começar a considerar mais a situação dele. Considerar que Jak observava tudo com *tanta* atenção, que queria tanto se encaixar. Ela ainda o estava conhecendo, mas deveria ter se dado conta *disso*.

— Este é meu e de Jak — disse rapidamente, entregando o presente que trouxe para os Gallagher. Era um livro de mesa com lindas fotografias de Montana, de autoria de um fotógrafo local.

Laurie passou a mão pela capa.

— Oh, Harper e Jak, isso é lindo. É o complemento perfeito para o nosso novo lar. Obrigada.

Ela sorriu.

— No verão, se você quiser, eu ficaria feliz em te mostrar alguns desses lugares. Há uma cachoeira linda a pouca distância daqui. Você pode ver uma foto dela no livro.

Laurie olhou para Mark, e Harper pensou ter visto algo que parecia esperança nos olhos da mulher. Seu presente a tinha deixado feliz — mesmo que por um momento — com a mudança deles para Montana? Oh, esperava que sim.

— Nós adoraríamos.

Harper virou-se para Jak.

— Abra o seu — disse suavemente.

Jak olhou para o presente em seu colo e então, devagar, bem devagar e meticulosamente, removeu o laço, o embrulho e virou o livro que ela escolhera para ele. *O Guia da Vida Selvagem de Montana.*

— Eu... pensei que você poderia usá-lo para pesquisar os nomes das coisas que conheceu — revelou com muita suavidade.

Jak encarou o livro, tocando-o amorosamente antes de olhar para ela.

— Obrigado — agradeceu, e a pura e absoluta alegria em seu rosto fez o coração dela perder uma batida.

— Por nada.

— Eu... não tenho nada para te dar.

Segurou a mão dele, apertando-a.

— Oh, Jak, você já me deu tanto. Você me deu a minha vida de volta. — Sorriu para ele, lágrimas brotando em seus olhos, e ele retribuiu o sorriso, com tanta doçura que ela sentiu o coração se partir. Esse homem tão grande, forte e competente não tinha noção de como era importante.

Os Gallagher deram presentes para Harper e Jak em seguida: lindos cachecóis feitos à mão, que Jak tocou com prazer e depois colocou em volta do pescoço, sorrindo para eles, sem retirá-lo. Todos eles sorriram e depois conversaram, riram e comeram os aperitivos por um tempo antes de a campainha tocar e Laurie se levantar.

— Minha nossa, perdi a noção do tempo. Deve ser a minha irmã, e eu preciso checar o peru. Mark, você pode ir abrir a porta?

Assim que ficaram sozinhos por um momento, Harper segurou a mão de Jak entre as suas e se inclinou para frente, beijando-o rapidamente na boca.

— Você está bem?

Ele confirmou com a cabeça, com o olhar demorando-se nos lábios dela e fazendo-a querer que eles pudessem ir embora naquele exato segundo. Ela o queria. De um jeito que nunca quis ninguém antes. E a expectativa de fazer amor com Jak desencadeou uma explosão de fogos de artifícios em sua barriga.

As luzes piscantes cintilaram ainda mais, as velas sobre a lareira

SELVAGEM

brilharam calorosamente e a alegria incandesceu e dançou dentro de Harper.

Esse Natal era o primeiro em muitos anos em que ela sentia a verdadeira felicidade, algo que não pensou que sentiria novamente. Ter esse tempo com os Gallagher também estava alimentando outra parte de sua alma. *Família. Pais.* Não dela, não de Jak, mas um lar onde ela se sentia tão bem-vinda.

Ela foi arrancada de seus pensamentos vacilantes quando um grupo barulhento de três pessoas irrompeu na sala, dentre elas uma mulher que parecia uma versão um pouco mais jovem de Laurie falando alegremente enquanto dois meninos a seguiam, também falando animados.

— Não tinha previsão de neve para hoje, e eu mal conseguia enxergar pelo para-brisa o caminho até aqui. Eu juro, aquelas pessoas da previsão do tempo deveriam...

Todos ficaram quietos ao verem Harper e Jak sentados na sala de estar, mas, após uma breve pausa, começaram as apresentações. Jak e Harper se levantaram, e Pam deu um abraço enorme em cada um, sufocando-os contra seu peito por um momento antes de soltá-los, fazendo Harper rir de surpresa com a demonstração de afeto tão entusiasmada.

Os dois garotos — ou melhor, jovens rapazes —, Oliver e Benji, se apresentaram, sorrindo largamente e lançando olhares curiosos para Jak. Oliver parecia estar nos últimos anos da adolescência, e Benji parecia ter cerca de onze ou doze anos. Os dois tinham os cabelos loiros e os sorrisos amplos da mãe.

Mark pegou bebidas para todos, e eles conversaram por vários minutos, rindo e se conhecendo. Pam era tão gentil quanto Laurie, mas com uma personalidade mais empolgada e extrovertida, e seus meninos eram educados e amigáveis. Os Gallagher obviamente tinham contado a eles um pouco sobre a situação de Jak, porque eles evitaram perguntas introdutórias que pudessem ser inadequadas. Mas, após um tempo de conversa, Benji não pôde se conter e soltou:

— Você morou mesmo na *floresta* a vida inteira?

Houve um momento de silêncio, todos os olhares se direcionando a Jak, que confirmou com a cabeça, parecendo tenso, mas Benji soltou uma risada e disse:

— Isso é tão maneiro. Era maneiro?

Jak ficou sério ao responder:

— Hã, era sempre muito frio nos invernos.

Harper sentiu vontade de rir e chorar ao mesmo tempo, e diante das expressões dos outros adultos, eles se sentiam da mesma forma. Benji sacudiu a cabeça e pareceu levemente confuso, mas seus olhos ainda estavam brilhando de interesse.

— Mas você, tipo, fez amizades com lobos e tal?

Harper não conseguiu interpretar a expressão que se formou no rosto de Jak, mas, com a mesma rapidez com que surgiu, sumiu, antes de ele responder.

— Sim. Meu melhor amigo era um lobo. O nome dele era Pup.

— Pup — Benji repetiu, com um toque admirado em seu tom. — Pode me contar sobre o Pup?

Jak hesitou, parecendo ter dificuldade com a decisão, antes de finalmente dizer:

— Sim, posso te contar sobre o Pup. — Benji sorriu amplamente, e Pam fez uma pergunta para Harper, o que a fez tirar sua atenção de Jak.

Quando Laurie entrou na sala dez minutos depois para dizer que o jantar estava pronto, Jak e Benji ainda estavam juntos, Jak falando devagar e sério, e Benji olhando para ele com uma expressão tão óbvia de adoração ao herói que Harper quase riu. Mas com felicidade.

Todos ajudaram a pegar os pratos da cozinha e colocá-los na grande mesa de mogno da sala de jantar, e depois deram as mãos enquanto Mark fazia uma oração. Harper podia jurar que os olhos dele ficaram um pouco

SELVAGEM

enevoados enquanto ele erguia seu copo, desejando a todos Feliz Natal.

Todos começaram a conversar novamente enquanto os pratos passavam de mão em mão, Harper servindo-se com fatias generosas de peru, purê de batatas macio, molho delicioso e...

Ela parou de repente, uma colher cheia de recheio suspensa no ar quando Laurie soltou um som de aflição. Ela olhou para Jak, que também estava com o garfo paralisado na mão. E quando ela olhou para o prato dele, seus olhos se arregalaram ao tentar entender o que ele estava comendo, compreendendo o som que Laurie havia feito. Em seu prato, estavam as vísceras do peru, cruas e comidas pela metade.

— Eu... eu tinha separado isso para os cachorros — Laurie disse, impotente. *Ai, Deus*. Harper percebeu que durante o tumulto do esforço coletivo para trazer a comida da cozinha para a sala de jantar, Jak havia trazido o prato de carne crua.

Harper engoliu em seco. A mesa ficou em silêncio, com todos paralisados encarando Jak. E então, de repente, uma risada explodiu. Benji. O olhar de Jak foi direto para o garoto, e Harper viu Pam lançar um olhar afiado para o filho também. Mas, então, seus próprios lábios começaram a tremer enquanto tentava reprimir a risada, e de repente outras risadas irromperam, e tudo era tão ridículo que Harper sentiu uma risada subindo por seu peito. Jak olhou em volta mais uma vez e, então, seus lábios se curvaram para cima e ele começou a rir, suavemente a princípio, mas logo evoluiu para uma gargalhada mais alta e profunda que preencheu o ambiente, aquecendo o coração de Harper enquanto todos caíam na risada.

— Bem, e daí? — Oliver disse, arrancando uma coxa de peru. — Se ele pode comer isso, vou ficar com a coxa. Ninguém vai me negar esse ano. — E com isso, ele levou a coxa à boca e deu uma mordida enorme, sorrindo para todos, que gargalharam ainda mais.

Duas horas mais tarde, após comerem, rirem e conversarem mais, Pam e os meninos foram embora, despedindo-se de todos com abraços.

Harper pediu licença para usar o banheiro antes de ir embora com Jak, e no caminho de volta para a sala de estar, ela avistou uma foto emoldurada pendurada na parede. Ela parou, olhando para a linda garota loira que se parecia tanto com a mãe.

— Abbi — Laurie disse, aproximando-se por trás. Harper virou, envergonhada, embora não soubesse por quê. — Ela morreu de leucemia.

— Sim. — Harper assentiu. — O agente... Mark nos contou sobre a sua filha. Eu sinto muito.

Laurie pareceu surpresa, mas assentiu.

— Nada mais é igual sem ela.

Harper ouviu a pequena falha na voz da mulher, e se identificou com aquelas palavras. Pensava o mesmo sobre seus pais com frequência. *Nada*, em toda a sua vida, seria como teria sido se seus pais ainda estivessem com ela.

— Mark estava um pouco preocupado em trazer Jak aqui. — Sacudiu a cabeça. — Não por causa da vida que teve, mas porque ficou com medo do que pudesse parecer, em relação ao caso. Nós conversamos sobre isso. — Pausou por um momento, e a felicidade que surgiu em seus olhos fez Harper se perguntar se ela via essa conversa como um avanço na conexão deles como um casal. Lembrava de Mark dizendo como haviam se afastado, e esperava estar certa em sua teoria de que aquilo havia sido um pequeno passo. — Nós decidimos que não importava. Nossos corações, nossas almas não permitiriam que uma pessoa sem família vivenciasse a solidão quando poderíamos impedir isso.

O coração de Harper aqueceu diante das palavras. Eles a salvaram da solidão também, quando se sentia tão sozinha na vida, e estava grata por isso. Olhou para a foto de Abbi novamente, assimilando o sorriso da linda garota na parede que ainda era tão, tão amada.

— Acho que você sabe, por causa do trabalho do seu marido, que eu perdi os meus pais quando tinha sete anos.

— Sim — Laurie confirmou, segurando a mão de Harper e a apertando. — Eu sinto muito.

Harper abriu um sorriso triste, assentindo.

— Eu estava pensando se, talvez... — Sacudiu a cabeça, sentindo-se boba de repente ao começar a colocar seus pensamentos em palavras. Sentindo que podia estar ultrapassando algum limite se dissesse o que lhe surgiu na mente. No coração.

— O quê, querida? — Laurie apertou sua mão novamente, incentivando-a, olhando com esperança.

— Bem... acho que isso soa meio surreal, mas você acha que, quando as pessoas se conhecem aqui na Terra, as pessoas que elas amavam e perderam também se encontram, porque estão olhando para elas? Isso faz algum sentido?

Lágrimas surgiram nos olhos de Laurie, mas havia felicidade — *esperança* — em sua expressão.

— Sim. Sim, eu gostaria muito de acreditar nisso.

Harper soltou um suspiro de alívio.

— Que bom, porque os meus pais eram maravilhosos, e eu adoraria acreditar que eles estão encontrando Abbi agora mesmo e fazendo-a se sentir bem-vinda assim como vocês me fizeram sentir aqui esta noite. — Ruborizou, esperando que a mulher não interpretasse suas palavras como uma tentativa desesperada, e talvez não desejada, de fazê-la convidar Harper novamente, ou algo assim. Riu, sem jeito. — Eu espero que...

— Oh, minha garota querida. — A voz de Laurie falhou ao puxar Harper para um abraço. — Você não imagina o quanto encheu meu coração ao dizer isso. Obrigada.

Retornaram para a sala, com os olhos marejados, mas sorrindo, onde os homens estavam esperando por elas, com olhares perplexos, ao que Harper e Laurie responderam com mais uma crise de risos.

CAPÍTULO TRINTA E SETE

Por causa da neve que caía novamente — e do fato de que não era recolhida no Natal —, o caminho até o apartamento de Harper foi lento e quieto, mas não menos prazeroso. Harper estava deleitando-se com a felicidade de ter acabado de ter o melhor Natal de sua vida, e Jak parecia feliz também, com os lábios levemente curvados enquanto assistia à neve cair pela janela.

Estacionaram em frente à casa onde ela alugava um estúdio, e Harper segurou a mão dele, rindo quando correram da caminhonete, a neve caindo em um borrão branco ao redor. Ela destrancou a porta e eles entraram, e Harper colocou um dedo contra os lábios para que não fizessem barulho enquanto subiam as escadas nas pontas dos pés.

A antiga casa havia sido transformada em um duplex, e a senhora que vivia no andar principal era uma parente distante dos proprietários originais que a construíram. O estúdio que Harper alugava ficava no andar de cima e tinha um cômodo geral, uma cozinha minúscula, um banheiro e nada mais. Mas atendia às suas necessidades.

Ela destrancou a porta no topo das escadas, e eles entraram no apartamento, tirando os casacos e cachecóis, menos Jak, que continuou com seu novo cachecol em volta do pescoço. Jak não havia tirado desde que o recebeu. Harper adorou ver como deu valor ao presente. Tinha certeza de que ele nunca mais o tiraria.

Harper ficou observando enquanto Jak olhava em volta, desde a pequena árvore com luzes cintilantes em frente à janela, até sua cama,

SELVAGEM

arrumada com uma colcha antiga feita à mão que comprou em um bazar no último dia em que os preços dos itens restantes foram reduzidos, até as peças de mobília baratas que Harper comprou por uma pechincha e pintou. Jak passou uma mão pela pilha de livros sobre a mesa de cabeceira e deu uma olhada na pequena cozinha e no banheiro. Observou os olhos dele percorrendo tudo com interesse. Parecia... impressionado, e ela não pôde evitar o sorriso que curvou seus lábios.

Jak foi até a janela que tinha uma pequena varanda falsa e abriu o trinco. Havia um pórtico acima da janela que impedia que a neve entrasse, e assim, embora o vento batesse na cortina, não as atingia.

— Não saia para a varanda — alertou, aproximando-se por trás dele. — Não é seguro.

Jak olhou para ela e sorriu antes de voltar sua atenção para a neve, assistindo-a rodopiar, as luzes da cidade cintilando em volta, conferindo um brilho incrível à paisagem.

— É tão lindo aqui — Jak elogiou, com um tom de admiração na voz.

Ela riu, envolvendo seu bíceps com os braços e puxando-o para perto, apoiando a cabeça no ombro dele para admirar o cenário. Tentou deixar seu pequeno lar bonito, apesar de ter pouco dinheiro para gastar em coisas bonitas. Mas nunca o havia considerado *lindo*. Aconchegante, sim. *Seu*, sim. O melhor que podia com o pouco que tinha. Mas agora, ali de pé enquanto as luzes e a neve se misturavam diante dela, o vento frio, mas calor e conforto de casa a poucos passos de distância, percebeu que realmente *era* lindo. Harper tinha tudo que precisava. Tinha feito o melhor que pôde, e tinha orgulho por saber que nunca pararia de tentar.

— É, não é? — ela sussurrou, com um pequeno embargo na voz devido à emoção que aquela noite inteira provocou.

Harper queria mostrar a ele outras coisas, experimentar tudo o que, para ele, seria novidade: tortas em lanchonetes à meia-noite, piqueniques em parques ensolarados, filmes tarde da noite e mil outras coisas que as pessoas não valorizavam. Queria ver o rosto dele ao assimilar tudo, ver o deleite em seus olhos, a confusão, a compreensão. Queria vê-lo desvendar as coisas em sua mente rápida. E ainda assim, outra parte dela o queria do jeito que ele era, sempre — inocente, lindo, intocado, *seu*.

Jak fechou a janela por causa do frio e virou para ela, colocando as mãos em seu rosto como se *ela* fosse a coisa *mais* linda que já vira.

— Você me faz enxergar beleza onde eu não via antes, Jak — disse, virando o rosto para o lado e fechando os olhos ao beijar a palma dele. — Você faz tudo ser novo. Até mesmo eu.

Ele inclinou a cabeça para o lado, e na luz fraca daquele quarto, sombras brincavam pelos traços de seu rosto, seus olhos queimando nos dela, o único fogo que precisava para mantê-la aquecida.

— Isso é bom? — perguntou. — Eu te fazer se sentir nova?

— Sim, é muito, muito bom.

Ela percebeu que estava se transformando, e ainda não entendia todas as maneiras que Jak a estava ajudando a evoluir, mas era algo muito bom. Parecia certo. Desde que ele chegou em sua vida, mais perguntas surgiram e, no entanto, finalmente parecia que Harper estava descobrindo sua própria vida, quando antes estava se debatendo. Talvez parte disso fosse a profunda gratidão que Jak fez surgir nela. Talvez fosse sua perspectiva e as lutas que ela enfrentou. Harper ainda não tinha certeza, mas tinha *tudo* a ver com Jak. Sentia-se como uma flor desabrochando, abrindo suavemente, suas pétalas alcançando a luz do sol que nem percebeu que estava lá antes porque estava completamente fechada, como um botão protegendo-se da exata coisa de que precisava para florescer.

— Você gostou da noite? — ela sussurrou, traçando o dedo pela lã do cachecol novo dele.

Jak confirmou com a cabeça.

— Sim. Muito. — Pareceu pensativo por um momento. — Quando você estava na cozinha, o agente Gallagher me contou sobre a mulher que me criou. Ele... a encontrou. Ela era uma refugiada da guerra. Uma... guerra de verdade. — Jak desviou o olhar por um momento. — Isaac Driscoll a usou. Ela também fez coisas erradas. Mas, por alguma razão, não consigo odiá-la. Ela me deu o que pôde.

Harper o fitou, considerando sua bondade inata. Seu coração gentil. Ele.

— Fico feliz por você estar conseguindo respostas, Jak. Você as merece.

O olhar dele encontrou o dela, com vulnerabilidade em seu semblante.

— Todo mundo abriu mão de mim. Ninguém quis ficar comigo.

O coração dela palpitou, apertou.

— Eu vou ficar com você — sussurrou, sentindo-se tímida de repente diante das palavras que escaparam. Harper baixou o olhar.

Jak ergueu o queixo dela para que seus olhares se encontrassem novamente.

— Promete? — ele perguntou.

Harper assentiu, mantendo o olhar no dele. E ela sabia que era verdade. Não importava o que o futuro traria. Não importava se *ele* decidisse ficar *com ela* ou... não. Jak sempre faria parte dela. Para sempre. Ficaria com ele. Nunca abriria mão dele, porque não saberia como.

Ficaram ali diante da janela por mais alguns minutos, vivenciando aquele pequeno momento de vulnerabilidade, encarando a noite escura. Jak traçou os dedos dela, subindo as mãos por seus braços, e ela pôde sentir o calor dele envolvê-la. Sim, o queria. Queria cada minuto da noite iminente.

Harper virou para ele, beijando-o devagar, e ele gemeu, pressionando-se contra ela, seus corpos se encontrando, sua maciez se moldando à rigidez dele e os dois tornando-se um só — duas partes perfeitas de um todo. Suas línguas se entrelaçaram e dançaram, e ela quebrou o beijo, rindo e puxando o cachecol dele.

— Sei que gostou disso, mas para eu te beijar direito, você precisa tirá-lo.

Harper nunca vira um cachecol sumir tão rapidamente.

Sua risada foi interrompida pela boca dele.

Eles se beijaram e beijaram, suas mãos viajando pelos corpos um do outro, que estavam usando roupas demais. Harper sentiu a prova do desejo dele e esfregou-se contra a protuberância. Jak sibilou, um som torturado de excitação, separando sua boca da dela.

Harper passou um dedo pela cicatriz abaixo da maçã do rosto dele, fitando-o, lindo e feroz, e por um instante — somente um instante —, teve medo do desejo profundo que enxergou em seu olhar. Jak queria tomá-la, reivindicá-la, *acasalar* ferozmente e sem controle algum. Viu isso nos olhos dele, na rigidez de sua mandíbula, mas então, sua expressão suavizou e a ferocidade nos olhos dele diminuiu. Harper respirou menos ofegante, as batidas de seu coração desaceleraram, mas algo lá no fundo disparou em resposta e depois desvaneceu. Não sabia nomear. Tudo que ela sabia era que também o queria.

— Leve-me para a cama, Jak — murmurou. — Eu quero você.

Jak arregalou os olhos e deu um pequeno passo para trás, como se precisasse vê-la melhor, ler sua expressão para saber se quis dizer aquilo mesmo.

— Faça amor comigo — ela esclareceu.

— Sim — Jak disse, e a simplicidade de sua resposta em contraste com a chama brilhante em seus olhos e o tremor em seu corpo a fez sorrir.

Ele ergueu a mão e, em seguida, abaixou novamente.

— Por onde... por onde começamos?

— Tirar nossas roupas é provavelmente um bom começo.

O sorriso dele foi doce e incerto. *De menino*. Mas Jak ergueu as mãos e tirou a camisa, expondo seu lindo peito para ela, suas cicatrizes esbranquiçadas e destacadas na luz fraca. Harper inclinou-se para frente, traçando uma com a língua, depois outra. Jak inspirou com força, imiscuindo as mãos no couro cabeludo dela e arrastando os dedos por seus cabelos. Harper emitiu um ronronar, erguendo a cabeça e deslizando os dedos pelas laterais do corpo dele.

— Harper — gemeu, com um toque de desespero em seu tom.

— Sim — falou. — Eu sei.

Isso não ia durar muito tempo. Mas, depois da primeira vez, eles teriam a noite inteira. Os músculos entre as pernas dela se contraíram diante do pensamento.

— Isso pode... — Jak engoliu em seco, parecendo repentinamente inseguro, tentando manter o controle. — Nós podemos ter... — Franziu o cenho, e ela prendeu a respiração. — Crias — finalizou.

Oh. Expirou, seu coração se enchendo de ternura, e sacudiu a cabeça.

— Não. Eu, hã, eu tomo uma coisa para que isso não aconteça.

Jak a encarou com curiosidade por um momento, mas logo assentiu, seus olhos esquentando ainda mais quando ela começou a se despir.

Harper tirou as roupas enquanto ele a observava, seus olhos devorando cada parte conforme era revelada, sua respiração saindo em arquejos suaves. Seu olhar demonstrava uma aprovação tão profunda que se sentiu linda. Adorada.

Segurou a mão dele para que os dois caminhassem até a cama. Jak retirou as botas e a calça com tanta rapidez que Harper sentiu uma risadinha se formar em seu peito, mas a sensação morreu quando seu olhar encontrou a ereção dele, projetada em sua direção, grande e corada com a intensidade de sua luxúria. Por ela.

Harper engoliu em seco.

— Você sabe como fazer isso? — ela sussurrou.

Jak deu um passo em direção a ela, sua voz grave, densa:

— Eu... sei o básico. O resto você vai ter que me mostrar. Eu tenho... perguntas.

— Tipo qual? — sussurrou.

Por que estava enrolando agora? *Estou com medo?*, se perguntou. *Não dele, não disso, percebeu.* Ela só nunca tinha sentido esse tipo de... *atração* quando se tratava de sexo. Talvez ela não quisesse antes. Talvez tenha evitado isso para não perder o controle. Mas agora, percebia que havia negado a si mesma a coisa exata que a ajudou a se curar.

Ao passar um dedo sob o seio dela, Jak observou com fascinação seu mamilo enrijecer, e Harper estremeceu de deleite.

— Eu te digo, conforme elas surgirem.

Jak segurou sua mão e a conduziu até a beira da cama, onde afastou as cobertas e a guiou para deitar ao seu lado. Ele puxou as cobertas sobre eles e, por alguns minutos, eles simplesmente se regozijaram na sensação de pele nua contra pele nua, no calor que compartilhavam, a segurança do quarto dela, a esperança que se estendia diante deles. A longa e deliciosa noite que estava por vir. A pele de Harper se arrepiou, e um suspiro escapou de seus lábios quando a boca dele acariciou a curva de seu seio, movendo-se ao redor dele. Ela o observou por um momento, percebendo que Jak estava evitando seus mamilos.

— Você pode me beijar aí — Harper suspirou, virando um pouco o corpo, oferecendo-se para ele. Jak pareceu brevemente confuso, mas então seus olhos escureceram, luxúria queimando neles, e ele levou a boca até o mamilo dela, chupando devagar. Harper gemeu.

— Você gosta disso — comentou, com a voz rouca.

— Sim — ofegou. Ele baixou a cabeça novamente, passando longos minutos a acariciando, rolando a língua por seus mamilos, enlouquecendo-a de desejo, a vibração entre suas pernas aumentando em um nível febril. — Jak — arquejou, puxando-o, precisando que ele preenchesse o vazio dentro dela.

SELVAGEM

Jak se ergueu sobre Harper, uma sombra na escuridão, seus olhos brilhando com intensidade, e embora ela esperasse que seu coração parasse e seu desejo desaparecesse, na verdade, aconteceu o oposto. Seu corpo *ferveu*. Respondeu a ele de alguma forma primitiva que não conseguia definir. Sentiu uma onda inebriante de excitação e sua necessidade por ele a fez se contorcer, a pulsação quente entre suas pernas causando uma dor gostosa. Abriu as coxas, convidando-o, pedindo-lhe que tomasse sua parte mais terna e a fizesse dele. *Eu confio em você*, pensou. *Com cada parte de mim.*

Harper segurou a ereção dele e a guiou até sua entrada.

— Devagar — sussurrou.

Jak fez como ela disse, mas ela podia ver que estava sendo difícil para ele, com a respiração rápida e ofegante e seus membros estremecendo conforme a penetrava centímetro por centímetro, alargando-a e causando uma dor prazerosa e deliciosa. O corpo dela se ajudou aos poucos, seus músculos o apertando conforme Jak entrava até o fim, grunhindo, um som animalesco de prazer profundo, de alegria, alívio, surpresa e desespero, tudo junto e misturado.

Não precisou instruí-lo a partir daí. O corpo dele tomou as rédeas, conforme recuava lentamente e impulsionava novamente, seus movimentos correspondendo aos gemidos masculinos de êxtase e pequenos rosnados de exclamação enquanto entrava e saía dela. Se movia com um foco tão singular, e os sons que fazia a deixaram em chamas. E, *oh, Deus*, era tão gostoso senti-lo, seu corpo grande, quente e firme, preenchendo-a, sua pele áspera esfregando suas partes mais sensíveis, para frente, para trás, de novo e de novo, mas muito devagar. Torturantemente devagar.

— Mais rápido — gemeu, com um tom de súplica na voz. — Mais rápido, mais rápido, mais rápido — ofegou.

— Eu vou...

— Eu *sei* — disse. — Eu quero sentir. Eu quero sentir *você*. — Ela queria vê-lo desfazer-se dentro dela pela primeira vez. Mal podia esperar.

Harper o sentiu hesitar, com um certo temor surgindo em sua expressão, mas durou apenas um segundo antes de ele finalmente — finalmente — acelerar os movimentos, seus quadris impulsionando com a firmeza de suas estocadas. *Isso, isso, isso.* Apertou as coxas em volta dele, observando seu rosto, esperando pelo momento em que seus traços se contorceriam de prazer. Mas, para sua surpresa, foi seu *próprio* prazer intenso que lhe arrebatou, um orgasmo se formando tão rapidamente que Harper gritou, sentindo o êxtase pulsante explodindo e, então, acalmando.

Os olhos dele ficaram pesados, suas pálpebras quase se fechando enquanto sua boca abria e ele estocava ainda mais fundo nela, uma, duas vezes, até um rugido animalesco de prazer irromper dele, fazendo-o jogar a cabeça para trás ao penetrá-la uma última vez.

Com um gemido final, desabou sobre ela, enquanto seus corações batiam juntos, suas respirações ofegantes se misturando, desacelerando, suor esfriando em seus corpos.

Harper sentiu o sorriso dele contra seu pescoço, e aquilo lhe arrancou uma pequena risada ao usar seus músculos internos para apertar sua carne agora macia, ainda dentro dela até a metade. Jak grunhiu contra sua garganta, rindo, deslizando para fora de seu corpo.

Jak rolou para o lado e apoiou-se no cotovelo, olhando-a, a expressão de alegria atordoada tão óbvia que ela riu alto. Harper se ergueu e o beijou com força na boca.

— Vamos fazer de novo — ele sugeriu, sua voz lenta de satisfação.

Harper riu, beijando-o novamente, traçando os lábios dele com o dedo.

— Me abrace um pouco, primeiro.

Jak fez isso, e ela sabia que ele estava apreciando a intimidade, sua alegria tão perto da superfície que ela podia ler cada nuance em seu rosto

SELVAGEM

lindo. A alegria dele inspirou a dela, e Harper nunca se sentiu tão contente em toda a sua vida, deitada ali com ele no calor da cama, compartilhando, tocando, fazendo amor de novo e de novo.

A noite se aprofundou, envolvendo-os como se ninguém mais existisse. Somente eles.

— Isso. Aqui — Jak disse, olhando para ela com intensidade, seus corpos conectados, seus corações entrelaçados.

— O quê? — ela perguntou em um suspiro, o momento acalmando, embora os aspectos físicos estivessem acelerados.

— Isso preenche a minha alma. Você... você preenche a minha alma.

Oh, Jak.

Ele começou a se mover, e os pensamentos dela tropeçaram, desapareceram conforme o prazer a inundava e a alegria espiralava loucamente. *Você também preenche a minha alma*, seu coração sussurrou ao mesmo tempo em que seu corpo voou até as estrelas.

Sussurraram no escuro. Ele contou a ela sobre seu amado Pup e beijou as lágrimas dela quando chorou por sua perda. Harper contou a ele mais histórias sobre sua infância, como tinha sido difícil cada vez que precisava arrumar suas coisas e se mudar para outro lugar.

Quando o sol surgiu através das cortinas, eles mal tinham dormido. Os músculos dela reclamaram, e estava dolorida em lugares que nem sabia que existiam. E, ainda assim, Harper nunca abrira os olhos para uma manhã com mais alegria exuberante do que aquela.

CAPÍTULO TRINTA E OITO

O avô de Jak morava em um castelo. Mas o agente Gallagher tinha dito que era uma "propriedade". Propriedade era outra palavra para castelo, Jak deduziu. Tinha que ser. Não devia existir uma casa maior do que aquela.

Apertou a mão de Harper, e ela olhou para ele, com os olhos afetuosos e brilhantes. Jak sentiu o sangue esquentar e queria acasalar — não, fazer amor — com Harper de novo, mesmo que tenham feito quatro vezes, uma delas antes do agente Gallagher buscá-los. Harper havia perguntado se Jak queria ir sozinho conhecer seu avô, mas ele a queria lá. Queria que Harper estivesse onde quer que ele estivesse.

Ouviram sons de cliques no piso e, um segundo depois, um homem entrou no cômodo. Era quase tão alto quanto Jak, tinha cabelos grisalhos e usava roupas que pareciam um uniforme, só que… não. Ele olhou para Jak imediatamente, atento como uma águia. Aproximou-se e estendeu a mão. Jak o cumprimentou, apertando sua mão com firmeza como o agente Gallagher fez. Isso de apertar as mãos das pessoas estava se tornando familiar. Era o que as pessoas faziam quando se conhecia, ou quando se viam novamente.

— Meu Deus — o homem murmurou, seus olhos viajando pelo rosto de Jak. A voz dele soou surpresa, triste e feliz, tudo ao mesmo tempo. — É inacreditável. Venham comigo.

Ele virou e fez um gesto com a mão, que Jak deduziu significar que deveria segui-lo. Lançou um olhar para Harper, e ela deu um aceno de

SELVAGEM

cabeça antes de seguirem o homem. Aproximou-se de uma mesa e pegou uma fotografia, entregando-a para Jak. A foto era de um homem que tinha mais ou menos sua idade, pensou, de pé na frente de um carro e sorrindo.

Jak olhou para a foto, tentando entender o que o homem estava lhe mostrando.

— Este é Halston Junior. Seu pai. — Os olhos de Jak se arregalaram, e ele aproximou a foto, fitando o rosto do seu progenitor. — Você se parece com ele — o homem disse. — É igualzinho. Há mais álbuns de família na gaveta, se quiser olhá-los mais tarde.

Jak encarou a fotografia novamente, passando a mão em sua mandíbula coberta pela barba, seus olhos analisando o homem na imagem, curiosos. Jak não sabia se era parecido com o pai. Ainda imaginava seu próprio rosto como aquele que o encarava de volta no reflexo da água do rio. Não se lembrava de como era nas fotos que encontrara na casa de Driscoll, e não gostava de pensar sobre aquilo, de qualquer forma. Só havia visto rapidamente sua imagem no espelho do banheiro de Harper. Não tinha tirado tempo para analisar sua aparência — queria fazer isso, mas queria *mais* voltar para a cama. Para ela. Devolveu a fotografia para o homem.

— Eu sou seu avô, filho. Pode me chamar de Hal. Bem-vindo. Bem-vindo à família. — A voz dele emitiu uma falha estranha, e deu um passo à frente, surpreendendo Jak ao envolvê-lo em seus braços. Jak enrijeceu por um segundo, mas então permitiu que o homem o abraçasse rapidamente antes de se afastar. — Bem, tenho certeza de que você tem centenas de perguntas, e poderemos sentar e conversar depois que eu te mostrar a sua nova casa. O que acha?

Ele pensou em sua casa verdadeira — sua casa *antiga*, tinha que ficar se lembrando. Agora, a floresta seria preenchida pelo barulho dos caçadores e coletores fazendo seu trabalho. O sol ficaria mais quente. Se ele fechasse os olhos, podia sentir, cheirar, lembrar dos tempos de paz quando sua mente se quietava e seu coração se acalmava. Ali, se sentia conectado com todos os seres vivos, quando os sussurros ondulavam por ele, o envolviam, e se tornava parte do ambiente. Sem fim. Sem início. Desenhara essa sensação nos cadernos de anotações da mãe de Harper. Ele se perguntava se, algum dia, o sentiria novamente. Esse novo lugar parecia ser o oposto daquilo.

O avô — Hal — sorriu para o agente Gallagher e para Harper, que estava ao lado dele com as mãos juntas na frente do corpo.

— Obrigado por tudo — disse. — Nigel irá acompanhá-los até a saída. — O homem que se chamava Nigel, usando um uniforme preto e branco, surgiu como se fosse uma sombra que havia acabado de vir à vida.

— Obrigado. Jak, me ligue se precisar de alguma coisa — o agente Gallagher falou, dando um aceno de cabeça para ele e começando a virar-se para ir embora.

O coração de Jak saltou, e ele se aproximou de Harper.

— Você quer que eu fique? — ela perguntou suavemente.

Sim. Ele queria. Mas lembrou que ela tinha presentes para dar às crianças do orfanato. Presentes embrulhados em papel verde brilhante com laços em vermelho e branco. Ela os colocara no banco de trás da caminhonete e disse que fazia tempo que não ia visitá-los. Jak queria que aquelas crianças sem pais — como ele e Harper — recebessem os presentes. Que soubessem que ela não tinha se esquecido deles.

Mas Jak não queria ficar sozinho com esses estranhos nesse castelo enorme que parecia frio e sem vida. Se sentiu... empacado. Encarou Harper. Seria só por um tempinho...

— Você vai voltar?

Harper sorriu, mas parecia que estava forçando.

— Sim, claro que vou voltar. Eu te ligo.

Ligar para ele? Sentiu pânico. Nem ao menos sabia como celulares funcionavam, não sabia qual celular, ou onde...

SELVAGEM

— O agente Gallagher me deu o número daqui — explicou, como se pudesse ler a mente dele. — Eu vou te ligar.

— Ok, então, está tudo certo — o avô disse. — Nigel.

Estendeu a mão para Harper, sentindo-se inseguro, querendo beijá-la. Harper também parecia insegura, mas aproximou-se dele e o abraçou rapidamente, apertando-o e depois se afastando. Indo embora. *Harper. Eu devia ter pedido que ficasse.*

— Venha comigo — o avô pediu. — Vou te levar para um passeio rápido e depois poderemos sentar e conversar antes do meu compromisso à uma da tarde.

Passeio. Compromisso. Tantas palavras que ele não conhecia. Sua cabeça doeu. Jak seguiu o avô para fora do cômodo que tinha sofás e poltronas e cores azuis e douradas e entrou em uma área aberta enorme que era tão alta que Jak tinha que inclinar a cabeça para trás para ver o teto. Por toda parte havia pedras brilhantes, brancas e cinzas com listras e rios dentro delas. Jak queria estender a mão e tocar, sentir sob a ponta dos dedos — como conseguiam deixar uma pedra tão lisa? —, mas não fez isso, colocando as mãos atrás do corpo assim como seu avô estava fazendo.

Havia tapetes com florestas inteiras sob seus pés — pássaros e árvores e flores em vermelho, azul, amarelo e preto.

O avô mostrou a ele outro cômodo com mobília para sentar, dessa vez nas cores verde e branco, e depois entraram em um com prateleiras tão altas que chegavam ao teto. Estavam cheias de... livros. Jak arregalou os olhos, e seu coração saltou. Tantos, tantos livros. Mais livros do que ele imaginava que tinham sido escritos no mundo.

— O agente Gallagher disse que você sabe ler.

— Sim — Jak murmurou, incapaz de desviar o olhar das prateleiras para o homem que falava com ele.

— Bem, pode ler o que quiser aqui. Deus sabe que ninguém nessa casa os lê, mesmo.

Jak sentiu suas sobrancelhas se erguerem.

— Ninguém lê esses livros?

Não entendia. Seu coração estava pulando e acelerado por saber que existiam tantos livros assim. Ele ainda estava na metade de *O Conde de Monte Cristo,* mas queria começar a explorar esses também. Queria escolher sua próxima leitura, e a próxima depois dessa. Ele queria montar uma pilha enorme de livros e começar a ler imediatamente.

— Todos estão sempre muito ocupados, eu acho. Os jovens estão sempre nos celulares. Só Deus sabe o que andam fazendo. Redes sociais, eu acho.

Jak não sabia o que era isso, então fingiu ter entendido e assentiu. O avô o conduziu para fora dali, mas Jak olhou em volta do grande corredor para garantir que saberia o caminho de volta.

O avô o levou até uma cozinha tão grande que Jak ficou na entrada encarando. Era duas vezes maior do que sua cabana, maior do que cinco cozinhas de sua *baka*. Tinha mais daquela pedra brilhante, um fogão prateado e uma geladeira que parecia uma pequena casa. Jak engoliu em seco. Tinha tanta comida. Bem ali, disponível. Ele desviou o olhar, sentindo uma tristeza beliscar seu peito por algum motivo. Ele fez de conta que não se sentiu assim. Nem ao menos sabia o que era aquilo que estava sentindo, de qualquer forma.

— Jak, esta é Marie. Ela é a nossa chef e qualquer coisa que você quiser comer, é só dizer a ela.

Uma chef?

A mulher de bochechas vermelhas sorriu e estendeu a mão. Jak a apertou.

— Eu faço a comida aqui — disse, piscando o olho. — Você tem alguma comida favorita que eu deva saber, Jak?

— Hã. — Revirou a mente. Sabia que tinha feito a coisa errada ao comer carne crua na casa dos Gallagher. Ele deveria comer carne cozida

SELVAGEM

ou assada de agora em diante, isso ele entendeu. Entendeu que *não era civilizado* não fazer isso. Exceto por sushi, Harper dissera a ele. Ele não sabia o que era aquilo, mas, se era cru, deduziu que iria gostar. — Sushi.

As sobrancelhas de Marie fizeram um movimento engraçado, mas ela sorriu novamente.

— Vou me certificar de adicionar isso ao menu, então.

— Muito bem — o avô disse, e então levou Jak para fora da cozinha, seguindo por outro corredor. Jak não sabia como iria encontrar a saída se decidisse que queria ir embora. O avô abriu duas portas de vidro enormes, e Jak sentiu o cheiro dos pássaros antes de ouvi-los. Ele parou, confuso. O avô riu. — Está ouvindo os cantos? Adorável, não é? Está vindo do aviário — revelou. — É onde minha esposa, Loni, está. Venha comigo.

Aviário? Os choros dos pássaros ficaram mais altos, e o coração de Jak vacilou. Não soavam como qualquer linguagem de pássaros que já ouvira antes, e os pássaros que ele estava ouvindo não estavam cantando... eles estavam... chorando. *O que está acontecendo?*

Seguiu o avô até outro cômodo grande com árvores altas que não cresciam do chão, e sim em... potes, por todas as laterais. Ele se perguntou como elas sussurravam umas para as outras daquele jeito, quando não tinham um lugar profundo no solo para suas raízes se encontrarem. Ali no meio, havia três gaiolas gigantescas que quase chegavam ao teto. Castelos de pássaros feitos de grades. Dentro delas, havia centenas de pássaros em cores que Jak nunca vira em pássaros antes.

— Pássaros de flores — Jak murmurou, com os olhos arregalados, os choros dos animais contorcendo seu coração.

Uma mulher usando uma roupa toda branca saiu de detrás de uma das gaiolas e estendeu a mão para Jak. Os olhos dela o fitaram de cima a baixo, e sentiu o mesmo que sentia quando achava que estava sendo observado. Os cabelos de sua nuca se eriçaram.

— Olá — ronronou como uma raposa pronta para atacar sua presa.

— Olhe só para você. É tudo que eu pensava que seria.

— É igualzinho ao Hal Junior, não é?

A mulher lançou um olhar rápido para o avô.

— Uhum — ronronou novamente. — Eu sou a Loni.

— Ela é a sua avó postiça — Hal disse, e ela lhe lançou um olhar que demonstrava ter ficado brava, porque o que disse não era verdade. Parecia ser muito mais jovem do que o avô. Ela estendeu a mão, e Jak a apertou, notando que as unhas dela eram compridas, afiadas e cor-de-rosa brilhante. Usou uma delas para fazer cócegas na palma dele ao afastar a mão. Talvez estivesse tentando fazê-lo rir, dizer que era tudo uma piada. Ele esperava que fosse isso, mas... — O filho dela, Brett, e a filha, Gabi, também moram aqui conosco. Você irá conhecê-los hoje à noite.

— Você deve ser um amante dos animais, Jak — Loni declarou. — Temos isso em comum. — Gesticulou para os pássaros que choravam. — Mal posso esperar para descobrir o que mais nós temos em comum.

Jak não fazia ideia do que dizer para a mulher dos pássaros com garras, então ficou simplesmente olhando-a.

— Me avise se precisar de alguma ajuda para se adaptar aqui, tudo bem? — Loni piscou, mas foi diferente da piscadela que Marie tinha lhe dado, e ele não sabia bem como, mas era.

Assentiu, querendo ficar longe da mulher que gostava de fazer criaturas lindas chorarem.

Saiu dali com pressa com o avô, finalmente respirando fundo quando o choro dos pássaros se desvaneceu. Entraram em um cômodo menor, com dois sofás e duas poltronas. Esse cômodo era amarelo, em vários tons. Jak sentou-se na poltrona que o avô indicou.

— Gostaria de algo para beber?

— *Eggnog* não, por favor.

O avô riu.

SELVAGEM

— Não é fã de *eggnog*, hein? Nem eu. — Ele lhe entregou um copo d'água, e Jak tomou um gole, grato.

— Tenho certeza de que você tem perguntas, Jak. O que posso responder para você?

— Eu gostaria de ouvir sobre o meu pai. O agente Gallagher me contou o que aconteceu com ele e com a minha... mãe, mas... como ele era? Quem era ele?

O avô ficou com uma expressão triste, e Jak se perguntou se tinha sido errado perguntar aquilo, mas logo os lábios do homem se curvaram para cima e ele se recostou na poltrona.

— Muito inteligente — disse. — Todo mundo dizia isso, desde o instante em que nasceu. Aprendia tudo muito rápido, era bom em tudo que se propunha a fazer. Tinha tanto... — A voz desapareceu aos poucos e, então, endireitou as costas e sua voz soou forte outra vez. — Potencial.

Potencial. Seu pai era inteligente. Ele aprendia as coisas. Ele tinha... potencial. Esperança. Esperança de uma... boa vida. Jak guardou a palavra. Gostou daquela. E se perguntou se também tinha potencial. Talvez tenha herdado aquilo do pai, junto com a aparência. Ele passou a mão pela mandíbula.

— Você vai querer tirar a barba, imagino, assim que se estabelecer em seu quarto.

Jak assentiu devagar, incerto. Deixava a barba curta com seu canivete, mas nunca a tirou desde que começou a ter pelos faciais. Ela o mantinha aquecido no inverno. Dizia aos outros que era um homem que podia acasalar e ter suas próprias crias.

Mas os homens que ele tinha visto na civilização até então tinham o rosto sem barba. Imaginou que as mulheres da civilização achavam que outras coisas eram mais importantes do que acasalar e ter crias. Jak passou os dedos pela mandíbula novamente, perguntando-se do que Harper gostaria.

— Enfim — o avô suspirou. — O seu pai era um bom homem. Ele teria tido uma vida muito boa se aquela mulher... — Pareceu cerrar os dentes por um momento, levando a mão à mandíbula e massageando-a antes de continuar. — Bem, basta dizer que eu queria que as coisas tivessem sido diferentes, mas aqui estamos.

Aqui estamos.

O avô não pareceu feliz com aquilo, e Jak, de repente, se sentiu ainda mais deslocado. *Fique parado, não se mexa. Não se torne a presa.* Sabia que essa não era a palavra certa, mas era a melhor que tinha. Animais sentiam o cheiro de confusão, de medo, e se aproveitavam disso. Humanos faziam a mesma coisa, ele sabia, mas não podiam sentir o cheiro. Usavam os olhos e os cérebros.

Ainda não sabia se o avô era bom ou mau, e esperava que fosse bom, mas, até ter certeza, o observaria. Essa casa o fazia sentir estranho com suas paredes enormes e frias e seus lindos pássaros engaiolados, e as pessoas que davam olhares estranhos e diziam coisas que o fazia pensar que estavam dizendo outras coisas disfarçadas, se soubesse ouvir certo.

— Por falar no seu pai, Jak, a ruína dele começou por causa de uma mulher. — Parecia estar com raiva. — Eu odiaria ver a mesma coisa acontecer com você.

Jak recostou-se na poltrona, encarando o velho homem. Harper. Ele estava falando de Harper. Uma pontada afiada de raiva comprimiu seu peito.

— A mulher que você trouxe aqui hoje, obviamente não é da nossa classe.

Jak tinha um pouco de noção sobre o que o homem estava falando, mas ficou quieto. Esperando que dissesse todas as palavras, para que pudesse juntá-las em sua mente. Entender.

— O nome Fairbanks vem com muito privilégio, mas também vem com sua parcela de dificuldade. Por exemplo, algumas pessoas irão querer

SELVAGEM

usá-lo para o que você puder fazer por elas. Foi por isso que o seu pai acabou seguindo o caminho que seguiu. — O avô suspirou. — Você sabe o que é uma caça-dotes, Jak?

Caça-dotes. Uma pessoa que sai caçando dotes por aí? Mas ele não achou que fosse isso que o avô queria dizer. Sacudiu a cabeça.

— É uma mulher que o quer apenas pelo seu dinheiro, filho.

— Eu não tenho dinheiro — disse devagar.

— Você não tinha dinheiro. Mas agora você é um Fairbanks. Tudo isso... — Balançou a mão no ar. — Está nas pontas dos seus dedos.

— O quê?

— O que você tem nas pontas dos dedos? Bem, esta casa, as oportunidades que o nome Fairbanks pode abrir para você, talvez as terras Fairbanks algum dia, Jak. — Inclinou-se para frente, parecendo pensativo. — Eu vou te ensinar as coisas básicas. — Ergueu uma sobrancelha. — E, um dia, talvez... você poderá contratar boas pessoas para cuidar das especificidades dos negócios. — Endireitou as costas, parecendo mais... esperançoso. — Um dia, você terá um filho e tudo isso será herdado por ele. É assim que propriedades funcionam, Jak. É assim que um nome de família perdura por gerações.

Jak repassou mentalmente tudo que o avô tinha acabado de dizer. O avô acreditava que sua mãe tinha arruinado a vida de seu pai. Ele achava que Harper também arruinaria a vida de Jak. Que ela era uma *caça-dotes* que o queria por dinheiro. Mas Harper o beijou antes de saber que ele tinha qualquer coisa. Antes mesmo de saber que ele era um Fairbanks. Antes de ele ter qualquer sobrenome.

Além disso, confiava nela. Era honesta, doce e chorou por Pup porque Jak o amava. E, mais do que isso, sentiu o cheiro dela. Era sua parceira. Ponto final.

O avô ficou de pé.

— De qualquer forma, você deve estar cansado. Podemos falar sobre isso em outro momento. — Olhou para o relógio em seu pulso. — Tenho que ir. Deixe-me te mostrar onde fica o seu quarto. Tomei a liberdade de pedir que a nossa empregada, Bernadette, escolhesse algumas roupas e coisas assim para você.

Jak levantou-se também. Seguiu o avô por uma escadaria tão grande e ampla que ele poderia morar bem ali mesmo.

O quarto dele ficava em um corredor comprido com um carpete tão macio que parecia grama da primavera sob seus pés, mesmo através dos sapatos. Saltou levemente ao passar pelo carpete, e o avô lançou um olhar que o fez parar.

— Espero que fique confortável aqui, Jak — o avô disse, e Jak entrou em um quarto grande com uma cama enorme no meio com não somente uma coberta, e não somente três, como na cama de Harper, mas tantas cobertas que parecia que Jak ia dormir sobre uma nuvem.

Ele entrou lentamente.

— O banheiro fica ali naquela porta. As suas novas roupas estão no closet. Deixe as antigas no chão e a empregara irá... cuidar delas. — Jak virou-se para o avô, que estava com uma expressão de quem comeu algo ruim, mas logo mudou para um grande sorriso, que permaneceu apenas nos lábios. — Bem-vindo ao lar, Jak. — E então, o avô foi embora, fechando a porta atrás de si.

Jak tirou um momento para olhar em volta do quarto e dentro do banheiro, aproximando-se do espelho. Ficou de frente para o reflexo, virando o rosto lentamente para um lado e depois para o outro. *Parecia* com o homem da foto? Seu pai? Ele não via a semelhança, mas seu avô disse que parecia. O rosto de Jak era bronzeado devido ao sol — tanto do inverno quanto do verão —, mais bronzeado do que o do avô ou do agente Gallagher. Suas bochechas estavam ressecadas pelo vento e sua barba era grossa e... torta. Ele a cortara somente sentindo com os dedos.

Jak tinha uma cicatriz sob a maçã do rosto, de quando o garoto loiro o cortara naquele dia terrível.

Parecia diferente de todos os outros. *Estranho. Selvagem.* Porque *era.*

Pensou sobre as coisas que fez — algumas porque ele não teve escolha, outras porque queria *viver.* Mas poderia ser diferente agora. Poderia ser como eles. Harper aceitava sua aparência e a parte de si que ele mostrou a ela, mas nunca teria que saber como havia sofrido e matado. Nunca teria que imaginar como ficara em seus tempos mais precários. Nunca teria que saber que aquela parte dele ao menos existira. Ali... em Thornland, poderia deixar tudo para trás. Somente Driscoll conhecia aquele lado seu, e Driscoll estava morto. Poderia ser... civilizado. Poderia ser um homem — *todo* homem, *somente* homem —, para que assim Harper nunca tivesse que ter um vislumbre da fera dentro dele.

Pegou um frasco que dizia "creme de barbear", olhando os outros frascos na prateleira na bancada da pia, engolindo em seco ao ver as coisas sem as quais viveu por tantos anos. Tudo parecia... grande. Tinha *cheiro* em excesso. Tudo era *enorme*, maior do que se lembrava, mais brilhante, *mais. Demais.* Voltou para o quarto, fechando a porta do banheiro atrás de si.

Bem-vindo ao lar, o avô dissera.

Então, por que ainda se sentia perdido?

CAPÍTULO TRINTA E NOVE

— Entre — Mark disse, tirando as mãos do teclado do computador e recostando-se na cadeira. Laurie surgiu na porta.

— Vou ao mercado. Quer alguma coisa específica para o jantar? — Sorriu. — Acho que oficialmente acabamos com todas as sobras das festas de fim de ano.

Mark riu. Eles vinham comendo peru no café da manhã, almoço e jantar nos últimos dias — e o mês de novembro também contribuíra com sua parcela de peru —, e ele já havia comido aquela ave em particular o suficiente para não querer mais por um bom tempo.

— Que tal bife hoje à noite?

— Parece bom. — Virou-se para sair, e Mark inclinou-se para frente.

— Laurie?

Ela virou, com uma expressão surpresa, inquisitiva.

— Hã. — Jesus, tinha esquecido como fazer isso? Como falar com sua própria esposa? Tiveram algumas conversas durante as últimas semanas, um tanto constrangedoras, mas também contavam, porém ainda estavam sem prática. — Tirando a óbvia falta de conhecimento de Jak sobre coisas comuns, o que achou dele?

Fazia vários dias desde que Jak e Harper estiveram na casa deles, e embora tivessem falado bem sobre o feriado, não havia falado com ela sobre as especificidades. Mas agora estava oficialmente de volta ao trabalho e, durante as últimas horas, checou seus e-mails e revirou o

SELVAGEM

cérebro para saber para que lado seguir agora. Ele se recusava a deixar esses casos esfriarem.

Laurie entrou no escritório hesitante, como se temesse ter ouvido errado por pedir uma opinião sobre um assunto de trabalho — mais ou menos. Ela franziu o cenho por um momento, enquanto pensava na pergunta.

— Ele tem uma doçura, uma... inocência... — Sentou-se na cadeira em frente à mesa dele, e vê-la ali, com aquela expressão pensativa, fez o peito de Mark se comprimir. — Mas claramente é um homem completo. — Ergueu uma sobrancelha, e ele riu. Imaginava que qualquer mulher notaria isso. — Mas... não sei. Jak tem... segredos no olhar. É quase como se tivesse algo que... *quer* esconder de todo mundo. Pode ser somente sua falta de autoconfiança, mas... — Sacudiu a cabeça. — Oh, olhe só para mim, oferecendo minha intuição quando você me pediu fatos.

Ele meneou a cabeça lentamente.

— Não, eu estava mesmo querendo a sua intuição.

Olhou para baixo, um rubor surgindo em suas bochechas e um sorriso tímido nos lábios. E diante da expressão de felicidade no rosto dela, Mark repreendeu-se. *Quando foi a última vez que você a fez se sentir assim?* Nem conseguia se lembrar.

Ela ergueu o olhar.

— E, oh, o jeito como olha para Harper, Mark. Jak a venera.

Mark entrelaçou os dedos.

— Você acha que isso é uma coisa boa?

Sua esposa deu de ombros.

— Você quer saber se eu acho que ele poderia fazer dela seu mundo inteiro quando deveria estar focando, bem, no mundo inteiro?

— Sim, exatamente.

Olhou para o lado, pensando novamente.

— Talvez. Mas acho que Harper é uma garota intuitiva. Acho que irá ajudar a guiá-lo, e recuar, se necessário.

— Espero que sim.

A esposa assentiu.

— Eu também.

Por um momento, ficaram ali, fitando um ao outro, os dois sorrindo, com coisas precisando ser ditas, mas Mark não sabia bem por onde começar, não sabia se *queria* fazer isso. Não ainda. Não agora. *Quando, então?* O toque de seu celular o salvou de ter que responder aos seus questionamentos internos.

— Pode atender. — Laurie levantou-se, parecendo levemente aliviada pela interrupção também. — Voltarei em uma hora.

Mark assentiu, pegando seu celular quando ela saiu. Sentiu a perda dela, mas, ao mesmo tempo, ficou feliz por ela ter saído. No entanto, aquele havia sido um passo para os dois, e Mark ficou feliz por isso também.

— Mark Gallagher.

— Agente Gallagher. Aqui é Kyle Holbrook, retornando a sua ligação.

O ex-assistente de Isaac Driscoll. Mark ficou momentaneamente surpreso com o tenor profundo da voz do homem. Soava tão mais velho, mas Mark viu em seu portfólio on-line que estava na casa dos trinta.

— Sim, obrigado por me ligar de volta, Sr. Holbrook.

— Claro. Eu teria ligado antes, mas estava de folga no feriado. Isso é referente ao Dr. Driscoll?

— Sim. Infelizmente, estou investigando um crime. Isaac Driscoll foi assassinado. Pelo que entendi, você foi assistente de pesquisa dele dezesseis anos atrás.

Houve um silêncio momentâneo do outro lado da linha.

— Assassinado? Jesus. Não estava esperando por isso. Presumi que você estava ligando porque ele tinha feito algo... estranho.

SELVAGEM

Estranho?

— Por que você presumiria isso, Sr. Holbrook?

Mais uma pausa.

— Bem, para ser honesto, não penso em Isaac há anos, então tive que pensar bem quando ouvi o seu recado. Mas ele estava ficando cada vez mais... esquisito durante os estudos. Me sinto mal por estar dizendo isso agora que Isaac está... morto. Mas, sinceramente, fiquei feliz quando ele se aposentou. Isaac estava sempre falando sobre guerra e que todos nós íamos morrer porque as pessoas eram egoístas e burras e só pensavam nas próprias necessidades. Mas o mais perturbador foi ter tentado me convencer de que deveríamos começar a fazer estudos em *pessoas*, tipo, não somente pedir que elas preenchessem questionários ou pesquisas, mas colocá-las em situações reais e ver como reagiriam. Mas, como todos sabem, não é assim que as ciências sociais funcionam. Nem estudos psicológicos. Você não pode machucar seres humanos emocionalmente para fazer um estudo.

Mark assentiu, sentindo um frio percorrer seus ossos.

— Tem alguma razão para acreditar que ele chegou a colocar isso em ação?

— Não. Na verdade, pensei que esse tinha sido o motivo para se aposentar cedo, que tinha percebido que o trabalho estava lhe dando ideias nada saudáveis. Mas quando ouvi você mencionar o nome dele no recado, temi que talvez tivesse voltado a trabalhar em algum outro lugar e feito algo antiético, ou até... imoral. Fico feliz por saber que esse não foi o caso, mas sinto muito por saber que algo tão terrível aconteceu com Isaac.

A mente de Mark estava acelerada.

— Sr. Holbrook, se eu lhe enviar algumas fotos por e-mail, você pode me dizer se já viu alguma das pessoas nelas?

— Claro. Estou com meu e-mail aberto agora, se quiser enviá-las.

— Ok, ótimo. Só um segundo.

Mark montou um e-mail rápido, anexou as fotos de Jak e Emily Barton que estavam salvas em seu computador e clicou em enviar.

— Recebi — Kyle Holbrook disse um segundo depois. Houve uma pausa, e então, o homem voltou para a chamada. — Não, não conheço nenhum deles. Suponho que você não pode me dizer quem são.

— A mulher foi assassinada em Helena Springs de uma maneira similar ao Dr. Driscoll.

— Nossa. Dois assassinatos? — Soou genuinamente chocado, mas claro que Mark estava deduzindo apenas por sua voz. — Essa outra foto que me enviou, é um suspeito?

Mark hesitou em chamar Jak de suspeito, embora ainda fosse. *Jak tem segredos no olhar.*

— Morava perto de Driscoll — respondeu vagamente.

— Ah. Bem, sinto muito por não poder ajudar mais.

— Não, você ajudou bastante. Se pensar em mais alguma coisa, por favor, me ligue.

— Com certeza. Boa sorte, agente Gallagher.

Mark encerrou a ligação e ficou ali diante do computador, encarando o nada, durante vários minutos.

Tentou me convencer de que deveríamos começar a fazer estudos em pessoas.

Mark teve um pressentimento sobre qual era foco do estudo de Isaac Driscoll. Ou melhor, quem.

Criar o bebê até o Dr. Driscoll estar pronto para treiná-lo.

Driscoll estava *estudando* Jak? Ou apenas treinando o rapaz? As duas coisas? Para que fim? Mark havia encontrado as anotações sobre observações estranhas de animais na cabana de Driscoll, mas nada mais.

SELVAGEM

Voltaria lá e olharia debaixo das tábuas do piso, nas *vigas*, decidiu, antes de oficialmente liberar a cena do crime. *Tinha* que haver mais. Se Jak não estivesse enganado, o homem tinha colocado câmeras para vigiá-lo, pelo amor de Deus.

Jak... tem segredos no olhar.

— Que segredos você está escondendo de mim, Jak? — murmurou para si mesmo. Sabia mais sobre o que Driscoll estava fazendo? Será que ele mesmo havia feito algo de que se envergonhava?

A imagem da Batalha das Termópilas que ele imprimira estava sobre sua mesa, meio escondida sob uma pilha de papéis. Pegou-a, analisando-a por alguns instantes, lembrando-se do que lera sobre os espartanos.

Eles treinavam suas crianças para se tornarem soldados, faziam-nas aguentar exercícios de sobrevivência severos para fortalecê-las, para descobrirem seu valor.

Crianças... não *criança*.

Visualizou a cabana onde Jak morou, as camas sem uso. A instalação em forma de dormitório que abrigava apenas uma pessoa. Se Driscoll havia montado o lugar daquela forma, com quem mais ele pretendia que Jak o dividisse? E por que não dividiam?

Mark pegou o mapa que havia sido encontrado na gaveta de Isaac Driscoll, olhando novamente para a única palavra impressa no canto inferior: *obediência*.

Isaac Driscoll era fascinado pelos espartanos, possivelmente estava fazendo seus próprios estudos em crianças, de algum jeito misturando rituais antigos com seu projeto atual, o que quer que tenha sido. A possibilidade era quase doentia demais para ser considerada, muito louca para que os detalhes fossem contemplados antes que Mark tivesse mais respostas. Fez outra busca no Google, desta vez procurando por frases relacionadas a Termópilas e à palavra *obediência*. Depois de alguns minutos, o encontrou, um monumento que foi erguido aos soldados que morreram nas Termópilas: *Passante, aos espartanos dizei, que aqui jazemos, em obediência à lei.*

Um monumento para os mortos. Soldados obedientes. Um mapa que marcava os lugares onde eles descansavam?

Uma sensação gelada percorreu os ossos de Mark. Podia estar errado. Era apenas uma *palavra*. Apenas um... palpite baseado em pedaços desconectados do quebra-cabeças que era esse caso. Isso ia ser um tiro no escuro. Ainda assim... pegou o celular e ligou para seu trabalho, disposto a colocar seu pescoço na reta. Seu sangue estava vibrando, do jeito que sempre fazia quando sabia que estava no caminho certo. Pediu para falar com seu chefe e, quando o atendeu, Mark foi direto ao ponto.

— Acho que precisamos levar alguns cães farejadores de cadáveres para as terras de Isaac Driscoll.

CAPÍTULO QUARENTA

Ela quase não reconheceu o homem usando calça cáqui e uma camisa branca de botões vindo em sua direção, mas *era* ele. Conhecia aquele caminhar, o jeito como parecia não somente andar, mas *caçar*. E então, Jak sorriu — aquele sorriso inexperiente de menino, cheio de satisfação —, e o coração dela saltou. Avançou em sua direção, e ele também, pegando-a em seus braços, os dois rindo, como se não se vissem há meses, quando, na verdade, fazia apenas três dias.

Ele a girou uma vez, e Harper gargalhou, inclinando-se para frente para que ele pudesse beijá-la. Quando Jak fez isso, os dois suspiraram com o encontro de suas bocas. Quando o beijo terminou, a colocou de volta no piso de mármore da antessala dos Fairbanks.

— Você tirou a barba — ela disse, colocando a mão na bochecha macia dele, com apenas a sombra da barba escura sob a pele. Estava ridiculamente lindo, sua mandíbula forte, suas maçãs do rosto altas e afiadas, mas parte dela lamentou. Era a primeira prova exterior da *mudança* dele. Sabia que aquilo era inevitável agora que ele estava vivendo como parte da sociedade. Sabia que aquilo era bom e positivo. Sabia que ele aprenderia, evoluiria e mudaria, como deveria ser. Como ele merecia. Ela *sabia* de todas essas coisas, mas mesmo assim se sentiu triste pela perda da parte de si que Jak deixaria para trás para se tornar o homem que nasceu para ser.

Jak riu, soltando Harper, percorrendo-a inteira com o olhar, como se seus olhos estivessem famintos por ela.

— Você não me ligou — falou, e ela viu a mágoa na expressão dele.

Harper deu um passo para trás, franzindo a testa.

— Eu te liguei, sim. Deixei quatro recados.

Jak franziu a testa também, olhando para trás por cima do ombro dela. Ela seguiu o exemplo dele. Tinha se esquecido de que o mordomo ainda estava ali, perto da porta da frente. Como era mesmo o nome dele? Estava com a atenção em outro lugar, mas Harper se sentiu momentaneamente constrangida pela demonstração pública de afeto.

Jak segurou sua mão, conduzindo-a para fora da antessala.

— Ele é como uma erva daninha — disse baixinho, inclinando-se para Harper e olhando para trás novamente. — Sempre se *esgueirando* pela casa. — Ele pôs ênfase na palavra esgueirando, como se fosse nova e sobre a qual teve que pesquisar especificamente para descrever o homem. Abriu um sorriso largo cheio de orgulho, e Harper riu, cobrindo a boca.

Jak abriu um par de portas amplas de mogno que iam até o teto do corredor e a conduziu para dentro. Harper inspirou fundo, encantada ao olhar em volta da biblioteca impressionante, com estantes cheias de livros do chão ao teto. Havia uma lâmpada para leitura em um canto, ao lado de uma poltrona estofada vermelha de veludo.

— Era por aqui que você andava? — perguntou, indicando a poltrona com a cadeira.

— Por três dias — respondeu, soltando a mão dela e se afastando, com o rosto erguido olhando os livros em volta. — Isso não é incrível? Eu levaria o resto da vida para ler todos esses livros.

— Oh, eu não sei, parece que você está fazendo um ótimo progresso. — Olhou para as pilhas de livros um pouco desequilibradas ao lado da poltrona vermelha. — Você leu todos aqueles livros?

— Não todos. Alguns não gostei tanto quanto de outros. A pilha da frente são os que quero ler de novo.

Ela riu.

— Bem, se você vai fazer releituras, *talvez* leve mesmo o resto da sua vida para ler toda essa coleção.

Jak sorriu alegremente.

— Aprendi tantas palavras novas, Harper. — Olhou para cima, recapitulando. — *Aflito* e aturdido. Ansioso. Aceitação. *Indignado*.

Harper o estudou por um segundo, notando que as palavras que pareciam importar mais eram as que representavam emoções. Seu coração deu um salto. Ela se perguntou se Jak tinha passado todos esses anos tentando descrever seus próprios sentimentos para si mesmo sem conseguir. *Eu te amo*, pensou pela centésima vez desde que percebeu pela primeira vez, e sim, era simples assim. Ela viu seu sorriso enquanto Jak olhava ao redor.

— Você gosta daqui, Jak?

Ele sentou-se na beira da mesa atrás de si, cruzando os braços casualmente contra o peito, seus bíceps esticando o tecido da camisa. Naquele momento, Jak não parecia nada com o homem das cavernas que observara naquela cela, o que parecia fazer uns cem anos. Naquele momento, parecia um... bem, um Fairbanks. Ele pareceu pensativo e, então, falou, hesitante:

— Eu gosto de algumas coisas... gosto do chuveiro. — Sorriu. — E... eu gosto mais desse cômodo aqui. Algumas comidas são boas. Mas... não sei se gosto muito das pessoas que moram aqui ou... dos pássaros.

— Dos pássaros?

— A esposa do meu avô gosta de pássaros. Ela tem um quarto com centenas de pássaros. São chamados de *tropicais* e vivem em gaiolas. — Estremeceu.

— Ah. Um aviário.

Sim, ela podia imaginar que aquilo seria muito estranho para ele. Estranho e possivelmente triste ver pássaros engaiolados, quando os conhecia somente livres para voar. *Ela* achou aquilo triste.

SELVAGEM

— Aviário — Jak repetiu. — Sim, essa é a palavra. — Levantou de repente, aproximando-se, puxando-a para seus braços, e embora ele agora parecesse um Fairbanks, ela ficou feliz em ver que ainda se movia como um caçador. — Senti a sua falta — rosnou contra seu ouvido, empurrando-a para trás até sua bunda encostar na beira de outra mesa. Harper vibrou com as palavras dele, o toque dele, a extensão firme do corpo dele pressionado ao seu. Abriu as pernas para que Jak se encaixasse ali.

— Eu também senti a sua falta. Quando você não retornou minhas ligações, achei que talvez... — Desviou o olhar dele, tímida diante da vulnerabilidade. Jak moveu a cabeça para o lado, alinhando seus olhares novamente, para que ela não tivesse escolha a não ser fitá-lo.

— O quê?

— Bom, só achei que você estivesse se adaptando à sua nova vida... que...

— Que eu não queria te ver?

Harper ruborizou.

— Sim. — Sacudiu a cabeça, encolhendo-se. — Mas eu compreendo. — Ela soltou uma risada desconfortável. — Quer dizer, você *deveria* mesmo levar todo o tempo que precisar para se adaptar à sua nova vida.

Uma ruga se formou entre os olhos dele.

— Parece que eu tenho *mais* tempo agora. Não preciso caçar para comer, e antes... eu vivia do nascer ao pôr do sol, então ando bem... cansado aqui. — Juntou as sobrancelhas, como se não estivesse satisfeito com a palavra que escolheu. — Os dias são... estranhos. Mas, Harper, eu *quero* que você faça parte dos meus dias. *Todos* os meus dias. Você quer que eu faça parte dos seus?

— Sim — respondeu, com embargo na voz.

Jak sorriu, e ela deduziu que o assunto morrera. Inclinou-se para frente mais uma vez, roçando os lábios na garganta dela, inspirando seu cheiro. Harper jogou a cabeça para trás, oferecendo a ele todo o acesso que quisesse.

— Preciso perguntar quem recebe os meus recados — Jak murmurou. — Para não perder mais nenhum dos seus.

— Hum — ela sussurrou. — Estou feliz por ter tido coragem de vir aqui.

— Eu também — murmurou de volta, lambendo o pescoço dela lentamente, fazendo-a ofegar e uma umidade se formar entre suas pernas com uma pulsação intensa. Harper arranhou as costas dele levemente, e ele emitiu um rosnado baixo. Emoção e medo a percorreram, como parecia acontecer quando ele fazia algo decididamente... animalesco. Outra pulsação a fez gemer.

— Jak — sussurrou.

— Você me deixa exultante — suspirou contra o pescoço dela.

Harper soltou uma risada pequena que também soou como um gemido enquanto ele mordiscava sua pele.

— Exultante?

— Uhum — murmurou, erguendo a cabeça e encontrando o olhar dela, com um sorriso provocante nos lábios. — Significa feliz, mas *mais*. Eu me sinto exultante quando estou com você.

Oh, Deus, era tão fofo. E sexy. E... sim, Harper também se sentia exultante.

Jak juntou sua boca à dela, beijando-a profunda e meticulosamente, fazendo o mundo desaparecer em volta deles. Ele tinha gosto de canela e o cheiro de algo novo... um sabonete ou loção pós-barba, um produto que nunca usara antes. Era sutil, e o cheiro era bom, mas ela se lembrou da noite divina que passaram em sua cama, como o cheiro masculino dele ainda estava em sua pele na manhã seguinte — puro homem, sexo... *ele*. Sabia que uma pessoa dificilmente poderia passar a vida sem cheirar a outra coisa além de si mesma — tinha sabonete, sabão de lavar roupa —,

SELVAGEM

mas sentiria falta do cheiro que Jak tinha antes que um milhão de produtos tomassem conta.

— Estava com saudades de te beijar — Jak disse, trilhando os lábios pelo pescoço dela novamente. — Com saudades de estar dentro de você, fazer amor. Quero estar dentro de você agora. — Segurou a mão dela e a guiou até sua ereção, dura, esticando o tecido de sua calça.

Uma onda de calor percorreu a pele dela. *Oh, sim.* Também o queria.

— Não podemos, Jak — gemeu. — Não aqui.

— Por que não? Ninguém vai entrar aqui.

Ela riu, e o som acabou se transformando em um gemido quando Jak movimentou os quadris, esfregando sua ereção entre as pernas abertas dela. Seus mamilos intumescidos roçaram o peito dele e uma pontada intensa atingiu o lugar que doía pelo desejo de que ele o preenchesse.

— Porque é a biblioteca do seu avô. É que... não é...

Ele se afastou um pouco, olhando para Harper.

— As pessoas só fazem amor em camas? — perguntou, parecendo realmente interessado, talvez até um pouco indignado. Harper quis rir.

— Bem... não, não só em camas, mas... geralmente. *Normalmente.* Quer dizer, as pessoas podem fazer onde quiserem, exceto em público. E mesmo assim... algumas pessoas fazem, só que discretamente. Elas, err, se excitam com a possibilidade de serem flagradas.

Jak a encarava com bastante interesse. Suas bochechas estavam coradas, como ficavam no instante em que ele sentia tesão.

— Se excitam?

— É, algumas pessoas acham isso excitante.

— *Você* acha isso excitante?

Harper riu e sacudiu a cabeça.

— Não, não geralmente. Mas, sabe como é, não dispense antes de experimentar e tal.

— Não dispense antes de experimentar — Jak repetiu, franzindo a testa. Deus, ele era tão adoravelmente sexy. — Quero experimentar tudo com você, Harper.

Ela grunhiu, segurando o rosto dele entre as mãos e juntando seus lábios aos dele de novo. Jak introduziu a língua lentamente, imitando o movimento que fazia com os quadris, enlouquecendo-a, deixando-a...

O barulho de alguém limpando a garganta chegou até eles.

Harper soltou um arfar surpreso, endireitando as costas, e Jak sobressaltou-se na frente dela. Harper desceu da mesa rapidamente, virando-se, ajeitando a saia e alisando os cabelos.

O avô de Jak estava no vão da porta, encarando os dois com desaprovação na maneira como seus lábios formavam uma linha fina.

— Senhor — disse muito rápido, sem fôlego. — Hã, olá, Sr. Fairbanks, senhor, que bom vê-lo.

Ele a olhou com advertência, analisando os dois de cima a baixo. Harper se recusou a olhar para Jak, mas encolheu-se internamente sabendo bem como devia estar a situação da calça agora amarrotada de Jak na parte da frente.

Constrangimento não era o bastante para definir.

— O jantar está quase pronto — o avô dele avisou. — A família inteira está aqui. Queria que você se juntasse a nós, Jak.

Harper não deixou de perceber que ele disse somente o nome de Jak, deixando-a de fora.

— Ah, bem, é melhor eu ir...

— Harper vai ficar — Jak declarou, sem quebrar o contato visual com o avô. Ele segurou a mão dela.

Durante um tenso momento, ficaram se encarando. Ela estava perdendo alguma coisa? Sabia que era uma situação embaraçosa, mas o avô de Jak estava fazendo com que fosse dez vezes pior. Jak inclinou-se para frente, fungando o ar, franzindo a testa.

— O que é isso? — ele perguntou, com um tom estranho na voz.

O avô de Jak passou a mão na frente da camisa, como se tivesse sido censurado.

— Err, fumaça de charuto. Mau hábito. Prometi à Loni que pararia. — Olhou para Harper, abrindo um leve sorriso. — Perdoe minha falta de educação. Fiquei surpreso quando vi que Jak tinha companhia. É claro que você pode se juntar a nós para o jantar.

— Oh. Hã... — Jak apertou sua mão e ela olhou para ele, compreendendo que Jak estava dizendo que a queria ali, para não recusar o jantar. *Por favor*, os olhos dele pareciam dizer. — Obrigada pelo convite para o jantar. Eu adoraria.

O avô abriu um sorriso não muito genuíno.

— Ótimo. Vejo vocês dois na sala de jantar em cinco minutos. — Com isso, ele virou e saiu da biblioteca. Harper afundou contra a mesa, escondendo o rosto nas mãos.

— Aff — disse, erguendo o olhar para Jak. — Acabei de causar uma péssima impressão, não foi?

O rosto dele ficou pensativo por um momento, enquanto ele processava a palavra. *Impressão*, Harper imaginou, e Jak sacudiu a cabeça lentamente.

— O... *meu* avô... — Olhou para detrás dela, parecendo pensar nas palavras certas. — Acho que ele foi uma pessoa diferente antes... do meu pai morrer. Uma pessoa melhor.

— O que te faz achar isso?

— O sorriso dele nas fotos aqui... nas de antes e nas de... depois. É diferente.

Ela o analisou. Confiava em seu julgamento. Jak era perceptivo. Aquilo a fez sentir um tipo de... honra por ele a querer em sua vida. Jak a escolhera. Mas não era como se tivesse uma variedade de opções. *Pare,*

Harper. Ela tinha esse hábito de se convencer de que as pessoas só a escolhiam por tabela. Talvez essa mágoa em particular tenha se originado em circunstâncias muito reais, mas, em algum momento, teria que encontrar seu próprio valor e acreditar nele. Podia muito bem ser agora.

Harper segurou a mão dele.

— Vamos. Apresente-me à sua nova família.

Quando estavam se aproximando da sala de jantar, ela ouviu vozes, taças tilintando e a risada de uma mulher. Havia um toalete à direita, e Harper, sentindo uma onda de nervosismo, parou.

— Eu vou me recompor um pouco e te encontro lá. Vá sem mim. — Acenou para o cômodo ali.

— Ok — Jak concordou, curvando-se e dando o beijo rápido nos lábios dela. — Não demore — sussurrou, encarando-a com olhos arregalados e inclinando a cabeça em direção à sala onde os outros estavam esperando. Harper colocou a mão sobre a boca para não rir alto, e os lábios dele se repuxaram um pouco antes de ele seguir para a sala de jantar.

Ela tirou um momento para se refrescar e respirar fundo algumas vezes antes de caminhar em direção à sala de jantar. Ao se aproximar, ouviu a voz do Sr. Fairbanks dizer seu nome e parou de repente. Estava diretamente do outro lado da entrada do cômodo e estava dizendo algo sobre ela em meio ao ecoar de pedras de gelo tilintando em um copo.

— Eu sei que você é novo no mundo civilizado, Jak, mas não é certo ficar se esfregando por aí feito um animal — murmurou, obviamente tentando manter a voz baixa. O coração de Harper afundou. *Ai, Deus.* Estava mesmo tão ruim quanto ela pensava. Harper ficou muito envergonhada.

— Não estava me esfregando — disse a voz de Jak, naturalmente. — Eu estava fazendo amor.

Harper fez uma careta, querendo gargalhar ao mesmo tempo. *Ai, Jak.* Ela apertou os lábios com força, reprimindo um gemido. Era tão doce, e tão inconscientemente inadequado às vezes.

SELVAGEM

O Sr. Fairbanks se engasgou com o gole de sua bebida, dando uma curta risada antes de limpar a garganta.

— Seja lá o que tenha sido, você tem coisas mais importantes para focar agora. — Pausou, e Harper deduziu que estava tomando um gole, ao ouvir o gelo tilintando em seu copo. — Eu vi a pilha de livros na biblioteca. Pretende lê-los?

— Eu já os li.

Houve um momento de silêncio — *surpresa?* —, e então o Sr. Fairbanks falou:

— Muito impressionante. Ótimo. — Ouviu o som de tapinhas. — Vamos atualizá-lo de todos os detalhes, filho. Você será um de nós muito em breve.

Harper recuou muito suavemente e, então, pisou com força o suficiente para que seus passos fossem ouvidos conforme se dirigia à sala de jantar, com um sorriso brilhante.

Jak avançou em sua direção imediatamente, segurando a mão dela e beijando sua bochecha. Harper sorriu para ele.

— Harper — o Sr. Fairbanks disse ao cumprimentá-la.

— Senhor, obrigada mais uma vez por me receber.

Ele assentiu.

— Por nada. Posso lhe oferecer uma bebida? — Apontou para o carrinho de bebidas diante do qual obviamente estava quando Harper ouviu sua conversa com Jak.

— Não, obrigada. Somente água mesmo com o jantar, por favor.

As pessoas que estavam do outro lado do cômodo se aproximaram. Uma mulher mais velha com cabelos loiros compridos e um vestido amarelo, a pessoa mais bonita e arrumada que Harper já vira, vinha na frente. A esposa do avô de Jak, avó postiça de Jak, deduziu. A mulher estendeu a mão com unhas perfeitamente feitas.

— Sou Loni Fairbanks. Você deve ser a Harper.

— Sim, senhora. — Harper aceitou a mão da mulher, que a apertou como um pássaro ferido. — É um prazer conhecê-la. Obrigada por me receberem para o jantar.

— Oh, é claro. É bom saber que Jak tem uma amiguinha.

Amiguinha?

Harper olhou para Jak, que estava olhando para a mulher com uma expressão que parecia meio hostil, meio confusa. Jak obviamente desconfiava da "mulher dos pássaros". De fato, parecia *mesmo* um pássaro tropical. Colorida e astuta. Linda, mas pode bicar os seus olhos, se surgir a oportunidade.

Uma segunda mulher se aproximou. Ela tinha mais ou menos a idade de Harper, com cabelos loiros na altura dos ombros e os mesmos traços delicados e afilados de Loni. Abriu um sorriso forçado para Harper, seus olhos a percorrendo de cima a baixo, deixando Harper com vontade de se remexer e explicar por que estava vestida tão casualmente. *Eu não esperava ficar para o jantar. Não me vesti para o que é obviamente uma ocasião mais elegante do que na casa da maioria das pessoas.* Pensou brevemente nas boas-vindas calorosas que os dois receberam dos Gallagher, a sensação imediata de inclusão, e sentiu uma pontada por dentro. *Queria estar lá agora. Não aqui, com essas pessoas que claramente me veem como uma estranha indesejada.*

— Eu sou a Gabi. — Estendeu a mão e ofereceu à Harper um aperto tão fraco quando o de sua mãe, abrindo um sorriso falso que também parecia entediado.

— Harper — disse. A jovem mulher se afastou, seu sorriso desaparecendo tão rápido quanto apareceu e sua expressão se transformando em suprema apatia.

— Bem, olá. — Um jovem rapaz se aproximou, estendendo a mão para Harper. Ela a apertou. Finalmente alguém que não parecia ter medo de tocá-la. Ele apertou a mão dela com firmeza, sorrindo, exibindo os dentes grandes e brancos. — Eu sou o Brett. — Os olhos dele a analisaram de uma maneira apreciativa que a fez querer se contorcer.

— Oi. Eu sou Harper Ward. Prazer em conhecê-lo.

— Brett e Gabi são os filhos de Loni, e Brett trabalha para mim na Madeireira Fairbanks — o Sr. Fairbanks explicou. — Vocês todos têm mais ou menos a mesma idade, acredito. Tenho tentado encarregar Brett e Gabi de ensinarem ao Jak o que ele precisa saber sobre tecnologia. Deus sabe que não sou a melhor pessoa para ajudar quando se trata de qualquer um desses aplicativos que os jovens usam. — Sorriu para os filhos de Loni, e Gabi cruzou os braços e revirou os olhos de uma maneira dramática. *Uau.* Ela realmente tinha a mesma idade de Harper? Era um tanto mesquinha, parecia mais ter uns doze anos. Mas se bem que Harper acabou passando a impressão de ser a vagabunda da cidade, a princípio. Todos mereciam uma segunda chance, não é?

— Eu ficaria feliz em ensinar ao Jak as coisas básicas. Não mexo muito em redes sociais, mas posso mostrar a ele como funciona. — Harper sorriu para Jak, e ele pareceu aliviado, segurando a mão dela na sua novamente. — Mas... ele provavelmente precisa de um celular — falou, pensando tanto nele quanto nela, e em como se sentiu uma perseguidora ligando para ele várias vezes nos últimos dias sem receber resposta.

— É claro. — O Sr. Fairbanks fez uma careta. — Não acredito que não pensei nisso. Jak, a minha secretária irá arranjar um celular para você.

Harper apertou a mão dele novamente e depois a soltou.

Uma mulher usando um uniforme preto e branco enfiou a cabeça pela porta para dizer a eles que o jantar estava pronto.

— Ah, que bom. Estou faminta — a Sra. Fairbanks ronronou. Mas os olhos dela estavam em Jak, e ela lambeu os lábios. Tinha mesmo... ela estava *insinuando* o que parecia? Harper sacudiu a cabeça internamente. *É claro que não.*

— Permita-me — Brett disse, pegando-a pelo braço antes que pudesse protestar.

Ele a conduziu até a mesa, puxando uma cadeira para ela e imediatamente ocupando a que estava ao seu lado esquerdo. À sua direita, estava a ponta da mesa, e ela olhou para trás, perturbada. A mandíbula de Jak estava tensa quando ele deu a volta na mesa e sentou-se de frente para ela. Harper abriu um sorriso impotente.

O Sr. Fairbanks sentou-se na ponta da mesa, a Sra. Fairbanks ao lado de Jak e Gabi ao lado da mãe.

A entrada foi servida e o assunto da conversa foi a comida. Harper tomou uma colherada da sopa cremosa de tomate, soltando um gemido apreciativo diante da textura e do sabor em sua boca.

— Nossa, isso está uma delícia.

Brett inclinou-se para ela, sussurrando para que somente ela ouvisse.

— Gosto do jeito que você geme.

Espere, o quê? O rosto de Harper esquentou enquanto tentava entender o que ele tinha dito. Devia ter ouvido errado. Lançou um olhar chocado para ele, que abriu um sorriso sugestivo, erguendo o queixo. Não tinha ouvido errado. Senhor, quem *eram* essas pessoas?

Você será um de nós muito em breve.

Deus, por favor, não.

Olhou para o outro lado da mesa e encontrou Jak encarando Brett friamente. A pele dela se arrepiou. Um rosnado baixo subiu pela garganta de Jak e as unhas dele arranharam a madeira da mesa ao lado de sua tigela.

— Ele acabou de... rosnar? — Gabi perguntou alto, incrédula, com uma pequena risada borbulhando em sua boca. — Meu Deus, *sim*, ele *rosnou*.

— Com *certeza*, não foi? — a Sra. Fairbanks ronronou, com um tom de apreciação inconfundível.

SELVAGEM

Harper não sabia se ria ou chorava. Nunca conhecera pessoas com tanta falta de classe. E olha que havia crescido no sistema de serviço social. Aqueles eram os *Fairbanks*, pelo amor de Deus. Aquilo era tudo uma brincadeira? Iam começar a gargalhar a qualquer momento?

Os olhos de Brett se arregalaram ao assimilar a expressão brava de Jak, e ele afastou sua cadeira da de Harper, ficando repentinamente obcecado por sua sopa.

— Eu, hã... então... Sr. Fairbanks, aquela pintura é linda — Harper disse, acenando com a cabeça para a pintura a óleo de um campo de flores pendurada em uma parede. — As que estão penduradas no corredor são do mesmo artista, não são?

— Você tem um bom olho — respondeu, lançando um olhar avaliativo para ela. — Sim, a avó de Jak os pintou. Ela tinha um talento incrível.

Uma tristeza verdadeira surgiu em seu rosto, e Harper pensou no que Jak havia dito sobre ele ter sido um homem melhor... antes de suas perdas. Mas mesmo assim, ela se perguntou por que o homem decidiu colocar um grupo de malucos dentro da própria casa, olhando rapidamente para Loni, Gabi e Brett.

— Tinha mesmo — Jak concordou, olhando para a pintura, parecendo já ter esquecido dos comentários devassos de Brett. Harper suspirou internamente, aliviada. — Ela pintou as flores da maneira correta. Do jeito que a luz do sol bate nas pétalas logo antes de se pôr. — Abaixou o olhar, um pouco tímido, inseguro com seu comentário.

— Bem, é claro que o garoto-natureza saberia disso — Gabi murmurou, tomando um gole de água, entediada.

Harper sentiu-se acometida pela raiva, segurando seu guardanapo com força.

— Sim. Ele saberia *mesmo*. Jak sabe de coisas que nenhum de nós poderia aprender, mesmo que estudássemos todos os livros já escritos sobre o assunto. É um *expert* da natureza, e o conhecimento que tem é algo digno de reverência. Eu sei que eu reverencio. — Harper ergueu sua taça para Jak, que sorria tímido, mas feliz, com os olhos arregalados.

— Um brinde a isso — o Sr. Fairbanks disse, erguendo sua própria taça, com um olhar que Harper podia jurar que continha respeito.

— Então, Harper, o que *você* faz mesmo? — a Sra. Fairbanks perguntou, abandonando a colher em sua tigela ainda cheia de sopa. Não tinha dito que estava faminta?

Harper pousou o pedaço de pão no qual estava prestes a passar manteiga.

— Eu abri a minha própria empresa há alguns anos. Faço passeios turísticos pela floresta, levo pessoas para acampar ou caçar, ou às vezes para fazer trilhas.

— Hum... entendi — a Sra. Fairbanks respondeu, como se Harper tivesse acabado de dizer que trabalhava limpando banheiros químicos.

— Abriu a própria empresa, hein? E tão jovem. Muito empreendedora — o Sr. Fairbanks elogiou, parecendo genuinamente impressionado. — Você gosta?

Harper sorriu.

— Gosto. Mas não acho que vou querer fazer isso para sempre. Pretendo fazer faculdade em Missoula em breve.

O Sr. Fairbanks assentiu mais uma vez para ela e tornou a erguer sua taça, sorrindo para todos à mesa.

— Bem, deixe-me propor um brinde. A novos empreendimentos. — Olhou para Harper e sorriu. — E a ter meu neto de volta. — Pareceu ficar emocionado por um momento, mas recuperou-se rapidamente. — Faz muito tempo desde que um filho Fairbanks sentou-se à mesa de família.

Todo ergueram suas taças, Brett fazendo carranca, Gabi revirando os olhos novamente e o olhar de Loni fixo em Jak.

O restante do jantar foi relativamente rápido, com todos

SELVAGEM

aparentemente ansiosos para sair logo dali. Pelo menos a comida estava incrível, embora Jak tivesse desconfiado de tudo e a Sra. Fairbanks mal tivesse encostado em seu prato.

Harper notou que Jak estava observando a mesa ser limpa pelos empregados e, quando a mulher que carregava pratos praticamente ainda cheios de comida passou, ele a deteve para perguntar:

— O que vocês fazem com a comida?

Ela olhou para baixo.

— Com a comida, senhor?

Jak recostou-se, falando mais suavemente.

— Sim, com a comida que não comemos.

— Nós... — A mulher olhou em volta, desamparada, mas ninguém além de Harper estava prestando atenção àquela conversa. — Nós jogamos fora, senhor.

— Oh.

Jak se endireitou na cadeira, com uma expressão constrangida e abatida. Engoliu em seco, e o coração de Harper doeu. Sentiu-se envergonhada por cada sobra de comida que já havia jogado fora na vida. Quantas vezes ele tinha passado fome? Quantas vezes Jak se sentou em algum lugar na floresta, faminto e sozinho? Ver o excesso bem ali diante deles — o desperdício impensado — devia ser incrivelmente angustiante.

Finalmente, o Sr. Fairbanks levantou-se.

— Obrigado por uma adorável refeição, pessoal. Tenho que trabalhar mais um pouco, mas, Harper, foi um prazer tê-la conosco. — Ele a cumprimentou com a cabeça, e todo mundo ficou de pé também.

— Obrigada, Sr. Fairbanks.

Jak deu a volta na mesa e segurou a mão dela, lançando um olhar ameaçador para Brett, que já estava se afastando. Ela segurou a mão de Jak avidamente e o deixou conduzi-la para fora da sala de jantar.

Os dois soltaram um suspiro mútuo de alívio ao caminharem rapidamente pelo corredor em direção à antessala. Nigel apareceu do nada, e os dois se sobressaltaram, cobrindo as bocas com as mãos antes que ele abrisse a porta. Os dois seguraram as risadas até a porta se fechar atrás deles, começando a rir somente então, andando com pressa para longe da casa e tentando em vão esconder as risadas.

Jak a puxou para debaixo do toldo da porta da garagem do outro lado da casa, e eles caíram na gargalhada. Harper precisava daquele alívio e se sentiu cem vezes mais relaxada assim que suas risadas diminuíram. Tudo tinha sido tão *ridículo*.

Aquelas pessoas eram horríveis. Com exceção, talvez, do avô de Jak. Mas até mesmo ele era obviamente julgador, só não onde lhe convinha. Por que ele não havia lançado aquele olhar cheio de julgamento para Loni e seus filhos insuportáveis e mimados? Ainda assim... eram a família de Jak. Precisava deles, se quisesse prosperar na vida. Precisava do que eles poderiam lhe fornecer. O nome Fairbanks abriria portas que nunca se abririam para meros mortais — como ela.

— O que você achou deles? — Jak perguntou assim que se recuperaram totalmente da crise de risos. — Você... gostou da companhia deles? — Ergueu uma sobrancelha.

Ela abriu um sorriso pequeno.

— Eles não são os Gallagher. — Ergueu uma mão, afastando uma mecha de cabelo da testa dele. — Mas são a sua família. O seu avô se importa com o seu bem-estar, dá para ver. Ele quer te ajudar a se adaptar. A aprender. A encontrar o sucesso. Acho que você deveria deixá-lo fazer isso.

— Você acha?

Harper assentiu.

— Tudo bem. — Ele entrelaçou os dedos nos dela. — Quando poderei ficar sozinho com você? — sussurrou em sua orelha, e Harper estremeceu.

— Eu quero que seja agora.

Ela gemeu.

— Eu sei. Eu também. Mas não quero ser motivo de discórdia entre você e o seu avô. — Jak fez com as sobrancelhas o movimento que significava que estava tentando entender uma palavra, e Harper sorriu com carinho, ficando nas pontas dos pés para beijá-lo. — Eu virei te buscar amanhã para te mostrar um pouco mais de Missoula. Podemos ir para o meu apartamento por um tempinho, depois disso. — Abriu um sorriso sugestivo para ele.

— Não vai ser suficiente. Eu quero a noite inteira.

Harper riu.

— Eu sei, senhor insaciável. Mas teremos que nos virar com o que temos por enquanto. Você não pode passar o seu tempo inteiro comigo. Ainda tem uns dez mil livros para ler. — Piscou, e ele sorriu, mas pareceu desapontado. *A separação é difícil para mim também, Jak.*

Ele suspirou, afastando-se um pouco.

— Ok. Um dia, eu vou ter uma casa, e você vai morar nela comigo, e nunca mais vai passar outra noite sozinha.

— Oh, Jak — suspirou, aproximando-se dele, beijando-o, inspirando-o. Sua simplicidade inocente.

Queria tanto aquilo agora mesmo. Mas se perguntou novamente como a mudança dele, misturando-se à sociedade, alteraria quem era e o que ele queria. E Harper sabia que não seria justo não abrir mão dele se, no fim das contas, sua mudança significasse deixá-la para trás.

CAPÍTULO QUARENTA E UM

A neve havia derretido, deixando a terra macia e esponjosa sob os pés dela. Ao longe, Harper ouvia o latido ocasional de um cachorro conforme andava pela floresta com o agente Gallagher.

Harper tinha ficado surpresa quando ele ligou naquela manhã, pedindo uma carona até a casa de Isaac Driscoll, mesmo que as ruas estivessem mais livres do que na semana anterior. Havia presumido que sua carreira menos-que-prestigiada de consultora da polícia tinha oficialmente terminado. Mas o agente Gallagher disse que precisava não somente de uma carona, mas também poderia usar sua ajuda para "bisbilhotar pela floresta", em suas palavras.

Harper sugeriu que Jak também fosse para ajudar — ou até mesmo no lugar dela —, afinal, ninguém conhecia essa floresta em particular melhor do que ele. Mas o agente Gallagher disse que não, e Harper achou que Mark estava sendo cauteloso, então ali estava, pisando em um galho deteriorado enquanto analisava o pedaço de papel que Isaac Driscoll desenhara e aparentemente mantivera na gaveta de sua mesa de cabeceira.

— Chefe? — chamou uma voz vinda por trás deles.

— Sim? — o agente Gallagher respondeu, passando por ela e indo até onde o outro homem estava. Harper o reconheceu como um dos homens que seguravam cachorros quando eles chegaram há meia hora.

Harper desviou o olhar, estudando o mapa novamente. O agente Gallagher dissera a ela que a palavra no canto inferior — *obediência* — tinha algo a ver com os espartanos. Aparentemente, Driscoll era obcecado

por eles. Harper soltou um suspiro frustrado. Sem um ponto de partida específico, não fazia ideia do que procurar. Não tinha nada ali que parecesse com qualquer coisa que já vira em um mapa tradicional.

— Dois corpos, senhor — a voz do homem chegou até ela. Harper congelou, arregalando os olhos. *Dois corpos?*

Ela ouviu o agente Gallagher soltar uma lufada de ar lenta pela boca.

— Crianças? — perguntou, e havia algo em sua voz que fez Harper achar que ele já sabia a resposta.

— Parece que sim. Uma muito nova, a outra mais velha. O laboratório dará mais informações.

— Ok. Obrigado, David. Os cachorros identificaram mais alguma coisa?

— Ainda não. Vamos ampliar a área de busca e voltar amanhã, se necessário.

— Obrigado. Me avise imediatamente se encontrar mais alguma coisa.

— Pode deixar.

Harper ouviu o homem chamado David se afastar e o agente Gallagher se aproximar dela por trás, virando-se lentamente para encontrar o olhar dele. Mark devia ter notado pela expressão de Harper que havia ouvido a conversa, porque soltou uma respiração e disse, também para si mesmo:

— Eu estava torcendo para não estar certo.

— Duas crianças? — Harper sussurrou, sentindo o horror percorrê-la. Havia duas *crianças* enterradas ali. As crianças *de quem*?

O agente Gallagher assentiu solenemente.

— Eles encontraram duas — Harper disse. — Você... você acha que essa terceira marcação é mais uma? — E se Mark achava isso, por que pediu que *ela* fosse com ele? Os cães pareciam estar dando conta do recado.

— Eu não sei. Espero que não. Há duas marcações vermelhas e uma preta. — Se as vermelhas eram a localização dos dois corpos, a preta devia ter um significado diferente. — Essa linha ondulada aqui que parece um riacho ou um rio. Acha que podemos encontrá-la agora que a neve derreteu um pouco?

Harper engoliu em seco, reunindo forças, sentindo uma... responsabilidade em relação àquelas crianças. Se havia algo por ali que forneceria uma pista de como levá-las de volta para quem pertenciam, faria qualquer coisa que pudesse para ajudar.

Tinha combinado de ir buscar Jak dali a pouco, e até onde sabia, ele ainda não tinha celular, e Harper provavelmente não conseguiria um sinal ali no meio da floresta, mas... ele entenderia. Quando contasse o que esteve fazendo, Jak entenderia seu atraso.

— Podemos voltar e ver a localização das covas? — Harper perguntou. Odiou usar a palavra "covas", mas o que mais poderia dizer?

O agente Gallagher concordou com a cabeça, e eles saíram da área florestal, voltando para a casa de Driscoll. Os homens haviam ido para mais longe, deixando que os cães conduzissem o caminho, aparentemente, e de onde eles estavam, Harper podia ver as localizações das duas áreas que haviam sido cavadas, com homens e mulheres com uniformes brancos e máscaras curvados sobre os dois locais. Harper sentiu uma pontada de tristeza e tentou o melhor que pôde para ignorá-la. Por enquanto. Sabia o valor — o alívio — de finalmente ter respostas, e duas famílias teriam isso agora. Ela focaria nisso enquanto estivesse ali. Poderia chorar por aquelas crianças depois.

Não era de se admirar o fato de que Jak odiava Driscoll e sentia algo ruim vindo dele. As coisas que vinha fazendo e por quê... ela estremeceu. Era inconcebível. *Monstruoso.*

E, pela primeira vez, se perguntou se Jak não tinha contado toda a verdade sobre seu relacionamento com Driscoll, se perguntou se ele havia escondido alguma parte da história. Se perguntou se Jak havia sido não

SELVAGEM

somente enganado, mas *usado* de alguma maneira abominável sobre a qual tinha vergonha de falar.

Oh, Jak.

Harper ergueu o mapa, buscando as duas covas. Pareciam estar posicionadas da mesma maneira que os dois quadrados vermelhos estavam desenhados no mapa. Seu olhar migrou para o lugar além dali, o lugar onde os cães estavam fazendo a busca no momento.

— Há um rio naquela direção, e alguns riachos pequenos também — contou ao agente Gallagher. *Se* a linha ondulada realmente representava água. Pensou por um instante. — Eu poderia levá-lo a cada um deles, mas ficam a quilômetros de distância. O que quer que Driscoll tenha marcado nesse mapa pode estar em qualquer lugar. Se bem que... — Analisou o mapa novamente por um segundo. — A marcação está desenhada bem na beira da linha ondulada. — Não que aquilo significasse alguma coisa. Harper soltou uma lufada de ar pela boca. Isso era como procurar agulha em um palheiro.

— Eu sei — Mark disse. — É frustrante. Mas acho que temos alguns pontos de partida agora, e é mais do que tínhamos antes. Vou dizer à equipe de busca que vamos pegar a caminhonete e ir para o local mais próximo daqueles rios.

Harper assentiu. Não podiam ir direto até os rios. Mas poderiam dirigir até um local próximo e, depois, continuar o trajeto a pé. Harper já havia levado pescadores para um daqueles rios algumas vezes.

— Vou esperar aqui.

Mark se afastou, pisando com cuidado no chão empapado. Harper olhou para o mapa novamente, pensando por que estava se dando ao trabalho. Estava marcado de uma forma tão simples, com quatro formatos e uma palavra. Ela já havia memorizado.

Enquanto o agente Gallagher falava com um dos homens, Harper olhou brevemente para o céu, cheio de nuvens brancas fofinhas, absorvendo a paz do ambiente. Coisas terríveis aconteceram ali, mas foram provocadas por humanos. Ela queria que a floresta voltasse a ser somente dos animais.

Ao virar-se na direção da antiga cabana de Jak, que havia invadido não uma, mas duas vezes, um pequeno sorriso curvou seus lábios. Lembrou-se de sentar à mesa dele, com suas cabeças próximas uma da outra, lendo com ele, beijando-o... uma pontada de melancolia comprimiu seu peito diante da lembrança daquela simplicidade maravilhosa, algo que nunca mais seria completamente recuperado.

Quando virou novamente em direção às covas e ao agente Gallagher, seu olhar mirou nas montanhas, com nuvens baixas suavizando seus picos, fazendo-os parecerem linhas onduladas no céu, em vez de pontas afiadas. Harper parou e girou novamente. *E se...*

Ergueu o mapa. As covas — as duas marcações — estavam atrás dela agora, mas e se as linhas onduladas indicavam as montanhas, ao invés de fontes de água na direção oposta?

No entanto, o problema persistia. As montanhas ficavam muito distantes dali — a quilômetros. A terceira marcação podia estar em qualquer lugar entre as covas e as bases das montanhas.

A menos que... Seus olhos se moveram da onda exata das linhas para os picos que estavam, em sua maior parte, obscurecidos pelas nuvens. Combinavam de uma maneira *muito* simplista. Porque era o mapa mais simplista possível. Então, com isso em mente, e se o quadrado desenhado sob a montanha simplesmente indicasse uma ideia visual de onde as montanhas tocavam a terra exatamente de onde ela estava?

O agente Gallagher ainda estava conversando com os outros homens, então Harper deu a volta na casa de Driscoll, seguindo para o bosque diante de si, ficando na área mais escura. Um bom esconderijo para... qualquer coisa, na verdade. Mas o quê? Se as duas marcações vermelhas indicavam os corpos de crianças mortas, que outros horrores poderiam estar escondidos ali? Hesitou, decidindo voltar. Esperaria pelo agente Gallagher.

Assim que começou a dar meia-volta, o sol brilhou na lateral da floresta e ela avistou um grande agrupamento de pedras depois de algumas árvores espaçadas. Caminhou naquela direção, passando pelas árvores, os olhos ajustando-se à luz fraca. Já tinha visto outras áreas como essa, outros... *sim*. Era um antigo poço de mina, com uma porta embutida na lateral da rocha. Seu coração começou a martelar. Foi *isso* que Isaac Driscoll marcou no mapa? E por quê?

Puxou a porta, esperando que estivesse trancada, mas, com um ranger enferrujado, se abriu, e o espaço interior se iluminou. Inclinou-se para dentro, sentindo o ar mais frio ali, além de um cheiro metálico e úmido. Sua frequência cardíaca aumentou, e Harper acendeu a lanterna do celular, para iluminar melhor o lugar.

Prendeu a respiração. O pequeno ambiente, com a entrada para uma porção mais funda da mina bloqueada, tinha uma mesa, um monitor e fotos presas por toda parte nas paredes.

Jak.

Em *todas elas.*

Oh, Deus.

O que é isso?

Harper engoliu em seco, sentindo um temor gelado inundá-la.

Havia várias lanternas de querosene penduradas em vigas, e ela aproximou-se lentamente de uma delas, acendendo-a, iluminando o espaço. Harper se sentia no meio de um sonho, um pesadelo, ao olhar foto por foto, sua garganta fechando.

Uma era de Jak — tinha que ser ele, já que todas pareciam ser — criança, com lágrimas escorrendo por seu rosto sujo, sentado à margem nevada do rio, com os braços em volta das pernas finas. Ele estava tremendo.

Dava para perceber só de olhar para a foto, e seu coração sangrou. Não podia salvá-lo. Ele já tinha se salvado. Não tivera escolha, mesmo que um homem tivesse fotografado toda a sua angústia, sem estender uma mão. A crueldade quase a fez cair de joelhos. *Que tipo de pessoa era capaz de fazer isso? Como?*

Havia outras fotos, centenas, fotos de Jak mordendo um coelho ensanguentado e ainda coberto pela pelagem, com o rosto esquelético, com não mais que dez anos de idade. Encolheu-se, desviando o olhar. O quão faminto, quão *desesperado* devia estar para chegar a morder um animal coberto de pelos?

Na parede do fundo, havia uma série de fotos, e Harper parou diante delas. Lágrimas quentes deslizavam por suas bochechas. Seu coração saltou de horror quando viu que Jak não estava sozinho nessa série de fotos. Estava lutando com um garoto loiro, que estava magricelo e obviamente faminto, doente e... perturbado. Havia um cervo morto entre eles, cada cena como um filme do qual ela queria desviar o olhar, mas não conseguia. E o final... Harper soluçou quando viu a foto de Jak com um lobo — *seria aquele seu amado Pup?* — sobre o ombro, arrastando o cervo atrás de si, o garoto morto deitado sobre uma poça de sangue na neve. A expressão de Jak... devastação total.

Oh, Deus. Aquilo era horrível demais para aguentar. Será que Jak matara as duas crianças daquelas covas? Outro soluço subiu por sua garganta, e agora Harper estava chorando copiosamente.

Virou de costas, avistando um arco e flechas encostados na parede em um canto, com um lugar vazio que indicava a falta de uma das flechas. Sacudiu a cabeça. *Demais, demais.* Esse era o esconderijo secreto de Driscoll. Aqueles eram os arco e flechas de *Driscoll*. Será que *Driscoll* tinha matado a mulher? A mãe de Jak? Sua mente girava.

Havia um laptop sobre a mesa, mas, é claro, a bateria estava descarregada. Imaginou quais horrores estavam guardados naquele pequeno aparelho e estremeceu. Havia um gravador ao lado do laptop, e

SELVAGEM

Harper apertou o botão, esperando que também estivesse descarregado, mas sobressaltou-se quando a voz de um homem começou a falar.

— O gambá está fora de casa hoje, chorando na neve, com ranho por todo o rosto, comendo pedaços de grama e vomitando em seguida. — O peito dela se comprimiu de angústia. Avançou a gravação, em um torpor cheio de pavor. — O jovem cervo parece ter feito uma aparição, ganhando autoconfiança, mas ainda cauteloso. Estava usando um novo casaco hoje. Está aprendendo. Se adaptando. Se bem que ainda vejo o gambá que há nele com mais frequência do que gostaria.

Ela avançou novamente.

— Ali está. Ali está o lobo — a voz do homem disse animadamente, e Harper somente imaginava o que ele estava vendo. Fechou os olhos com força. — Ali está o espartano. A fera de todas as feras. O selvagem. — Soltou um grito, e ela pôde *ouvir* o orgulho naquele som. Aquilo a enojou.

Apertou em "parar" no gravador, incapaz de ouvir mais. Seu coração estava despedaçado. Como Jak tinha *sobrevivido* a tudo isso? Como podia ser tão gentil, caloroso e amoroso... apesar de tudo isso? Não era selvagem. Longe disso. Foi *ele* que sofreu ataques selvagens de crueldade e perversidade.

Quando o agente Gallagher entrou no poço de mina, olhando em volta e assumindo uma expressão de puro choque, Harper estava chorando descontroladamente.

CAPÍTULO QUARENTA E DOIS

Jak subiu na varanda de Driscoll, seu coração batendo rapidamente, como o bater de asas de um beija-flor. Ajustou seu arco e flecha melhor no ombro. *Eu vou matá-lo.* Sua batida ecoou no ar nevado, o vento agarrando o som e o levando embora. Mas o carro de Driscoll estava ali, e havia pegadas nos degraus da varanda. Tentou abrir a maçaneta, que girou em sua mão enluvada. A surpresa o fez hesitar.

Sim, ia matar Driscoll. Mas, primeiro, precisava de respostas. Precisava saber por que Driscoll havia mentido sobre a guerra. Por que lhe dera uma casa e o mantivera ali na floresta distante, sozinho durante toda a sua vida.

Por que matara Pup. Por que havia lhe tirado seu único amigo. Jak sentiu um aperto na garganta e respirou fundo rapidamente.

Se Driscoll não estivesse em casa, o esperaria. A porta rangeu ao abrir e os sussurros vibraram dentro dele. Tirou seus sapatos de neve e os deixou perto da porta. Seus pelos se eriçaram, e sabia que algo estava errado... diferente. Fungou o ar e sentiu o cheiro de... *sangue. Medo. Morte iminente.* E, por baixo disso, o cheiro de uma fogueira estranha, o cheiro de algo que Driscoll havia queimado usando madeira que Jak nunca sentiu antes. *Forte. Cinzento.*

Suas orelhas ficaram em alerta, e ele ouviu em volta por um instante antes de dar um passo à frente, entrando na sala quase escura.

O cheiro de sangue ficou mais forte, e Jak encostou-se à parede, seguindo-o, agachando-se, andando nas pontas dos pés, sem fazer barulho.

SELVAGEM

Ouviu um grunhido vindo do quarto e seguiu o som. Devagar. Devagar. *Silencioso*. Do jeito que fazia quando se movia pela floresta, com um cervo à vista, a flecha pronta em sua mão. Espiou pelo canto da parede, seu coração martelando nas costelas, seus olhos tentando entender o que viam.

Driscoll estava preso à parede, com uma flecha atravessada em seu peito, e uma poça de sangue aos seus pés. Jak surgiu no vão da porta, e a cabeça de Driscoll se ergueu.

— Jak — grunhiu. — Me ajude.

Deu mais um passo para dentro do quarto, olhando em volta à procura de um inimigo.

— Quem fez isso?

— Não sei. Eu não o conhecia... homem... alto. — A respiração dele fez um som esganiçado, e seu rosto se retorceu.

— Você mentiu para mim — Jak disse. — Você me traiu.

Driscoll o ignorou.

— Por favor. Me ajude. Você não pode me tirar dessa parede... isso vai ser... pior para mim. Só... meu celular. — Jak olhou para a cômoda, onde viu o pequeno aparelho preto que Driscoll queria que ele entregasse. Hesitou. *Por que eu deveria ajudar esse homem?* Olhou novamente para Driscoll, que o observava. Uma raiva tomou conta de seus olhos, que se arregalaram como os de um sapo verde pegajoso. — Se você não me ajudar, vão te prender em uma cela! Em uma jaula, como um animal! Você *matou*, Jak. Eles não vão compreender. E se me deixar morrer, será ainda pior para você.

A cabeça de Jak latejou, sentindo o ódio por aquele homem queimando dentro de si. Deveria ir embora. Deveria deixá-lo morrer. Estava planejando matá-lo. Ele era um mentiroso e traidor. *Ele* era um dos inimigos. Matou Pup, e Jak queria *vingança*.

O ombro de Driscoll caiu. Fez um movimento espasmado estranho, e jorrou sangue de sua boca.

— Por favor... meu celular. Sinto muito por você ter sofrido, mas só... me dê o meu celular.

Jak hesitou por mais um instante, os sussurros ficando mais altos, afogando seu ódio, mesmo que tentasse agarrar-se a ele. A voz da mulher aumentou, ficou acima dos sussurros. *Deixe para lá.* Ele a conhecia... as palavras dela... as coisas que diria. Jak a ouviu em sua mente. *Deixe para lá.*

Sobre pernas que nem pareciam ser suas, caminhou até a cômoda, pegou o objeto e aproximou-se devagar de Driscoll, tomando cuidado para não pisar no sangue e entregando o celular a ele. Driscoll o pegou, pressionando a tela por um segundo. Jak afastou-se, e Driscoll ergueu o olhar, encontrando o de Jak. Mais sangue saiu da boca de Driscoll. Os olhos dele suavizaram.

— Ver você... — sussurrou. — Com um lobo sobre o ombro e... arrastando um cervo atrás de você, o corpo do seu inimigo deitado morto no chão... — Mais sangue. Um gorgolejar como se um riacho corresse em seu peito, regurgitando, borbulhando. — Foi uma *maravilha*. E só doze anos de idade... — Riu e espirrou mais sangue. Uma chuva vermelha em sua camisa. — Eu soube... ali. *Naquele* momento... que você era um *guerreiro* de outra era, valioso como... os espartanos. Você... superou... todos...

Esticou o pescoço, parecendo usar toda a força que lhe restava. Levou a mão à testa e saudou Jak. E então, um assobio saiu de sua boca, sua respiração parou e sua cabeça caiu para frente, o celular deslizando de sua mão na poça de sangue no chão.

Jak ficou ali por um minuto, ouvindo os sussurros se aquietarem, desaparecerem. Jak estava sozinho. Virou, saindo do quarto e da casa, fechando a porta da frente atrás dele.

SELVAGEM

Estava nevando. Flocos macios e fofos. Calçou seus sapatos achatados e caminhou em direção às árvores do outro lado da casa de Driscoll. Havia mais pegadas na neve, que seguiam até a janela lateral e então desapareciam. O coração de Jak acelerou. A neve já as estava preenchendo. Logo, elas sumiriam. Jak ergueu a cabeça e cheirou o ar. A neve pararia em breve, mas depois cairia mais. Seguiu em frente, com os olhos fixos no horizonte cinzento, lembrando a si mesmo de que, em algum momento, não muito distante, das profundezas da terra congelada, a primavera começaria a brotar.

CAPÍTULO QUARENTA E TRÊS

Onde ela está? O coração de Jak saltava de nervosismo enquanto olhava pela janela pela centésima vez, esperando ver a caminhonete entrando pelo portão, mas o portão ainda estava fechado.

Desceu as escadas e seguiu para a antessala, onde Nigel apareceu, como Jak esperava que fosse acontecer, embora ainda não conseguisse entender como ele *fazia* isso. Jak diria que ele era como um lobo e podia sentir o cheiro das pessoas quando se aproximavam, mas o homem não tinha jeito de lobo. Definitivamente tinha o jeito de algo mais furtivo.

— Perdi alguma ligação?

Ele limpou a garganta.

— Não, senhor. Não nos últimos vinte minutos.

Estreitou os olhos, sentindo que o homem estava usando… sarcasmo. Havia aprendido aquela palavra hoje em um de seus livros, aprendido o significado. Mas seus livros não explicaram que algumas pessoas usavam sarcasmo para fazer outras pessoas se sentirem mal consigo mesmas. *Furtivo.*

Ele se aproximou um pouco, franzindo o nariz. Também tinha *cheiro* de furtivo. Oleoso.

— Como você vê as pessoas antes de elas chegarem a um cômodo?

Nigel ergueu o nariz como se estivesse sentindo o cheiro de alguma coisa, mas não inspirou.

— Pelas câmeras, senhor.

SELVAGEM

Câmeras. O coração de Jak afundou.

— Câmeras?

— Sim, senhor. Há câmeras nos cômodos para que os funcionários saibam onde a família possa estar precisando de algum serviço.

Jak começou a ouvir um zumbido, como os das cigarras — aprendera o nome dos insetos que zumbiam e cantavam nas árvores, preenchendo a floresta com seu barulho, mas somente a cada dezessete anos. Elas só haviam feito isso uma vez, mas Jak se lembrava delas — a floresta inteira vibrara com o acasalamento.

Jak deu as costas para Nigel, seguindo para a biblioteca, olhando para cima vez ou outra, tentando avistar as câmeras.

Estava sendo observado. De novo.

Fechou a porta após entrar, encostando-se nela por um minuto, como se lutasse para recuperar o fôlego. Ele se sentiu... não sabia a palavra. Ainda tinham tantas palavras que não sabia. Caminhou até a mesa, pegou o dicionário e o folheou, como se pudesse se deparar, de repente, com a palavra certa que representaria como estava se sentindo.

A porta se abriu. Sentiu o cheiro dela antes de vê-la. A mulher dos pássaros. Ela sorriu e fechou a porta atrás de si.

— Jak — ronronou. Estava sempre ronronando, como um gato. Mas gatos odiavam pássaros. Talvez fosse por isso que ela gostasse de ouvi-los chorar. Aproximou-se dele, e Jak quis recuar, mas manteve-se firme, ouvindo os zumbidos de cigarras aumentando em seus ouvidos novamente.

Ela arrastou as garras de pássaro pelo peito dele, lambendo os lábios e fitando-o.

— Ah, as coisas que eu poderia te ensinar, Jak. — Desfez o primeiro botão de sua blusa, depois o segundo.

Entendeu o que ela queria. Ia ficar nua, como a mulher ruiva, e oferecer seu corpo a Jak, embora não tenha feito nada para tentar merecer. Afastou-se, e a mão dela caiu de seu peito.

— Eu tenho uma mulher.

Riu, mas não foi uma risada. Estava mais para o som que um coiote fazia antes de atacar alguma coisa. Ela estalou a língua e tornou a se aproximar dele.

— Um homem grande como você? — Desceu o olhar pelo corpo dele, parando entre suas pernas antes de voltar para seu rosto. — Só uma mulher não deve ser suficiente.

— Você está errada.

— Que fofo — ronronou. — Mas eu não te impediria, como Harper fez. Eu te deixaria fazer o que quisesse. Você gostaria disso? Humm? — Desceu a mão e massageou sua masculinidade. Ele sibilou de surpresa.

Eu não te impediria, como Harper fez.

Ela os tinha *visto*? Ele e Harper. Bem ali. Olhou para cima, procurando a câmera e a avistando em um canto distante no teto. Seu sangue ferveu e um grunhido subiu por sua garganta. Tinha se sentido *seguro* ali.

— Oh, isso — ronronou, continuando a massageá-lo.

Segurou-a pelos braços e a empurrou. Ela tropeçou para trás, tentando se equilibrar.

— Nunca mais encoste em mim — ele rosnou.

Os olhos dela se encheram de raiva, suas bochechas ficando vermelhas. Deu um passo na direção dele, abrindo a boca para falar no instante em que houve uma batida na porta.

— Entre — Jak disse, tentando acalmar a raiva fervendo em seu sangue, a sensação de... *traição*. Respirou fundo, deixando o ar fluir por seu corpo.

A porta se abriu, e Nigel entrou.

— O agente Gallagher está aqui para vê-lo, senhor.

Jak não olhou para a mulher gato-se-fingindo-de-pássaro ao responder:

— Diga a ele que estou aqui.

Pelo canto do olho, ele a viu endireitar os ombros e virar as costas ao sair da biblioteca. O ambiente ainda tinha o cheiro dela. Jak ficou com... nojo.

O agente Gallagher entrou, e Jak apoiou-se na beira da mesa, deixando-a segurar seu peso por um momento.

— Jak — falou, com uma expressão estranha. Um misto de tristeza e... algo a mais.

Jak se endireitou, oferecendo a mão para o agente. Eles se cumprimentaram.

— Podemos nos sentar? — o agente perguntou. Jak assentiu, seu coração acelerando.

— Está tudo bem com a Harper?

— Harper está bem. Estava comigo hoje de manhã. Acabei de deixá-la em casa. Isso não é sobre ela.

Jak franziu a testa. Por que tinha saído com o agente ao invés de ir buscá-lo, como disse que faria? Algo estava errado.

Eles sentaram em duas poltronas próximas à lareira de pedra, e o agente inclinou-se para frente, apoiando os cotovelos nos joelhos.

— Nós fizemos outra busca nas terras de Isaac Driscoll, Jak.

— Ok — disse devagar.

— Encontramos dois corpos, de duas crianças de idades diferentes.

O sangue de Jak gelou. Ele não se moveu.

O agente recostou-se na poltrona, soltando um suspiro profundo.

— Também encontramos um velho poço de mina que Isaac Driscoll usava para guardar seu... trabalho.

O zumbido novamente. Mais alto. Em sua cabeça. Sob sua pele. Por toda parte.

— Nós encontramos as fotos, Jak. E gravações em vídeo... suas. Começam quando você era muito novo e continuam até Driscoll ser morto.

O estômago de Jak se contorceu. Ele não conseguia falar.

— Também encontramos o arco e as flechas que acreditamos que foram usados para matar a sua mãe. Encontramos fotos dela na cidade, e a bolsa dela com a carteira de identidade. Parecia que a estava seguindo.

Driscoll. Driscoll tinha matado sua mãe. Aquilo deveria deixá-lo bravo, cheio de... raiva. Mas não conseguia sentir nada. *Por quê?*

— Nós acreditamos que, de algum jeito, Driscoll descobriu que sua mãe tinha interferido no que estava fazendo, que ela pretendia te contar a verdade, ou talvez ela mesma tenha contado a Driscoll seus planos, confrontado-o, e então ele foi até o quarto dela na pousada e a matou.

Silêncio. Jak absorveu as palavras. Ele as repassaria mais tarde, tentaria *sentir* alguma coisa em relação a elas.

— Eu preciso que você me conte sobre as outras crianças, Jak — o agente Gallagher pediu, e havia somente tristeza em seu rosto. E... decepção. Uma vergonha intensa inundou Jak. Um enjoo frio.

— Harper viu? — finalmente perguntou. *Harper sabe o que fiz? O que eu sou?*

O agente Gallagher o analisou por um segundo, com o semblante ainda triste.

— Sim. Harper viu as fotos. Ela encontrou o poço de mina.

Jak emitiu um som, como se fosse um animal morrendo.

— Jak. — o agente Gallagher inclinou-se para frente. — Eu preciso saber o que aconteceu. O que realmente aconteceu.

SELVAGEM

Sentiu uma dormência por todo o corpo e afundou na poltrona, fechando os olhos com força por um instante. Ao abri-los, falou:

— Aconteceu o que eu disse, só tinham três outros garotos comigo. Um deles morreu na queda, eu empurrei outro para uma elevação, mas ele provavelmente também morreu. Eu matei o terceiro. Mas isso foi bem depois. Nós brigamos por comida. Eu tentei...

— Eu vi o vídeo, Jak.

Os olhos de Jak percorreram lentamente o rosto do agente. Não conseguiu identificar sua expressão, mas podia imaginar o que o homem estava pensando. *Fera. Animal. Assassino.*

Vídeo. Vídeos eram imagens que se mexiam. Havia um vídeo de Jak esfaqueando aquele garoto e deixando seu corpo na neve. Um enjoo subiu por sua garganta e, com esforço, ele o engoliu.

— Você faz alguma ideia de quem eram aqueles garotos?

Jak sacudiu a cabeça devagar.

— Não. Eu não sei nada sobre eles.

Um silêncio pairou por um minuto e, então, o agente Gallagher disse:

— Nós achamos que o garoto com quem você... lutou... morou na varanda de Isaac Driscoll por um tempo. Havia anotações sobre um rato morando na varanda dele e roubando sua comida, sua faca. Ele falou sobre armar um teste. Nós achamos que Driscoll armou aquela briga entre vocês dois para ver o que você ia fazer.

Dormência. Zumbido. *Enjoo. Engula, engula.*

— Jak...

— Por que Driscoll fez isso? Me sequestrou. Me vigiou... — Era a mesma pergunta com a qual lutava desde que vira as fotos na cabana de Driscoll. *Por quê? Por que eu?* Estava cheio de raiva e não sabia quais palavras usar.

A mandíbula do agente Gallagher tensionou.

— Nós achamos que ele estava fazendo experimentos por observação. A princípio, eram principalmente sobre sobrevivência, força, resistência. Acreditamos que ele tinha construído a casa onde você morou para abrigar todos vocês, mas você foi o único que sobreviveu. As anotações indicavam que Driscoll estava planejando fazer estudos mais específicos em você usando situações inventadas, atores...

— Não entendo todas essas palavras — admitiu, sua mente boiando. Não gostava de dizer aquilo, mas *precisava* entender.

— Me desculpe, Jak. Eu acho que Driscoll ia usar pessoas para fingirem ser quem não eram e observar como você reagiria.

— A mulher ruiva — Jak concluiu. Sua voz soou tão morta quanto se sentia.

O agente Gallagher assentiu.

— Sim — concordou, e a voz dele falhou um pouco. Ele estava triste? Enojado? *As duas coisas*, Jak pensou. — Nós vimos as anotações sobre isso, o vídeo...

Jak baixou a cabeça. Queria chorar. Queria uivar até sua voz sumir e seus pulmões pararem de funcionar. Queria encontrar uma toca e se enterrar nela sozinho para que ninguém o encontrasse.

— Jak... você matou Isaac Driscoll?

Encontrou o olhar do agente Gallagher.

— Não. Quando eu cheguei na cabana, ele já estava morrendo.

Houve silêncio por vários minutos.

— Jak, nós precisamos que você vá até a delegacia e preste um depoimento, mas eu queria... eu queria que você soubesse de tudo isso primeiro. Posso te buscar amanhã de manhã. O que acha?

O agente estava sendo gentil, dando-lhe tempo, ele sabia disso. Mas não sabia por quê. Era por que sentia pena de Jak e queria dar a ele uma última noite em uma cama macia e com água quente antes de prendê-lo?

SELVAGEM

Jak assentiu.

— Obrigado.

— Tenho certeza de que, assim que você processar tudo isso, terá perguntas para me fazer também. Responderei tudo que puder.

Jak achou que balançou a cabeça, mas estava tendo dificuldades para sentir seu corpo.

— Ok.

— Ok. — Pausou. — Jak, só uma última pergunta, e então conversaremos amanhã. Tem algo sobre os pais de Harper que você não me contou?

Jak encontrou o olhar dele.

— Não. Eu contei tudo o que sei sobre isso.

O agente analisou seu rosto por um segundo e, então, assentiu.

— Ok. Se você precisar de mim esta noite, pode me ligar, tudo bem? — Enfiou a mão no bolso e tirou de lá um pequeno cartão branco, entregando-o para Jak. — O meu número está aí. Se quiser me ligar e o seu avô não tiver te dado um celular ainda, apenas peça a alguém aqui que te mostre como discar o número no telefone fixo, ok?

Telefone fixo. Não fazia ideia do que era aquilo. Estava perdido. Sempre estaria perdido.

— Ok.

O agente se levantou, e Jak fez o mesmo. Ele estava com uma expressão preocupada. Mark achava que Jak poderia machucá-lo também? Olhou para o canto do teto.

— Há câmeras aqui — Jak revelou. Se ele machucasse alguém, isso também ficaria gravado em *vídeo*. Mais um motivo para prendê-lo. Além disso, percebeu, o que o agente tinha acabado de lhe dizer também havia sido gravado. Mas quem ligava? Saber das coisas e ver as coisas era muito diferente. Muito diferente.

Harper.

Seu estômago se contorceu novamente.

O agente o olhou bastante confuso, mas assentiu.

— Muito bem. Vou embora agora. Voltarei pela manhã. Às nove em ponto, ok?

— Ok.

Jak ficou olhando o agente Gallagher sair da biblioteca, o ouviu dizer alguma coisa para o Nigel sorrateiro no corredor e, então, o som de seus passos desapareceu aos poucos.

Jak saiu da biblioteca, o lugar onde tinha se sentido seguro e... feliz. Por pouco tempo. Agora, não existia nenhum lugar onde se sentia seguro.

Brett saiu por uma porta, abrindo sua boca *estúpida* e grande para dizer alguma coisa, e Jak rosnou, empurrando-o do caminho. Ele parou, esperando que Brett quisesse brigar, mas o garoto cambaleou para trás, emitindo um som agudo como um esquilo fêmea. Não teria graça nenhuma lutar com um esquilo fêmea. Ele o esmagaria.

— Meu Deus, você é um animal — Brett disse para as costas de Jak conforme se afastou. Brett tinha razão. Jak não podia esconder. Achou que poderia, mas estava errado.

O som dos pássaros chorando o atraiu. Ele entrou no aviário, parando e olhando para as lindas criaturas tristes. A mulher gato-que-fingia-ser-pássaro estava lá e logo se aproximou dele.

— Eu sabia que você mudaria de ideia.

Jak passou por ela, indo em direção às gaiolas. Ele abriu uma das portas, e então seguiu para as outras duas, enquanto os pássaros ficavam quietos, hesitando. Estendeu a mão, pegou uma das lindas criaturas amarelas e a jogou no ar, que gritou e bateu as asas, voando livremente.

— O que você está *fazendo*? — Loni guinchou.

Abriu a porta da terceira gaiola e alguns pássaros saíram voando.

SELVAGEM

Começou a jogar mais aves no ar, suas asas se abrindo e batendo com felicidade, e após um momento, mais pássaros saíram.

Jak correu até as janelas, as destravou e abriu, enquanto Loni gritava mais, tentando fechar as portas das gaiolas. Mas foi dominada por um enorme bater de asas, os gritos dos pássaros se transformando em risadas que ecoaram pelo ambiente, ficando mais altas, mais alegres. Correram em direção à janela, seguindo um ao outro para a liberdade.

— Seu *animal*! Seu bárbaro *selvagem*! — berrou. — Você vai matá-los! Todos vão morrer!

Jak passou por ela, indo para a porta. Sim, sabia disso. Criaturas não podiam viver onde não pertenciam. Mas, pelo menos, morreriam rindo.

CAPÍTULO QUARENTA E QUATRO

Ele desapareceu. Aparentemente, durante a fuga turbulenta de pássaros. Ninguém sabia para onde Jak havia ido. O coração de Harper estava apertado enquanto andava de um lado para o outro em seu apartamento. *Jak, Jak, Jak.*

Imaginava o tormento que ele deve ter sentido quando o agente Gallagher contou sobre o que encontraram. Jak não havia somente sobrevivido àqueles momentos inimagináveis; eles haviam sido orquestrados e guardados em filmagens. Criticados. Já tinham se passado vinte e quatro horas, mas ela mal conseguia imaginar toda aquela maldade. Mal conseguia pensar sobre aquilo sem lágrimas surgirem em seus olhos.

— Onde você está? — murmurou. O único lugar que ele conhecia era a floresta. Será que voltaria para lá, agora que não tinha uma casa para morar?

Tinha a sensação de que ele faria isso. Tinha a sensação de que Jak estava escondido em algum lugar sozinho. Uma caverna, ou atrás de árvores. Algum lugar onde se sentia seguro. *Você não veio até mim porque não sabia como? Porque se sentiu tão perdido neste mundo?* Foi porque Harper não havia ido falar com ele? Quis fazer isso, mas o agente Gallagher achou que seria melhor ele dar a notícia, entregar-lhe as respostas de que Jak precisava. E, para falar a verdade, Harper precisou de um tempo para se recompor depois do que viu. Deus, o coração dela doía.

Não podia simplesmente esperar sentada por notícias, e o escritório do xerife não estava montando uma equipe de busca. Jak não era um

criminoso. Bem, se não contasse a libertação daqueles pássaros — mas o avô aparentemente havia convencido a esposa a não prestar queixas por isso. Também não era uma pessoa desaparecida. Era uma vítima. E havia ido embora de Thornland sem olhar para trás.

Harper vestiu seu casaco e calçou as botas, pegou a bolsa e trancou a porta de seu apartamento após sair. Vinte minutos depois, estava saindo da rodovia e pegando a estrada que levava à trilha de terra fechada.

A caminhada até o lugar que havia sido a casa de Jak estava mais fácil agora que um pouco da neve havia derretido. Apesar de sua preocupação e medo de não encontrá-lo, Harper pôde apreciar a beleza da floresta. O ar tão limpo e fresco, o canto dos passados em volta dela, a sensação de ser parte de tudo de uma maneira indefinível. Jak caminhara por essa floresta a vida inteira, com seus próprios pensamentos, seus próprios sonhos, aprendendo, crescendo... *sem uma única pessoa com quem compartilhar essas coisas.* A solidão que devia ter sentido... ela nem conseguia imaginar como Jak sobrevivera a qualquer dessas coisas, mas principalmente à solidão. Principalmente isso.

Chegou à casa onde ele morou. Tudo estava quieto... calado. Andou até a porta e bateu, mas não recebeu resposta alguma. Nos fundos da casa, colocou as mãos em volta da boca para que sua voz ficasse mais alta.

— Jak? — chamou pela floresta, dando mais passos à frente. Harper o *sentia*, podia jurar que o sentia. — Jak? — chamou novamente, mais alto. — Por favor, apareça. Por favor. Eu estou sozinha, e estou... com medo.

Aquilo era verdade, mas sabia que estava usando como manipulação. Se ele pudesse ouvi-la, viria. Não resistiria à sua súplica por ajuda. Ela o conhecia, e apelou para a bondade existente nele. *Porque eu o amo,* disse para si mesma. *Porque eu nem ao menos falei isso a ele ainda, e Jak precisa saber. Jak precisa saber que é amado.*

Ouviu um farfalhar. Passos. E então, ele apareceu, saindo do meio de duas árvores, a cabeça baixa. Parecia tão diferente agora do que da primeira vez que ela o viu parado no meio da floresta. Seu casaco fora comprado em uma loja, suas botas estavam limpas e novas, sua mandíbula exibia pouca barba por fazer.

Quando ele ergueu o olhar, sua expressão era cautelosa, com medo, cheia de... pesar. Vergonha.

— Jak — disse suavemente, usando o braço para gesticular para a floresta em volta deles. — Você... você não pertence mais a esse lugar.

O seu lugar é ao meu lado. Venha para casa comigo.

Olhou para baixo, sacudindo a cabeça.

— Eu sei, Harper. Mas... eu também não pertenço àquela casa. Não pertenço a lugar nenhum.

Harper correu até ele, abraçando-o pela cintura, pressionando o rosto em seu peito, inspirando-o.

— Eu sei que você se sente assim, mas isso não é verdade — declarou, abraçando-o com mais força. Jak ficou parado quando ela o envolveu em seus braços, mas acabou soltando um suspiro torturado, envolvendo-a com os braços também, passando as mãos por seus cabelos, suas costas, um gemido emanando de seu peito.

Harper inclinou a cabeça para trás, olhando-o.

— Jak — suspirou. — Eu estava tão preocupada.

Seu rosto ficou tomado por confusão antes de Jak soltá-la, afastando-se, virando as costas.

— Você viu — ele disse, sua voz um mero sussurro quebrado. — Não precisa fingir. Eu sei que você viu tudo. Você viu. O que eu fiz. Você... viu.

Oh, Deus. Jak está... envergonhado. Tão errado. Se bem que tinha que estar ainda mais chateado com as revelações que Harper sabia que o agente Gallagher havia compartilhado com ele, com a notícia do crime terrível que fora cometido contra Jak. Assimilou a postura dele, seus ombros curvados, a cabeça baixa. Parecia um animal ferido. Perdido. O coração de Harper apertou, partiu.

SELVAGEM

Ela respirou fundo.

— Sim — Harper confirmou. — Eu vi. — Se aproximou dele, tocando seu braço, embora continuasse de costas para ela. — Eu vi fotos que mostravam você sobrevivendo de maneiras que nunca se apagarão da minha alma. *Não* porque me enojaram, mas porque meu coração sangrou *por* você, e se encheu de contentamento *com* você, e sentiu admiração pela sua coragem. A sua vontade de viver. As fotos que eu vi partiram meu coração, Jak, mas mais do que isso, me deixaram orgulhosa e com um respeito profundo pela sua força. Me fizeram amá-lo ainda mais do que já amava — finalizou, sua voz cheia da paixão sincera que vivia em seu coração pelo homem que estava diante dela sentindo vergonha por coisas pelas quais não era responsável.

Virou-se para Harper, lentamente, o rosto cheio de uma surpresa cautelosa, um brilho de esperança. Mas com a mesma rapidez que ela viu isso, desapareceu. Jak sacudiu a cabeça.

— Driscoll me descreveu como um gambá, algumas vezes, outras vezes como um cervo. — Recuou um passo, afastando-se dela. — Também me chamou de lobo. — Soltou mais uma lufada de ar torturada. — E... eu sou todos eles, Harper — disse aquilo como se seu coração se partisse por admitir, com tanta tristeza nos olhos que ela quase não suportou. — Eu sou cada um deles. Tentei não ser, mas sou. — Balançou a cabeça. — Faz muito tempo que não sou o gambá. Ele era o garoto assustado. Mas os outros dois... foram o que me tornei, e não posso deixar nenhum deles para trás. — Tomou uma respiração estremecida. — Você quer o cervo que irá dar apertos de mão e ter *modos à mesa*, ou o lobo que pode te rasgar inteira? Eu não posso ser somente um ou outro. Eu sou os dois. — Sua voz falhou na última palavra, desaparecendo.

Harper endireitou as costas, as palavras dele dando-lhe mais confiança. Sim, sabia de tudo aquilo, não sabia? Ela o sentiu se segurando, por *Harper*, sentiu-o tentando suprimir essa parte dele — o lobo. Tinha ficado feliz por isso, porque esse lado dele era desconhecido e isso a assustava, mas além de seu medo, havia a faísca de... decepção, não era? Decepção com sua contenção. Ela entendeu o que Jak estava dizendo. Não poderia tê-lo em pedaços. Jak havia passado a vida sobrevivendo por causa desse seu lado selvagem e feroz. Rejeitá-lo seria rejeitar a essência de quem ele era.

— Eu quero o lobo — ela disse suavemente. — Eu quero você. Não preciso que você se detenha. — Aquela era a coisa mais verdadeira que Harper já tinha dito, percebeu.

Estava disposta a deixar de lado qualquer medo, porque confiava nele. Não existia nenhuma parte dele que não quisesse. Cada pedaço de Jak que havia sido ganho com esforço. Havia lutado por cada um, e ela aceitaria todos.

Jak a analisou, estreitando os olhos, observando.

— Antes de morar naquela casa, eu morei em cavernas, Harper, ou às vezes em buracos que animais cavavam no chão.

Harper assentiu, erguendo o queixo.

— Que bom — disse. — Esses lugares te mantiveram aquecido.

Jak inclinou a cabeça para o lado levemente, ainda a estudando com tanta intensidade que Harper começou a temer. Ele deu um passo adiante, e ela se manteve firme.

— Às vezes, eu sentia tanta fome que comia *insetos*. Um depois do outro. Eu os procurava pelo chão, os sentia subindo por minhas mãos e meus joelhos.

Jak ficou atento, e Harper sabia que ele estava esperando ver o nojo chegar aos olhos dela. Engoliu em seco, a imagem em sua mente — o conhecimento sobre seu desespero excruciante — doendo tanto que queria cair de joelhos. Ela respirou fundo, sentindo o imenso respeito — e amor — que tinha por Jak preencher cada pedaço de sua alma.

— Que bom — sussurrou. — Isso te manteve vivo e, assim, quando eu entrei na delegacia naquele dia, você estava lá. Você estava lá.

SELVAGEM

Jak fez uma pausa tão longa que ela se perguntou se ele iria dizer mais alguma coisa, imaginou se iria descrever mais um momento horrendo de sua sobrevivência para tentar confirmar se Harper queria mesmo o que estava dizendo que queria.

— O lobo não é nada do que você imagina. Ele é selvagem, Harper. Ele é o que tenho de pior em mim.

— Que bom — repetiu, com intensidade na voz. — Eu *quero* o selvagem. Eu quero você. Por inteiro. O melhor, o pior e todo o resto.

Jak estreitou os olhos, e o ar mudou de repente. Ela ficou ainda mais ciente, prendendo a respiração. Ele ia atacar. Ia testar a veracidade das palavras dela com ação. *Faça*, ela sussurrou mentalmente, e o nariz dele se moveu, muito levemente, como se tivesse capturado o cheiro de sua aquiescência. Seu desejo. Eles olharam um para o outro, e Harper estava tremendo agora, seu corpo inteiro carregado, seu coração bombeando sangue em suas veias, mais rápido, mais rápido.

— Eu quero o selvagem — insistiu. Não estava com medo. Iria se render de bom grado para ele, porque tinha *fé* em sua bondade.

Com um rosnado baixo, ele caminhou na direção dela, devagar, devagar. Quando estavam finalmente com os dedos dos pés se tocando, Jak agiu rapidamente, agarrando-a. Ela inspirou com força. Ele esmagou a boca na dela, quente, exigente. Não estava se segurando nem um pouco, e uma onda de adrenalina espiralou por Harper, indo parar no meio de suas pernas com uma explosão de prazer úmido.

Ergueu-a nos braços e a carregou para a parte da frente da casa vazia que não era mais dele, abrindo a porta destrancada e fechando-a com um chute em seguida. O cobertor com o qual ele dormira durante quase toda a sua vida ainda estava dobrado sobre a cama, e Jak o jogou no chão, colocando-a sobre ele e fazendo-a ficar de joelhos.

A respiração de Harper estava ofegante, e uma excitação quente e pesada corria em suas veias conforme o corpo dele se posicionava contra o dela por trás, tão maior, tão mais firme. Poderia machucá-la, se quisesse. Mas Harper não sentiu um pingo de medo. Somente uma expectativa sem fôlego. Inclinou-se sobre ela, aproximando a boca de sua orelha.

— Você quer *isso*? — perguntou, com a voz rouca.

— Sim — gemeu. Foi a única palavra que ela conseguiu enunciar.

Jak rasgou as roupas dela, os grunhidos e sons animalescos que emitia fazendo a luxúria dela crescer cada vez mais. Quando passou um dedo por suas dobras molhadas, achou que poderia gozar naquele momento. Harper percebeu que estava ofegando como um animal, como uma mulher sendo tomada pelo homem que amava. Isso era acasalar. Primitivo, sem o governo de qualquer lei ou restrição civilizada. Era guiado por natureza, por milagres, pelas marés e pela lua e pelo sangue bombeando em uníssono em suas veias. Seus corpos cantavam um para o outro, no mesmo tom, melodia e harmonia, as notas pulsantes, suspensas em volta deles.

Jak a cheirou, lambeu, enfiando o rosto entre suas coxas por trás enquanto Harper arfava, gemia e arranhava o chão. *Isso, isso, isso.* Talvez tenha dito aquilo em voz alta. Ele estava no controle de tudo, Harper sabia disso, e ainda assim, nunca se sentiu tão poderosa, tão *livre*. Se deixou levar, cedeu a ele completamente. Jak estava devorando seu corpo, sua alma, suas lembranças cheias de vergonha, sim, *rasgando-a por inteiro*, pedaço por pedaço, até ela se desfazer nele e os dois se tornarem apenas um. Era assim que deveria ser, Harper sabia e sentia isso nos ossos, no prazer ecoante das mulheres através dos tempos que foram completamente amadas e veneradas por seus homens.

Harper sentiu a pele nua quente dele em suas costas e olhou para trás, por cima do ombro, com o olhar enevoado. O rosto dele era uma máscara de luxúria selvagem. *O lobo.* Havia sucumbido ao lobo, e Harper se deleitou por saber que ele confiava nela o suficiente para aceitá-lo. *Para amá-lo. Para ficar com ele.*

As mãos dele acariciaram os seios dela, massageando-os, rosnando com reverência. Em seguida, as palmas dele percorreram suas costelas, e sua língua encontrou o ponto que a fez gritar, lambendo, explorando. Harper ondulou os quadris, esfregando-se no rosto dele, implorando por mais. Tão perto, tão perto. Quando Jak se afastou, um gemido escapou, um grito de frustração.

Mas, com a mesma rapidez, a ereção dele estava provocando sua entrada, e o gemido tornou-se um grunhido profundo de êxtase.

Jak a empalou com uma estocada rápida, gemendo alto diante de seu prazer masculino, o som a empurrando para a beira do abismo antes mesmo de ele começar a se mover. A penetrar. A tomar o que lhe estava sendo entregue livremente. E quando Jak fez isso, Harper gozou novamente, o êxtase pulsante fazendo seus joelhos cederem, seus gemidos se misturando aos rosnados dele.

Ele a agarrou em volta da cintura para mantê-la firme, e sua outra mão segurou um punhado de seus cabelos para impedi-la de cair, golpeando dentro dela de novo e de novo, enquanto Harper continuava a estremecer. Os dedos de Jack arranharam o couro cabeludo dela, seu braço firme em volta, sua rigidez estocando sem piedade, seu abdômen firme batendo contra a bunda dela. Harper estava morrendo, uma morte lenta por excesso de prazer. A felicidade plena. A euforia. *Ele.*

Aumentaram o ritmo, os grunhidos dele ficando mais altos, mais acelerados, até que Jak uivou de prazer, agarrando os quadris de Harper, estocando com força mais algumas vezes antes de desacelerar até sobrarem somente suas respirações pesadas e misturadas, o calor de suas peles cobertas de suor. O céu e a terra ainda se movendo sob eles, balançando, pulsando no mesmo ritmo das ondulações de seus corpos.

O mundo retornou aos poucos, como se estivessem acordados o tempo todo e só agora estivessem voltando a adormecer.

Jak virou para ela, sondando seus olhos, percorrendo seu rosto, procurando por... Harper não sabia pelo quê. Mas o que quer que Jack tenha encontrado fez seus lábios se curvarem para cima, fez seu olhar suavizar ao puxá-la para ele, acariciando seu pescoço com o nariz, seus cabelos, beijando seus lábios, lambendo as lágrimas de suas bochechas, que nem percebeu que estavam ali.

— Você está chorando — ele disse, mas não parecia chateado.

— Sim.

— Lobas choram quando encontram seu parceiro pelo resto da vida — explicou, alisando os cabelos dela.

Harper riu baixinho. Era inegavelmente humana — humana até demais, na maior parte do tempo —, mas talvez houvesse um fio de selvageria desinibida nela também. O reconhecimento instintivo do seu parceiro de vida.

Jak passou longos minutos a acalmando, amando, beijando suas lágrimas, cheirando, mordiscando sua pele para fazê-la rir.

— Eu te amo — Harper declarou, retribuindo seus carinhos. — Por inteiro. Talvez eu ame mais a parte do lobo, porque foi ele que garantiu que você vivesse para que pudesse me amar quando eu chegasse.

A expressão dele se encheu de alegria. Harper riu, feliz.

— Eu também te amo — Jak disse. Mas então, ficou sério, seu rosto murchando. — Eles vão me prender, Harper. Eu tenho que... eu tenho que pagar pelo que fiz com um dos outros garotos que foram deixados aqui.

— Oh, Jak, não — Harper sussurrou e balançou a cabeça. — Ninguém te culpa por aquilo. Eles viram as imagens. O agente Gallagher viu o vídeo. Eles sabem o que aconteceu, sabem que você só estava se defendendo. Ninguém vai te prender.

Os olhos dele percorreram o rosto dela por um momento, como se estivesse difícil acreditar.

— Não estou encrencado?

— Claro que não. Você é a vítima. O único sobrevivente. — Harper

SELVAGEM

sorriu. — As pessoas irão escrever livros sobre você, um dia, e você será o herói.

Jak olhou para ela, maravilhado, o alívio em sua expressão tão óbvio que lágrimas brotaram nos olhos dela novamente. *Jak tinha pensado que o prenderiam em uma jaula?* Estava se preparando para pagar por ter matado o outro garoto. Que culpa imensa devia carregar. Culpa essa que só pertencia a um homem: Isaac Driscoll. Quem quer que o tivesse matado, estava *feliz* por Isaac estar morto. Ela mesma teria ficado tentada a matá-lo, se ele já não estivesse.

Rolou nos braços de Jak, envolvendo-os melhor com o cobertor. Estavam no chão de madeira, o clímax dele grudento nas coxas dela, e Harper nunca esteve tão confortável e feliz em sua vida.

Eles se acariciaram um pouco mais, se beijaram, Harper se deliciou na sensação da pele áspera e cheia de cicatrizes dele contra a sua, o calor dele na cabine fria, o cheiro masculino terroso e delicioso. Após um momento, ela olhou nos olhos dele, sua preocupação a incentivando, precisando ser expressa. Havia apenas honestidade agora, apenas verdade. O que eles vivenciaram juntos não deixou espaço para mais nada.

— Eu tenho medo de que, conforme você aprenda, evolua e mude... se torne o homem que nasceu para ser, você... me abandone. — Harper baixou o olhar.

Mas Jak afastou o cabelo de sua testa e a beijou ali, fazendo-a erguer o queixo e encontrar o olhar dele.

— Você acha que todo mundo que você ama vai te abandonar.

— Eu... — Desviou o olhar novamente, mas em seguida tornou a fitá-lo, incapaz de perdê-lo de vista.

— Eu entendo — Jak sussurrou, olhando bem nos olhos dela. — As pessoas também me abandonaram. Mentiram para mim, me traíram. Eu sei que tenho muito a aprender sobre o mundo. Mas, Harper, não sou uma criança. Eu sou um homem, e sei quem pertence a mim, e a quem pertenço. — Pausou por um momento, encarando-a. — Você sabia que as árvores conversam umas com as outras?

Harper franziu o cenho.

— Não.

— Elas conversam. Elas contam segredos através das raízes, naqueles lugares profundos e escuros que não podem ser vistos. Acho que também somos assim. Sabemos de coisas bem lá no fundo, coisas secretas, coisas *antigas*, que sussurram em nós, de um para o outro. Você sussurrou para mim. E eu sussurrei de volta. Você ouviu, não foi?

O coração dela bateu cheio de amor por Jak, pela doçura do que tinha acabado de dizer. Harper assentiu.

— Sim, eu ouvi.

Ele usou o polegar para limpar a bochecha delicada, levando a lágrima feliz até seus lábios e provando-a. Harper sorriu, aconchegando-se contra ele, flutuando por um momento. Poderia adormecer bem ali, se soubesse que eles não precisavam voltar. Se soubesse que não estavam basicamente invadindo uma casa.

— Humm — Harper murmurou, deixando o mundo real de lado por um momento, fantasiando sobre poder ficar ali, daquele jeito, indefinidamente.

Adormeceriam por um tempo, acordariam e fariam amor — se com o lobo selvagem ou o cervo gentil, Harper não se importava. Se perguntou se poderia invocar o lobo dentro dele com um olhar, um movimento, um toque. Atiçá-lo. Deixá-lo louco. Um arrepio delicioso de expectativa estremeceu por Harper. *Em breve*, disse a si mesma. *Sempre*. Mas não hoje. No entanto, eles ainda tinham alguns minutos, e Harper se permitiu saborear aquele tempo, aconchegando-se ainda mais no calor do peito dele.

— O que você acabou de dizer sobre as árvores me fez pensar em uma coisa.

— Hum — Jak murmurou contra os cabelos dela.

— Quando eu era criança e acordei no hospital, não me lembrava de muita coisa. Só algumas. Alguns lampejos de memória. Eu estava com raiva dos meus pais, especificamente da minha mãe, porque um pedaço de chiclete tinha grudado no meu cabelo na escola e ela me fez cortá-lo. Eu fiquei parecendo um menino. — Harper riu suavemente, mas, em seguida, suspirou. — A última coisa que me lembro de dizer a minha mãe foi que eu nunca a perdoaria por isso. Gosto de pensar que ela sabia que eu só estava sendo uma criança malcriada, mas... — Respirou fundo, trêmula. — Enfim. A outra coisa que eu ficava ouvindo na minha cabeça era uma voz me mandando viver. Era como um grito, quase uma exigência. — Fez uma pausa. — A voz do meu pai, talvez. Quem sabe um anjo, ou até mesmo Deus. — Ergueu a cabeça para olhá-lo. Jak enrijeceu enquanto ouvia com atenção total. — Mas parecia tão... *real*. E aquela palavra sempre me vinha à mente nos momentos em que eu quis desistir. *Aquela exigência*. Aquele... sim, aquele *sussurro*. Lá no fundo. Aquilo me fez continuar seguindo, me manteve firme, me ajudou a sobreviver.

Por que Jak estava olhando para ela daquele jeito? Como se tivesse acabado de ver um fantasma?

— Jak? Qual é o problema?

Jak empurrou o cobertor do ombro, levantando e caminhando nu até o local onde havia descartado seu casaco. Harper se sentou, segurando o cobertor contra o peito, observando-o, confusa. Jak voltou até ela e ajoelhou-se, estendendo a mão. Harper olhou quando ele abriu a palma. Um canivete. Antigo e... ela pegou o objeto, com uma sensação de gravidade profunda preenchendo seu peito... tão gasto que estava praticamente se desfazendo. Conhecia aquele canivete, e o segurou com firmeza, sabendo o que veria do outro lado quando o virasse. Madrepérola.

— Meu pai carregava isso no bolso. Estava no carro? Foi lá que você o conseguiu?

Jak sacudiu a cabeça, movendo os olhos pelo rosto dela como se a estivesse vendo pela primeira vez.

— Jak? O que foi?

— Você me deu isso — disse suavemente, incrédulo. — Você o colocou na minha mão.

— Eu... o quê? — Ela agitou a cabeça. — Não estou entendendo.

— Era você. Você caiu daquele penhasco comigo.

CAPÍTULO QUARENTA E CINCO

A expressão de Harper ainda estava... enevoada. Ele se identificava; também não conseguia acreditar. Não conseguia acreditar que Harper era... o garoto de cabelos escuros do penhasco. Aquilo o fez querer *rir* e o preencheu com alegria. E, ainda assim, de algum jeito estranho que Jak não sabia explicar — não porque não conhecia as palavras, porque aprendeu tantas durante as últimas semanas —, aquilo fazia sentido. Estava *perplexo*, mas não surpreso. Ele a *conhecia*, não apenas por causa dos sussurros que fluíam através dele — através de todos, se eles soubessem ouvir —, mas porque Harper esteve lá na noite mais transformadora de sua vida. Ela o *salvou*. Se não fosse por aquele canivete, nunca teria sobrevivido. E ele a salvou. Naquela decisão de fração de segundo... Jak salvou o amor de sua vida.

Os dois sobreviveram, um por causa do outro, sobreviveram sozinhos, porém juntos, todos esses anos, para que pudessem se reencontrar no tempo certo.

Estacionaram em frente ao escritório do xerife, e os dois ficaram sentados encarando o local por um momento. Harper ligou para o agente Gallagher quando chegaram à rodovia, e ele ia encontrar Jak lá. Harper estendeu a mão, apertando a dele.

— Tem certeza de que não quer que eu entre com você? Ou espere aqui fora?

Inclinou-se e a beijou rapidamente.

— Não. Eu posso fazer isso sozinho. — *Preciso fazer isso sozinho.*

SELVAGEM

Preciso ser um homem. — Mas mal posso esperar para te ver no seu apartamento. Vou pedir ao agente Gallagher para me dar uma carona até lá quando terminarmos.

Harper sorriu e assentiu.

— Estarei esperando.

As duas melhores palavras que já ouvira da mulher que amava. *Estarei esperando.* Tinha uma pessoa esperando por ele. E nunca a deixaria esperando por muito tempo. Jak abriu um sorriso largo, beijando-a mais uma vez e saindo da caminhonete em seguida.

A delegacia parecia diferente, mas seu olhar realmente era diferente na última vez em que estivera ali.

— Estou aqui para ver o agente Gallagher — disse para a mulher na recepção. Ela arregalou os olhos e derrubou sua caneta, levantando-se rapidamente.

— Oh, sim. Lucas, certo? — Ela franziu a testa. — Não. Jak! Eu ouvi o agente Gallagher... bem, enfim, eu o conheci antes, ou o vi, melhor dizendo. — Riu, um som alto como o de um rouxinol de peito louro. Mas ele tinha que parar de pensar em tudo em termos florestais, tinha que *expandir* seu... alguma coisa. Tinha um ditado para isso, mas ele não conseguia se lembrar no momento. Mas significava que ele finalmente tinha nomes para coisas que nunca tivera antes, e precisava começar a usá-los. Jak sorriu, orgulhoso do conhecimento que já havia reunido. — Por aqui — ela disse, indo na frente, olhando para trás por cima do ombro e corando por motivos que Jak não entendia. Algumas coisas ainda eram um mistério. Ele a seguiu, entrando em uma sala com uma mesa no meio, onde o agente Gallagher estava sentado, com um notebook diante de si.

O agente se levantou quando Jak entrou, apertando sua mão.

— Fico feliz por Harper tê-lo encontrado.

Jak baixou o olhar, sentindo-se mal por ter fugido, e ainda inquieto pelo fato de que esse homem sabia tantas coisas sobre ele, coisas pessoais que Jak achava que nunca compartilharia com alguma outra alma viva.

— Eu sei que você precisa que eu fale... oficialmente, mas Harper e eu descobrimos mais uma coisa.

— O quê?

Jak soltou uma lufada de ar pela boca.

— Harper era uma das crianças no penhasco, naquela noite. Eu pensei que ela fosse um garoto, por causa do cabelo dela. E... talvez eu só tenha mesmo assumido que éramos todos garotos. Mas era Harper.

O agente sentou-se novamente, devagar.

— Como você sabe?

Jak contou a ele sobre o canivete, sobre empurrar Harper naquela elevação, sobre a lembrança que ela tinha dele mandando-a viver.

O agente Gallagher ficou em silêncio por vários instantes, balançando a cabeça levemente.

— Uau. Ok... — Ficou quieto novamente. — Então, Driscoll causou o acidente dos pais de Harper, de alguma forma, ou... os atraiu para fora da estrada, talvez, e então Harper acabou indo parar naquele penhasco. Ela também ia ser parte do estudo.

Um arrepio desceu pela espinha de Jak.

— Eu não sei.

O agente Gallagher assentiu, seus olhos perdendo o foco por um momento.

— Muito bem. Vou analisar isso por diferentes ângulos. — Seus lábios formaram uma linha fina e seus olhos tornaram a focar em Jak. — Por enquanto, vamos pegar o seu depoimento, e depois virá uma pessoa que pedi que se juntasse a nós aqui.

Jak franziu as sobrancelhas, mas o agente não pareceu preocupado, e Jak confiava nele. Jak concordou com um aceno de cabeça.

SELVAGEM

— Estou pronto.

O agente Gallagher ligou um gravador e fez todas as perguntas que Jak previu que faria. Contou tudo o que sabia, respondendo completa e honestamente, e quando terminaram e o agente Gallagher pressionou o botão "parar" no pequeno gravador, Jak sentiu como se uma rocha enorme tivesse sido tirada de suas costas.

O caminho diante dele foi limpo, e uma sensação de... *vitória* tomou conta dele. Sua vida era sua. Estava estendia à sua frente. E Harper estava esperando para começá-la com ele.

Houve uma suave batida na porta, e o agente Gallagher ficou de pé para abri-la e deixar uma pessoa entrar. Jak olhou com mais atenção, levantando-se e ficando boquiaberto.

Era a mulher ruiva que tinha contado sobre as câmeras. Ela se aproximou, ruborizando quando viu Jak, baixando o olhar.

Jak a cumprimentou com um aperto de mão, mal conseguindo acreditar que ela estava ali, no mundo real. Não como uma parte daquele mundo antigo onde havia uma guerra sendo travada e inimigos por todos os lados. Não, ela também havia sido uma mentira. Jak ficou feliz por saber disso.

Doeu saber disso.

— Oi, Jak — ela murmurou.

— Oi...

— Brielle — disse. — Isso era verdade. — Corou mais uma vez e desviou o olhar.

— Brielle está aqui para prestar um depoimento — o agente Gallagher explicou. — O nome dela é incomum e, quando você me contou, comecei a procurar em alguns dos programas para os quais Driscoll fez trabalho voluntário. Encontrei o nome da sua mãe em um programa do qual ela participou há vinte anos. — Mark pausou. — E encontrei duas Brielles em programas mais recentes. Somente uma delas era ruiva. — Brielle olhou para ele e abriu um pequeno sorriso.

Jak assimilou a informação sobre sua mãe. Então foi assim que Driscoll a encontrara. Grávida dele. Deixou aquele pensamento de lado, olhando para Brielle.

— Driscoll mandou você ir até mim — Jak disse, já sabendo a resposta.

Ela confirmou com a cabeça.

— Sim. Ele me falou que o filho dele tinha vivido a vida toda na floresta. Ele ia trazer você de volta à civilização, mas estava preocupado que seus instintos básicos fossem muito fortes, com medo de que você machucasse alguém, especialmente uma mulher. Queria colocá-lo em uma situação da vida real, em que você cederia a esses instintos ou recuaria. — Fez uma pausa. — Eu estava me prostituindo. — O rosto dela ficou rosado. — Por drogas. Acho que ele pensou que... não importava o que você fizesse comigo. Talvez eu também pensasse isso. Eu aceitei o dinheiro. Aceitei o trabalho.

— Oh — Jak reagiu, sem saber como se sentir. Se sentia estúpido e usado, mas também ficou triste por Brielle.

— Mas eu vi a câmera no rio. — Emitiu um som que pareceu uma risada, mas não era. — Talvez o velhote tenha se esquecido de que a segunda natureza dos viciados é olhar em volta para se certificar de que não estão sendo vigiados. Hábito. — Ela limpou a garganta. — De qualquer forma, eu soube que algo não estava certo. E então, eu te conheci e, bem, depois que vi quem você realmente era... — Balançou a cabeça. — Não sei. Eu passei tanto tempo tentando ficar limpa. Por mim, até mesmo pelo meu filho, e sempre falhava. Mas depois daquilo... depois de você, eu fiquei limpa. E sei que não faz muito tempo, mas estou limpa desde então. Você me inspirou. E agora estou tentando me reunir com o meu filho, melhorar... — Uma lágrima deslizou pela bochecha dela, que ela limpou. — Eu sinto muito pelo que fiz, Jak. E obrigada pelo que você fez por mim.

SELVAGEM

Jak assentiu e ela se aproximou, envolvendo-o rapidamente em um abraço e soltando em seguida, virando as costas para ele. O agente Gallagher a acompanhou para fora da sala e fechou a porta. Mark voltou até Jak e tocou seu ombro, apertando-o.

— Imagino que você esteja pronto para ir para casa.

Para casa. Harper. Sim. Mas... Jak franziu as sobrancelhas, pensando. Primeiro, precisava falar com seu avô.

— Sim. Eu quero ir para casa. Mas, primeiro, preciso ir a Thornland.

— Vou te deixar lá, então, e voltarei em uma hora. Preciso passar no meu escritório, de qualquer forma. Pode ser?

— Sim. Obrigado.

O agente Gallagher sorriu.

— Vamos.

Jak ficou olhando o carro do agente Gallagher ir embora antes de virar-se em direção à propriedade grandiosa que, uma vez, chamara de castelo. Agora ele sabia que era somente uma casa enorme onde viviam muitas pessoas infelizes. Respirou fundo, nem um pouco a fim de ver sua avó postiça. Tinha certeza de que ela estava lá dentro afiando as garras, pronta para arrancar seus olhos.

A porta se abriu, e Nigel estava lá, sorrateiro como sempre.

— Nigel — a boca dele disse. *Sorrateiro*, sua mente disse.

— Senhor — Nigel respondeu, daquele jeito que fazia Jak pensar que estava prestes a espirrar. Jak sentiu suas sobrancelhas se erguerem, esperando. Ele não espirrou. — Bem-vindo ao lar, senhor. — Nigel abriu mais a porta.

— Obrigado. Preciso falar com o meu avô.

— O Sr. Fairbanks está lá em cima. Quer que eu o chame para você?

Jak assentiu, entrando na casa.

— Sim. Obrigado.

Não tinha certeza se ainda era bem-vindo ali, não como família, pelo menos, então seguiu para a sala grande perto da porta onde conhecera o avô pela primeira vez, ensaiando o que queria dizer. *Obrigado por me dar um sobrenome, mas eu não preciso mais morar aqui.* Pronto. Palavras simples.

Enquanto esperava, a quietude da casa parecia se fechar em torno dele. Caminhou até a mesa, pegando a foto de seu pai e encarando o rosto do homem. *Realmente* se parecia com o pai, agora podia ver. Se perguntou se também se parecia com ele quando era pequeno. As únicas fotos que vira de si mesmo criança foram as que encontrara na casa de Driscoll. As que o deixaram enojado.

Abriu a gaveta da mesa, pegando de lá um livro grande e grosso e o abrindo. Era o livro de fotos — *o álbum de fotos* — sobre o qual seu avô lhe falara quando se conheceram pela primeira vez.

Ele o pousou sobre a mesa, passando as páginas, vendo fotos de seu avô, uma mulher de cabelos castanhos que devia ser sua avó verdadeira e o garotinho que era seu pai. Natais. Festas com balões e presentes, lagos e barcos e coisas que Jak não sabia nomear. E, em todas elas, sorrisos. Todos estavam sorrindo.

Os olhos dele pararam em uma das fotos, fazendo uma pausa surpresa ao aproximá-la do rosto. Seu avô e seu pai, um adolescente na imagem, de pé um ao lado do outro segurando um troféu. Os olhos de Jak moveram-se pelo fundo da foto, onde encontrou alvos redondos. Jak estreitou os olhos, olhando mais atentamente para o troféu. As palavras na frente diziam "Primeiro Lugar – Tiro com Arco e Flecha" e o nome de seu pai.

Jak engoliu em seco. Seu pai era bom — *não, ótimo* — com um arco e flecha.

SELVAGEM

Mas seu pai estava morto. Não podia ter matado Driscoll. Encarou a foto novamente, percebendo o olhar de *orgulho* de seu avô. Como se tivesse praticado tiro com arco e flecha junto com o filho. Como se eles tivessem praticado juntos.

Os sussurros dentro dele — sua *intuição* — dispararam. Já sabia, não sabia? Havia sentido o *cheiro* dele lá, o aroma persistente que ele achou que era uma fogueira, mas, na verdade, era o charuto de seu avô. Esteve na casa de Driscoll antes de Jak. As pegadas na direção da janela eram dele.

— Jak — seu avô disse ao chegar à porta. Jak ergueu o olhar. Seu avô hesitou, franzindo as sobrancelhas diante da expressão de Jak.

— Tiro com arco e flecha — ele falou, apontando para o álbum de fotos. — Driscoll. Foi você. Por quê?

Seu avô olhou para o álbum de fotos, empalidecendo. Abriu a boca e fechou em seguida, com uma expressão de derrota ao curvar os ombros. Soltou uma respiração trêmula.

— Ele te raptou e te transformou em um animal.

As palavras de seu avô o magoaram. Não queria que tivessem magoado, mas magoaram.

— Eu não sou um animal.

— Eu *sei*, filho. Eu sei. Vejo isso *agora*. Mas naquele momento... — Entrou na sala e apoiou-se em uma poltrona perto de onde Jak estava. — Naquele momento, tudo o que eu podia ver era meu próprio arrependimento. Minha própria vergonha e raiva. Eu renunciei a você, mas ele tentou fazer com que eu nunca mais te recuperasse, nunca tivesse a chance de *consertar* as coisas. Arruinou minha última chance de ser feliz. E eu o *abominava*. Ele arrancou o último pedaço do meu coração, então também arranquei o dele.

Atirou a flecha direto no coração de Driscoll. Conseguiu sua vingança usando a mesma arma que o pai de Jak manuseava tão bem? Ele o matou com o amor e orgulho que tinha por seu filho.

Seu avô começou a massagear o peito, como se sentisse dor ali, contorcendo o rosto.

— Eu pensei que ele tinha te transformado em uma... fera. Só que... — Soltou uma risada que soou como se alguém o estivesse estrangulando por dentro. — A fera sou eu. *Nós* somos os animais. — Ergueu o braço e gesticulou em volta da casa. — E eu me rodeei *deles*, desprezando meu próprio sangue. Você merecia... uma vida. Melhor do que... eu queria... Oh, Deus, como eu queria...

Apertou o peito novamente, e um grunhido alto saiu de sua boca. O rosto dele ficou pálido e se contorceu, seu corpo cedendo.

— Busque ajuda... Jak.

Jak o segurou, caindo no chão com ele, segurando o avô em seus braços. Seu avô olhou para ele, seu rosto retorcido em sua careta. Mas um sorriso doloroso ergueu os cantos dos lábios dele quando ergueu a mão e tocou a bochecha de Jak, antes de seu braço cair no chão.

— Você é o melhor de nós... — sussurrou, sua voz desaparecendo e seus olhos se fechando.

Jak deitou seu avô no chão com cuidado e correu para buscar ajuda.

SELVAGEM

CAPÍTULO QUARENTA E SEIS

Harper sorriu quando a porta se abriu, rindo quando Rylee a puxou para dentro.

— Entre aqui *agora*! — Praticamente arrastou Harper pela sala de estar, empurrando-a no sofá. — Fique aí — exigiu ao sair andando rápido do cômodo.

Harper tirou o casaco, colocando-o na beira do sofá e pousando a sacola com o presente atrasado de Natal de Rylee no chão ao seu lado. Sua amiga retornou com uma garrafa de vinho em uma mão e duas taças na outra. Harper riu.

— Não é um pouco cedo para beber?

— Hã, não. Não quando não vejo a minha amiga há semanas e toda vez que tenho notícias, com uma mensagem de duas linhas, a vida dela explodiu de novo.

Explodiu.

Não era um exagero. Harper ainda se sentia completamente chocada.

— Eu sinto muito, Ry. Você tem razão. Tem tanta coisa acontecendo que mal consigo acompanhar. — E ela estava singularmente focada em Jak e em se apaixonar perdidamente por ele, isso também podia admitir. Lançou um olhar de desculpas para Rylee. — E eu não vou poder ficar por muito tempo. Jak está com o agente Gallagher, mas eu disse que estaria esperando quando ele voltasse.

— Tudo bem. Vou aceitar o que você puder me oferecer. — Rylee

piscou e serviu uma taça de vinho para cada, entregando uma para Harper. Harper recebeu, tomando um gole e respirando fundo.

Rylee também tomou um gole e agora estava olhando para Harper sobre a borda da taça.

— Você está apaixonada.

Ela sorriu, recostando-se no sofá.

— Estou. Ridiculamente apaixonada, Ry. — E apesar da agitação recente, sentia paz, pela primeira vez desde sempre.

Rylee sorriu, parecendo estar prestes a chorar.

— Estou tão feliz — ela sussurrou. — E quero conhecê-lo imediatamente.

Harper sorriu.

— Você irá. Ele vai morar comigo. — Ergueu uma mão quando notou que Rylee ia abrir a boca para perguntar se achava que era mesmo uma boa ideia. — Sei que é repentino. Mas... é certo. Jak precisa entender e descobrir o que fazer com a própria vida, e ele sabe disso. Mas vamos fazer isso juntos. Sentimos que é o certo.

Rylee a observou por um segundo e, então, sorriu.

— Deve ser mesmo, porque nunca vi tanta paz no seu olhar.

Harper abriu um sorriso amplo, tomando mais um gole de vinho.

— Ainda há algumas pontas soltas em relação ao que aconteceu exatamente com Jak — disse. — Mas essas perguntas serão respondidas, em algum momento, ou não. De um jeito ou de outro, ele está bem com isso. Jak é o homem mais forte que já conheci.

Viva! A palavra que dissera para ela na beira daquele penhasco há uma vida atravessaram sua mente, como antes — vinda lá do fundo de seu subconsciente e flutuando até a superfície, o grito pedindo que não desistisse. E ela *não* desistiu. Por causa dele.

Contou para sua amiga o que o agente Gallagher tinha descoberto, o que ela e Jak descobriram depois que ele fugiu para a floresta, de volta ao único lugar que ainda sentia que era seu lar, mas Harper jurou que mudaria isso. *Ela* seria seu lar. Daquele dia em diante. E Jak seria o dela.

Rylee endireitou as costas, ficando boquiaberta.

— A polícia acha que Driscoll também matou os seus pais? Para poder te raptar e fazer você ser parte do estudo dele?

Harper franziu a testa.

— Eles não sabem. E talvez eu nunca saberei. Mas, sim, essa é a teoria mais provável, até agora.

— Meu Deus — Rylee disse. — Não acredito que algo tão bizarro assim estava acontecendo bem aqui, em Helena Springs.

— Eu sei. A ficha ainda está caindo.

E aquilo provavelmente levaria um tempo. Mas Harper era uma sobrevivente. Sempre seria. Havia algum motivo para saber por que e como seus pais foram mortos? Por que havia sido escolhida? Não. Aquilo não os traria de volta. Não mudaria os resultados de suas vidas. *Eu vivi.*

E Jak era o maior sobrevivente de todos os tempos, no que lhe dizia respeito. Seu herói. Seu amor. Seu eterno parceiro.

— Então, o que vai acontecer a partir de agora?

— O agente Gallagher ainda está trabalhando no caso, tentando descobrir quem matou Driscoll. E está tentando identificar os corpos encontrados na propriedade de Driscoll. — Sentiu um arrepio. Tinha chegado tão perto de ter se tornado nada além de restos nas terras de Driscoll. Um X vermelho desenhado em seu mapa. Respirou fundo. — Mas enquanto isso se desenrola, vou fazer alguns cursos de psicologia em Missoula. Quero entender por que as pessoas fazem as coisas que fazem.

Queria trabalhar no ramo da justiça criminal algum dia, ajudando agentes como Mark Gallagher em outros casos. Tudo o que aconteceu foi terrível, trágico e incompreensível, mas acompanhar o caso de perto a

SELVAGEM

inspirou a querer fazer o mesmo tipo de trabalho. E Harper sabia que teria o apoio do agente Gallagher.

Enquanto isso, ela e Jak cuidariam de seu negócio de guia florestal. Dizer que ele seria perfeito para o trabalho era um eufemismo. Quem conhecia a floresta melhor do que Jak?

Harper e Rylee conversaram por mais meia hora, trocando presentes de Natal, rindo e relembrando velhos tempos, e quando Harper se levantou para abraçá-la, ela se sentiu ainda mais satisfeita. Estar apaixonada era um milagre maravilhoso, mas ter uma comunidade ao redor dela e de Jak enriqueceria a vida de ambos.

Harper sorriu consigo mesma enquanto descia os degraus de Rylee, entrando no estacionamento coberto, ansiosa para chegar em casa e esperar por Jak. Quando estava tirando a chave da bolsa, sentiu um movimento atrás de si, e ao virar para conferir, alguém a agarrou por trás. Abriu a boca para gritar, inalando uma grande lufada de algo doce e nocivo quando uma mão cobriu sua boca. Sentiu um pavor disparar por dentro. Tentou levantar o braço, se debater, mas seu corpo estava muito pesado. O mundo vacilou, desvaneceu. Sumiu em um piscar.

Não conseguia enxergar. Mal conseguia ouvir. Sua cabeça chiava, e demorou vários minutos até perceber que aquele barulho não estava vindo de dentro de sua mente, mas sim do lado de fora, em algum lugar além da escuridão. Ouviu com atenção, seu cérebro clareando, sua memória voltando pedaço por pedaço. *Água. É água.*

Estava saindo da casa de Rylee. Alguém tinha se aproximado por trás dela. E a levou. Seu coração acelerou conforme tudo ficava mais claro.

O que quer que estava cobrindo sua cabeça foi removido de repente, e Harper soltou um grito breve, a luz inesperada a cegando. Abriu os olhos, sentindo o cheiro da natureza — árvores, terra e água corrente.

Já *estive* aqui antes.

Estava em um penhasco, um rio fluindo ao seu lado, caindo no que imediatamente reconheceu como a cachoeira Amity Falls.

— É lindo aqui em cima, não é?

Virou tão rápido que quase tropeçou nos próprios pés.

Um homem grande e alto, com alguns fios acinzentados em seus cabelos escuros, estava diante dela, sorrindo casualmente. Ao lado dele, estava um homem também alto e mais jovem, com pele bronzeada e olhos escuros, com a expressão impassível.

— Meu lugar favorito nessa floresta miserável. — O homem mais velho sorriu. — A propósito, eu sou o Dr. Swift. — Caminhou na direção dela, mas não se aproximou muito. Ficou boquiaberta, enquanto sua mente girava freneticamente ao tentar colocar tudo isso em contexto. *O que está acontecendo?*

— Tudo isso começou com uma cerimônia, que foi interrompida, infelizmente, e... terminará em uma cerimônia também. — Sorriu. — Mais ou menos. Não será no mesmo local exato. Isaac escolheu o primeiro. Mas ele não está mais aqui para escolher nada, não é?

— Isaac? — murmurou. Isaac Driscoll escolheu o primeiro local. A primeira *cerimônia*? A primeira vez em que ela esteve em um penhasco assim. Com Jak. E outros dois garotos sem nome.

Imagens embaçadas preencheram sua mente, coisas que sempre achou que fossem sonhos, ou pesadelos, ou pequenos flashes dela lutando para vaguear pela floresta... as vozes dos trilheiros que a encontraram, talvez... seu medo, o frio. Tudo se misturou em sua mente infantil, criando uma confusão e muitas coisas que eram desconhecidas ou fora de contexto para que a Harper adulta começasse a entender.

Mas a voz dele. Se lembrava da voz dele. Retumbou por ela, ativando o gatilho que fez seu cérebro conectar pedaços de memória, criando contexto.

SELVAGEM

— Você — disse. — Era *você*. Naquela noite. — Sacudiu a cabeça. Ele a havia raptado... e atirado em seus pais? — Por quê? — perguntou. — Por que eu? Por que a minha família? O que você fez com eles?

Ele soltou um longo suspiro de sofrimento, como se toda aquela provação fosse terrivelmente desgastante. Pela primeira vez desde que Harper abriu os olhos, a raiva a percorreu, misturando-se com o pavor. *Esse* homem. Bem na sua frente. Havia matado seus pais. Arrancou-os dela.

— Porque, Harper, seu pai, o xerife, estava investigando algumas crianças desaparecidas, as *nossas* crianças desaparecidas, e chegando perto demais de descobrir tudo. Tivemos que eliminá-lo.

Eliminá-lo? Disse aquilo como se não fosse *nada*. Como se tivesse sido fácil como matar uma mosca incômoda.

— O que aconteceu com eles? — engasgou.

— Oh, não se preocupe, eles nem ao menos previram. Um dos meus homens deu um tiro nos seus pais enquanto eles dirigiam, fazendo o carro capotar e bater. Não esperávamos que você estivesse com eles, mas ali estava você, inconsciente no banco de trás. Você tinha sobrevivido. Colocamos clorofórmio na sua boca para você continuar dormindo e decidimos que se juntaria aos outros. Nós sabíamos que eles não procurariam no lugar para onde a estávamos levando. — Gesticulou em volta com a mão. — Meio milhão de hectares de floresta selvagem. Não existe um esconderijo melhor.

Tinham empurrado o carro pelo desfiladeiro, escondido para que nunca fosse encontrado. *E nunca teria sido mesmo, se não fosse por Jak.* Sua mente espiralou. *Mas como ela havia conseguido o canivete?* Será que seu pai, quase morrendo, colocou em seu bolso, de alguma maneira? Diante do pensamento, seu peito doeu, porque devia ser realmente a única explicação. O jeito que os restos de seu pai estavam. Virados para o banco de trás. Para *ela*. O último pensamento de seu pai foi protegê-la.

O Dr. Swift virou-se por um momento, e Harper considerou tentar correr até ele e derrubá-lo, mas o homem estava muito longe para ser pego de surpresa, tinha o dobro de seu tamanho e ela não tinha uma arma. Sem contar que o homem mais jovem, que não havia sido apresentado, também estava ali, presumivelmente assegurando a proteção do Dr. Swift. Ele tornou a ficar de frente para ela.

— Contra todas as possibilidades, você conseguiu sair da floresta naquela noite. — Parecia quase admirado por um instante. — Nós a observamos de perto por um tempo, mas você não se lembrava de nada. Sorte a sua. Depois disso... nós sabíamos que era arriscado demais tentar pegar você novamente. Até então... — Ele suspirou. — Só havia restado Jak. Nosso experimento deu completamente errado. — Sorriu, olhando para além dela, para a cachoeira. — Mas Jak... ah, Jak. Se ao menos nós tivéssemos mil como ele. Driscoll tinha acabado de começar a testar como Jak reagiria ao ser reintroduzido à sociedade. Estava indo tão bem. Mentalmente forte e impressionantemente... civilizado. Estávamos tão *perto* de começar a dissecá-lo, colocá-lo em um treinamento mais especializado. Armamento, combate mão a mão... seria questão de apenas um ano, talvez menos, até que pudesse ser colocado para oferta. Consigo *imaginar* as ofertas que receberíamos por Jak. Uma pena. Um *desperdício*. — Uma tristeza profunda moldou sua expressão antes de respirar fundo. — Mas não era para ser.

Sua cabeça girava, pensando no que fizeram com Jak. *Dissecá-lo*. Ou seja, dizer a ele que toda sua vida tinha sido uma terrível mentira? Colocá-lo para *oferta*? Um pavor comprimiu seu peito. Se ao menos *nós* tivéssemos mil como ele? Quem eram "nós"? Ele e Driscoll? Ou havia mais? A magnitude sinistra do que estava ouvindo a deixou tonta.

Ele sacudiu a cabeça.

— Você não faz ideia do significado do que estamos fazendo, Harper. Não faz ideia. Sinto muito por ter que machucar você. Mas nós simplesmente *não podemos* ter pontas soltas, a essa altura. Há muitas coisas em jogo. Deveríamos ter dado um jeito nisso, em você, anos atrás,

SELVAGEM

mas agora só nos resta aprender com nossos erros e sermos mais... eficientes, no futuro.

Balançou a cabeça, aturdida. Horrorizada.

— O que quer dizer? Há *outros* experimentos?

— Sim, temos outros em vários lugares. Temos outros como Jak, que foram um grande sucesso. Meu protetor, Daire, é um exemplo perfeito. Meu prodígio. Apenas dezenove anos de idade. — Olhou para o jovem rapaz que ainda estava estoicamente de pé atrás dele. — Não é mesmo, Daire? — Os olhos de Daire se moveram até o Dr. Swift, e ele assentiu, com a expressão inalterada. — E ainda há muitos outros que demonstram ser bastante promissores. Não sou o único que apoia os inúmeros benefícios desse programa. Há muitos benfeitores e licitantes que entendem que os filhos indesejados de viciados e ladrões só trazem ruína para uma sociedade. Já está acontecendo. Olhe para as nossas cidades do interior. A forma como o governo está lidando com o problema não está funcionando. Só está piorando as coisas. O *nosso* objetivo é melhorar as coisas. Infelizmente, nosso primeiro estudo falhou, para todos os efeitos. Mas aprendemos com o erro, adaptamos e agora, *agora* coisas muito empolgantes estão acontecendo. Histórias de sobrevivência que você nem acreditaria, habilidades de todos os tipos sendo exibidas em seres que foram *descartados*. — Riu, um som jubiloso que nem mesmo o vento queria. Ecoou em volta deles, alto e arrepiante.

Harper engoliu em seco. *Nosso primeiro estudo falhou, para todos os efeitos. Nosso primeiro estudo.* Ela. Jak. Os outros dois garotos. *Eles* haviam sido os cobaias do primeiro estudo. E tinha falhado. Então, agora, esse homem ia cortar as pontas soltas. Dois dos garotos já estavam mortos, então aquilo significava *ela*.

E Jak?

Outra onda de pavor a percorreu, e ela grunhiu, mas o som foi levado pelo rugido da cachoeira.

CAPÍTULO QUARENTA E SETE

Jak rastejou pela floresta, o som da água corrente abafando os outros sons ao seu redor. *Encontre-me,* o bilhete dizia, *no topo da cachoeira Amity Falls. Eles sabem que você é culpado, Jak. Eles sabem que você matou Driscoll. Não posso deixar que te prendam. Vamos desaparecer juntos, voltar para a floresta.*

A princípio, seu coração afundou. Harper achava que ele era culpado da morte de Driscoll? Sabia que aquilo não era verdade. Ele contara a ela... tudo. O que eles compartilharam... os planos que fizeram... *Vamos desaparecer juntos.* Não fazia sentido. Conseguira uma carona com um dos policiais que foi a Thornland quando seu avô foi levado para o hospital. Ele correu até a porta dela, querendo contar tudo que acontecera. Mas ela tinha sumido, não estava em seu apartamento, onde dissera que esperaria por ele.

Algo estava errado.

Virou o rosto em direção ao vento delicado, inclinando a cabeça para capturar... *ali estava.* O cheiro dela. Mesmo misturado com o cheiro mineral fresco da água corrente, mesmo misturado ao cheiro de... outro humano. Um homem. Não, dois.

Avançou, agachando-se, silencioso. Chegou ao canto das árvores, movendo-se pelas sombras, usando a luz e a escuridão para se aproximar.

— Eu sei que você está aqui, Jak — um dos homens disse, fazendo Jak congelar, um rosnado subindo por sua garganta, mas o engoliu. *Aquela voz.* Ele *conhecia* aquela voz. — Câmeras. Elas me dão vantagem, apesar

da sua discrição. — O homem olhou para Harper, que estava de pé perto da cachoeira, e sorriu. Outro homem, mais jovem, estava de pé atrás do homem que falou, seus olhos focados nas árvores escuras onde Jak se escondia. — Não podemos colocá-las em todo lugar, é claro. Mas recebo várias transmissões no meu celular. Um programa de TV fascinante. Um verdadeiro *reality show*.

Esse homem também estava vigiando Jak? O monstro que estava no topo do penhasco naquela noite horrível?

Jak foi consumido pela raiva — raiva e *luto* —, como se, de repente, visse sua vida — todo o seu sofrimento — sob uma luz diferente e ainda pior. Mas, acima de todas aquelas emoções, estava o medo. Sua pele se arrepiou. Seu peito queimou. O medo de Harper estar diante de um homem que Jak sabia que queria machucá-la.

O homem fez um aceno de cabeça para o jovem rapaz atrás dele.

— Daire.

Daire tirou uma arma do bolso, fazendo o sangue de Jak gelar.

— Saia agora, Jak — o homem mais velho disse, o que tinha partes brancas nos cabelos pretos, como um gambá. — É inútil se esconder na floresta.

Jak hesitou por apenas um momento e, então, saiu das sombras.

O homem sorriu, com uma expressão que parecia... afetuosa.

— Oi, Jak. Minha nossa, você é ainda maior pessoalmente. É... realmente maravilhoso ver você.

— Jak — Harper falou, seus olhos desviando para a arma na mão do outro homem, seu sorriso vacilando. Jak moveu-se na direção dela, e nenhum dos homens o impediu.

Quando ele estava a meio caminho de Harper, o homem mais velho decretou:

— Está ótimo. Fique bem aí. — Suspirou. — Vou explicar para você a nossa missão. Talvez você pergunte: por que estou te contando? Porque você *merece* saber. Você *merece* entender que o seu sacrifício não será em vão. Muito pelo contrário. Vocês dois são parte de algo tão maior. Apesar do que precisa acontecer aqui hoje, eu os *reverencio*. Meu orgulho e admiração pelos dois não têm limites.

Apesar do que precisa acontecer aqui hoje. O cérebro de Jak girou, tentando compreender. Esse homem, estivera lá, naquela noite. Estava trabalhando com Driscoll. Ele vigiou as câmeras. Tinha visto tudo. Seus pensamentos tropeçaram, e seu cérebro zumbiu.

— Eu entendo por que você matou Driscoll, Jak. De verdade. Tudo deu tão errado. Se tivéssemos tido a chance de dissecá-lo, você teria compreendido o seu propósito, teria sentido *orgulho* de todo o sofrimento que suportou. — Pareceu muito decepcionado por um momento, mas em seguida sorriu. — Ah, bem. O que está feito, está feito.

O homem achava que Jak havia matado Driscoll. Foi *ele* quem deixou aquele bilhete no apartamento de Harper.

O olhar de Jak encontrou o de Harper, que estava arregalado de medo, buscando. *Confiando.* Ela sabia que aquilo não era verdade. Sabia que Jak não matou Driscoll. Tinha confiado nele naquela noite também, percebeu. Ela colocara o canivete na mão dele porque confiou que Jak *faria* alguma coisa. Olhou para o homem com a arma, longe demais para alcançar antes que pudesse atirar nos dois.

À sua frente, estava a arma, e atrás, a cachoeira mortal. Emboscados. Eles estavam presos.

— Dr. Swift, o... o que Driscoll e seus espartanos tiveram a ver com tudo isso? — Harper perguntou, com a voz trêmula. Tentando mantê-lo falando. Dando a Jak mais tempo para descobrir o que fazer.

O Dr. Swift suspirou.

— Driscoll era obcecado por história, pelos espartanos. — Fez um gesto vago, como se aquilo não importasse. — Nós gostamos de dar aos nossos líderes de campo espaço para criatividade. — Virou-se levemente para o homem atrás dele. — Daire sabe de tudo isso, não é? — Daire não respondeu, mas Jak viu algo cintilar em seus olhos. Mas, em um segundo, desapareceu. O Dr. Swift virou novamente para Harper e Jak. — Mas, sabem, os espartanos trouxeram um fato muito importante. Driscoll estava *certo*: há muito a aprender. Veja, começaram pelas *crianças*. Foi aí que nossa ideia foi concebida. Tentamos mudar os adultos, mudar pessoas que não podem ser mudadas. Nós os estudamos e os colocamos em programas inúteis que só mostram resultados sinistros. Nada muda, entende? Tudo só regride. E assim o ciclo continua. Sua própria mãe foi prova disso, Jak. Nascida de uma viciada, criada no sistema. E o que ela faz? Torna-se uma mãe adolescente, viciada em drogas, disposta a vender o filho para alimentar seu vício. E o ciclo continua. — Fez um som de nojo.

— O que você acha que teria se tornado, Jak, se ela tivesse ficado com você? A mesma coisa. Você acabaria indo parar em um orfanato, se tornaria um marginal ou um prisioneiro. De um jeito ou de outro, um completo fardo para a sociedade, só para continuar a criar mais outros como você. Você acha que não é verdade? Leia os estudos. A sociedade montou um sistema e incentiva a *reprodução* de degenerados, criminosos e predadores.

O Dr. Swift encarou o horizonte por um momento antes de falar.

— Isaac tinha razão sobre outra coisa. Jak foi levado de sua mãe e criado por uma cuidadora peculiar, assim como os espartanos. Parece que, assim, obtém-se mais sucesso. Mas, é claro, eles sabiam o que estava acontecendo, não era? Você está entendendo tudo isso, não está, Jak?

Sim, Jak estava entendendo. Pelo menos o suficiente para sentir seu estômago revirar.

— Só para você saber, Jak, eu tentei convencer Isaac a te ensinar a fazer fogo, pelo menos. Mas ele disse que não. Gostava de descobrir o que você estaria disposto a fazer para trocar por fósforos. — Sacudiu a cabeça, pressionando os lábios.

Fazer fogo? O mundo girou. Seu coração afundou até o estômago. Olhou para Harper, e sua expressão... parecia que as palavras do Dr. Swift a faziam ter vontade de chorar.

— É até uma ironia, não é, Harper, você ter entrado para o sistema de adoção, o mesmo que consideramos um fracasso inútil, por nossa causa? — Sorriu, mas seu sorriso só fez Jak se sentir ainda mais enjoado. — Mas, por causa disso, você deve entender melhor do que qualquer um que o sistema não funciona. Teria sido pior, Harper? Viver aqui? *Livre?* Sem precisar ficar atenta a qualquer barulho à noite? — Olhou para ela, que estava quase tão pálida quanto a neve derretida. Jak aproximou-se um passo, e outro.

Livre?, ele pensou. Não havia *liberdade* em cair em uma armação, ser vigiado, usado e enganado.

— Então, o que é aplicado nesses programas, devem estar se perguntando? — o Dr. Swift continuou a falar, andando para um lado e, então, virando e seguindo para o outro. Jak aproveitou o momento para encontrar o olhar de Harper. *Vai ficar tudo bem*, queria dizer, mesmo que fosse somente para confortá-la.

O rio à esquerda, floresta à direita. Não havia para onde correr antes que o rapaz com a arma atirasse neles e depois, o quê? Enterrasse seus corpos ali em algum lugar onde nunca seriam encontrados?

— Tantas coisas empolgantes — o doutor dizia. — Essas pessoas, esses *sobreviventes*, depois de treinados em armamento de todos os tipos, terão provado seu valor, sua vontade de lutar, repetidamente, sob as mais árduas circunstâncias. Circunstâncias que derrubariam o mais forte dos homens. E mulheres. Eles já estão sendo usados por homens ricos e governos de todo o *mundo*. Segurança de elite. A guarda de bens. Até mesmo assassinos, quando é para o bem maior. — Sorriu como um pai orgulhoso. — Eles são soldados. Os melhores dos melhores. Observados desde o nascimento. Reverenciados. Suas vidas, seus conjuntos de habilidades, sua *garra* comprovada de grande valor.

SELVAGEM

— E os que não sobrevivem ao seu... treinamento? — Jak perguntou, seu coração apertando ao se lembrar dos rostos dos outros dois garotos no penhasco naquela noite. O rosto do garoto que ele matou.

O doutor deu de ombros.

— Mesmo que morram, morrerão como heróis. Um destino melhor do que o que poderia ser. Estamos trocando um programa por outro, sim. Mas o nosso realmente faz alguma *diferença*. — Pela primeira vez desde que Jak chegou, viu raiva no rosto do Dr. Swift. Respirou fundo, parecendo se controlar. — Mesmo que somente uma parte dessas crianças indesejadas entrem no nosso programa, pense em como os índices de crime diminuirão. Pense nos *benefícios* para a sociedade. Apenas *pense*.

— São pessoas — Harper disse, sua voz ainda trêmula. — O que te faz pensar que elas não irão te expor?

— Infelizmente, é por isso que estamos aqui. — Gesticulou para os dois e para a arma que Daire segurava. — Quanto aos outros, os que aceitam quem são destinados a ser, os que completam nosso treinamento e, depois, o interrogatório, eles irão seguir carreiras emocionantes e ser *heróis*, quando poderiam ter se tornado marginais e rejeitados. A escória da humanidade. — Pausou por um momento. — Iremos montar ainda *mais* campos de treinamento, lotá-los. Ao invés de colocar essas crianças no sistema de serviço social, elas entrarão nos *nossos* programas. Chegarão como vítimas e sairão como vitoriosas. O país inteiro se beneficiará, a sociedade se beneficiará, essas *crianças* se beneficiarão. *Eventualmente, o mundo se beneficiará.*

As pessoas que compram *os adultos que essas crianças se tornarem se beneficiarão*, Jak pensou ao compreender completamente por que sua vida lhe fora arrancada de uma maneira doentia. Tudo aquilo, em todos os momentos, tinha sido por *isso*.

E se ele não pensasse em um jeito de tirar Harper e ele dali, se não pensasse em um jeito de *viver*, centenas de outras crianças passariam pelo mesmo sofrimento que Jak passou, seriam *observadas* como foi, usadas, assassinadas, ou deixadas para morrer.

Ouviu o ribombar da cachoeira atrás de si, temendo que aquela fosse a única saída. De novo.

SELVAGEM

CAPÍTULO QUARENTA E OITO

— Olá? Harper? — Laurie empurrou a porta que já estava levemente entreaberta quando ela chegou ao apartamento de Harper. Entrou devagar, com cuidado, sentindo a preocupação percorrer sua espinha. — Harper? — chamou novamente. — É Laurie Gallagher.

O pequeno estúdio estava limpo e arrumado, a cama, feita e os sapatos, alinhados perto da porta. Apesar da preocupação que Laurie sentiu ao encontrar a porta aberta e a casa vazia, sorriu diante do óbvio esforço que Harper tinha feito para transformar seu pequeno apartamento em um lar. Era fofo, adorável e discreto, assim como a garota com quem Laurie sentiu uma conexão imediata.

Entrou na cozinha minúscula, colocando a sacola de compras sobre a bancada junto com o bolo de banana caseiro. *Quem tem tempo para fazer compras ou cozinhar?,* pensara, quando se estava lidando com algo tão transformador como Jak estava. E, por consequência, Harper também. Sabia que Harper o amava, e que as lutas dele seriam delas também. Jak ficaria na delegacia por algumas horas, então ela comprou algumas coisas no mercado para eles e foi entregar. Quando ficou sabendo sobre o poço de mina, sobre as coisas impensáveis que foram encontradas lá... precisou fazer alguma coisa. E acima de tudo, queria que eles soubessem que não estavam sozinhos.

Tirou as compras da sacola, sua preocupação aumentando quando não ouviu Harper voltar para casa. Será que tinha ido falar com algum vizinho, talvez? Ou ido a um lugar próximo sem se dar ao trabalho de se certificar de que sua porta estava adequadamente trancada?

— Você está sendo intrometida, Laurie — repreendeu-se. Talvez fosse seu lado materno, que havia amado e perdido e sempre tiraria as piores conclusões precipitadas quando se tratava de pessoas com as quais ela se importava.

Havia um bloco de papéis na beira da bancada, e ela se aproximou, com a intenção de deixar um recado sobre a comida. Mas já havia um bilhete escrito no topo. Leu a primeira linha, sua preocupação aumentando ao pegá-lo, lendo rapidamente.

Dobrou o bilhete lentamente, colocando-o no bolso antes de sair apressada do apartamento de Harper.

Quarenta e cinco minutos depois, estava estacionando em frente à sua casa, e vinte segundos depois disso, entrou correndo.

— Mark? — gritou, jogando sua bolsa e as chaves na mesa ao lado da porta. — Mark?

— Oi — ele disse, surgindo da cozinha. — O que houve?

— Eu estava tentando te ligar — falou quando ele se aproximou.

— Desculpe. Eu estava no hospital. Halston Fairbanks teve um ataque cardíaco. Droga, devo ter esquecido de ligar meu celular.

Laurie parou, arregalando os olhos.

— Halston Fairbanks teve um ataque cardíaco? Ai, meu Deus. — Sacudiu a cabeça, incrédula. Isso podia esperar um pouco. Tirou o bilhete do bolso e o entregou para Mark. — Isso estava no apartamento de Harper. Ela o deixou para Jak. Não... não faz sentido. — Pausou. — Faz?

Mark leu rapidamente, franzindo a testa.

— Matou Driscoll? Amity Falls? Eles... vão fugir juntos?

— Você falou mais cedo com Jak. Isso faz algum sentido? — O coração dela estava acelerado.

Será que apenas *queria* que não fizesse sentido? Seriam apenas suas próprias emoções delicadas tentando insistir em dizer que duas pessoas às quais ela havia se apegado não iriam simplesmente embora?

Mark sacudiu a cabeça.

— Não. Eu peguei o depoimento completo dele sobre a morte de Driscoll mais cedo. — Franziu as sobrancelhas, como se estivesse ponderando se Jak havia mentido, de alguma forma. Mas logo suavizou a expressão. — Não. Mas Harper não está atendendo ao celular, então não sei onde ele está. Talvez ele tenha se sentido... não sei, responsável pelo ataque cardíaco do avô? Aparentemente, ele o encontrou e alertou a família. Mas isto? — Ergueu o bilhete. — Não. E o quê? Conseguiu uma carona até a cachoeira? — Olhou para o lado, pressionando os lábios. — Aquele homem poderia ter ido até lá correndo, se quisesse.

Laurie o encarou por um momento.

— Estou com um mau pressentimento, Mark.

Os dois ficaram ali parados por um instante, tantas coisas flutuando entre eles. A lembrança do momento em que Laurie mencionou sua preocupação com os hematomas que surgiam em Abbi — hematomas que eram justificáveis pelos esportes nos quais ela estava envolvida, mas que seus instintos maternais pediram que fosse a uma consulta no médico. O diagnóstico. A briga. A pior perda de todas. O luto inimaginável. Eles se afastando aos poucos...

Contudo, Mark sempre ouvia a intuição dela. Nunca a fizera sentir boba ou irracional.

— Você precisa ir até lá. Até a cachoeira. Eles precisam de você — ela disse.

Ele a olhou com atenção por mais um instante, assentindo.

— Vou pegar o meu casaco.

Alcançou as chaves dele enquanto seu marido vestia o casaco e calçava as botas.

SELVAGEM

— Eles são guerreiros — declarou, mais para acalmar a si mesma, para *convencer* a si mesma de que estavam bem.

Mark abriu a porta, hesitando. Virou para ela, fechou a distância entre eles e segurou seus braços com firmeza.

— A nossa garota era uma guerreira, assim como você, Laurie. Ela lutou até o fim. Ela ia querer que lutássemos também. Nós paramos de *lutar*. Por *nós*. Precisamos começar de novo. Eu não vou perder você.

A voz dele estava tão cheia de emoção que um bolo se formou no peito de Laurie, tão grande que não conseguia respirar. Uma alegria faiscou dentro dela. Sentiu a *vida* deles reascendendo.

Laurie assentiu, com lágrimas deslizando por suas bochechas.

— Volte para mim — ela engasgou. — E traga aqueles dois com você.

CAPÍTULO QUARENTA E NOVE

A sociedade se beneficiará. As crianças se beneficiarão. Eventualmente, o mundo se beneficiará.

Meu Deus. Ele é um psicopata. Realmente achava que alguém em sã consciência aceitaria isso? E, no entanto, uma pontada fria de pavor percorreu Harper por saber que já outros haviam sucumbido a essa loucura. Não apenas sucumbido, mas colocado em prática. Quem mais estava sofrendo? Tentando sobreviver a inúmeros terrores desconhecidos e dificuldades naquele exato momento? Ela estremeceu.

— Você acha mesmo que as pessoas vão aceitar isso? — Harper perguntou, não exatamente buscando uma resposta, mas para mantê-lo falando, para bolar um plano. Qualquer coisa. Não importava o quê.

— Você tem razão. Eu vejo o jeito que vocês dois estão olhando para mim — o Dr. Swift disse, mal penetrando os pensamentos em sua mente. — Pode ser... intragável para alguns. Eles não vão compreender o alcance, os benefícios. — Ele se balançou nos calcanhares. — Mas há muitos que compreendem, e são eles que importam. Sabem que uma grande mudança requer uma ação ousada. Entendem que são os *resultados* que importam. E os resultados falam por si. Não é mesmo, Daire?

Pela primeira vez, o homem chamado Daire falou.

— Sim, senhor — concordou, dando um pequeno aceno de cabeça para o Dr. Swift.

Oh, Deus. Eles *tinham* mesmo convencido alguns dos sobreviventes de que isso era certo. A doença era inconcebível.

SELVAGEM

O homem tinha convencido a si mesmo de que estava melhorando a sociedade, enquanto *lucrava* com o tormento das pessoas.

Ao lado dela, a mente de Jak estava definitivamente girando. Olhou para ele e, mesmo com medo, seu coração se acalmou. Havia confiado nele quinze anos atrás, e confiava agora. Não para sobreviver a isso, percebeu. Mas para lutar, para tentar. Viu isso na natureza dele até mesmo naquele momento, ela percebeu de repente. *Jak cerrou os punhos.* A lembrança veio em um *flash*, o barulho de água corrente enchendo sua cabeça, sua mente conjurando aquele momento que parecia um sonho. Jak cerrou os punhos. Tremeu, como o resto deles, mas cerrou os punhos... e Harper *soube*.

Encontrou o olhar dele e o tempo parou. Uma intensidade profunda preencheu a expressão dele antes de dar uma rápida olhada para trás.

Para trás. A cachoeira.

É a nossa única saída.

O estômago dela gelou. O medo disparou. A água rugia, o homem diante deles ainda falava, andava de um lado para o outro, com maldade saindo de seus lábios. Harper não conseguia mais ouvi-lo, não com o barulho da cachoeira, o zumbido em sua cabeça. Jak deu um, dois passos à frente. Harper encontrou seu olhar e sentiu uma calma estranha.

O homem diante deles não ia permitir que se livrassem. Não ia antes, e especialmente não depois de ter compartilhado tudo com eles. Eram uma ponta solta antes, e agora tinham uma extrema responsabilidade. Ia atirar neles e quem quer que trabalhasse com ele — uma rede bem vasta de pessoas, ou pelo menos era o que parecia — o ajudaria a descartar os corpos em algum lugar dessa imensa floresta. Nunca seriam encontrados, ou mesmo se fossem, não haveria evidência alguma sobre quem os matou ou por quê. E se nunca fossem encontrados? As outras pessoas acreditariam que fugiram juntos? E mesmo que acreditassem, como isso poderia ser provado? Diriam que Jak era uma caixinha de surpresas, imprevisível, não civilizado, e que Harper estava sem foco e emocionalmente instável — machucada pelo trauma de ter perdido os pais e crescido sem um lar verdadeiro. Quem poderia dizer *o que* fizeram e por quê? Procurariam por um tempo e, então... ficaria por isso mesmo.

O homem diante deles sabia disso também.

Mas ele nunca esperaria que eles fossem pular.

Sim, era a única saída que tinham. Assim como da primeira vez. Sobreviveram uma vez, contra todas as probabilidades, mas qual seria a probabilidade de sobreviverem a algo com chances tão escassas novamente? Improvável. Sem esperança, talvez. A queda era uma coisa, as corredeiras logo adiante eram outra. Traiçoeiro. Mortal. Cheio de pedregulhos e correntes subterrâneas que haviam tirado várias vidas, pelo que Harper sabia. Então, por que se sentia tão *esperançosa*?

Porque, eles sobreviveriam, ou não — *juntos*.

Harper cerrou os punhos. Os olhos de Jak se moveram para baixo. Ele viu. Jak soube.

Vamos fazer isso. Juntos. De novo.

Percebeu que estava pronta, incrédula com a calma e a *paz* que sentia. Ali, de pé no topo de um precipício com Jak, prestes a arriscar tudo, reconheceu com total *clareza* como Harper tinha sido incrivelmente sortuda, quando nunca considerou ter sorte antes. Tantas coisas se alinharam perfeitamente para que conseguisse sair da floresta naquela noite. Mas teria sido apenas sorte, ou mais? Destino? Uma mão divina? A orientação amorosa de seus pais? Não sabia. Só sabia que estava intensamente *grata*, porque, assim como Jak, ela havia sobrevivido para que estivesse lá quando ele chegasse em sua vida pela segunda vez.

Jak. Seu Jak. Sacrificara a própria vida para que ela tivesse a dela, e Harper não desonraria aquilo com arrependimento. Jak a *salvara*, e era grata por cada segundo de vida que tivera por causa disso. Até mesmo nos momentos difíceis, dolorosos, nos quais se sentia uma vítima. Não tinha sido uma vítima. *Ela* era a vitoriosa que o Dr. Swift havia mencionado. Não porque havia sido colocada em um programa. *Ela* mesma se ergueu,

SELVAGEM

repetidas vezes, de novo e de novo. Aquilo a fez mais forte, melhor, a fez apreciar os bons momentos e respeitar sua própria habilidade de sobreviver.

Foi como se, por um momento efêmero, uma nuvem tivesse saído da frente do sol. E naquele breve espaço de tempo, Harper viu a luz brilhante, milagrosa, às vezes abrasadora e frequentemente cegante do que sua vida tinha sido. Harper era grata por tudo. *Tudo* mesmo. Cada momento. Porque era *dela*. E Harper viu que não podia reivindicar a alegria sem reivindicar a dor. Então, foi o que fez. Internalizou e amou tudo igualmente. Aquele momento. Bem ali. *Amou* sua vida. E por causa desse amor tão grande e inigualável — o súbito e profundo entendimento de tantas bênçãos que recebeu —, estava disposta a correr qualquer risco para mantê-lo. Por ela. Por Jak. *Com* ele.

Dr. Swift andou mais uma vez. Não conseguia mais identificar suas palavras. Porém, ele estava se preparando para mandar baleá-los onde estavam. Harper deu um passo para trás e Jak também. Daire viu o que estavam fazendo e ergueu a arma e, naquele instante, ambos se viraram, a mão de Jak agarrando a dela, segurando. Ouviu uma explosão e algo passou voando por sua bochecha. Jak a puxou para que se segurassem um no outro, agachando-se enquanto se moviam. Ouviu o grito do Dr. Swift se aproximando, o mesmo daquela noite, só que, desta vez, acompanhado pelo zunido de balas que passaram voando por sua cabeça.

A terra cedeu sob eles e, em seguida, tudo que sentiram foi a queda, o trovoar da cachoeira em volta deles. A dor aguda da água gelada ao atingir suas peles. O grito de Harper foi capturado pelo rugido selvagem. A mão de Jak a apertou com mais força. Não a soltaria. Harper sabia que ele não a soltaria. Já tinha provado isso uma vez antes.

Aguente firme, ela ouviu através da água corrente.

Aguente firme.

Aquele sussurro por dentro, lá no fundo, que ainda assim preenchia sua cabeça, seu coração, sua alma. Só lhe restavam sensações naquele momento, somente instinto e vontade de viver, e Harper *ouviu* tão *claramente*. Conhecia aquela voz. Aquele sussurro. Pertencia à sua mãe.

Não conseguia mais prender a respiração. Seus pulmões queimavam, seu corpo sendo golpeado, se debatendo conforme a cachoeira continuava a jorrar.

E então, veio o impacto chocante de encontrar a superfície, seus pulmões gritando, suas mãos agarrando, agarrando. Jak agarrava de volta. Eles estavam juntos, sendo puxados para baixo, para baixo, e então, de volta para cima, para cima, as pernas poderosas de Jak chutando com todas as suas forças, puxando os dois em direção à luz acima, enquanto seus pulmões pegavam fogo e Harper tentava *aguentar, aguentar firme*, sua cabeça estourando, luzes piscando, até que...

Abriu a boca e respirou fundo, arfando, assim que chegaram à superfície, puxando o ar e preenchendo seus pulmões histéricos.

Aguente firme. Aguente firme.

As corredeiras mortais estavam adiante. Harper tentou desesperadamente agarrar-se a alguma coisa. Qualquer coisa que os segurasse firme, evitasse que entrassem naquela porção rochosa de água que os arrastaria para o fundo e os manteria lá.

— Segure isto! — uma voz profunda gritou. Harper arquejou, sem conseguir ver quem disse aquilo com a água a engolindo, mas avistando o galho grande e pesado bem na frente deles.

Tentou nadar em direção ao galho, mas a corrente a puxou. O aperto de Jak ficou ainda mais firme e, com um grito, ele a puxou consigo, nadando contra a corrente, ambos trabalhando juntos para se aproximarem o suficiente do galho para agarrá-lo.

Jak soltou um grito poderoso, conseguindo aproximá-los, e Harper estendeu a mão e conseguiu segurar a extremidade do galho, que escorregou de sua mão, mas Harper o agarrou novamente, segurando-se até Jak conseguir vir por trás dela e agarrá-lo também, os dois buscando fôlego, ancorados com a ajuda daquele pequeno pedaço de árvore em um caldeirão barulhento de água corrente e borbulhante.

— Continuem segurando! Não soltem! — *Agente Gallagher?* De alguma maneira, o agente Gallagher estava *ali*.

Ele puxou o galho, rebocando-os contra a correnteza, grunhindo com o esforço, escorregando — *oh, Deus!* —, mas recuperando o equilíbrio, puxando, puxando. Eles chegaram à margem, e o agente estendeu a mão para puxar Harper, Jak logo em seguida. Os dois desabaram na margem do rio, buscando fôlego, ofegantes, ensopados, tremendo.

Suas mãos ainda entrelaçadas.

Juntos.

CAPÍTULO CINQUENTA

Jak puxou Harper para mais perto, embora não tivesse como ficarem ainda mais próximos do que já estavam. A menos que ele a levasse para a cama, o que Jak queria fazer — desesperadamente. Queria rolar pela cama com ela, cheirá-la em toda parte, tomá-la, gemer e uivar com gratidão pela vida...

Não. Esses são pensamentos de lobo, lembrou a si mesmo. Mas Harper gostava do lobo que havia nele, sabia disso também. Acariciou o pescoço dela com o nariz, puxando a coberta do hospital com mais firmeza em volta dela para garantir que estivesse aquecida. Agora, se eles ao menos os deixassem sair desse hospital, com todos os cheiros intensos e desconhecidos que estavam fazendo cócegas em seu nariz e enevoando seu cérebro...

Mas Jak sabia que voltaria no dia seguinte. Seu avô estava em outro andar, em algo que chamaram de coma. O coração de Jak apertou. Ficou surpreso diante da tristeza que o preenchia quando pensava na possibilidade de seu avô não melhorar.

Mas tinha Harper, e tinha sua própria vida, e era nisso que estava focado.

O agente Gallagher — *Mark*, embora ainda fosse difícil pensar em se referir a ele assim — tinha puxado Jak e Harper, ensopados, congelando de frio e quase afogados da água a poucos... metros, isso, agora ele conhecia aquela unidade de medida... a poucos metros do local onde iniciavam as corredeiras rochosas.

A Sra. Gallagher — *Laurie* — havia encontrado o bilhete no apartamento de Harper e mandou Mark ir encontrá-los, mas havia uma árvore caída na estrada que levava ao topo da cachoeira, então ele acabou indo parar na base. *Graças a Deus.* Se foi o Dr. Swift que mandou bloquear a estrada, aquilo tinha servido perfeitamente para Jak e Harper. No fim das contas, Mark estava exatamente onde precisava estar.

O Dr. Swift tinha desaparecido. Havia uma caçada para capturá-lo.

Harper virou a cabeça, beijando os dedos dele que estavam em seu ombro antes de entrelaçar sua mão à dele. Ela o fitou.

— Durante a queda... eu ouvi a minha mãe. — Olhou para baixo, seus cílios fazendo sombras em suas bochechas. — Ela estava conosco, Jak. Eu acho que... esse tempo todo.

Harper ergueu o olhar para ele novamente, aqueles grandes olhos castanhos que o encararam em um penhasco coberto de neve muito tempo atrás — não, quinze *anos* atrás — e hoje no topo de uma cachoeira e *confiou* sua vida a ele. Jak sentiu seu peito expandir. Achou que poderia explodir.

Soltou uma lufada de ar, pensando em como as anotações da mãe dela lhe devolveram a vontade de viver, de seguir em frente, quando ele tinha desistido da vida, quando a solidão tinha lhe tirado tantas coisas que não lhe restava mais nada a oferecer. Preencheu-o novamente, com sua voz, com seus pensamentos cheios de esperança, com perguntas para ocupar sua cabeça e seu coração, e com palavras para lembrá-lo de que ele era humano.

— Sim — ele concordou. — Ela estava.

— Meu pai também — Harper disse. — Eu acredito. Estou grata por tudo isso. Serviu para *alguma coisa*, e nos trouxe até aqui. Jak, você acha que pode encontrar uma maneira de acreditar nisso também?

Jak desviou o olhar por um segundo. Sabia o que ela estava lhe perguntando. Estava perguntando se ele poderia deixar para trás a mágoa e a raiva e a... amargura pelo que fizeram com ele. Se Jak poderia acreditar que existiam forças maiores... operando, e que essas forças o guiaram e o amaram. Lembrou-se de como sentiu a presença da mãe dela — ouviu seus sussurros — quando encontrou Driscoll morrendo em sua cabana. *Deixe para lá,* ouvira lá no fundo, e foi o que fizera, naquele momento, pelo menos, entregando ao homem seu celular quando ele pediu o aparelho. Jak sabia agora que Driscoll tinha chamado ajuda... trazendo o delegado até sua cabana... que, então, levou Jak para a delegacia... para... Harper. Se tivesse seguido seu desejo por vingança, ignorado os sussurros, deixado Driscoll apodrecer e ido embora, voltado para sua vida solitária... mas Jak não queria pensar nisso. Expirou devagar.

— Acho que sim — disse. E de coração.

Jak viu o que a amargura tinha feito com seu avô. *Vingança.* Jak não seria como ele.

Deixe para lá.

Entretanto, ainda sentia raiva também. Não por si mesmo, mas pelos outros sobreviventes que estavam por aí vivendo do mesmo jeito que vivera, talvez até pior. Matando, congelando, morrendo de fome, com a solidão murchando suas almas.

O que aconteceria com essas pessoas quando fossem encontradas? Indigentes, sem nada. Descartados, como tinha sido.

A porta se abriu, e Laurie Gallagher entrou apressada, parecendo estar... humm, ainda não sabia qual era a palavra que diria como Laurie estava naquele momento. Preocupada, mas além disso. Harper se levantou, e ele também. Laurie emitiu um som de choro e aproximou-se de Harper primeiro, abraçando-a e soltando em seguida, passando as mãos pelos cabelos dela, tocando seus curativos e soluçando, olhando para o rosto dela como se quisesse se certificar de que realmente estava viva. Em seguida, virou para Jak, emitindo os mesmos soluços ao abraçá-lo com força e depois recuar, olhando para os dois.

— Eu fiquei tão aflita quando soube. Oh, meu Deus, sentem-se, por favor. Vocês devem estar traumatizados.

SELVAGEM

Aflita. Essa era a palavra. Significava *preocupada*, mas de um jeito que fazia seus cabelos ficarem desgrenhados em volta da cabeça, seus olhos ficarem grandes e redondos e suas mãos se agitarem por todos os lados.

Harper e Jak se sentaram, e Laurie puxou uma cadeira para se acomodar também e ouvir deles o que tinha acontecido no topo daquela cachoeira. Lágrimas deslizaram pelas bochechas dela enquanto ouvia, enxugando-as com um lenço e sacudindo a cabeça.

— Graças a Deus ele estava lá. Eu sabia, sabia que algo estava errado. —Segurou a mão de Jak, apertando-a. — Estou tão grata por vocês estarem bem. — Ela sacudiu a cabeça novamente. — Oh, querido, e o seu avô! Como ele está, Jak?

— Ele está em coma — Jak revelou. Não se lembrava das outras palavras que o médico tinha dito, porque sua avó postiça tinha entrado no quarto, e Jak saiu de lá o mais rápido possível depois disso.

Laurie apertou a mão dele novamente, com o olhar suave.

— Qualquer coisa que precisarem, Mark e eu estamos aqui. — Olhou para cima de repente, soltando a mão dele. — Oh, a conferência de imprensa — disse, apontando para a televisão, que exibia o programa que eles estavam esperando começar. Harper apertou o negócio com botões que faziam o som da televisão aumentar. Ele ficava esquecendo as palavras, porque havia tantos termos novos girando em sua mente, e alguns eram mais importantes que outros.

Mark posicionou-se em frente a um microfone, com o semblante muito sério.

— Hoje, o Departamento de Justiça de Montana ficou ciente de um número ilegal de programas altamente perturbadores. Esses programas estão sendo operados por todo o país usando crianças que foram retiradas do sistema de adoção sob falsos pretextos, e/ou bebês que foram comprados de mães que são membros de programas sociais, em sua maioria viciadas em álcool e drogas. Estamos trabalhando para identificar especificamente quem essas crianças podem ser. Esses programas estão em operação há muitos anos. Algumas das vítimas podem atualmente ser adultos que cresceram nesses programas. — Olhou diretamente para a câmera. — Se você tiver alguma informação em relação a esta atividade criminosa, ou se for uma pessoa que estava em um programa gerenciado pelo governo e recebeu uma *oferta* em dinheiro em troca de entregar seu filho, ou fazer algum papel em alguma situação, por favor, entre em contato conosco. — Fez uma pausa, e a multidão diante dele ficou em silêncio. — Se você for uma dessas crianças, por favor, contate as autoridades imediatamente. Você foi enganado, e queremos que nos ajude a colocar aqueles que o abusaram atrás das grades. — Ergueu uma fotografia do Dr. Swift. — Este homem é o principal suspeito, e é procurado por assassinato e uma vasta lista de outros crimes. Se você o vir ou souber de seu paradeiro, por favor, ligue para o número que está na tela. Não se aproxime dele. Dr. Swift anda armado e é perigoso.

E está com raiva, Jak pensou. Mas... mais do que com raiva. *Enfurecido*. Isso. Apostava que o Dr. Swift estava enfurecido. Assim como Driscoll tinha ficado quando descobriu que sua mãe havia interferido em seu estudo. Assim como seu avô tinha ficado... *enfurecido* o suficiente para matar. Mas Jak não havia dito uma palavra a ninguém sobre isso.

As pessoas começaram a gritar, e Mark apontou para uma mulher na frente.

— Agente Gallagher, com que finalidade essas crianças estão sendo raptadas? O que é esse programa, exatamente?

— São colocadas em ambientes severos para determinar suas habilidades de sobrevivência. Treinadas, talvez. Cada campo, por falta de uma palavra melhor, pode ser diferente. Mas elas são colocadas, em sua maioria, em áreas remotas a quilômetros de distância da civilização. Depois, são vendidas para aqueles que desejam usar seus talentos.

— Agente Gallagher — um homem que estava mais para o fundo gritou. — Como você descobriu isso tudo? Que pistas seguiu?

SELVAGEM

— Não posso discutir isso agora. — Olhou para a direita e assentiu para uma pessoa usando uniforme, voltando a falar com a multidão barulhenta. — Essas são as perguntas que posso responder no momento. Atualizaremos a todos quando conseguirmos mais informações.

Mark desceu do pequeno palco e, em seguida, a tela mudou para duas pessoas sentadas a uma bancada.

— Uau, Marcia, essa é uma história e tanto. Crianças indesejadas sendo treinadas em campos clandestinos para serem... o quê? Soldados de elite?

A mulher chamada Marcia sacudiu a cabeça.

— Não sei, Gary. É de revirar o estômago.

Gary assentiu.

— Contudo, temos que admitir, a ideia, se executada adequadamente, teria benefícios sociais enormes.

Marcia ficou de queixo caído.

— Você só pode estar brincando. Para alcançarmos melhorias na sociedade, temos que recorrer a *Jogos Vorazes*? É isso? Talvez, eventualmente, todos nós possamos ter acesso ao abuso dessas crianças em um transmissão direto em nossos dispositivos móveis. Parece *fascinante*. Um coliseu romano dos dias atuais.

Gary pareceu momentaneamente interessado na ideia, mas depois riu, erguendo as mãos.

— Ei, ei, ei. Estou apenas expressando o que outros também pensam. Não estou dizendo que as ramificações morais da ideia não são extremas para realmente colocar em prática, estou apenas dizendo que você precisa entender seu inimigo para *combatê-lo*. Ou, neste caso, até mesmo encontrá-lo.

— Baseando-me nos *seus* comentários, me preocupo que mais pessoas queiram se *tornar* eles em vez de lutar contra eles.

Depois disso, as duas pessoas chamadas Marcia e Gary, que deviam ser muito importantes para as pessoas quererem ouvir todas as suas opiniões, começaram a falar sobre sociedades que caíram em ruínas e outras coisas que Jak ignorou, porque estava muito ocupado cheirando o cabelo de Harper. Ela ainda tinha o cheiro da sua Harper, mas também estava com o cheiro do rio. Tentou puxá-la para mais perto novamente, e ela ficou quase em seu colo. Harper o olhou, e Jak lhe ofereceu um sorriso tímido. Harper riu baixinho, passando a mão em sua mandíbula.

Laurie desligou a televisão.

— Bem, acho que vimos o suficiente. Quando vocês dois poderão sair daqui?

— Espero que a qualquer momento — Harper respondeu.

— Aposto que estão cansados e querem dormir. Mas, se estiverem com fome, eu posso fazer o jantar... oh, vocês devem querer ficar sozinhos.

Harper apertou a mão de Jak.

— Seria bom jantar com você e Mark — Jak disse, sinceramente.

Laurie sorriu, como se tivesse acabado de pescar o maior peixe do rio. *Não, não, como... como se estivesse feliz por eles quererem estar com ela.*

— Maravilha.

A porta se abriu de uma vez e outra pessoa entrou apressada no quarto.

— Rylee — Harper falou, levantando e abraçando a amiga.

— Meu Deus, eu não acreditei quando soube. Você está bem? — Recuou um pouco, olhando para Harper do mesmo jeito que Laurie fizera.

Dois homens entraram no quarto, e Harper sorriu para eles.

— Oi, Jeff. Sr. Adams.

— Harper.

Os dois a abraçaram também antes de cumprimentarem Jak e Laurie.

SELVAGEM

Harper disse a eles seus nomes e disse a Jak e Laurie que eles eram Rylee, Jeff e o Sr. Adams, mesmo que ele tivesse acabado de ouvir. *Apresentações*, ele lembrou-se da palavra que seu avô ensinara. *Boas maneiras.*

Todos cumprimentaram-se com apertos de mão. Jak viu Rylee olhar para Harper e dizer sem emitir som *ai, meu Deus* antes de olhar rapidamente para Jak e desviar. Jak não entendeu o que aquilo significava, mas não achou que fossem *boas maneiras.*

— Eu adoraria recebê-los para o jantar também, se estiverem disponíveis — Laurie disse, e Rylee segurou a mão de Harper.

— Nós adoraríamos.

Todos começaram a falar ao mesmo tempo, assim como os pássaros faziam pela manhã, felizes por estarem vivos por mais um nascer do sol e batendo papo para contar a toda a floresta sobre isso. Ou assim como... bem, essa comparação servia, por enquanto. Não podia ficar questionando cada pensamento que tinha. Pensamentos civilizados viriam naturalmente para ele, algum dia... provavelmente.

Harper encontrou os olhos de Jak, que suavizaram. Ela sorriu, e o cérebro de Jak esvaziou como fazia sempre que Harper o olhava daquele jeito. *Eu te amo,* Harper falou sem emitir som. Jak sussurrou de volta. Amava-a. Venerava-a. Ele a estimava. Faria isso para sempre. E isso era tudo.

Isso era tudo.

EPÍLOGO

O fogo crepitava e sombras dançavam nas paredes da biblioteca. Jak sorriu, saindo de seu torpor quando o cheiro da mulher que amava chegou ao seu nariz.

— Olá, esposa.

Harper riu suavemente, dando a volta na poltrona e sentando-se no colo dele.

— Será que algum dia eu conseguirei chegar de fininho atrás de você? —perguntou, envolvendo seu pescoço com os braços e roçando a bochecha em sua mandíbula coberta por uma barba por fazer.

Jak sorriu e expirou pela boca, apreciando o carinho dela.

— Talvez. — Esperava que seu olfato aguçado se tornasse... menos, assim que estivesse vivendo na civilização há tempo suficiente, agora que não dependia mais de seus sentidos sagazes para sua sobrevivência.

— Humm — Harper murmurou, beijando-o suavemente.

Ele passou a mão sobre a pequena protuberância de sua barriga, o filho deles guardado na segurança de seu corpo. Pelos próximos cinco meses, pelo menos. A partir de então, seria sua função proteger os dois. Garantir que fossem alimentados e aquecidos e que seus corações estivessem cheios. Jak dava bastante valor a essa terceira parte, depois de uma vida inteira sendo capaz de atender somente às necessidades físicas. E muitas vezes, nem mesmo essas. Um arrepio de gratidão o percorreu. *Minha família.* As duas palavras ainda faziam sua respiração ficar presa, de tão feliz.

SELVAGEM

Maravilhado.

Ele e Harper se casaram seis meses depois de terem sobrevivido após pularem a cachoeira Amity Falls. Ninguém foi capaz de convencê-lo de que havia algum motivo para esperar, porém, o agente — *Mark* — Gallagher sentou-se com Jak e teve uma conversa "de homem para homem" sobre a "prudência da paciência" e a "sabedoria da espera". Respeitava Mark, mas queria colocar um anel no dedo de Harper. *Seu* anel, e isso era tudo. Queria que todos soubessem que Harper era dele e ele era dela. Assim que descobriu que era isso que as pessoas faziam quando estavam apaixonadas e queriam que o mundo soubesse, pediu Harper em casamento imediatamente. E ela disse sim. Ficou muito feliz por *ela* também não concordar que era prudente ou sábio esperar. Eles se casaram no quintal dos Gallagher sob um pôr do sol de verão, cercados por seus novos e velhos amigos. Jak pensava neles como sua matilha, e não se negou isso. O sentimento. A maneira como o fazia se sentir conectado. Talvez seus sentidos ficassem menos aguçados, talvez não, mas uma parte dele sempre seria selvagem — o menino que cresceu ao lado de um lobo que amou como um irmão —, e negar isso seria negar Pup. Negar tudo o que o trouxe para a vida que Jak agora vivia. A vida que amava com todo o seu coração.

O bebê foi inesperado, mas desde que ambos se acostumaram com a ideia, não conseguiam parar de sorrir por isso. Deitavam na cama à noite e simplesmente conversavam por horas sobre como ele ou ela seria, as coisas que queriam ensinar a seu filho ou filha, o milagre da vida que criaram depois de ambos enganarem a morte mais de uma vez. E aquele pequeno milagre fez Jak querer aprender tudo o que pudesse sobre como ser um bom pai. *Um bom líder de matilha*. Mark e Laurie iriam ajudá-los. Jak e Harper já tinham perguntado se eles poderiam atuar como avós do bebê, e Laurie chorou, enquanto Mark fingiu que tinha algo no olho.

Jak entrara em contato com Almina Kavazović — em quem ainda pensava como sua *Baka* — apenas alguns meses antes e, embora Jak não tivesse certeza do que o futuro reservava para o relacionamento deles, precisava dizer a ela que perdoava, e que sua *baka* esteve com ele durante tantos momentos de luta e solidão. Ela tinha sido sua força, o lembrete de que era forte. Jak sentiu a mãe de Harper — seu padre, seu Abade Busoni[2] — sorrindo para ele enquanto dizia isso.

Jak olhou para o fogo enquanto Harper se aconchegava nele. A lareira onde ele queimou o conjunto de arco e flecha que encontrou em um canto do sótão depois que seu avô faleceu, por nunca se recuperar do ataque cardíaco. O conjunto de arco e flecha que estava sem uma delas — a usada para matar Isaac Driscoll. Mas só ele e Harper sabiam disso.

Seu avô havia lhe dado um sobrenome. Em retribuição, se certificou de que seu avô mantivesse a boa reputação. Se não tivesse matado Driscoll, o programa teria feito isso. Com essa suposição, a polícia havia encerrado o caso.

Seu avô tinha deixado quase tudo para Jak em seu testamento, estipulando um pequeno acordo para sua avó postiça, que ficou furiosa no escritório do advogado, guinchando como um de seus pássaros engaiolados.

Jak tinha mandado desmontar aquelas gaiolas e as retirou de Thornland no mesmo dia em que mandou remover todas as câmeras. Ele manteve Nigel. O mordomo ainda era oleoso, mas Jak havia aprendido a apreciá-lo muito mais, já que agora podia chegar de fininho por trás dele e fazê-lo se sobressaltar e gritar. Desde que Jak herdara Thornland e Loni, Gabi e Brett se mudaram, ele tinha até mesmo flagrado Nigel sorrindo uma vez ou duas. Até mesmo criaturas oleosas tinham suas qualidades.

Mark havia ajudado Jak a contratar um CEO para a Madeireira Fairbanks. Jak confiava nos instintos dele em relação às pessoas, e a empresa estava indo muito bem sob a nova administração. Jak estava

---

2   Referência a personagens de *O Conde de Monte Cristo*: padre companheiro de prisão do personagem principal, que o ensinou diversas matérias e a ler, e um dos nomes usados pelo personagem principal, respectivamente. (N.E.)

SELVAGEM

aprendendo sobre os negócios aos poucos, e achando surpreendentemente interessante. Talvez, um dia, participasse mais ativamente das atividades. Um dia, quando não houvesse mais tantas outras coisas para aprender também.

Ele e Harper permaneceram na propriedade da família que ficava próxima à faculdade de Harper, mas também compraram alguns hectares de floresta e construíram uma pequena cabana. Eles pretendiam passar os verões lá quando Harper não tivesse aulas, e todos os fins de semana possíveis. Verões... quando os rios ficavam cheios de peixes, os frutos selvagens ficavam maduros e doces, e o sol fazia as flores se abrirem e aquecia a terra. Mas... Jak sentia que eles também precisavam que a propriedade gigantesca oferecesse um santuário, se necessário, para aquelas crianças perdidas, muitas das quais eram adultas agora, e pelas quais a polícia ainda procurava.

Aquele sentimento sombrio subiu por dentro quando pensou no Dr. Swift e no que podia estar acontecendo em uma floresta abandonada em algum lugar por aí. Passou a mão lentamente pela protuberância da barriga de sua esposa, sua respiração normalizando, se acalmando. *Vida. Milagres. Esperança.*

Harper estendeu o braço e pegou o livro que estava sobre a mesa ao lado deles.

— De novo? — perguntou, com a voz cheia de diversão.

Jak sorriu enquanto ela colocava seu amado exemplar de *O Conde de Monte Cristo* de volta na mesa. Ele tinha acabado de relê-lo pela sexta vez. Estava cheio de orelhas e amarrotado. Apreciado. Bem-amado.

— Toda vez que leio, encontro algo novo nele. Alguma lição diferente. — E uma nova palavra favorita, ou três.

Harper sorriu, apoiando a cabeça no ombro dele, abafando um bocejo.

— Que lição você aprendeu desta vez?

Ele pensou em uma das citações do livro que havia lhe chamado mais atenção durante essa última leitura. *Toda a sabedoria humana residirá nestas palavras: esperar e ter esperança.*

— Que se pudermos aguentar firme as dificuldades da vida, sobreviver, há algo melhor esperando por nós. Há um propósito que nem sempre conseguimos enxergar. Há uma... ordem.

Jak sentiu — aquele sussurro, aquele algo invisível que fluía através dele, passava por todas as coisas vivas e voltava. Nenhuma das palavras que encontrara capturava a sensação completamente. Deus, talvez. Destino? Milagres? As almas que se foram antes deles? Tudo o que sabia era que era uma sensação amorosa e boa, e que procurava consertar as *coisas. Fazê-las justas.*

Aqueles eram pensamentos novos. Coisas que havia percebido, assimilado, *aplicado*. Ele se sentia orgulhoso. Transformado. *Melhor.*

— Sim — Harper murmurou, beijando sua mandíbula e entrelaçando os dedos nos dele. — *Sim.* — Bocejou novamente.

Jak levou a mão dela até seus lábios e beijou o dorso.

— Vá para a cama. Estarei lá em um minuto.

Harper assentiu, levantando e abrindo um sorriso pequeno e sonolento para ele antes de virar e seguir para as escadas. Após um instante, Jak também se levantou, saindo da biblioteca e seguindo até o enorme pátio que percorria toda a extensão da casa e tinha vista para a floresta ao longe.

As árvores balançavam, dançando ao som do vento, conversando em um idioma antigo sob a terra. Olhou para a escuridão, sua mente visualizando lugares que ficavam muito além do que seus olhos podiam ver. Em algum lugar por aí, o restante de sua matilha — sua família que se conectava por experiências em comum que alguns jamais entenderiam — vivia e respirava, lutava e batalhava. Sentiu os sussurros aumentarem por dentro. Uma canção de união e irmandade.

SELVAGEM

— Espere e tenha esperança — sussurrou para aquelas almas desconhecidas. — Espere e tenha esperança.

FIM

AGRADECIMENTOS

Assim com Jak, meu coração está cheio de gratidão — *admiração* — pela minha matilha. Obrigada por me guiarem, me encorajarem e me ajudarem a contar essa história com a minha melhor capacidade.

Para o meu time de edição, Angela Smith, Marion Archer e Karen Lawson. Essa história teve uma abundância de partes comoventes... o mistério, o romance, a linguagem de Jak, um cenário incomum onde cada item que os personagens utilizaram teve que ser bem pensado, e vocês três trabalharam cada ângulo, além de corrigir minha gramática e não deixarem meus personagens suspirarem demais. Minha gratidão por vocês não tem limites.

Agradeço muito ao meu time incrível de leitoras beta, Stephanie Hockersmith, Cat Bracht e Elena Eckmeyer, que foram as primeiras a lerem essa história e me disseram o que eu precisava lapidar. Obrigada pela honestidade, sensibilidade e o amor profundo pela leitura de vocês.

Para os membros do meu clube do livro e leitoras beta, Joanna Koller, Ashley Brinkman, Denise Coy, Rachel Morgenthal e Shauna Waldleitner Rogers. Obrigada por disporem de tempo para ler este livro e oferecer comentários e sugestões perspicazes, inteligentes e engraçados, e por me fazerem perceber por que amo tanto conversar TUDO sobre livros com vocês.

Obrigada, Sharon Broom, por fazer a leitura final desse livro. O seu tempo e generosidade significam tudo para mim.

SELVAGEM

Obrigada, Kimberly Brower, por fazer de tudo pelas suas pessoas, em todos os momentos do dia e da noite. Tenho tanta sorte por ser uma delas!

Para você, leitor, obrigada por vir comigo nessa jornada. Acredito verdadeiramente que histórias podem nos salvar de incontáveis maneiras, em maior ou menor proporção. Sinto-me muito honrada por você ter escolhido uma das minhas, e espero que feche este livro com o coração quentinho e, quem sabe, com uma nova perspectiva também.

Obrigada ao Mia's Mafia, pelo seu constante amor e entusiasmo.

Katy, obrigada por ser minha ouvinte, minha motivadora, minha confidente e minha amiga.

Para todos os blogueiros literários e *instagrammers* que assumem a função de espalhar amor pelos livros. O trabalho de vocês leva beleza e felicidade para o mundo, e aprecio muito cada um de vocês.

E para o meu marido: esta linda vida pela qual sou tão grata só é possível porque você sussurrou para mim, e eu sussurrei de volta.

Mia Sheridan

SELVAGEM

Editora Charme

Entre em nosso site e viaje no nosso mundo literário.
Lá você vai encontrar todos os nossos
títulos, autores, lançamentos e novidades.
Acesse www.editoracharme.com.br

Você pode adquirir os nossos livros na loja virtual:
loja.editoracharme.com.br

Além do site, você pode nos encontrar em nossas redes sociais.

 https://www.facebook.com/editoracharme

https://twitter.com/editoracharme

 http://instagram.com/editoracharme

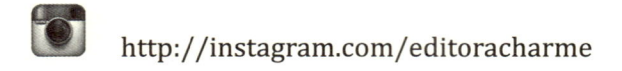 @editoracharme